Paula Hawkins

Kurgu edebiyatla ilgilenmeden önce on beş yıl boyunca gazeteci olarak çalıştı.

Zimbabve'de doğup büyüyen Paula, hâlen 1989 yılında taşındığı Londra'da yaşamaktadır. *Trendeki Kız* ilk polisiye romanıdır.

Trendeki Kız
Paula Hawkins

Orijinal Adı: *The Girl on the Train*

İthaki Yayınları - 996

Yayına Hazırlayan: *Tuğçe Aysu*
Düzelti: *Ceren Alkan*
Kapak Tasarımı: *Şükrü Karakoç*
Sayfa Düzeni ve Baskıya Hazırlık: *Kübra Tekeli*
3. Baskı, Nisan 2015, İstanbul

ISBN: 978-605-375-442-8

Sertifika No: 11407

Kapak Görseli: Joerg Buschmann / Millenium Images, UK

İthaki™ Penguen Kitap-Kaset Bas. Yay. Paz. Tic. Ltd. Şti.'nin yan kuruluşudur.
Bahariye Cad. Dr. İhsan Ünlüer Sok. Ersoy Apt. A Blok No: 16/15 Kadıköy - İstanbul
Tel: (0216) 348 36 97 - Faks: (0216) 449 98 34
editor@ithaki.com.tr – www.ithaki.com.tr – www.ilknokta.com

Kapak, İç Baskı: Deniz Ofset Matbaacılık
Gümüşsuyu Cad. Topkapı Center, Odin İş Merkezi No: 403/2 Topkapı-İstanbul
Tel: (0212) 613 30 06 - Faks: (0212) 613 51 97
Sertifika No: 29652

Paula Hawkins

TRENDEKİ KIZ

Çeviren
Aslıhan Kuzucan

ithaki

Her gün önünden geçtiğiniz evlerde aslında neler oluyor?

Sevgili okuyucu,

Hepimiz birer seyirciyiz. Tren yolcuları dünyanın her yerinde aynıdır: Her sabah ve her akşam o trene biner, gazete okur ya da müzik dinleriz, aynı sokaklara aylakça bakarız ve ara sıra bir yabancının hayatından kesitler yakalar, daha iyi görebilmek için kafamızı uzatırız.

Başkalarının hayatını izlemenin karşı konulmaz bir yanı vardır: Sinir bozucu derecede anlık ama bir o kadar da açık seçiktir. İneceğiniz duraktan önceki apartmanın çatı katında yaşayan insanlarla hiç karşılaşmamışsınızdır. Onları tanımıyorsunuzdur ve neye benzediklerine dair en ufak bir fikriniz yoktur ama oğullarının idolünün Ronaldo olduğunu, genç kızlarının One Direction yerine Arctic Monkeys dinlediğini, modern İskandinav mobilyalarına ve dışavurumcu sanata karşı zaafları olduğunu bilirsiniz.

Bu insanları biliyorsunuzdur. Bu insanları *seviyorsunuzdur.* Onların da sizi seveceğinden çok eminsinizdir. Dost olabilirsiniz.

Yalnızlık ve soyutlanma, şehir hayatının olduğu kadar günlük yolculukların da bir parçası olabiliyor. *Trendeki Kız*'ın kahramanı Rachel'ın durumu da, hiç şüphesiz, aynısı. Rachel'ın hayatı aniden rayından çıkmıştır; şaşırtıcı bir hızla mutluluktan mutsuzluğa geçiş yapar. Eski hayatının yerinde oluşan boşluğu çaresizce doldurmaya çalışırken her gün trenden gördüğü bir çiftle arasında bağ kurar. Bu yabancılar ona öylesine bildik gelmeye başlar ki, onları tanıyormuş, onları anlıyormuş gibi hissetmeye başlar; onların etrafında bir hikâye oluşturur, zihninde onlarla arkadaş olur.

Aslında onların gerçek hayatına dair en ufak bir ipucuna bile sahip olmadığı için olağandışı ve şaşırtıcı bir şey gördüğünde nasıl bir şeye atıldığını bilmeden kaderini belirleyen kararı, yolcu olmaktan hikâyelerinin bir parçası olmaya terfi etme kararını verir.

Ama o sınırı bir kez geçtikten sonra artık geri dönmesi imkânsızdır.

Umarım benim *Trendeki Kız*'ı yazarken aldığım zevki siz de okurken alırsınız.

Paula Hawkins

Kate'e

Eski tren raylarının yakınlarındaki bir huş ağacının altında yatıyor ve mezarı bir taş yığınıyla işaretli. Dinlendiği yere dikkat çekmek istemesem de onu anmadan edemezdim. Orada huzur içinde uyuyor. Ne rahatsız edecek bir kimse ne de kuş cıvıltıları ve geçen trenlerin homurtuları dışında ses var.

Bir acıya, iki neşeye, üç kıza. Üç kıza.

Üçte takılı kalmıştım, ilerleyemiyordum. Kafam gürültüyle dolmuştu, ağzım kan revan içindeydi. Üç kıza. Saksağanları duyabiliyordum. Gülüyorlar, benimle dalga geçiyorlardı. Sesleri kabaydı. Bir haberciydi bu. Kötü habercilerdi. Artık onları görebiliyordum, güneşin altında simsiyahlardı. Kuşlar değil, başka bir şeydi sanki. Biri geliyordu. Biri benimle konuşuyordu. *Bak. Bak, senin yüzünden ne yaptım.*

RACHEL

5 Temmuz 2013 Cuma

Sabah

TREN RAYLARININ yanında bir elbise yığını vardı. Tişörte benzeyen açık mavi bir giysi, kirli beyaz başka bir şeyle birlikte tortop edilip atılmıştı. Muhtemelen kıyının yukarısındaki bol çalılıklı küçük ormana kaçak dökülmüş çöplerden bir parçaydı. Çalışmak için yolun bu tarafına sık sık gelen mühendisler de bırakmış olabilirdi. Ya da nedeni başka bir şeydi. Annem hep hayal gücümün fazla çalıştığını söylerdi, Tom da aynı fikirdeydi. Elimde değildi, kirli bir tişört ya da tek başına bir ayakkabı gibi kenara atılmış paçavralar gördüğüm anda düşünebildiğim tek şey, ayakkabının öteki teki ya da içine giren ayaklar oluyordu.

Tren sallanıp gıcırdayarak hareket ettiğinde küçük giysi yığını gözden kayboldu. Bir koşucunun hızıyla Londra'ya doğru yol almaya başladık. Arkamdaki koltukta biri, öfke içinde çaresizce iç çekti; Ashbury'den Euston'a 08.04'te yola çıkan yavaş tren, birçok deneyimli yolcunun sabrını sınayacak cinstendi. Elli dört dakika sürmesi gereken yolculuk nadiren bu sürede tamamlanıyordu: Yolun bu eski, çökük paftası sinyalizasyon sorunları ve bitmek bilmeyen mühendislik çalışmalarıyla doluydu.

Tren sürünerek ilerledi; ambarların, su kulelerinin, köprülerin, kulübelerin, arka cepheleri doğrudan yola dönük mütevazı Victoria stili evlerin yanından sarsılarak geçti.

Başımı vagonun penceresine dayamış, tıpkı filmlerdeki kayan çekimler gibi geçip giden evleri seyrediyordum. Onları, diğerlerinin görmediği gibi görüyordum, muhtemelen kendi sahipleri de bu açıdan görmüyorlardı. Günde iki kez, bir anlığına da olsa bana başkalarının hayatlarından bir manzara sunuluyordu. Evlerinde güven içinde oturan yabancıları seyretmenin rahatlatıcı bir etkisi vardı.

Birinin telefonu trenin ortamına uymayan neşeli ve hareketli bir şarkıyla çaldı. Cevap vermekte yavaş davrandığı için ses kafamda çınlayıp durdu. Diğer yolcuların koltuklarında kıpırdandıklarını, gazetelerini hışırdattıklarını, bilgisayarlarına hafifçe vurduklarını duyabiliyordum. Tren dönemeçten yalpalayıp sallanarak geçtikten sonra kırmızı ışığa yaklaşınca yavaşladı. Kafamı kaldırmadan istasyona giderken uzatılan bedava gazeteyi okumaya devam etmeye çabaladımsa da sözcükler gözlerimin önünde bulanıklaşıyor, hiçbiri bende ilgi uyandırmıyordu. Aklımda hâlâ yolun kenarına terk edilmiş küçük giysi yığını vardı.

Akşam

Hazır cin toniği ağzıma götürüp bir yudum alırken kutu ağzına kadar köpürdü. Tom ile 2005 yılında Bask kıyısındaki bir balıkçı kasabasında yaptığımız ilk tatilin tadı gibi keskin ve soğuktu. Sabahları koydaki küçük adaya kadar yaklaşık bir kilometre yüzüp gizli saklı sahillerde sevişmiş, öğleden sonraları ise bir bara oturup sert ve acı cin toniklerimizi içerken denizin çekilmesiyle ortaya çıkan kumlarda karmaşık oyunlar oynayan kalabalık plaj futbolcularını izlemiştik.

Bir yudum ve üstüne bir yudum daha aldım. Kutu neredeyse bitmişti ama sorun değildi, ayaklarımın dibindeki poşette üç tane daha vardı. Cuma günüydü ve trende içtiğim için kendimi suçlu hissetmeme gerek yoktu. Tanrı'ya şükür bugün cuma! Eğlence burada başlıyordu.

Güzel bir hafta sonu olacaktı, öyle söylüyorlardı. Güneş ışıl ışıl, gökyüzü bulutsuz olacaktı. Eskiden olsa gazetelerimizi alıp Corly Ormanı'na pikniğe gider, bütün öğleden sonramızı ağaçların arasından huzmeler hâlinde süzülen güneş ışığının vurduğu battaniyenin üstünde şarap içerek geçirirdik. Arkadaşlarla barbekü yapabilir ya da The Rose'a gidip bira bahçesinde yüzümüz güneşten ve alkolden kızararak bütün öğleden sonra oturabilir, sonra da yalpalayarak kol kola eve dönüp koltukta uyuyakalabilirdik.

Işıl ışıl bir güneş, bulutsuz gökyüzü ve oynayacak kimse, yapacak hiçbir şey yok. Bu şekilde yaşamak –şu an yaşadığım gibi– böylesine alabildiğine aydınlık ve gölgeden neredeyse yoksun, herkesin kendini sokaklara atıp alçakça ve insanı sinir edercesine mutlu olduğu yaz günlerinde daha zordu. Bu çok yorucuydu ve onlara katılmadığınız takdirde kendinizi kötü hissettiriyordu.

Önümde koca bir hafta sonu, doldurulacak kırk sekiz boş saat vardı. Kutuyu yeniden ağzıma götürdüm ama tek bir damla bile kalmamıştı.

8 Temmuz 2013 Pazartesi

Sabah

Yeniden 08.04 treninde olmak beni rahatlatmıştı. Nedeni,

haftaya başlamak üzere bir an önce Londra'ya gitmek için sabırsızlanmam değildi. Hatta Londra'da olmak bile istemiyordum. Tek istediğim yumuşak, bel vermiş kadifeye yaslanıp pencereden sızan güneş ışığının sıcaklığını, vagonun devamlı ileri geri sallanmasını ve raylardaki tekerleklerin rahatlatıcı ritmini hissetmekti. Başka bir yerde olmaktansa burada olup tren yolunun kenarındaki evlere bakmayı tercih ederdim.

Bu hat üzerinde, yolculuğumun yaklaşık yarısına denk gelen hatalı bir ışık vardı. Daha doğrusu ben hatalı olduğunu düşünüyordum çünkü hemen hemen hep kırmızıydı, çoğu günler duruyorduk ve bu bazen saniyeler, bazen ise bitmek bilmeyen dakikalar boyu sürüyordu. D vagonunda oturuyorsam, ki genellikle otururdum, ve tren ışıkta durmuşsa, ki neredeyse her zaman dururdu, yol kenarındaki favori evim olan on beş numarayı mükemmel bir açıyla görebiliyordum.

On beş numara, yol boyunca uzanan diğer evlere çok benziyordu: Yarı Victoria stilindeydi, iki katlıydı ve ardında demir yoluna ulaşan sahipsiz birkaç metre toprağın bulunduğu çitlere doğru altı metre kadar uzanan dar, bakımlı bir bahçeye açılıyordu. Bu evi ezbere öğrenmiştim. Her tuğlasını, üst kattaki yatak odasının perdelerinin rengini (bej, üstü koyu mavi baskılı), banyo penceresinin çerçeve boyasının soyulduğunu ve çatının sağ tarafında dört kiremidin eksik olduğunu biliyordum.

Sıcak yaz gecelerinde, ev sakinleri Jason ile Jess'in ara sıra geniş sürme pencereden büyütülmüş mutfağın üstündeki derme çatma terasa çıktıklarını biliyordum. Mükemmel, pırlanta gibi bir çiftlerdi. Adam koyu renk saçlı, yapılı, güçlü, koruyucu ve kibardı. Harika bir kahkahası vardı. Kadın ise ufak tefek, güzel, açık tenliydi ve sarı saçları kısa kesilmişti. Muhteşem bir kemik yapısı, çillerle bezenmiş keskin elmacık kemikleri ve hoş bir çenesi vardı.

Kırmızı ışıkta beklerken gözlerim onları aradı. Jess sabahları, özellikle de yazın, kahvesini genelde dışarıda içiyordu. Bazen onu gördüğümde sanki onun da beni gördüğünü, bana baktığını hisseder ve el sallamak isterdim. Çok utangaçtım. Jason'ı ise çok sık görmüyordum, çalıştığı için genelde dışarıda oluyordu. Ama evde olmasalar bile neyle meşgul olduklarını düşünürdüm. Belki de bugün ikisinin de izin günüydü ve sabah Jess yatakta uzanırken Jason da kahvaltıyı hazırlıyordu ya da birlikte koşuya çıkmışlardı çünkü koşmayı seviyorlardı. (Tom ve ben de pazar günleri koşardık, ben her zamanki hızımın hafifçe üstüne çıkardım, Tom ise kendi hızını yarıya düşürürdü, böylelikle yan yana koşabilirdik). Belki de Jess yukarıdaki hobi odasında resim yapıyordu ya da birlikte duşa girmişlerdi. Jess'in elleri fayanslarda, Jason'ınkiler ise Jess'in kalçalarındaydı.

Akşam

Sırtımı vagondakilere verip hafifçe pencereye doğru dönerek Euston'daki Whistlestop'tan aldığım küçük Chenin Blanc şişelerinden birini açtım. Soğuk olmaması sorun değildi. Plastik bardağıma biraz boşalttıktan sonra kapağını yerine yerleştirip şişeyi çantama koydum. Pazartesileri, biriyle birlikte içmediğin sürece ki ben böyle yapmıyordum, trende içmek daha az kabul edilebilir bir şeydi.

Bu trenlerde tanıdık, her hafta gördüğüm, bir yerlere gidip bir yerlerden dönen insanlar olurdu. Muhtemelen benim onları tanıdığım gibi, onlar da beni tanıyordu. Yine de gerçekte kim olduğumu görüp görmediklerini bilmiyordum.

Olağanüstü bir akşamdı, sıcak olsa da fazla boğucu değildi, güneş tembel batışına geçmiş, gölgeler uzamaya başlamıştı ve ışık, ağaçları altın rengine bürümeye koyulmuştu. Tren takırdayarak ilerliyordu. Evlerinin önünden geçerken Jason ile Jess akşam güneşinin bulanıklığında kaybolup gittiler. Sık olmasa da bazen onları yolun bu tarafından görebiliyordum. Ters yönde giden tren yoksa ve yeterince yavaş ilerliyorsak, bazen onları teraslarında yakalayabiliyordum. Tıpkı bugün olduğu gibi bunu başaramazsam da hayalini kuruyordum. Jess, elinde bir kadeh şarapla ayaklarını masaya uzatmış terasta oturuyor, Jason ise ellerini Jess'in omuzlarına koymuş, yanıbaşında dikiliyordu. Ellerinin hissinin, ağırlığının rahatlatıcı ve koruyucu olduğunu hayal edebiliyordum. Bazen kendimi, sarılmak ve içten bir tokalaşma da dahil olmak üzere, başka biriyle en son ne zaman anlamlı fiziksel bir temasa geçtiğimi hatırlamaya çalışırken buluyordum ve kalbim sıkışıyordu.

9 Temmuz 2013 Salı

Sabah

Geçen haftaki giysi yığını hâlâ oradaydı ve birkaç gün öncekinden daha tozlu, daha perişan görünüyordu. Bir yerlerde, tren çarptığında giysilerinizin yırtılabileceğini okumuştum. Tren çarpması sonucu ölmek o kadar da alışılmadık değildi. Söylenene göre yılda iki yüz ila üç yüz kişi bu şekilde ölüyordu. Yani en azından iki günde bir. Bunların ne kadarının kaza olduğunu bilmiyordum. Tren yavaşça ilerlerken giysilerde kan lekesi olup olmadığına dikkatlice baktım ama bir şey göremedim.

Tren her zamanki gibi ışıkta durdu. Jess'in çift kanatlı kapının önündeki verandada durduğunu görebiliyordum. Üstünde parlak, basma bir elbise vardı ve ayakları çıplaktı.

Hafifçe kafasını arkaya çevirmiş, eve bakıyordu; muhtemelen kahvaltıyı hazırlayan Jason ile konuşuyordu. Tren ilerlemeye başladığında gözlerimi Jess'ten ve evinden ayırmadım. Diğer evleri görmek istemiyordum; özellikle de eskiden oturduğum dört ev ötedekini.

Beş yıl boyunca Blenheim Caddesi'ndeki yirmi üç numarada olağanüstü mutlu ve tepeden tırnağa sefalet içinde yaşamıştım. Şimdi ona bakamıyordum bile. Orası benim ilk evimdi. Ailemle ya da diğer öğrencilerle paylaştığım değil, *benim* ilk evimdi. Bakmaya yüreğim dayanmıyordu. Yani, bakabilirdim, bakardım, bakmak isterdim, istemezdim, bakmamaya çalışıyordum. Her gün kendime bakmamam gerektiğini söylüyor, her gün de bakıyordum. Orada görmek istediğim hiçbir şey olmamasına ve yine de gördüğüm her şey canımı acıtacak olmasına rağmen kendime engel olamıyordum. Bir keresinde kafamı kaldırıp baktığımda, yukarıdaki yatak odasında bulunan krem renkli keten perdenin yerini yumuşak, bebek pembesi bir şeyin aldığını fark edince kendimi nasıl hissettiğimi, Anna'nın çitin kenarındaki gülleri, üstünde büyümüş karnına kadar uzanan esnek tişörtüyle suladığını gördüğümde hissettiğim acıyı çok belirgin bir şekilde hatırlıyordum. Dudağımı öyle sert ısırmıştım ki kanamıştı.

Gözlerimi sıkı sıkı kapadım ve ona, on beşe, yirmiye kadar saydım. İşte, geçip gitmişti, görecek hiçbir şey yoktu. Witney istasyonuna girip çıktık. Banliyöler kuzey Londra'nın pisliğine karışıp teraslı evlerin yerini grafitili köprüler ve kırık pencereli boş binalar aldığında tren hızlanmaya başladı. Euston'a yaklaştıkça gerilmeye başlamıştım; baskı altında gibiydim, bugün nasıl olacaktı? Euston'a girmeden yaklaşık beş yüz metre önce, vagonun sağ tarafında pis, alçak, betondan bir bina vardı. Üstüne biri resimli bir şekilde: HAYAT BİR PARAGRAF DEĞİLDİR* diye yazmıştı. Yol kenarındaki giysi yığınını düşündüm ve boğulur gibi hissettim. Hayat bir paragraf değildir ve ölüm de bir parantez.

Akşam

Akşam bindiğim 17.56 treni sabahkinden biraz daha yavaştı. Bir saat bir dakika sürüyordu. Yani fazladan herhangi bir istasyonda durmadığı hâlde sabahkinden tam tamına yedi dakika daha uzundu. Umursadığım söylenemezdi çünkü sabah Londra'ya gitmek için sabırsızlanmadığım gibi, akşam da Ashbury'ye dönmek için sabırsızlanmıyordum. Her ne kadar 1960'larda yeni kurulmuş ve Buckinghamshire'ın merkezinde tümör gibi yayılmış bir kasaba olan Ashbury yeterince kötü bir yer de olsa, nedeni bu değildi. Buraya benzeyen, merkezi kafeler, cep telefonu mağazaları ve JD Sports şubeleriyle dolup taşan, etrafı banliyö hattıyla çevrilmiş ve ardında çok katlı sinemayla kasaba dışı Tesco diyarı bulunan onlarca diğer kasabadan daha iyi ya da kötü değildi. Ticaret merkezinin kasabanın eteklerine yayılmaya başladığı noktada bulunan akıllı(ca), yeni(ce) bir mahallede oturuyordum ama burası benim evim değildi. Benim evim, kısmen sahibi olduğum, yol kenarlarındaki yarı Victoria stilindeki evdi. Ashbury'de ev sahibi değildim, hatta kiracı bile değildim. Cathy'nin, sıkıcı ve kendi hâlindeki dubleksinin küçük ikinci yatak odasının geçici pansiyoneriydim ve onun nezaket ve iyiliğine tabiydim.

Cathy ve ben üniversiteden arkadaştık. Sıradan arkadaş-

---

* E. E. Cummings'in *Since Feeling is First* şiirinden bir alıntı. *–çn*

lardık ve hiçbir zaman o kadar yakın olmamıştık. İlk yılımda salonun karşısında yaşıyordu ve ikimiz de aynı dersleri aldığımız için doğal olarak ilk birkaç göz korkutan hafta boyunca arkadaş olmuştuk. Sonrasında daha çok ortak noktamız olan insanlarla tanışmıştık. İlk yıl ve istisnai bir durum olan düğünler dışında üniversite bittikten sonra birbirimizi pek görmemiştik. Ama ihtiyacım olduğu sırada onun boş bir odası vardı ve orada kalmak mantıklı gelmişti. Yalnızca birkaç ay, en fazla da altı ay kalacağımdan çok emindim ve başka ne yapabileceğimi de bilmiyordum. Hiç tek başıma yaşamamıştım, ailemden sonra ev arkadaşlarıyla, sonra da Tom ile yaşamaya başlamıştım. Tek başına yaşama fikrini bunaltıcı bulunca da evet demiştim. Üstünden hemen hemen iki yıl geçti.

Korkunç değildi. Cathy kesinlikle iyi biriydi. Bu yönünü fark ettiriyordu. İyiliği apaçıktı, onu tanımlayan bir özelliğiydi ve bunun sık sık, neredeyse her gün bilinmesini istiyordu. Bu da yorucu oluyordu. Ama o kadar da kötü değildi, bir ev arkadaşının çok daha kötü huyları olabilirdi. Hayır, bu yeni durumum konusunda (iki yıl olmasına rağmen hâlâ yeniymiş gibi geliyordu) canımı en çok sıkan Cathy ya da Ashbury değildi. Kontrol kaybıydı. Cathy'nin evinde, nezaketine rağmen kendimi fazlasıyla misafir gibi hissediyordum. Bunu mutfakta akşam yemeğimizi pişirmek için birbirimizi itelerken hissediyordum. Koltukta, ben arkasında otururken o elindeki uzaktan kumandayı sıkı sıkı tutunca hissediyordum. Bana aitmiş gibi hissettiğim tek yer, küçük yatak odamdı. İçine tıkıştırılmış yatakla masanın arasından zar zor geçilebiliyordu. Yeteri kadar rahattı ama insanın olmak isteyeceği türden bir yer değildi. Bu yüzden ben de oturma odasında ya da mutfak masasında rahatsız ve bitkin bir şekilde oyalanıyordum. Her şeyin, aklımın bile kontrolünü kaybetmiştim.

10 Temmuz 2013 Çarşamba

Sabah

Hava ısınıyordu. Saat neredeyse sekiz buçuk olmuştu ve gün çoktan bunaltıcı bir hâl almış, hava nemden ağırlaşmıştı. Fırtına çıkmasını dilesem de gökyüzü cüretkâr bir şekilde boş, açık ve su mavisiydi. Üst dudağımdaki teri sildim. Bir şişe su almayı unuttuğum için pişman olmuştum.

O sabah Jason ile Jess'i göremediğim için büyük bir hayal kırıklığına uğramıştım. Bunun aptalca olduğunu biliyordum. Eve pürdikkat bakmama rağmen görünürde bir şey yoktu. Aşağı katın perdeleri açık ama çift kanatlı kapı kapalıydı ve güneş ışığı cama yansıyordu. Yukarıdaki sürme pencere de kapalıydı. Jason işe gitmiş olabilirdi. Sanırım doktordu ve muhtemelen denizaşırı organizasyonlardan birinde çalışıyordu. Devamlı göreve hazırdı, gardırobun üstünde hazır bekleyen bir çanta vardı; İran'da deprem ya da Asya'da tsunami olunca her şeyi bırakıp çantasını alarak saatler içinde soluğu uçup hayat kurtarmak üzere Heathrow'da alıyordu.

Jess ise çarpıcı baskıları, Converse ayakkabıları, bütün güzelliği ve nezaketiyle moda sektöründe çalışıyordu. Ya da belki müzik veya reklam sektöründe. Stilist ya da fotoğrafçı olabilirdi. Aynı zamanda sanatsal yetenekle dolu, başarılı bir ressamdı. Şimdi onu açık penceresinden bangır bangır müziğin yayıldığı yukarıdaki hobi odasında, elinde bir fırçayla ve duvara yaslanmış kocaman bir tuvalle görebiliyordum. Akşam üzerine kadar orada kalacaktı; Jason onu çalıştığı zamanlarda rahatsız etmemesi gerektiğini biliyordu.

Elbette onu gerçekte göremiyordum. Resim yapıp yapmadığını ya da Jason'ın harika bir kahkahası olup olmadığını ya da Jess'in elmacık kemiklerinin güzel görünüp görünmediğini bilmiyordum. Buradan kemik yapısı da ayırt edilmiyordu ve Jason'ın sesini de hiç duymamıştım. Onları yakından hiç görmemiştim, ben yolun o tarafında yaşarken onlar orada oturmuyorlardı. O eve, ben iki yıl önce oradan taşındıktan kısa bir süre sonra taşınmışlardı, tam tarihini bilmiyordum. Sanırım onları ilk fark edişim yaklaşık bir yıl önceydi ve aylar geçtikçe, gitgide benim için önem kazanmaya başladılar.

İsimlerini de bilmediğim için onlara benim isim vermem gerekmişti. Jason, çünkü İngiliz film yıldızları gibi yakışıklıydı, Depp'e ya da Pitt'e değil, Firth'e ya da Jason Isaacs'e benziyordu. Jess de Jason ile uyumluydu ve ona da yakışıyordu. Güzel ve umursamaz tavrına uyuyordu. Onlar bir çift, bir takımdı. Mutlu olduklarını tahmin ediyordum. Benim eski hâlim gibi, beş yıl önceki Tom ve ben gibiydiler. Kaybettiğim şey onlardaydı, istediğim her şeye sahiptiler.

Akşam

Düğmeleri göğsümü geren, rahatsız edici derecede dar gömleğimin koltuk altlarında ıslak lekeler oluşmuştu. Gözlerim ve boğazım ağrıyordu. Bu akşam yolculuğun uzamasını hiç istemiyordum; eve gitmek, soyunup duşa girmek, beni kimsenin göremeyeceği bir yerde olmak istiyordum.

Karşı koltukta oturan adama baktım. Benim yaşlarımda, otuzlarının başlarında ya da ortasındaydı, saçları koyu renkliydi ve şakaklarına doğru beyazlaşıyordu. Benzi soluktu. Üzerinde takım elbise vardı ama ceketini çıkarıp yanındaki koltuğa fırlatmıştı. Önünde açık duran MacBook'u kâğıt gibi incecikti. Yavaş yazıyordu. Sağ bileğinde geniş yüzeyli gümüş bir saat vardı. Pahalı gibi görünüyordu, Breitling olabilirdi. Yanağını yiyordu. Gergin gibiydi. Belki de sadece derin düşünüyordu. Belki New York'taki ofiste bulunan bir iş arkadaşına önemli bir e-posta ya da kız arkadaşına sözcüklerini dikkatli seçtiği bir ayrılık mesajı yazıyordu. Aniden kafasını kaldırıp baktığında göz göze geldik; bakışları üzerimde ve önümdeki masada duran küçük şarap şişesinde gezindi. Başka tarafa döndü. Tiksintinin okunduğu dudaklarının kapanışında bir şey vardı. Beni tiksinç bulmuştu.

Eskisi gibi değildim. Artık arzu edilmiyordum, iticiydim. Bunun tek nedeni kilo almam ya da yüzümün içkiden ve uykusuzluktan şişmesi değildi; sanki insanlar yüzümden, kendimi tutma ve hareket etme şeklimden üstüme yazılmış hasarı okuyabiliyorlardı.

Geçen hafta bir gece, bir bardak su almak için odamdan çıktığım sırada Cathy'nin erkek arkadaşı Damien ile oturma odasında konuştuklarını duymuştum. Koridorda durup kulak kabarttım. "Kız yalnız," diyordu Cathy. "Onun için gerçekten endişeleniyorum." Sonra, "İşten ya da ragbi klübünden falan kimse yok mu?" diye sordu. Damien ise, "Rachel için mi? Cath, dürüst olmak gerekirse o kadar çaresiz durumda olan kimseyi tanımıyorum," demişti.

11 Temmuz 2013 Perşembe

Sabah

İşaret parmağımdaki yara bandını didikliyordum. Bu sabah kahve fincanımı yıkarken ıslanmıştı; yapış yapıştı ve kirlenmişti. Oysa henüz bu sabah temizdi. Kesik derin olduğu için çıkarmak istemiyordum. Eve vardığımda Cathy dışarıdaydı ve ben de içki almaya gidip iki şişe şarapla geri dönmüştüm. İlkini içtikten sonra dışarıda olmasından faydalanıp kendime biftek pişirmek, kırmızı soğan sosu hazırlamak ve yeşil salatayla birlikte yemek istedim. Güzel, sağlıklı bir yemek olacaktı. Soğanları doğrarken parmağımın ucunu da kesiverdim. Temizlemek için banyoya gittikten sonra bir süreliğine uzanıp her şeyi unutmuştum ki saat on civarında uyanıp Cathy ile Damien'ı konuşurken duydum. Damien mutfağı bu şekilde bırakmış olmamın ne kadar iğrenç olduğunu söylüyordu. Cathy bana bakmak için yukarı çıktı, kapıma nazikçe vurdu ve hafifçe açtı. Kafasını içeri uzatıp iyi olup olmadığımı sordu. Ne için olduğunu tam bilmesem de özür diledim. Sorun olmadığını ama biraz temizlik yapıp yapamayacağımı sordu. Kesme tahtasında kan vardı, mutfak çiğ et kokuyordu, biftek hâlâ tezgâhtaydı ve griye dönmüştü. Damien beni görünce merhaba bile demeden yalnızca başını iki yana sallayarak yukarı çıktı, Cathy'nin yatak odasına girdi.

İkisi de yatağa gittikten sonra ikinci şişeyi içmediğimi hatırlayıp hemen açmıştım. Koltuğa oturup duymasınlar diye sesi çok kısarak televizyon izledim. Ne izlediğimi hatırlayamıyorum ama bir an kendimi yalnız ya da mutlu ya da öyle bir şey hissetmiş olmalıyım ki, biriyle konuşmak istedim. Birileriyle temas kurma ihtiyacı ağır basmıştı ve Tom dışında arayabileceğim kimse yoktu.

Tom dışında konuşmak istediğim kimse yoktu. Telefonumdaki arama kaydı onu dört kez, saat 11.02'de, 11.12'de, 11.54'te ve 12.09'da aradığımı söylüyordu. Aramaların uzunluğuna bakacak olursam, iki mesaj bırakmıştım. Telefonu açmış bile olabilirdi ama onunla konuştuğumu hatırlamıyordum. İlk mesajı bıraktığımı hatırlıyordum; galiba yalnızca beni aramasını istedim. Her iki mesajda bunu söylemiş olabilirdim ve bu da o kadar kötü değildi.

Tren kırmızı ışıkta titreyerek durunca kafamı kaldırıp

baktım. Jess verandasında oturmuş, bir fincan kahve içiyordu. Ayaklarını masaya koymuştu ve başını arkaya yaslayarak güneşleniyordu. Arkasında yavaşça hareket eden birinin gölgesini gördüğümü düşündüm: Jason. Onu görmeyi, yakışıklı yüzünün ışıltısını yakalamayı diliyordum. Dışarı çıkmasını, hayalimdeki gibi Jess'in arkasında durmasını, başını öpmesini istiyordum.

Dışarı çıkmadı ve Jess'in başı öne düştü. Bugünki hareketlerinde farklı görünen bir şey vardı; daha ağır ve bitkindi. Jason'ın onun yanına gelmesini istiyordum ama tren sallanıp ilerlemeye başladı ve hâlâ görünürde yoktu; Jess yalnızdı. Şimdi de hiç düşünmeden kendimi doğrudan eve bakarken buldum ve gözlerimi kaçıramadım. Çift kanatlı kapı ardına kadar açıktı ve ışık mutfağa süzülüyordu. Bunu gerçekten görüyor muydum, yoksa hepsi bir hayalden mi ibaretti, bilmiyordum ama Jess gerçekten orada, lavaboda bulaşık mı yıkıyordu? Mutfak masasının üstünde, sallanan bebek sandalyesinde oturan küçük bir kız var mıydı?

Gözlerimi kapadım ve karanlığın büyüyüp yayılarak mutsuzluk hissinin daha da kötü bir şeye dönüşmesini bekledim: bir anı, geçmişe bir dönüş. Ondan yalnızca beni aramasını istememiştim. Şimdi hatırlamıştım, ağlıyordum. Onu hâlâ sevdiğimi, her zaman da seveceğimi söylemiştim. *Lütfen, Tom, lütfen, seninle konuşmam gerek. Seni özledim.* Hayır, hayır, hayır, hayır, hayır, hayır, hayır.

Kabullenmem gerekiyordu, aklımdan uzaklaştırmaya çalışmamın bir anlamı yoktu. Bütün gün kendimi berbat hissedecektim, karın boşluğumdaki bu sancı, utancın verdiği acı, yüzümü basan ateş dalga dalga gelecekti: önce güçlü, sonra zayıf, sonra yeniden güçlü. Sanki her şeyi silebilecekmişim gibi gözlerimi sıkmıştım. Ve bütün gün kendime, en kötüsünün bu olmadığını söyleyip duracaktım. Yaptığım en kötü şey bu değildi, herkesin ortasında yere düşmek ya da sokaktaki bir yabancıya bağırmak gibi değildi. Yazın barbekü yaparken kocamı, arkadaşlarından birinin karısına hakaretler ederek aşağılamak gibi değildi. Bir gece evde kavga ederken ona golf sopasıyla saldırıp bu sırada koridor duvarının da sıvasını kaldırmak gibi değildi. Üç saatlik bir öğle yemeğinden sonra işe geri dönüp herkesin bakışları altında ofise sendeleyerek girmek gibi değildi. Martin Miles beni kenara çekip, *Bence* şimdi *eve gitsen iyi olacak Rachel,* demişti. Bir keresinde, Londra'nın kalabalık bir ana caddesinde, biraz önce restoranda tanıştığı iki farklı adama oral seks yaptığını anlatan eski bir alkoliğin yazdığı bir kitap okumuştum. Onu okuyunca *o kadar da* kötü olmadığımı düşünmüştüm. Sınırımı orada çizmiştim.

Akşam

Bütün gün, bu sabah gördüklerim dışında hiçbir şeye odaklanamadan sadece Jess'i düşünüp durmuştum. Yolunda gitmeyen bir şeylerin olduğuna inanmama neden olan neydi? Uzaktan yüzündeki ifadeyi görmem mümkün olmamıştı ama ona baktığımda tek başına olduğunu hatta yapayalnız olduğunu hissetmiştim. Belki de öyleydi, belki de Jason evde yoktu, hayat kurtarmak için tehlikeli ülkelerden birine gitmişti. Ve Jess onu özlüyor, her ne kadar gitmesi gerektiğini bilse de onun için endişeleniyordu.

Tabii ki onu özlüyordu, tıpkı benim gibi. O nazik ve güçlüydü, bir kocada olması gereken her şeye sahipti. Üstelik bir birliktelikleri vardı. Bunu anlayabiliyordum, öyle olduğunu biliyordum. Gücü, yansıttığı koruyuculuğu Jess'in zayıf olduğunu göstermiyordu. Onun da güçlü olduğu taraflar başkaydı; Jason'ın ağzını hayranlıktan açık bırakan entelektüel sıçramaları vardı. Bir sorunun özünü kesip parçalara ayırarak başka insanların günaydın deme hızında analiz edebiliyordu. Partilerde Jason, Jess'in elini yıllardır birlikte olmalarına rağmen bırakmıyordu. Birbirlerine saygı duyuyor, küçümsemiyorlardı.

Bu akşam kendimi bitkin hissediyordum. Tamamen ayıktım. Bazı günler kendimi öyle kötü hissediyordum ki, içmem gerekiyordu; bazı günler ise kendimi öyle kötü hissediyordum ki, içemiyordum. Bugün ise alkol fikri midemi altüst ediyordu. Ama akşam treninde ayık olmak çok zordu, özellikle de şu an, bu sıcakta. Tenimin her santimetresini bir ter tabakası kaplamıştı, ağzımın içi karıncalanıyor, gözlerim acıyordu ve ovuşturduğumda bütün maskara kenarlara bulaşmıştı.

Çantamın içindeki telefonum vızıldayınca yerimden sıçradım. Vagonun öteki tarafında oturan iki kız önce bana, sonra birbirlerine bakıp sinsice gülümsediler. Hakkımda ne düşündüklerini bilmesem de iyi şeyler olmadığını tahmin edebiliyordum. Telefona uzanırken kalbim göğüs kafesimde küt küt atıyordu. Bunun da iyi bir arama olmadığını biliyordum: Bu akşam içkiye bir ara vermemi isteyecek olan Cathy olabilirdi. Ya da haftaya Londra'da olacağını, ofise uğrayacağını ve öğle yemeğine çıkabileceğimizi söyleyecek olan annemdi. Ekrana baktım. Arayan Tom'du. Yalnızca bir saniyelik tereddütten sonra telefonu açtım.

"Rachel?"

Onu tanıdığım ilk beş yıl, hiçbir zaman Rachel olmamıştım, her zaman için Rach'tim. Bazen Shelley diye seslenirdi çünkü bundan nefret ediyordum ve öfke içinde kıpırdanıp sonra onun kahkahalarına katılmadan edemediğim için kıkırdamaya başlamam onu güldürüyordu. "Rachel, benim." Sesi kasvetliydi, yorgun bir hâli vardı. "Bak, buna bir son vermen gerek, tamam mı?" Tek kelime etmedim. Tren yavaşlıyordu ve evin neredeyse önündeydik, eski evimin. Ona *Dışarı çık, çimenlerde dur. Seni bir göreyim,* demek istedim. "Lütfen, Rachel, beni böyle sürekli arayamazsın. Kendini toplamalısın." Boğazıma çakıl taşı kadar sert bir yumru oturmuştu, pürüzsüz ve inatçıydı. Yutkunamıyordum. Konuşamıyordum. "Rachel? Orada mısın? İşlerin yolunda gitmediğini biliyorum ve bunun için üzgünüm, gerçekten ama... sana ben yardım edemem ve bu devamlı aramaların Anna'yı gerçekten üzüyor. Tamam mı? Sana artık yardım edemem. AA*'ya falan git. Lütfen, Rachel. Bugün işten sonra bir AA toplantısına git."

Pis yara bandını parmağımın ucundan çekip altındaki soluk, kırışmış ete baktım. Tırnağımın kenarındaki kan kurumuştu. Sağ elimin başparmağını kesiğin ortasına bastırınca yara açıldı, acı keskin ve güçlüydü. Nefes aldım. Yaradan kan sızmaya başladı. Vagonun öteki tarafındaki kızlar boş gözlerle beni izliyordu.

* Adsız Alkolikler.

MEGAN

Bir yıl önce

16 Mayıs 2012 Çarşamba

Sabah

TRENİN GELDİĞİNİ duyabiliyordum; ritmini ezbere biliyordum. Northcote istasyonundan çıkarken hızlanıyordu, dönemeçten tıngırdayarak geçtikten sonra homurdanmaya başlayarak yavaşlıyordu. Bazen de evden iki yüz metre kadar önceki ışıkta durduğunda frenin tiz sesi duyuluyordu. Masada duran kahvem soğumuştu ama ben oldukça terlemiştim ve kalkıp bir kahve daha yapamayacak kadar tembeldim.

Bazen gelip geçen trenleri seyretmiyordum bile, yalnızca dinliyordum. Sabahları burada gözlerimi kapayıp oturuyordum, gözkapaklarıma değen sıcak güneş turuncu renkli oluyordu. Şu an başka bir yerde olabilirdim. İspanya'nın güneyinde, sahilde olabilirdim; İtalya'da, o güzelim rengârenk evlerin ve turistleri getirip götüren trenlerin bulunduğu Cinque Terre'de olabilirdim. Kulaklarımda martı çığlıkları, dilimde tuzla yeniden Holkham'da olabilirdim ve beş yüz metre uzaktaki paslanmış demir yolundan hayalet bir tren geçiverirdi.

Tren bugün durmuyor, yavaşça ilerliyordu. Tekerleklerin makasların üzerinde gıcırdadığını duyabiliyor, hatta neredeyse sarsıntısını bile hissediyordum. Yolcuların yüzlerini göremiyordum ve onların yalnızca masaların arkasına oturmuş Euston yolcuları olduğunu biliyordum ama hayal kurabilirdim, daha egzotik yolculukların, hattın sonundaki ve ötesindeki maceraların hayalini. Holkham'a yeniden gitme fikrini aklımın bir kenarına yazmıştım, bunu hâlâ böyle sabahlarda bu kadar içten, bu kadar arzuyla düşünüyor olmam çok tuhaftı ama durum bundan ibaretti. Çimlerdeki rüzgâr, kumulların üzerindeki barut rengi gökyüzü, fareyle kaplanmış, mum, pislik ve müzikle dolup taşan çürük evler. Şu an bana rüya gibi geliyordu.

Kalbimin biraz fazla hızlı attığını hissedebiliyordum.

Basamaklardaki ayak seslerini duyabiliyordum, bana sesleniyordu.

"Bir kahve daha ister misin, Megs?"

Büyü bozuldu, uyandım.

Akşam

Rüzgârdan üşüdüysem de martinime eklediğim iki parmak votka yüzünden ter basmıştı. Terastaydım ve Scott'ın eve gelmesini bekliyordum. Beni akşam yemeği için Kingly Caddesi'ndeki Italian'a götürmesi için onu ikna edecektim. Yıllardır hiç dışarı çıkmamıştık.

Bugün pek bir şey yapmamıştım. St Martins'teki mefruşat kursu için başvurumu halletmem gerekiyordu; başlamıştım da ama mutfakta çalışırken bir kadının çığlık çığlığa bağırdığını, korkunç sesler çıkardığını duydum ve birinin öldürülüyor olduğunu düşündüm. Koşup bahçeye fırladım ama hiçbir şey göremedim.

Kadının sesini hâlâ duyabiliyordum, rahatsız ediciydi, kulaklarımı tırmalıyordu, gerçekten tiz ve çaresizdi. "Ne yapıyorsun? Ona ne yapıyorsun? Onu bana ver, onu bana ver." Yalnızca birkaç saniye sürse de devam etmişti.

Yukarı koşup terasa çıktım. Ağaçların arasından birkaç bahçe yukarıdaki çitin kenarında iki kadın gördüm. Bir tanesi bağırıyordu –belki de ikisi birden bağırıyorlardı– ve avazı çıktığı kadar bağıran bir de çocuk vardı.

Aklıma polisi aramak geldiyse de sonrasında her şey sakinler gibi oldu. Bağırıp duran kadın evin içine, kucağında çocukla birlikte koştu. Diğeri dışarıda kaldı. Eve doğru koştu, tökezledi, doğruldu ve sonra bahçede volta atmaya başladı. Bu gerçekten tuhaftı. Neler olduğunu ancak Tanrı bilirdi. Ama haftalardır yaşadığım en büyük heyecan da bu olmuştu.

Artık gidecek bir galerim olmadığı için günlerim bomboş geçiyordu. Galerimi çok özlüyordum. Sanatçılarla konuşmayı çok özlüyordum. Hatta ellerinde Starbucks'larla devamlı gelip resimlere bakarak arkadaşlarına küçük Jessie'nin anaokulundayken bunlardan daha güzel resimler yaptığını söyleyen sıkıcı, kusursuz anneleri bile özlüyordum.

Bazen eskilerden birilerinin izini bulmayı denesem mi diye düşünüyordum ama onlarla ne konuşacaktım ki? Mutlu bir evlilik yapan banliyölü Megan'ı tanımayacaklardı bile. Zaten geriye bakma tehlikesine atılamazdım, bu her zaman kötü bir fikirdi. Yazın bitmesini bekledikten sonra iş arayacaktım. Bu uzun yaz günlerini harcarsam çok yazık olurdu. Burada ya da herhangi bir yerde bir şeyler bulacaktım, bunu biliyordum.

14 Ağustos 2012 Salı

Sabah

Kendimi gardırobun önünde, yüzüncü kez güzel giysi rafıma bakarken yakaladım. Bu, küçük ama modern bir sanat galerisinin yöneticisi için mükemmel bir gardıroptu. İçindeki hiçbir şey "dadılık" değildi. Allahım, bu sözcük bile midemi bulandırıyordu. Kot pantolon ve tişört giydikten sonra saçlarımı arkaya attım. Makyaj yapma zahmetine girmek bile istemiyordum. Bütün günümü bir bebekle geçirmek için güzelleşmenin ne anlamı vardı ki?

Çatacak yer ararcasına hızla aşağı indim. Scott mutfakta kahve yapıyordu. Gülerek bana dönünce ruh hâlim anında değişti. Somurtmamın yerini gülümseme aldı. Kahvemi uzatıp beni öptü.

Onu bu yüzden suçlamanın hiçbir anlamı yoktu, benim fikrimdi. Aynı cadde üzerindeki insanlara çocuk bakıcılığı yapmayı ben istemiştim. O zaman eğlenceli olabileceğini düşünmüştüm. Tamamen delilikti bu, gerçekten, kafayı yemiş olmalıydım. Sıkılmış, delirmiş, merak etmiş. Görmek istemiştim. Galiba bu fikir aklıma onun bahçede bağırdığını duyduktan sonra gelmişti. Neler olduğunu öğrenmek istemiştim. Bunu tabii ki sormamıştım. Böyle bir şeyi soramazsın değil mi?

Scott beni cesaretlendirmişti. Teklifi yaptığımda havalara uçmuştu. Bebeklerle zaman geçirmenin beni sakinleştireceğini sanmıştı. Aslında tam tersi oluyordu; evlerinden çıkınca koşa koşa kendi evime geliyor, sabırsızlıkla giysilerimi çıkarıp duşa giriyor, üstümdeki bebek kokusundan kurtuluyordum.

Bakımlı, saçları yapılmış bir şekilde galeriye gidip yetişkinlerle sanat, film ya da herhangi bir konuda konuştuğum günlerimi özlüyordum. Hiçbir şey Anna ile ettiğim sohbetlerden daha kötü olamazdı. Tanrım, o kadın çok sıkıcıydı! Eskiden kendiyle ilgili konuştuğu zamanlar da olmuş olabilirdi ama artık tek konusu, çocuğuydu: Üşümüyormuş değil mi? Yoksa terlemiş mi? Ne kadar süt içmiş? Üstelik de sürekli *evdeydi*, o yüzden çoğu zaman kendimi yedek parça gibi hissediyordum. Benim işim Anna dinlenirken çocukla ilgilenmek, mola vermesini sağlamaktı. Ne molasıydı ki bu? Bir de çok gergindi. Sürekli dolanıp durduğu, kıpırdandığı için varlığını hissettiriyordu. Ne zaman bir tren geçse irkiliyor, telefon çaldığında yerinden sıçrıyordu. Ne kadar da hassaslar değil mi, diyordu ve bu konuda haksız olduğunu söyleyemezdim.

Evden çıkıp ağırlaşmış bacaklarımla Blenheim Caddesi'nden evlerine kadar elli metre kadar yürüdüm. Adımlarımı hızlandıramazdım. Bugün kapıyı Anna değil, kocası açtı. Tom takım elbise ve çizme giymiş, işe gitmeye hazırdı. Takım elbise içinde yakışıklı görünüyordu. Elbette Scott kadar değil, daha kısa, daha soluk tenliydi ve yakından bakıldığında gözleri birbirine biraz yakındı ama fena sayılmazdı. Bana o kocaman, Tom Cruise gülümsemesini gösterdikten sonra gitti. Ben, Anna ve bebek baş başa kalmıştık.

16 Ağustos 2012 Salı

Öğleden Sonra

İşi bıraktım!

Kendimi daha iyi hissediyordum, sanki (artık) her şey mümkündü.

Terasta oturmuş, yağmuru bekliyordum. Üzerimdeki siyah gökyüzü daireler çizip pikeler yaparak her şeyi yutuyordu, hava nemden ağırlaşmıştı. Scott bir saat kadar sonra evde olacaktı ve ona söylemem gerekiyordu. Siniri yalnızca bir iki dakika sürecekti, gönlünü almasını bilirdim. Bütün gün evde oturmayacaktım: Bir süredir plan yapıyordum. Fotoğrafçılık kursuna gidebilir ya da bir tezgâh kurup mücevher satabilirdim. Yemek yapmayı öğrenebilirdim.

Okuldaki bir öğretmenim bana bir keresinde kendimi sürekli yeniden icat ettiğimi söylemişti. O sırada ne demek istediğini anlamamış, öylesine söylediğini sanmıştım ama artık bu fikir hoşuma gidiyordu. Kaçak, âşık, eş, garson, galeri yöneticisi, dadı ve birkaç tane daha. Peki yarın kim olmak istiyordum?

İşten gerçekten ayrılmak istemiyordum ama sözcükler bir anda dökülüverdi. Mutfak masasında oturuyorduk, Anna'nın kucağında bebek vardı ve Tom da bir şey almak için eve geri döndüğünden mutfaktaydı ve kahve içiyordu. Bu çok gülünçtü, orada olmamın hiçbir anlamı yoktu. Daha da kötüsü kendimi sanki davetsiz bir misafirmişim gibi kötü hissediyordum.

"Başka bir iş buldum," dedim, pek düşünmeden. "O yüzden bu işi artık yapamayacağım." Anna bana baktı, sanırım bana inanmamıştı. Sadece, "Ah, çok yazık," dedi ama pek de samimi değil gibiydi. Rahatlamışa benziyordu. Bana işin ne olduğunu bile sormadı ve bu da beni rahatlatmıştı çünkü ikna edici bir yalan düşünmemiştim.

Tom biraz şaşırmışa benziyordu. "Seni özleyeceğiz," dedi ama bu da bir yalandı.

Gerçekten hayal kırıklığına uğrayacak tek kişi Scott'tı, ona söyleyecek bir şeyler düşünmeliydim. Belki de ona Tom'un bana göz koyduğunu söyleyebilirdim. Bu her şeye son noktayı koyardı.

20 Eylül 2012 Perşembe

Sabah

Saat yediyi henüz geçmişti ve burası çok serindi ama bütün o yan yana dizilmiş yeşil ve soğuk, kendilerini raylardan kurtarıp her şeyi canlandıracak güneş ışığı dokunuşlarını bekleyen bu bahçeler çok güzeldi. Saatlerdir uyanıktım, uyuyamıyordum. Günlerdir uyumamıştım. Bundan nefret ediyordum, uykusuzluktan her şeyden daha çok nefret ediyordum. Burada öylece yatmıştım ve beynim dönüp duruyordu, tık, tık, tık, tık. Her yerim kaşınıyordu. Kafamı kazımak istiyordum.

Koşmak istiyordum. Üstü açık bir arabayla uzun yola çıkmak istiyordum. Arabamı kıyıya sürmek istiyordum, herhangi bir kıyıya. Sahilde yürümek istiyordum. Ben ve Ağabeyimle arabayla yolculuk yapıp duracaktık. Ben ile benim böyle planlarımız vardı. Yani, aslında çoğu Ben'in planıydı, tam bir hayalperestti. Motorsikletle Paris'ten Côte D'Azur'e ya da ABD'ye gidip Pasifik kıyısına inecek, Seattle'dan Los Angeles'a gidecektik; Buenos Aires'ten Caracas'a Che Guevara'nın yolunu takip edecektik. Belki tüm bunları yapmış olsaydım, şimdi burada, ne yapacağımı bilmez hâlde olmazdım. Belki de tüm bunları yapsaydım, tam burada ve hâlimden tamamen memnun olurdum. Ama tabii ki yapamadım çünkü Ben Paris'e kadar gidemedi. Cambridge'e kadar bile gidemedi. A10*'da öldü, kafatası bir tırın tekerlekleri altında ezildi.

Onu her gün özlüyordum. Sanırım herkesten çok. Hayatımdaki, ruhumun ortasındaki en büyük boşluk oydu. Ya da belki de sadece bir başlangıçtı. Bilmiyordum. Tüm bunların Ben ile ilgili olup olmadığından emin değildim. Ya da her

---

* İngiltere'nin kuzeyiyle güneyini bağlayan anayol.

şeyin ondan sonra ve ondan beri olanlarla ilgili olup olmadığını bilmiyordum. Bildiğim tek şey, bir an her şey yolunda gidiyor, hayat güzelleşiyor ve hiçbir şeye ihtiyaç duymuyor, sonra bir anda uzaklaşmak için can atıyor, allak bullak, darmaduman oluyordum.

O hâlde terapiste gidecektim! Bu tuhaf olabileceği kadar zevkli de olabilirdi. Katolik olmanın, günah çıkarmaya gidebilmenin, yükünden kurtulmanın ve seni affettiğini, günahlarından arındırdığını, geçmişe sünger çektiğini söyleyen birinin olmasının her zaman çok eğlenceli olabileceğini düşünmüştüm.

Bu tabii ki tam olarak aynı şey değildi. Biraz gergindim ama son zamanlarda uyuyamamıştım ve Scott da benimle aynı durumdaydı. Ona *tanıdığım* insanlarla bu konuyu konuşmanın çok zor olduğunu düşündüğümü söylemiştim, seninle bile bunu konuşamıyordum. O da bana sorunun bu olduğunu, yabancılarla her şeyi konuşabileceğimi söylemişti. Ama bu çok da doğru değildi. Öyle *her şeyi* anlatamazdım. Zavallı Scott. Yarısını bile bilmiyordu. Beni o kadar çok seviyordu ki, içim acıyordu. Bunu nasıl beceriyordu, bilmiyordum. Kendi kendimi delirtecektim.

Ama *bir şeyler* yapmam gerekiyordu ve en azından bu biraz harekete geçmek gibiydi. Bütün planlarım –fotoğrafçılık kursu ve aşçılık dersleri– gerçekten düşününce biraz saçma geliyordu, sanki gerçek hayatı yaşamaktansa rol yapıyor gibiydim. Yapmam *gereken* bir şey bulmalıydım, reddedilemez bir şey. Bunu yapamazdım, yalnızca bir eş olamazdım. İnsanların hiçbir şey yapmadan nasıl öylece bekleyebildiklerini anlamıyordum. Erkeklerinin eve gelmesini ve onları sevmesini bekliyorlardı. Ya da kafalarını dağıtacak bir şeyler arıyorlardı.

Akşam

Bekletildim. Randevum yarım saat önceydi ve hâlâ burada, bekleme odasında oturmuş, *Vogue*'un sayfalarını karıştırarak çekip gitmeyi düşünüyordum. Doktor randevularının uzadığını biliyordum ama ya terapistlerin? Filmler bana hep onların sizi otuz dakikanız sona erer ermez kapı dışarı ettiklerini öğretmişti. Galiba Hollywood, Devlet Sağlık Merkezi'ndeki terapistleri kastetmiyordu.

Tam danışmaya gidip yeterince beklediğimi, artık gideceğimi söyleyecekken doktorun ofisinin kapısı açıldı ve çok uzun, sırık gibi bir adam dışarı çıkarak özür dileyen gözlerle bakıp bana elini uzattı.

"Bayan Hipwell, sizi beklettiğim için çok özür dilerim," dedi. Gülümseyip sorun olmadığını söyledim. O sırada gerçekten de sorun olmayacağını düşünmüştüm çünkü yalnızca bir iki dakikadır yanındaydım ve kendimi çoktan hafiflemiş hissediyordum.

Sanırım bunun nedeni sesiydi. Yumuşak ve alçaktı. Hafif aksanlıydı ki bunu bekliyordum çünkü adı Dr. Kamal Abdic'ti. İnanılmaz koyu bal rengindeki teniyle her ne kadar daha genç gösterse de, otuzlarının ortasında olduğunu tahmin ediyordum. Üstümde hayal edebildiğim ellere sahipti, parmakları uzun ve narindi, tenime değdiklerini neredeyse hissedebiliyordum.

Elle tutulur bir konuda konuşmadık, yalnızca giriş safhasını, tanışma faslını atlattık; bana sorunun ne olduğunu sorunca panik ataklarımdan, uykusuzluğumdan, geceleri uykuya dalmaktan korkarak öylece uzandığımdan bahsettim. Bu konuyu biraz daha açmamı istedi ama henüz hazır değildim. Uyuşturucu ve alkol kullanıp kullanmadığımı sordu. Ona bugünlerde başka günahlar işlediğimi söyledikten sonra gözlerinin içine baktım. Sanırım ne demek istediğimi anlamıştı. Sonra sanki konuya daha ciddi yaklaşmam gerektiğini hissettiğim için galerimin kapandığından ve kendimi sürekli boşlukta hissettiğimden, yönümü kaybettiğimden, aklımın içinde çok fazla zaman geçirdiğimden bahsettim. Pek konuşmuyor, yalnızca ara sıra cevap veriyordu ama konuşmasını duymak istediğim için giderken ona nereli olduğunu sordum.

"Maidstone," dedi, "Kent'te. Ama birkaç yıl önce Corly'ye geri taşındım." Sorduğum şeyin bu olmadığını biliyordu; kurnazca gülümsedi.

Eve vardığımda Scott beni bekliyordu, elime bir içki tuşturdu, her şeyi öğrenmek istiyordu. Her şeyin yolunda gittiğini söyledim. Bana terapist hakkında sorular sordu: Onu sevmiş miydim, iyi birine benziyor muydu? İyiydi, dedim çünkü çok coşkulu görünmek istemiyordum. Ben hakkında konuşup konuşmadığımızı sordu. Scott her şeyin nedeninin Ben olduğunu düşünüyordu. Belki de haklıydı. Beni sandığımdan daha iyi tanıyor olabilirdi.

25 Eylül 2012 Salı

Sabah

Bu sabah erken uyanmıştım ama birkaç saat uyuyabilmiştim ve bu da son haftada bir ilerlemeydi. Yataktan çıktığımda kendimi neredeyse yenilenmiş hissediyordum ve terasta oturmak yerine yürüyüşe çıkmaya karar verdim.

Hiç farkına varmadan uzun süredir kendimi eve kapıyordum. Bugünlerde gittiğim tek yerler mağazalar, pilates derslerim ve terapistimdi. Bazen de Tara'ya gidiyordum. Geri kalan zamanlarımı evde geçiriyordum. Huzursuzlanmama şaşırmamak gerekti.

Evden çıktım, sağa döndüm ve sonra Kingly Caddesi'ne

doğru sola saptım. The Rose adındaki barı geçtim. Oraya sık sık giderdik; neden artık gitmediğimizi unutmuştum. Aslında orayı çok sevmezdim, kırklı yaşların başında bir sürü çift sünger gibi içip daha iyi bir seçeneklerinin olup olmadığını görmek için etrafına bakarak cesaretleri var mı, merak ediyorlardı. Belki de oraya gitmeyi bu yüzden bırakmıştık çünkü bundan hoşlanmıyordum. Barı ve mağazaları geçtim. Uzaklaşmak istemiyordum, sadece bacaklarımı açmak için ufak bir tur atacaktım.

Erkenden, okul başlamadan, insanlar işe koşuşturmadan dışarı çıkmak çok güzeldi; sokaklar boş ve temizdi, gün olasılıklarla doluydu. Yeniden sola saptım ve sahip olduğumuz tek zavallı yeşil alan olan küçük oyun parkına doğru yürüdüm. Şu anda boştu ama birkaç saat içinde yeni yürümeye başlayan çocuklarla, annelerle ve bakıcılarla dolup taşacaktı. Pilatesten kızların yarısı, esnek rekabetçi vücutları ve Starbucks'larına sarılmış manikürlü elleriyle buraya gelip Sweaty Betty'ye doğru yola çıkacaktı.

Devam ederek parkı geçtim ve Roseberry Bulvarı'na doğru ilerledim. Buraya saparsam galerimin yanından geçecektim –bir zamanlar benim olan ve artık boş bir mağaza penceresinden ibaret olan galerinin– ama bunu yapmak istemiyordum çünkü hâlâ biraz canımı yakıyordu. Başarılı olmak için çok çabalamıştım. Yanlış yer, yanlış zaman. Banliyöde sanata ihtiyaç duyulmuyordu, bu ekonomik durumda imkânsızdı. Onun yerine sağa dönüp Tesco Express'in ve emlakçıdan tanıdıklarımın gittiği diğer barın yanından geçerek dönüş yoluna geçtim. Artık uçuşan kelebekleri hissedebiliyordum, gerilmeye başlamıştım. Watsonlar'la karşılaşmak istemiyordum çünkü onları gördüğümde her zaman bir tuhaflık oluyordu; yeni bir işim olmadığı, onlarla çalışmaya devam etmek istemediğim için yalan söylediğim apaçık ortadaydı.

Ya da sadece Anna'yı gördüğümde bir tuhaflık oluyordu. Tom beni görmezden geliyordu. Ama Anna her şeyi kişiselleştiriyordu. Belli ki dadılıktaki kısa kariyerimin onun ya da çocuğunun yüzünden sonlandığını düşünüyordu. Her ne kadar çocuğun sürekli ağlayıp sızlaması onu sevmeyi zorlaştırsa da sorun o değildi. Her şey çok daha karmaşıktı ama tabii ki bunu ona açıklayamazdım. Her neyse. Sanırım kendimi eve kapatmamın nedenlerinden biri de Watsonlar'ı görmek istemememdi. İçimde bir parça taşınmalarını umut ediyordu. Anna'nın burayı sevmediğini biliyordum. O evden, eski karısının eşyaları arasında yaşamaktan ve trenlerden nefret ediyordu.

Köşede durup altgeçide baktım. Soğuğun ve nemin o kokusu her zaman tüylerimi diken diken etmişti. Bu, altındakileri görmek için kayayı ters çevirmek gibi bir şeydi: nem, kurtçuklar ve toprak. Bana çocukken bahçede oynayıp Ben ile birlikte göletin yanında kurbağa aradığımız zamanları hatırlatıyordu. Yürümeye devam ettim. Sokak temizdi – Tom'dan ve Anna'dan hiç iz yoktu– ve dramaya hiç karşı koyamayan tarafım aslında epey hayal kırıklığına uğramıştı.

Akşam

Scott arayıp geç saatlere kadar çalışacağını söylemişti ve bu haber hiç duymak istediğim türden değildi. Kendimi bütün gün huzursuz hissetmiştim ve hâlâ da öyleydim. Rahatlayamıyordum. Eve gelip beni sakinleştirmesine ihtiyaç duyuyordum. Oysa gelmesine saatler vardı ve beynimde sürekli bir şeyler dönüyor, dönüyor, dönüyordu ve yine uykusuz bir gecenin beni beklediğini biliyordum.

Burada öylece oturup trenleri izleyemezdim. Çok gergindim. Kalbim, tıpkı kafesinden çıkmaya çalışan bir kuş gibi göğsümde çırpınıyordu. Parmak arası terliklerimi giyip aşağıya indim. Ön kapıya gidip Blenheim Caddesi'ne çıktım. Saat hemen hemen yedi buçuktu, işten eve dönen güruhtan geriye yalnızca birkaç kişi kalmıştı. Etrafta başka kimse olmasa da akşam yemeği için içeri çağırılmadan önce arka bahçelerinde oyun oynayarak yazın son ışıklarının tadını çıkaran çocukların çığlıklarını duyabiliyordum.

Cadde boyunca, istasyona doğru yürüdüm. Bir an yirmi üç numaranın önünde durup kapıyı çalmayı düşündüm. Ne söyleyecektim ki? Şeker bitmiş mi? Sohbet etmek istedim mi? Jaluzileri yarıya kadar açıktı ama içeride kimseyi göremedim.

Köşeye kadar devam ettikten sonra pek düşünmeden altgeçide yürüdüm. Yarı yola vardığım sırada tren geldi ve epey gösterişliydi: Deprem gibiydi, vücudunuzun merkezinde hissedebiliyordunuz, kan akışınızı hızlandırıyordu. Yere baktığımda orada bir şey olduğunu fark ettim. Bu mor renkte, bollaşmış, çok kullanılmış bir tokaydı. Muhtemelen koşu yapan birinden düşmüştü ama nedense tüylerim diken diken oldu ve hızla gün ışığına geri çıkmak istedim.

Eve doğru yürürken yanımdan arabasıyla geçti, bir anlığına göz göze geldik ve bana gülümsedi.

RACHEL

12 Temmuz 2013 Cuma

Sabah

ÇOK YORGUNDUM, başım uyumaktan ağırlaşmıştı. İçtiğim zamanlarda pek uyumazdım. Bir iki saat kendimden geçtikten sonra korku içinde, kendimden bıkmış bir hâlde uyanırdım. İçmediğim günlerde çok derin bir uykuya, derin bir bilinçsizliğe dalardım ve sabah olduğunda güzel uyanamaz, uyku hâlini üstümden atamazdım. Bu saatler, bazen gün boyunca sürerdi.

Bugün vagonumdaki insan sayısı bir elin parmaklarını geçmiyordu ve hiçbiri yakınlarımda değildi. Beni izleyen kimse olmadığı için başımı pencereye yaslayıp gözlerimi kapadım.

Trenin tiz fren sesiyle uyandım. Işığa gelmiştik. Sabahın bu saatinde, yılın bu zamanında güneş doğrudan demir yolu kenarındaki evlere vuruyor, onları ışık seline boğuyordu. Kahvaltı sofrasında oturmuş, her zaman benimkilerden daha sıcak olduğu için ayaklarımı ayaklarının üstüne koyup gözlerimi gazeteye dikerek Tom'un karşısında oturduğum o sabah güneşinin sıcaklığını yüzümde ve kollarımda hissedebiliyordum. Bana gülümsediğini, her imalı bakışında olduğu gibi göğsümden boynuma kadar kızardığımı hissedebiliyordum.

Gözlerimi kırpıştırınca Tom uçup gitti. Hâlâ ışıktaydık. Jess'i bahçesinde görebiliyordum. Arkasındaki adam evden çıkıyordu. Elinde bir şey vardı –kahve fincanı olabilir– ve ona baktığımda Jason olmadığını fark ettim. Bu adam daha uzun, daha ince, daha koyu tenliydi. Bir aile dostu olabilirdi; belki Jess'in ya da Jason'ın erkek kardeşiydi. Eğildi, fincanları verandadaki metal masanın üstüne bıraktı. Birkaç haftalığına Avustralya'dan gelmiş bir kuzen de olabilirdi, Jason'ın en eski arkadaşı, düğünlerindeki sağdıcı da. Jess ona doğru yürüyüp ellerini beline doladı, uzun ve derin bir şekilde öptü. Tren hareket etti.

Buna inanamıyordum. Ciğerlerimi havayla doldurdum, nefesimi tuttuğumu fark etmiştim. Böyle bir şeyi neden yapmıştı ki? Jason onu seviyordu, bunu anlayabiliyordum, onlar mutlulardı. Ona böyle bir şey yaptığına inanamıyordum, bunu hak etmemişti. Gerçekten büyük bir hayal kırıklığı içindeydim, ihanete uğrayan *benmişim* gibi hissediyordum. Göğsüme bildik bir acı oturdu. Eskiden de böyle hissetmiştim. Elbette daha büyük ölçekli, daha yoğun dereceliydi ama acının niteliğini hatırlıyordum. Böyle şeyler unutulmazdı.

O zaman, bugünlerde herkesin öğrendiği gibi öğrenmiştim: Elektronik hata. Bazen bu yazılı bir mesaj, bazen de sesli mesaj olabiliyordu. Ben modern zamanların yakadaki ruj izi olan bir e-posta yakalamıştım. Kazara olmuştu, gerçekten, burnumu sokmak istememiştim. Tom'un bilgisayarına yaklaşmamam gerekiyordu çünkü yanlışlıkla önemli bir şey silmemden ya da basmamam gereken bir şeye basıp virüs ya da Trojan gibi bir şey bulaştıracağımdan korkuyordu.

"Teknolojide pek iyi değilsin, öyle değil mi, Rach?"

demişti, yanlışlıkla e-postasının adres defterindeki bütün kontakları silmeyi başarmamdan sonra. Yani artık dokunmamam gerekiyordu. Ama aslında iyi bir şey yapıyordum, mutsuz ve zor olduğum için kendimi affettirmek üzere özel bir dördüncü yıldönümü gezisi planlıyordum ve bu bize eski hâlimizi hatırlatacaktı. Bunun sürpriz olmasını istediğim için de gizlice iş takvimine bakmam gerekiyordu.

Burnumu sokmuyordum, bir açığını yakalamaya falan da çalışmıyordum, bunları yapacak biri değildim. Kocasının ceplerini karıştıran o korkunç kadınlardan olmaya hiç niyetim yoktu. Bir kere o duştayken telefonuna cevap vermiştim ve o buna çok üzülmüş, beni ona güvenmemekle suçlamıştı. İçine oturduğu için kendimi korkunç hissetmiştim.

İş takvimine bakmam gerekiyordu ve bir toplantı için dışarı çıktığından dizüstü bilgisayarı açık kalmıştı. Bu benim için harika bir fırsattı, takvimine bakıp bazı tarihleri not aldım. Takvimiyle birlikte tarayıcı penceresini kapadıktan sonra açık durumdaki e-posta hesabını fark ettim. En üstteki e-posta aboyd@cinnamon.com'dan gelmişti. Üstüne tıkladım. XXXXX. Sadece bu vardı, bir satır dolusu X. İlk önce bunun spam olduğunu düşündüm ama sonra öpücük olduğunu anladım.

Bu, Tom'un birkaç saat önce, yediden sonra, ben henüz yatağımızda uyuklarken yolladığı bir e-postaya cevaben yazılmıştı.

> Dün gece seni düşünerek uyuyakaldım, dudaklarını, göğüslerini, kasıklarını öptüğümü hayal ettim. Bu sabah içim seninle dolu uyandım, sana dokunmak için yanıp tutuşuyordum. Benden mantıklı olmamı bekleme, sen varken olamam.

Mesajlarını okudum, onlarca vardı, "Admin" başlıklı bir dosyaya saklanmışlardı. Adının Anna Boyd olduğunu ve kocamın ona âşık olduğunu anladım. Ona bunu sık sık söylemişti. Daha önce hiç böyle şeyler hissetmediğinden, birlikte olacakları gün için sabırsızlandığından söz etmişti.

O gün ne hissettiğimi tanımlayacak sözcükleri bulamıyordum ama şimdi bu trende oturmuş öfkeden deliye dönüyor, tırnaklarımı avuç içlerime batırıyordum. Gözlerim yaşla dolmuştu. Hissettiğim öfke çok yoğundu. Sanki *benden* bir şey çalınmış gibi hissediyordum. Bunu nasıl yapardı? Jess bunu nasıl yapardı? Onun nesi vardı böyle? Şu hayatlarına bir bak, nasıl da güzeldi! İnsanların kalplerinin sesini dinleyerek verdikleri zararı nasıl umursamazca görmezden gelebildiklerini hiçbir zaman anlamamıştım. Kalbinin sesini dinlemenin iyi bir şey olduğunu kim söylemişti ki? Bu egoizmden, her şeyi fethetme bencilliğinden başka bir şey değildi. İçim nefretle dolup taşıyordu. O kadını şu an görsem, Jess'i şu an görsem, yüzüne tükürürdüm. Gözlerini oyardım.

Akşam

Hatta bir sorun olmuştu. Stoke'a giden 17.56 hızlı treni iptal edildiği için yolcuları benim trenime doluştular. Vagonda yalnızca ayakta duracak yer kalmıştı. Neyse ki benim koltuğum vardı ama pencere kenarı değil, koridordu. Omzuma, dizime yaslanan vücutlar alanımı işgal ediyorlardı. İtmek, kalkıp onları sert bir şekilde dürtmek istiyordum. Sıcaklık gün boyunca artmış, etrafımı kuşatmıştı, sanki yüzümde bir maskeyle nefes alıyormuş gibi hissediyordum. Bütün pencereler açık olmasına rağmen hareket ederken bile kilitli bir metal kutuyu andıran vagona hava girmiyordu. Ciğerlerime yeterince oksijen çekemiyordum. Midem bulanıyordu. Bu sabah kahve dükkânındaki sahneyi gözümde canlandırmaktan kendimi alamıyordum, hâlâ oradaymışım gibi hissetmemi engelleyemiyordum, gözlerindeki bakışlardan kurtulamıyordum.

Tek suçlu Jess'ti. Bu sabah Jess ve Jason'a, Jess'in Jason'a yaptıklarına ve Jason'ın bunu öğrendiğinde, yüzleştiklerinde tıpkı bana olduğu gibi dünyası başına yıkıldığında nasıl hissedeceği konusuna kafayı takmıştım. Nereye gittiğime konsantre olamadan şaşkınlık içinde etrafta dolanıp durmuştum. Hiç düşünmeden Huntingdon Whiteley'deki herkesin kullandığı bir kahve dükkânına girdim. Tam kapıdayken onları gördüm ve geri dönmek için artık çok geçti; bana bakıyorlardı, yüzlerine bir gülümseme takınmak akıllarına gelene kadar, gözlerini kocaman açarak bir an bana baktılar. El kol işaretiyle yanlarına gelmemi söyleyen Martin Miles, yanında Sasha ve Harriet'tan oluşan korkunç üçler erkiydi bu.

"Rachel!" dedi Martin, sarılmak için kollarını uzatarak. Bunu beklemiyordum, ellerim aramızda sıkışıp kaldı, vücuduna beceriksizce dokundu. Sasha ile Harriet gülümsediler, çok yaklaşmamaya çalışarak belli belirsiz öpücükler yolladılar. "Burada ne işin var?"

Çok, çok uzun bir süre tutulup kaldım. Yere baktım, kıpkırmızı kesildiğimi fark etmiştim. Bunun durumu daha da kötüleştirdiğini anlayıp yalandan gülerek, "Görüşme. Görüşme," dedim.

"Ah." Martin şaşkınlığını gizleyemezken Sasha ile Harriet başlarını sallayarak gülümsediler. "Kiminle?"

Aklıma bir tane halkla ilişkiler şirketinin adı gelmiyordu. Tek bir tanesinin bile. Emlak şirketlerini de unutuvermiştim, gerçekten işe alım yapan bir tanesi bile hafızamda yoktu. Orada öylece durup işaret parmağımla alt dudağımı kaşıdım, başımı iki yana salladım ve en sonunda Martin, "Çok mu gizli? Bazı şirketler böyle tuhaf oluyor değil mi?

Sözleşmeler imzalanana ve her şey resmiyete dökülene kadar hiçbir şey söylememeni istiyorlar." Bu tam bir saçmalıktı ve o da bunun farkındaydı, beni kurtarmak için yapmıştı ama kimse inanmamıştı. Yine de herkes inanmış gibi yapıp başını salladı. Harriet ve Sasha arkamdaki kapıya bakıyorlardı, benim yerime utanmışlardı ve kurtulmanın bir yolunu arıyorlardı.

"Gidip kahvemi sipariş etsem iyi olacak," dedim. "Geç kalmak istemiyorum."

Martin elini önkoluma koyup, "Seni gördüğüme çok sevindim, Rachel," dedi. Bana acıdığı ayan beyan ortadaydı. Hayatımın son bir iki yılına kadar acınası olmanın nasıl utanç verici bir şey olduğunu fark etmemiştim.

Planım, Theobalds Caddesi'ndeki Holborn Kütüphanesi'ne gitmekti ama göze alamadım ve onun yerine Regent's Park'a gittim. En uzak noktasına, hayvanat bahçesinin yanına kadar yürüdüm. Bir çınar ağacının gölgesine oturup önümdeki boş saatleri düşünürken kahve dükkânındaki sohbeti kafamda yeniden canlandırıp Martin'in benle vedalaşırken yüzünde oluşan ifadeyi hatırladım.

Cep telefonum çaldığı sırada yarım saatten daha kısa bir süredir orada oturuyordum. Arayan yine Tom'du ve bu kez ev telefonundan aramıştı. Onu güneşli mutfağımızda oturmuş, dizüstü bilgisayarıyla çalışırken hayal ettim ama bu görüntü yeni hayatının saldırısıyla yerle bir oldu. Anna da arkada bir yerlerde çay yapıyor ya da küçük kızlarını doyuruyor olacak, gölgesi Tom'un üstüne düşecekti. Telefonun çalıp çalıp telesekretere düşmesini bekledim. Çantama koyup unutmaya çalıştım. Artık daha fazla duymak istemiyordum, bugün olmazdı; bugün zaten yeterince korkunç geçmişti ve saat henüz sabah on buçuk bile değildi. Yaklaşık üç dakika bekledikten sonra telefonumu alıp telesekreteri aradım. Kendimi, eskiden benimle kahkahalarla cıvıl cıvıl konuşurken şimdi sadece nasihat çekmek, teselli etmek ya da acımak için konuşan Tom'un sesini duyma işkencesine hazırladım, ama mesaj ondan değildi.

Nefesim kesilmişti ve aklımdan geçenlerle her yerimin kaşınmasına engel olamıyordum. Ayağa kalktım ve Titchfield Caddesi'ndeki bir dükkâna girerek dört kutu cin tonik aldıktan sonra parktaki yerime geri döndüm. İlkini açıp elimden geldiğince hızlı içtim, sonra ikincisini açtım. Koşan insanları, bebek arabalı insanları ve turistleri görmemek için sırtımı yola döndüm. Ben onları göremiyorsam, çocuk gibi onların da beni göremediklerini farz edebilirdim. Yeniden telesekreterimi aradım.

"Rachel, ben Anna." Uzun bir ara. "Seninle aramaların konusunda konuşmam gerek." Uzun bir ara daha. Birçok işi bir arada yapan, ortalığı temizlerken bir yandan da çamaşır makinesini boşaltan meşgul eşlerin ve ev kadınlarının yaptığı gibi bir yandan benimle konuşup bir yandan başka bir iş yapıyordu. "Bak, zor zamanlar geçirdiğini biliyorum," dedi, sanki acımla kendisinin hiçbir ilgisi yokmuş gibi, "ama bizi geceleri sürekli arayamazsın." Hızlı ve sinir bozucu bir konuşması vardı. "Arayarak bizi uyandırman yeterince kötüyken, bir de Evie'yi uyandırıyorsun ve bunu kabul edemem. Zaten zar zor uyutuyoruz." *Zaten zar zor uyutuyoruz*. Biz. Biz. Bizim küçük ailemiz. Sorunlarımız ve alışkanlıklarımızla. Pis sürtük. Benim yuvama yumurtasını bırakan bir guguk kuşundan başka bir şey değildi. Her şeyimi alıp götürmüştü. Her şeyimi alıp götürmüştü ve şimdi de kalkmış bana üzüntümün onun için uygunsuz olduğunu mu söylüyordu?

İkinci kutuyu da bitirdikten sonra üçüncüye başladım. Kan akışımı etkileyen alkolün mutlu hızı yalnızca birkaç dakika devam ettikten sonra midem bulandı. Kendime göre bile fazla hızlı gidiyordum, yavaşlamam gerekiyordu; yavaşlamazsam kötü bir şey olacaktı. Pişman olacağım bir şey yapacaktım. Anna'yı geri arayacak, kendisinin de ailesinin de, çocuğunun hayatının sonuna kadar güzel bir gece uykusu çekip çekmeyeceğinin de umurumda olmadığını söyleyecektim. Ona yazdığı o dizeyi *–benden mantıklı olmamı bekleme–* birlikteliğimizin ilk zamanlarında bana da yazdığından, bana olan dinmeyen tutkusunu anlatan bir mektubunda geçtiğinden bahsedecektim. Üstelik bu dize ona ait bile değildi. Henry Miller'dan çalmıştı. Anna'nın sahip olduğu her şey ikinci eldi. Bunları öğrenince nasıl hissedeceğini merak ediyordum. Onu geri arayıp Anna, etraf benim satın aldığım eşyalarla donatılmışken benim evimde yaşamak, yıllarca benimle paylaştığı yatakta yatmak, çocuğunu üstünde beni becerdiği mutfak masasında beslemek nasıl bir duygu, diye sormak istiyordum.

Hâlâ orada, o evde, *benim* evimde kalmayı seçmeleri bana çok olağandışı geliyordu. Bunu söylediğinde Tom'a inanamamıştım. O evi çok seviyordum. Konumuna rağmen satın almak için ısrar eden ben olmuştum. Demir yoluna yakın olup trenlerin geçişini seyretmeyi seviyordum, şehir içi ekspres trenlerin çığlıklarına değil ama eski katarların demode seslerine bayılıyordum. Tom bana her zaman böyle olmayacağını, en sonunda hattı iyileştireceklerini ve o zaman hızlı trenlerin çığlıklarla geçip gideceğini söylemişti ama böyle bir şeyin olacağına inanamıyordum. Burada kalacaktım ve param olsaydı hissesini ödeyip bu evi alacaktım. Ama param yoktu ve boşandığımızda evi uygun fiyata alacak kimseyi bulamamıştık, o yüzden benim hissemi ödeyerek uygun alıcıyı bulana kadar evde onun oturacağını söyledi. Ama uygun alıcıyı hiçbir zaman bulamadı ve karısıyla birlikte taşındı. Benim gibi karısı da evi beğenmişti ve kalmaya karar verdiler. Kendine ve ilişkisine çok güveniyor olmalıydı ki, daha önce başka bir kadının yürüdüğü yerlerde yürümek onu rahatsız etmiyordu. Belli ki beni bir tehdit olarak görmüyordu. Aklıma Plath ile birlikte yaşadığı eve Assia Wevill'in taşınmasında bir sakınca görmeyen Ted Hughes geldi. Sylvia'nın giysilerini giyiyor, saçlarını aynı tarakla tarıyordu. Anna'yı arayıp ona Assia'nın da tıpkı Sylvia gibi en sonunda kafasını fırına sokarak intihar ettiğini hatırlatmak istiyordum.

Uyuyakalmış olmalıydım, cin ve sıcak güneş beni uyuşturmuştu. Aniden uyanıp çaresizlik içinde çantamı aradım. Oradaydı. Tüylerim diken diken oldu, karıncalarla dolmuştum. Saçlarımda, boynumda, göğsümde, her yerimdelerdi. Ayağa kalkıp silkelendim. Yirmi metre kadar uzakta futbol topunu ileri geri tekmeleyen iki ergen çocuk izlemeyi bırakıp kahkahalarla iki büklüm oldular.

Tren durdu. Jess ile Jason'ın evinin hemen hemen önündeydik ama vagonun ve rayların ötesinden onları göremiyordum. Çok fazla insan vardı. Orada olup olmadıklarını, Jason'ın bilip bilmediğini, evden ayrılıp ayrılmadığını ya da yalan olduğunu henüz keşfetmediği bir hayatı hâlâ yaşayıp yaşamadığını merak ediyordum.

13 Temmuz 2013 Cumartesi

Sabah

Saate hiç bakmadan yedi kırkbeşle sekiz on beş arası bir şey olduğunu tahmin ettim. Işığın cinsinden, penceremin dışındaki sokaktan gelen seslerden, odamın önündeki koridoru süpüren Cathy'nin gürültüsünden bunu anlayabiliyordum. Ne olursa olsun, Cathy her cumartesi evi temizlemek için erken kalkardı. Doğum günü ya da Taşınma* sabahı hiç fark etmiyordu, Cathy temizlik yapmak için cumartesileri erken kalkıyordu. Bunun bir tür arınma olduğunu, onu güzel bir hafta sonuna hazırladığını ve evi aerobik hareketleriyle temizlediği için spora gitmesine gerek kalmadığını söylüyordu.

Sabahın erken saatindeki bu süpürme işleminin canımı sıktığı söylenemezdi çünkü zaten uyumayacaktım. Sabahları uyuyamıyordum; öğlene kadar huzur içinde kestiremiyordum. Aniden uyanıyordum, nefesim kesilmiş, ağzım tatsız oluyordu ve kalbim hızla atıyordu. Hemen biliyordum. Uyanmıştım. Ne kadar unutkan olmak istersem, o kadar olamıyordum. Hayat ve ışık buna izin vermiyordu. Uzanıp Cathy'nin telaşlı, neşeli meşgalesini dinleyip tren raylarındaki giysileri ve sabah güneşinde Jess'in sevgilisini öpmesini hatırladım.

Önümde koca bir gün vardı ve bir dakikası bile dolu değildi.

Broad'daki pazara gidebilir; geyik eti ve pancetta alıp bütün günümü yemek pişirerek geçirebilirdim.

Bir fincan çayla koltuğa yerleşip televizyonda *Saturday Kitchen*'ı izleyebilirdim.

Spora gidebilirdim.

CV'mi yeni baştan yazabilirdim.

Cathy'nin evden çıkmasını bekleyip içki almaya gidebilir, iki şişe Sauvignon Blanc ile geri dönebilirdim.

Başka bir hayatta da homurdanarak geçen 08.04 treniyle erken uyandım; gözlerimi açıp pencereye vuran yağmuru dinledim. Onu arkamda hissettim, uykulu, sıcak ve sertti. Sonra gazeteleri almaya gitti ve ben de omlet yaptım. Mutfağa oturup çay içtik, geç bir kahvaltı için bara gittik, tele-

---

* Hıristiyan inancına göre, İsa'nın dünyaya inip hıristiyanları Cennet'e götürmesi.

vizyonun karşısında iç içe geçmiş bir şekilde uyuyakaldık. Artık her şeyin onun için farklı olduğunu tahmin edebiliyordum. Tembel cumartesi seksi ya da omlet yoktu, bunların yerini farklı bir neşe kaynağı olan karısıyla arasına kıvrılmış, bir şeyler geveleyen küçük kızı almıştı. Konuşmayı yeni yeni öğrenecekti artık, anne, baba ve onlardan başka kimsenin anlayamayacağı gizli bir dilde sözcükler söyleyecekti.

Acı çok sert ve ağırdı, göğsümün tam orta yerine oturmuştu. Cathy'nin evden çıkmasını bekleyemedim.

Akşam

Jason'ı görmeye gidecektim.

Bütün gün odamda, içki alabilmek için Cathy'nin dışarı çıkmasını beklemiştim. Çıkmamıştı. Oturma odasında sabit ve kıpırdamadan oturmuş, "ertelenen birkaç işi" halletmişti. Akşama doğru artık esarete ya da sıkıntıya daha fazla dayanamadım ve ona yürüyüşe çıktığımı söyledim. High Street'in dışında, kocaman bir bar olan The Wheatsheaf'e gidip üç büyük kadeh şarap içtim. İki shot Jack Daniel's yuvarladım. Sonra istasyona yürüyüp birkaç kutu cin tonik alarak trene bindim.

Jason'ı görecektim.

Onu ziyaret etmeyecektim, evine uğrayıp kapısını çalmayacaktım. Öyle bir şey yapmayacaktım. Delilik yoktu. Yalnızca evinin önünden trenle geçmek istiyordum. Yapacak başka bir şey bulamıyordum ve eve de dönmek istemiyordum. Sadece onu görmek istiyordum. Onları görmek istiyordum.

Bu iyi bir fikir değildi. İyi bir fikir olmadığını biliyordum.

Ama ne zararı olabilirdi ki?

Euston'a gidecektim, bir dolanıp geri dönecektim. (Trenleri seviyordum, bunun nesi yanlıştı ki? Trenler muhteşemdir.)

Eskiden, hâlâ kendim olduğum zamanlarda, Tom ile birlikte romantik tren yolculuklarına çıkma hayalleri kurardım. (Beşinci yıldönümüz için The Bergen Line yolculuğuna, kırkıncı doğum günü için ise The Blue Train yolculuğuna çıkacaktık.)

Bir dakika, şimdi oradan geçeceğiz.

Işık parlaktı ama hiç iyi göremiyordum. (Çift görüyordum. Bir gözümü kapadım. Daha iyiydi.)

İşte oradaydılar! Bu o mu? Terasta duruyorlardı. Onlar değiller mi? O Jason mı? Jess mi o?

Yakınlaşmak istiyordum, göremiyordum. Onlara daha yakın olmak istiyordum.

Euston'a gitmeyecektim. Witney'de inecektim. (Witney'de inmemeliydim, çok tehlikeliydi, Tom ya da Anna beni görürse ne olurdu?)

Witney'de inecektim.

Bu iyi bir fikir değildi.

Bu çok kötü bir fikirdi.

Trenin öteki tarafında zencefile çalan saman sarısı saçlı bir adam vardı. Bana gülümsüyordu. Ona bir şeyler söylemek istedim ama kelimeler, söylememe fırsat kalmadan dilimden uçup gitti. Tatlarını alabiliyordum ama tatlı mı, ekşi mi, karar veremiyordum.

Bana gülümsüyor muydu, yoksa dudak mı büküyordu? Anlayamıyordum.

14 Temmuz 2013 Pazar

Sabah

Kalbim sanki yerini şaşırmış gibi rahatsız ve gürültülü bir şekilde çarpıyordu. Ağzım kurumuştu, yutkunamıyordum. Yana doğru yuvarlanıp yüzümü pencereye döndüm. Perdeler örtülüydü ama ışık yine de gözlerimi acıtıyordu. Elimi yüzüme götürdüm; parmaklarımla gözkapaklarıma bastırıp acıyı ovuşturmaya çalıştım. Tırnaklarım pislik içindeydi.

Yanlış bir şeyler vardı. Bir anlığına düşüyormuşum, sanki yatak altımdan çekiliyormuş gibi hissettim. Dün gece. Bir şey olmuştu. Nefes keskin bir şekilde ciğerlerime doldu ve hızla doğruldum. Kalbim deli gibi çarpıyor, nabzım olanca gücüyle atıyordu.

Hatırlamaya çalıştım. Bu biraz zaman aldı. Bazen gözlerimin önüne saniyeler içinde geliyordu. Bazen de hiç gelmiyordu.

Bir şeyler olmuştu, kötü bir şeyler. Bir tartışma çıkmıştı. Sesler yükselmişti. Yumruklar? Bilmiyordum, hatırlamıyordum. Bara gitmiştim, trene binmiştim, istasyondaydım, sokaktaydım. Blenheim Caddesi. Blenheim Caddesi'ne gitmiştim.

Bu kara korku dalga dalga aklıma geliyordu.

Bir şeyler olmuştu, bunu biliyordum. Resmedemiyordum ama hissedebiliyordum. Yanağımı ısırmışım gibi ağzımın içi acıyordu, dilimde metalik bir kan tadı vardı. Midem bulanıyor, başım dönüyordu. Ellerimi saçlarımın arasından, kafama değdirdim. Ve hemen geri çektim. Başımın sağ tarafında acıyan, hassas bir yumru vardı. Saçım kandan keçe gibi olmuştu.

Düşmüştüm, hepsi buydu. Merdivenlerden, Witney istasyonunda. Kafamı mı çarpmıştım? Trene bindiğimi hatırlıyordum ama ondan sonrası kocaman bir karaltı, bir boşluktu. Derin derin nefes alıyor, kalp atışlarımı yavaşlatmaya, göğsümden yükselen telaşı bastırmaya çalışıyordum. Düşün. Ne yaptım ben? Bara gittim, trene bindim. Orada bir adam vardı. Şimdi hatırlamıştım, kızıl saçlıydı. Bana gülümsemişti. Galiba benimle konuşmuştu ama ne dediğini hatırlamıyordum. Onda başka bir şey daha vardı, hafızamda ona dair daha fazlası vardı ama ulaşamıyordum, karaltının içinde bulamıyordum.

Korkmuştum ve nedenini bilmemek korkumu daha da alevlendiriyordu. Korkulacak bir şey olup olmadığını bile bilmiyordum. Odaya bakındım. Telefonum komodinde değildi. Çantam yerde yoktu ve genelde bıraktığım sandalyenin arkasında da sallanmıyordu. Ama onu getirmiş olmalıydım çünkü evdeydim ve bu da anahtarlarımın olduğu anlamına geliyordu.

Yataktan çıktım. Çıplaktım. Kendimi gardrobun aynasında gördüm. Ellerim titriyordu. Maskaram elmacık kemiklerime akmıştı ve alt dudağım kesikti. Bacaklarımda morluklar vardı. Midem bulanıyordu. Yatağa geri oturup başımı dizlerimin arasına sokarak bulantımın geçmesini bekledim. Ayağa kalktım, sabahlığımı aldım ve yatak odamın kapısını araladım. Ev sessizdi. Nedense Cathy'nin orada olmadığından emindim. Bana Damien'da kalacağını söylemiş miydi? Söylemiş gibi geliyordu ama ne zaman, hatırlamıyordum. Ben dışarı çıkmadan önce miydi? Yoksa onunla daha sonra konuşmuş muydum? Elimden geldiğince sessiz bir şekilde koridorda yürüdüm. Cathy'nin yatak odasının kapısının açık olduğunu gördüm. İçeri baktım. Yatağı topluydu. Çoktan kalkıp yatağını toplamış olabilirdi ama dün gece burada kaldığını sanmıyordum ve bu da beni rahatlatıyordu. Burada değilse, dün gece geldiğimi görmemiş ya da duymamıştı ve bu da ne kadar kötü olduğumu bilmediği anlamına geliyordu. Bunun bir önemi olmamalıydı ama vardı: Bir kazanın verdiği utanç hissi, durumun ciddiyetiyle olduğu kadar, tanık olan insan sayısıyla da orantılıydı.

En üst basamakta yine başım döndü ve tırabzana sıkı sıkı tutundum. En büyük korkularımdan biri (karaciğerim en sonunda iflas ettiğinde karnıma kan dolmasıyla birlikte), merdivenlerden düşüp boynumu kırmaktı. Bunu düşünmek yeniden midemi bulandırıyordu. Yatmak istiyordum ama çantamı bulmam, telefonumu kontrol etmem gerekiyordu. En azından kredi kartlarımı kaybetmediğimi, kimi ve ne zaman aradığımı bilmeliydim. Çantamı koridora, tam ön kapının hizasına atmıştım. Pantolonum ve iç çamaşırlarım da tomar hâlinde yanında duruyordu; çiş kokusunu merdivenlerin dibinden bile alabiliyordum. Telefonumu bulmak için çantamı aldım. Tanrı'ya şükür oradaydı, yanında buruşmuş bir yirmilik ve kan lekeli bir mendille birlikte. Mide bulantım yeniden başlamıştı ve bu kez daha güçlüydü; boğazımın dibindeki safranın tadını alabiliyordum. Koştum ama banyoya ulaşamadan merdivenlerin yarısında, halının üstüne kustum.

Yatmam gerekiyordu. Yatmazsam düşüp bayılacaktım. Daha sonra temizleyebilirdim.

Yukarı çıktığımda telefonumu şarja takıp yatağa uzandım. Bacaklarımı ve kollarımı, incelemek için nazik ve yavaşça kaldırdım. Bacaklarımda, dizlerimin üstünde, içkiye bağlı, bir şeylere çarpmaktan oluşan standart morluklar vardı. Üst kollarımdakiler daha endişe vericiydi. Bunlar koyu renkli, parmak izlerini andıran oval izlerdi. İlla kötüye işaret demek değillerdi, daha önceden de olmuştu ve genelde düşüp biri kalkmama yardım ederken oluyordu. Başımdaki yara çok acıyordu ama arabaya binmek gibi zararsız bir nedeni de olabilirdi. Eve gelirken taksiye binmiş olmalıydım.

Telefonumu aldım. İki mesaj vardı. İlki Cathy'dendi, saat beşten sonra gelmişti ve nerede olduğumu soruyordu.

Gece Damien'da kalacaktı ve yarın görüşecektik. Tek başıma içmiyor olduğumu umuyordu. İkinci mesaj Tom'dandı ve onu çeyrek geçe gelmişti. Sesini duyduğumda korkudan neredeyse telefon elimden düşecekti; bağırıyordu.

"Tanrım, Rachel, senin sorunun ne böyle? Bundan bıktım artık, anlıyor musun? Bir saatin büyük bölümünü senin peşinde araba kullanarak geçirdim. Anna'yı çok korkuttuğunu biliyor musun? Sen... o sanmış ki sen... Polisi aramaması için elimden gelen tek şey buydu. Bizi rahat bırak. Beni aramayı kes, etrafta gezinmeyi kes, bizi rahat bırak. Seninle konuşmak istemiyorum. Beni anlıyor musun? Seninle konuşmak istemiyorum, seni görmek istemiyorum, ailemin yakınlarında olmanı istemiyorum. İstiyorsan kendi hayatını mahvedebilirsin ama benimkini mahvetmene izin vermeyeceğim. Artık yeter. Artık seni korumayacağım, anladın mı? Bizden uzak dur, yeter."

Ne yaptığımı bilmiyordum. Ne yapmıştım? Saat beşle onu çeyrek geçe arası neyle meşguldüm? Tom neden beni aramıştı? Ben Anna'ya ne yapmıştım? Yorganı başımın üstüne kadar çekip gözlerimi sıkı sıkı kapadım. Kendimi eve giderken, bahçeleriyle komşunun bahçesi arasındaki küçük yoldan yürürken, çite tırmanırken hayal edebiliyordum. Gözümde cam kapıları iterek açtığımı, gizlice sürünerek mutfağa girdiğimi canlandırdım. Anna masada oturuyordu. Onu arkadan yakalamış, elimi uzun sarı saçlarına dolamış, kafasını arkaya doğru çekmiş, onu yere fırlatıp kafasını açık mavi fayanslara vurmuştum.

Akşam

Biri bağırıp duruyordu. Yatak odamın penceresinden içeri sızan ışığa bakarak onca zamandır uyuyor olduğumu anladım; öğlenin son ve akşamın ilk saatleriydi. Başım acıyordu. Yastığımda kan vardı. Aşağıda birinin bağırdığını duyabiliyordum.

"Buna inanamıyorum! Tanrı aşkına! Rachel! RACHEL!"

Uyuyakalmıştım. Ah Tanrım, merdivendeki kusmuğu temizlememiştim. Ve giysilerim de koridorda kalmıştı. Ah Tanrım, ah Tanrım.

Üstüme bir eşofman altı ve tişört geçirdim. Yatak odamın kapısını açtığımda Cathy tam orada duruyordu. Sanki beni görünce korkmuştu.

"Sana neler oldu?" dedi, sonra elini kaldırdı. "Bak, Rachel, özür dilerim ama aslında bunu bilmek istemiyorum. Evimde böyle şeyler istemiyorum. Bunu istemiyorum..." Yavaş yavaş sustu ama koridora, merdivene doğru bakıyordu.

"Özür dilerim," dedim. "Özür dilerim, gerçekten çok hastaydım ve temizleyecektim..."

"Hasta falan değildin değil mi? Sarhoştun. Akşamdan kalmaydın. Özür dilerim, Rachel. Buna izin veremem. Bu şekilde yaşayamam. Gitmen gerek, tamam mı? Sana başka bir yer bulabilmen için dört hafta veriyorum, sonra gideceksin." Arkasına döndü ve yatak odasına doğru yürüdü. "Tanrı aşkına, bu pisliği temizler misin?" Kapıyı arkasından çarparak kapadı.

Temizlik bitince odama döndüm. Cathy'nin yatak odasının kapısı hâlâ kapalıydı. Ama ardından yayılan sessiz öfkesini hissedebiliyordum. Onu suçlayamazdım. Eve geldiğimde çişli bir pantolon ve kusmuklu bir merdiven görseydim ben de deliye dönerdim. Yatağımda oturup dizüstü bilgisayarımı açtım, e-postama girip anneme bir not yazmaya başladım. Sanırım en sonunda zamanı gelmişti. Ondan yardım istemeliydim. Eve taşınırsam bu şekilde devam edemezdim, değişmem, iyileşmem gerekirdi. Ama aklıma doğru sözcükler gelmiyordu, nasıl anlatacağımı bilmiyordum. Yardım isteğimi okurken yüzünde oluşacak ekşi hayal kırıklığını, yorgunluğu görebiliyordum. İç çekişlerini bile duyabiliyordum.

Telefonumdan bip sesi geldi. Mesajım vardı ve saatler önce gelmişti. Yine Tom'du. Söyleyeceklerini duymak istemesem de duymam gerekiyordu, onu yok sayamazdım. Telesekreterimi arayıp kendimi en kötüsüne hazırlarken kalp atışlarım hızlandı.

"Rachel, beni geri arar mısın?" Sesi artık o kadar öfkeli gelmiyordu. Kalp atışlarım biraz olsun sakinledi. "Sağ salim eve vardığından emin olmak istedim. Dün geceki hâlin çok kötüydü." Uzun uzun, kalpten bir iç çekti. "Bak. Sana dün gece bağırdığım, işler biraz... çığırından çıktığı için özür dilerim. Senin için üzülüyorum, Rachel, gerçekten ama bunun artık bitmesi gerek."

Mesajı bir kez daha açtım, sesindeki nezaketi dinleyerek gözyaşlarına boğuldum. Çok özür dilerim, şimdi evdeyim, diyen bir mesaj yazmadan önce uzun süre ağladım. Başka bir şey söyleyemiyordum çünkü neden özür dilediğimi tam olarak bilmiyordum. Anna'ya ne yaptığımı, onu nasıl korkuttuğumu bilmiyordum. Aslında bu o kadar da umurumda değildi ama Tom'u mutsuz etmiş olmak umurumdaydı. Yaptığı her şeye rağmen mutlu olmayı hak ediyordu. Ona mutluluğu çok görmeyecektim, sadece benimle mutlu olmuş olmasını isterdim.

Yatağa yatıp yorganın altına girdim. Neler olup bittiğini öğrenmek istiyordum; keşke neden özür dilemem gerektiğini bilebilseydim. Çaresizlik içinde hafızamda canlanan güvenilmez bir parçadan anlam çıkarmaya çalıştım. Bir tartışma yaşadığımdan ya da böyle bir şeye şahit olduğumdan emindim. Peki bu Anna'yla mıydı? Parmaklarımla başımdaki yaraya, dudağımdaki kesiğe dokundum. Neredeyse görebiliyor, kelimeleri duyabiliyordum ama yeniden uçup gittiler. Başaramıyordum. O ânı aklımda canlandırabildiğimi her düşündüğümde, ulaşamayacağım şekilde yeniden gölgelerin ardında kayboluyordu.

MEGAN

2 Ekim 2012 Salı

Sabah

YAKINDA YAĞMUR yağacaktı, yaklaştığını hissedebiliyordum. Dişlerim birbirine vuruyordu, parmak uçlarım maviye çalan bir beyaza dönmüştü. İçeri girmeyecektim. Dışarısı iyiydi, tıpkı bir buz banyosu yapar gibi arındığımı, temizlendiğimi hissediyordum. Zaten birazdan Scott gelip beni içeri çekecek, bir çocuk gibi yorganlara saracaktı.

Dün gece eve dönerken panik atak geçirmiştim. Motorsikletin biri hızını yükseltmiş, yükseltmiş, yükseltmişti ve kırmızı bir araba fahişe arar gibi yavaşça geçiyordu. Bu sırada bebek arabalı iki kadın yolumu kapadı. Kaldırımda onları geçmem imkânsız olduğu için caddeye indim ve öteki yönden geldiğini fark etmediğim bir araba bana neredeyse çarpacaktı. Sürücü kornaya abanıp bağırdı. Nefesim kesilmişti, kalbim deli gibi çarpıyordu, midemdeki dalgalanma hap aldığınızda tam etkisini göstermeden önceki bulantı, heyecan ve korkuyu aynı anda hissetmenize neden olan o adrenalin darbesi gibiydi.

Eve koşup demir yoluna doğru ilerledim, oturup trenin

gelmesini, tıkırdayarak içimden geçmesini ve bütün diğer seslere bir son vermesini beklemeye başladım. Scott'un çıkagelip beni sakinleştirmesini istiyordum ama evde değildi. Çitin üstünden tırmanmaya çalıştım, bir süre kimsenin olmadığı öteki tarafta oturmak istiyordum. Elimi kesince içeri girdim. O sırada Scott geri döndü ve bana neler olduğunu sordu. Bulaşıkları yıkarken bardağı düşürdüğümü söyledim. Bana inanmadı, çok üzülmüştü.

Gece uyandım, uyuyan Scott'ı bırakıp gizlice terasa çıktım. Numarasını çevirip açınca sesini dinledim. Önce uyku mahmuruydu, sonra sesi daha yüksek, temkinli, endişeli ve yorgun çıktı. Telefonu kapayıp geri arayıp aramayacağını görmek için beklemeye geçtim. Numaramı saklamadığım için arayabileceğini düşünüyordum. Aramadı, ben de yeniden aradım ve yeniden ve yeniden. Sonra bir sesli mesaj aldım, ağırbaşlı ve ciddiydi, ilk fırsatta beni arayacağının sözünü veriyordu. Sağlık merkezini arayıp randevumu erkene almayı düşündüm ama otomatik sistemlerinin bile gecenin bir yarısında çalıştığını düşünmediğim için yatağıma döndüm. Hiç uyuyamadım.

Bu sabah fotoğraf çekmek için Corly Ormanı'na gidebilirdim; orası sisli, karanlık ve havadar olabilirdi, güzel fotoğraflar yakalayabilirdim. Belki küçük kartlar yapıp Kingly Caddesi'ndeki bir hediye dükkânında satmaya çalışabilirdim. Scott, iş konusunda endişelenmememi, dinlenmem gerektiğini söyleyip duruyordu. Tıpkı bir özürlü gibi! İhtiyacım olan son şey, dinlenmekti. Günlerimi doldurmak için bir şeyler bulmam gerekiyordu. Bulamazsam neler olacağını biliyordum.

Akşam

Dr. Abdic –Kamal diye hitap etmem istenmişti– öğleden sonraki randevumda günlük tutmaya başlamamı önerdi. Bunu yapamayacağımı, kocamın okumayacağına inanmadığımı söyleyecek oldum. Söylemedim çünkü söylesem Scott'a hiç sadık değilmişim gibi hissedecektim. Ama doğruydu. Hissettiğim, düşündüğüm ya da yaptığım şeyleri asla yazamıyordum. Tipik bir örnek: Bu akşam eve geldiğimde dizüstü bilgisayarım sıcaktı. Tarayıcı geçmişini nasıl silmesi gerektiğini biliyordu, izlerini mükemmel bir şekilde gizleyebilirdi ama evden çıkmadan önce bilgisayarımı kapadığıma emindim. Yine benim e-postalarımı okumuştu.

Aslında o kadar da umurumda değildi, okuyacak bir şey yoktu. (İstihdam şirketlerinden gelen bir sürü spam e-posta ve pilatesten Jenny'nin perşembe akşamki arkadaşlarıyla birbirlerine sırayla yemek yaptıkları yemek klübüne katılmak isteyip istemediğimi soran e-postası vardı. Ölürdüm, daha iyi.) Umurumda değildi çünkü hiçbir şey olmadığını, hiçbir iş çevirmediğimi görmek onu rahatlatıyordu. Ve bu doğru olmasa bile benim için iyi bir şeydi, bizim için iyi bir şeydi. Ona gerçekten kızamazdım çünkü şüphelenmesi için iyi bir nedeni vardı. Geçmişte ona bu nedeni ben vermiştim ve muhtemelen de bunu bir kez daha yapacaktım. Ben ideal eş değildim. Olamazdım. Onu ne kadar seversem seveyim yetmiyordu.

13 Ekim 2012 Cumartesi

Sabah

Dün gece beş saat uyumuştum ve bu yıllardır yakaladığım süreden daha uzundu. Tuhaf tarafı, dün gece eve geldiğimde öyle gerilmiştim ki, saatlerce duvardan duvara sekeceğimi sanmıştım. Kendi kendime bunu artık bir daha yapmayacağımı söyledim ama sonra onu gördüm, onu istedim ve neden olmasın diye düşündüm. Kendimi tutmak için bir neden göremiyordum, birçok insan görmüyordu. Erkekler görmüyordu. Kimseye zarar vermek istemiyordum ama kendinize dürüst olmanız gerekirdi, öyle değil mi? Yaptığım tek şey, gerçek kendime, kimsenin –ne Scott'ın ne Kamal'ın, kimsenin– bilmediği kendime dürüst olmaktı.

Dün geceki pilates dersinden sonra Tara'ya benimle önümüzdeki hafta bir akşam sinemaya gelip gelmeyeceğini, sonra da beni idare edip edemeyeceğini sordum.

"Eğer ararsa, seninle olduğumu, tuvalette olduğumu ve onu hemen geri arayacağımı söyler misin? Sonra beni ara, ben de onu ararım ve sorun çıkmaz."

Gülümseyip omuzlarını silkti ve, "Pekâlâ," dedi. Nereye ya da kiminle gideceğimi bile sormadı. Gerçekten benimle dost olmak istiyordu.

Onunla Corly'deki The Swan'da buluştum. Bize oda ayırtmıştı. Dikkatli olmamız gerekiyordu, yakalanamazdık. Onun için kötü olurdu, hayatını mahvederdi. Benim için de bir felaket olurdu. Scott'ın ne yapacağını düşünmek bile istemiyordum.

Sonrasında gençken ve Norwich'te yaşarken neler olduğu hakkında benimle konuşmak istedi. Bu konuyu üstü kapalı olsa da konuşmuştum ama dün gece ayrıntıları istedi. Ona bir şeyler anlattım ama bunlar gerçek değildi. Yalan söylemiştim, uydurmuştum, duymak istediği iğrenç şeyleri anlatmıştım. Çok eğlenceliydi. Yalan söylediğim için kendimi kötü hissetmiyordum, zaten büyük bir kısmına da inanıp inanmadığından emin değildim. Onun da yalan söylediğinden çok emindim.

Yatakta yatmış, giyinmemi seyrediyordu. "Bu bir daha

olmayacak, Megan. Olamayacağını biliyorsun. Buna devam edemeyiz," dedi. Haklıydı da. Devam edemeyeceğimizi biliyordum. Etmemeliydik, etmememiz gerekiyordu ama edecektik. Bu sonuncu olmayacaktı. Bana hayır demeyecekti. Eve dönerken bunu düşündüm. En çok hoşuma giden kısmı, birinin üstünde güç sahibi olmaktı. Sarhoş eden şey buydu.

Akşam

Ben mutfakta bir şişe şarabı açmakla meşgulken Scott da yukarı çıktı, arkama geçip ellerini omuzlarıma koyarak sıktı ve, "Terapin nasıl geçti?" diye sordu. İyi geçtiğini, ilerleme kaydettiğimizi söyledim. Artık ağzımdan ayrıntı almamaya alışmıştı. Sonra, "Dün gece Tara ile eğlendin mi?" diye sordu.

Sırtım ona dönük olduğu için bunu gerçekten mi soruyordu, yoksa bir şeyden mi şüpheleniyordu, anlayamamıştım. Sesi onu ele vermiyordu.

"Gerçekten tatlı biri," dedim. "İkiniz iyi anlaşırsınız. Haftaya da sinemaya gideceğiz. Belki de sonrasında onu buraya bir şeyler yemeye getirmeliyim, ha?"

"Ben sinemaya davetli değil miyim?" diye sordu.

"Tabii ki gelebilirsin," dedim. Ona doğru döndüm ve dudaklarından öptüm, "ama Sandra Bullock'un oynadığı filme gitmek istiyor ve…"

"Yeterli! Sonrasında akşam yemeğine getir o zaman," dedi, ellerini nazikçe belime bastırdı.

Şarapları koydum ve dışarı çıktık. Verandanın kenarına yan yana oturduk, ayak parmaklarımız çimenlerdeydi.

"Evli mi?" diye sordu bana.

"Tara mı? Hayır. Bekâr."

"Erkek arkadaşı yok mu?"

"Sanmıyorum."

"Kız arkadaşı?" diye sordu, kaşını kaldırıp. Güldüm. "Kaç yaşında peki?"

"Bilmiyorum," dedim. "Kırk civarıdır."

"Ah. Ve tek başına. Biraz üzücü."

"Hımm. Bence yalnız."

"Bu yalnızlar hep seni buluyor değil mi? Doğrudan sana geliyorlar."

"Öyle mi dersin?"

"Çocuğu yok o hâlde değil mi?" diye sordu. Kafamdan mı uyduruyordum, bilmiyorum ama çocuk konusu açılır açılmaz sesindeki imayı duydum ve bir tartışmanın yaklaşmakta olduğunu hissettim. Bunu hiç istemiyordum, baş edemezdim, o yüzden ayağa kalktım ve ona şarap kadehlerini almasını, yatak odasına gideceğimizi söyledim.

Beni takip etti. Merdivenlerden çıkarken giysilerimi çıkardım. Odaya vardığımızda ve beni yatağa ittiğinde, onu düşündüğüm bile yoktu ama hiç önemli değildi, bunu bilmiyordu. Aklımda sadece onun olduğuna inandıracak kadar iyiydim.

RACHEL

15 Temmuz 2013 Pazartesi

Sabah

BU SABAH tam evden çıkarken Cathy bana seslendi ve soğuk bir şekilde sarıldı. Beni evden kovmayacağını söyleyeceğini sandım ama bunun yerine elime bilgisayarda yazılmış, çıkış tarihimi de içeren resmi tahliye kararımı içeren bir not tutuşturdu. Gözlerime bakamıyordu. Onun için üzülmüştüm, gerçekten üzülmüştüm ama kendime üzüldüğüm kadar değil. Mutsuz bir şekilde gülümseyip, "Bunu sana yapmak hiç hoşuma gitmiyor, Rachel, gerçekten," dedi. Her şey çok tuhaftı. Koridorda duruyorduk. Çamaşır suyuyla gösterdiğim bütün uğraşlarıma rağmen hâlâ biraz kusmuk kokusu vardı. İçimden ağlamak geldi ama kendini şu andakinden daha da kötü hissetmesini istemiyordum. Neşe içinde gülümseyerek, "Hiç önemli değil, gerçekten sorun yok," dedim, sanki benden bir iyilik yapmamı istemiş gibi.

Trene bindiğimde gözyaşlarımı tutamadım. İnsanların beni izleyip izlememeleri umurumda değildi; isterlerse köpeğimin öldüğünü düşünebilirlerdi. Ölümcül bir hastalığa yakalanmış olabilirdim. Kısır, boşanmış, yakında evsiz kalacak bir alkolik olabilirdim.

Bunu düşünmek çok tuhaftı. Kendimi burada nasıl bulmuştum? Çöküşüm nerede başlamıştı, onu ne zaman durdurmuş olmalıydım, merak ediyordum. Yanlış yola nerede sapmıştım? Beni babamın ölümünden sonraki kederden kurtaran Tom ile tanıştığımda olamazdı. Kaygısızca, mutluluktan havalara uçarak yedi yıl önce tuhaf bir şekilde buz gibi bir mayıs günü evlendiğimizde olamazdı. Mutlu, işbitirici ve başarılıydım. Yirmi altı gibi hassas bir yaşta hayal edebileceğimin çok ötesinde ferah ve güzel bir ev olan yirmi üç numaraya taşındığımızda da olamazdı. O ilk günleri çok net hatırlıyordum. Ayakkabılarımı çıkarıp etrafta dolanıyor, altımdaki ahşap döşemelerin sıcaklığını hissediyor, genişliğin, doldurulmayı bekleyen bütün o odaların boşluğunun tadını çıkarıyordum. Tom ile birlikte planlar yapıyorduk: Bahçeye ne ekeceğimizin, duvarlara ne asacağımızın, hobi odasını hangi renge boyayacağımızın planlarını. O zamanlar bile aklımda o odayı bebek odası yapmak vardı.

Belki de o zamandı. Belki her şeyin yoldan çıkmaya başladığı, artık bizi bir çift olarak değil ama bir aile olarak gördüğüm zamanlara denk geliyordu. O zaman kafamda o resmi yarattığım an, ikimiz artık yeterli gelmiyorduk. Acaba o zaman mı Tom bana farklı bakmaya başlamıştı? Hayal kırıklığı benimkini mi yansıtıyordu? İkimizin birlikte olabilmesi için bütün vazgeçtiklerinden sonra ona yeterli olmadığını düşündürtmüştüm.

Northcote civarlarında gözyaşlarına boğuldum, sonra kendimi toparlayıp gözlerimi sildim ve Cathy'nin tahliye mektubunun arkasına o gün yapacaklarımın listesini yazmaya başladım:

Holborn Kütüphanesi
Anneme e-posta yaz
Martin'e e-posta yaz, referans???

AA toplantılarını araştır – Londra merkez/Ashbury
Cathy'ye işten bahset?

Tren ışıkta durunca kafamı kaldırdım ve Jason'ı terasta durmuş, raylara bakarken gördüm. Sanki tam bana bakıyormuş gibi hissettim. Bu çok tuhaf bir duyguydu, sanki daha önce de bana böyle bakmıştı. Gülümsediğini hayal ettim ve nedense korktum.

Başka tarafa döndü ve tren hareket etti.

Akşam

Üniversite hastanesinin acil servisinde oturuyordum. Gray's Inn Caddesi'nden geçerken taksi çarpmıştı. Her ne kadar biraz kötü durumda, dikkatsiz ve telaşlı da olsam tamamen ayıktım. Sağ gözümün üstündeki yaklaşık üç santimetrelik kesik, aşırı yakışıklı ama hayal kırıklığına uğratacak kadar da kaba ve ağırbaşlı bir asistan doktor tarafından dikiliyordu. Dikiş bitince kafamdaki yumruyu fark etti.

"Yeni değil," dedim.

"Çok yeni görünüyor," dedi.

"Yani, bugün olmadı."

"Kavgaya karışmışsınız değil mi?"

"Arabaya binerken çarptım."

Başımı birkaç saniye inceledikten sonra, "Öyle mi?" dedi. Geri çekildi ve gözlerimin içine baktı. "Hiç de öyle görünmüyor. Sanki biri size bir şeyle vurmuş gibi duruyor," dedi ve ben buz kestim. Bir darbeden kurtulmak için başımı eğdiğimi, ellerimi kaldırdığımı hatırlıyordum. Bu gerçek miydi? Doktor yeniden yaklaştı ve yaraya daha yakından baktı. "Keskin bir şeyle, tırtıklı olabilir..."

"Hayır," dedim. "Arabaya çarptım." Onu olduğu kadar kendimi de ikna etmeye çalışıyordum.

"Tamam." Gülümsedi ve yine bir adım geriye gitti, gözlerimizin aynı seviyede olması için eğildi. "İyi misiniz..." notlarına baktı, "Rachel?"

"Evet."

Uzun uzun bana baktı; bana inanmamıştı. Endişelenmişti. Belki de dayak yiyen bir eş olduğumu düşünmüştü. "Tamam. Şimdi bu yarayı temizleyeceğim çünkü kötü görünüyor. Sizin için arayabileceğim biri var mı? Kocanız?"

"Boşandım ben," dedim.

"O zaman başka biri?" Boşanmış olmam umurunda değildi.

"Arkadaşım var, lütfen, benim için endişelenmiştir." Ona Cathy'nin adını ve numarasını verdim. Cathy'nin endişeleneceği falan yoktu. Eve henüz geç bile kalmamıştım ama bana taksi çarptığını öğrendiğinde acıyabilir ve dün olanlar için beni affedebilirdi. Muhtemelen kaza geçirmemin nedeninin de sarhoş olmam olduğunu düşünecekti. Doktordan kan testi ya da onun gibi bir şey yapmasını isteyebileceğimi düşündüm. Böylelikle ona ayık olduğumu kanıtlayabilirdim. Gülümsedim ama bana bakmıyordu, not alıyordu. Zaten bu gülünç bir fikirdi.

Benim hatamdı, taksi şoförünü suçlayamazdım. Yola, taksinin tam önüne çıkmış, hatta koşmuştum. Nereye koştuğumu sanıyordum, bilmiyorum. Aslında bir şey düşündüğüm bile yoktu galiba, en azından kendimi. Jess'i düşünüyordum. Jess olmayan, Megan Hipwell olan kişiyi düşünüyordum ve o kayıptı.

Theobald's Caddesi'ndeki kütüphanedeydim. Anneme az önce Yahoo hesabımdan bir e-posta yollamıştım (Ona belirli bir şey söylememiştim, yalnızca ortamı yokluyor, şu anda bana karşı beslediği annelik hislerini merak ediyordum). Yahoo'nun açılış sayfasında posta kodunuza göre düzenlenmiş haberler oluyordu. Posta kodumu nasıl bulduklarını Tanrı bilirdi ama bulmuşlardı işte. Ve WITNEY'Lİ KAYIP KADIN İÇİN ENDİŞELENİLİYOR başlığı yanında onun fotoğrafı vardı, Jess'in, *benim* Jess'imin, mükemmel sarışının.

İlk başta emin olamamıştım. Ona benziyordu, tıpkı kafamda canlandırdığım gibiydi ama kendimden şüphe etmiştim. Sonra haberi okudum ve sokak adını gördüğümde anladım.

> Buckinghamshire Polisi, Blenheim Caddesi, Witney Sokak'ta oturan yirmi dokuz yaşındaki kayıp kadın Megan Hipwell'in hayatından gittikçe endişeleniyor. Bayan Hipwell en son cumartesi gecesi bir arkadaşlarını ziyaret etmek için evden saat yedi civarı çıktığında kocası Scott Hipwell tarafından görüldü. Bay Hipwell, karısının kaybolmasının "tamamen karakterinin dışında" olduğunu belirtti. Bayan Hipwell'in üstünde kot pantolon ve kırmızı bir tişört olduğu söylendi. 1.62 boyunda, ince yapılı, sarı saçlı ve mavi gözlü olan Bayan Hipwell'i görenlerin ya da duyanların Buckinghamshire Polisi'yle irtibata geçmesi rica olunur.

Kayıptı. Jess kayıptı. Megan kayıptı. Cumartesiden beri. Google'dan baktığımda haberin *Witney Argus*'ta yer aldığını görmüştüm ama başka ayrıntı yoktu. Bu sabah Jason'ı –Scott'ı– terasta dikilmiş, bana bakıp gülümserken gördüğümü hatırlıyordum. Çantamı alıp ayağa kalktım ve kütüphaneden koşarak çıkıp kendimi tam siyah taksinin önüne attım.

"Rachel? Rachel?" Yakışıklı doktor dikkatimi çekmeye çalışıyordu. "Arkadaşınız sizi almaya geldi."

MEGAN

10 Ocak 2013 Perşembe

Sabah

BAZEN İÇİMDEN hiçbir yere gitmek gelmiyordu, galiba burnumu bir daha evden dışarı çıkarmazsam çok mutlu olacaktım. Çalışmayı özlediğim bile yoktu. Yalnızca Scott ile birlikte sığınağımda rahatsız edilmeden güvenli ve sıcacık oturmak istiyordum.

Havanın karanlık, soğuk ve pis olması hoşuma gidiyordu. Yağmurun haftalardır dinmemiş olmasından mutluydum. Bu dondurucu, canlı ve acı yağmura ağaçların uğultusu öylesine gürültülü bir şekilde eşlik ediyordu ki, tren sesi arada kaybolup gidiyordu. Beni şeytana uyduran, başka yerlere yolculuğa çıkmak için aklımı çelen sesini raylardan duyamıyordum.

Bugün hiçbir yere gidesim yoktu, değil kaçmak, caddeye bile inmek istemiyordum. Burada kalıp öğlen ortasında sevişebilmek için kocamı işten eve erken çağırdıktan sonra sarmaş dolaş oturup televizyon izlemek, dondurma yemek istiyordum.

Tabii ki daha sonra evden çıkmam gerekecekti çünkü Kamal günümdü bugün. Son zamanlarda onunla Scott, yaptığım bütün hatalar ve eş olma konusundaki başarısızlığım hakkında konuşmuştum. Kamal kendimi mutlu etmenin bir yolunu bulmam ve mutluluğu başka yerlerde aramayı bırakmam gerektiğini söylemişti. Doğruydu, bunu yapmalıydım, yapmam gerektiğini biliyordum. Ama sonra *Siktir et, hayat çok kısa,* diye düşündüm.

Okuldayken Paskalya tatilinde ailecek Santa Margherita'ya gittiğimiz zamanları düşündüm. Henüz on beşimi doldurmuştum ve sahilde benden çok daha büyük –muhtemelen otuzlarında, hatta kırklı yaşlarının başındaydı– bir adamla tanışmıştım. Beni ertesi gün yelken yapmaya davet etmişti. Ben de benimle birlikteydi ve o da davet edilmişti ama –koruyucu bir ağabey olarak– gitmememiz gerektiğini, çünkü o adama güvenmediğini, onun pespaye bir tip olduğunu söylemişti. Gerçekten de öyleydi. Ama ben çok sinirlenmiştim, başka ne zaman herifin birinin özel yatıyla Ligurian Denizi'ne yelken açabilirdik ki? Ben, böyle birçok fırsatla karşılaşacağımızı, hayatımızın macera dolu olacağını söylemişti. Öyle olmadı. O yaz Ben A10'da motorsikletinin kontrolünü kaybetti ve biz hiçbir zaman yelken yapamadık.

Ben ile birlikte olduğumuz zamanları özlüyordum. Korkusuzduk.

Kamal'a Ben'den bahsetmiştim ama artık başka konulara, gerçeğe, bütün gerçeğe, Mac ile neler olduğuna, öncesine ve sonrasına yaklaşıyorduk. Kamal'a güveniyordum, hasta gizliliği nedeniyle kimseye bir şey söyleyemezdi.

Ama birine söyleyebilecek olsaydı bile bunu yapmayacağını biliyordum. Ona gerçekten güveniyordum. Komik ama ona her şeyi anlatmamı engelleyen şey, başkalarına söyleyecek olması, yargılanma korkusu değildi, Scott'tı. Sanki ona söyleyemediğim bir şeyi Kamal'a söylersem Scott'a ihanet etmiş gibi olacaktım. Yaptığım diğer her şeyi, bütün sadakatsizliklerimi gözden geçirdiğimde bunun hava cıva olması gerekirdi ama kazın ayağı öyle değildi. Nedense bu daha kötüymüş gibi geliyordu çünkü gerçek hayatta bu benim kalbimdi ve onunla paylaşmıyordum.

Yine de kendimi tutuyordum çünkü hissettiğim her şeyi söyleyemezdim. Terapinin amacının bu olduğunu bilsem de yapamıyordum işte. Bazı şeylerin belirsizliğini korumam, bütün erkekleri, sevgilileri ve eski sevgilileri karıştırmam gerekiyordu ama kendi kendime bunun sorun olmadığını, çünkü kim olduklarının bir öneminin olmadığını söylüyordum. Beni nasıl hissettirdikleri önemliydi. Gergin, huzursuz, aç. Neden istediğimi alamıyordum ki? Bunu bana neden vermiyorlardı?

Aslında bazen de veriyorlardı. Bazen ihtiyacım olan tek şey Scott'tı. Şu anda hissettiğim bu duyguya nasıl tutunacağımı öğrenebilirsem, bu mutluluğa nasıl odaklanabileceğimi, anın tadını nasıl çıkaracağımı ve bir sonraki krizin nereden geleceğini düşünmeyi nasıl bırakacağımı keşfedersem, her şey yoluna girerdi.

Akşam

Kamal ile birlikteyken odaklanmam gerekiyordu. Bana o cesur gözleriyle baktığında, ellerini kucağında birleştirdiğinde, uzun bacaklarını üst üste attığında kendimi kontrol altında tutabilmem çok zordu. Birlikte yapabileceklerimizi düşünmemek çok zordu.

Odaklanmam gerekiyordu. Ben'in cenazesinden kaçtıktan sonra neler olduğunu konuşuyorduk. Bir süreliğine Ipswich'teydim; uzun kalmamıştım. Mac ile ilk kez orada karşılaşmıştım. Bar gibi bir yerde çalışıyordu. Eve giderken beni de almıştı. Benim için üzülüyordu.

"Şey yapmak bile istememişti… anlarsın ya." Gülmeye başladım. "Evine gittik ve ondan para istedim. Delirmişim gibi bana baktı. Yeterince yaşlı olduğumu söyledim ama bana inanmadı. Bekledi, ta on altıncı yaş günüme kadar. O sırada Holkham yakınlarındaki eski evine taşınmıştı. Hiçbir yere varmayan dar bir yolun sonundaki eski, taş bir kır eviydi. Etrafında bir parça bahçe vardı ve sahilden yaklaşık bir kilometre kadar uzaktı. Evin bir tarafından eski bir demir yolu geçiyordu. Geceleri uzanıp –O zamanlar sürekli hırıldıyordum, çok sigara içiyorduk– trenleri duyabildiğimi hayal ediyordum. Kalkıp dışarı çıkarak ışıklara baktığımdan çok emindim."

Kamal sandalyesinde kıpırdandı, başını yavaş bir şekilde, onaylarcasına salladı. Hiçbir şey söylemiyordu. Bu da devam etmem gerektiği anlamına geliyordu, konuşmayı sürdürdüm.

"Orada Mac ile çok mutluydum. Onunla… Tanrım, toplamda yaklaşık üç yıl yaşadım galiba. Gittiğimde… on dokuz yaşındaydım. Evet. On dokuz."

"Madem orada mutluydun, neden gittin?" diye sordu. İşte oraya varmıştım, sandığımdan daha çabuk olmuştu. Bütün bunları henüz sindirememiştim, çözememiştim. Bunu yapamazdım. Çok çabuk olmuştu.

"Mac benden ayrıldı. Kalbimi kırdı," dedim, gerçek buydu ama yalandı da. Henüz bütün gerçeği anlatmaya hazır değildim.

Eve döndüğümde Scott evde değildi, ben de bilgisayarımı alıp Google'da ilk kez adını aradım. On yıldır ilk kez Mac'i arıyordum. Bulamadım. Dünyada yüzlerce Craig McKenzy vardı ve hiçbiri benimkine benzemiyordu.

8 Şubat 2013 Cuma

Sabah

Ormanda yürüyordum. Hava ağarmaya başladığından beri dışarıdaydım, artık şafak söküyordu ve başımın üstündeki ağaçlardan ara sıra gelen saksağan cıvıltıları dışında ölüm sessizliği hâkimdi. Dikkatli gözlerle beni izlediklerini, hesap ettiklerini hissedebiliyordum. Saksağan şarkısı. Bir acıya, iki neşeye, üç kıza, dört erkeğe, beş gümüşe, altı altına, yedi de anlatılmayacak sırlara.

Ki bende de onlardan birkaç tane vardı.

Scott, Sussex'te bir yerlerde konferanstaydı. Evden dün sabah ayrılmıştı ve bu gece gelecekti. İstediğimi yapabilirdim.

Gitmeden önce ona terapiden sonra Tara ile birlikte sinemaya gideceğimi söylemiştim. Telefonum kapalı olacaktı ve bu konuda Tara ile de konuşmuştum. Scott'ın arayabileceği, beni kontrol edebileceği konusunda onu uyarmıştım. Bu kez bana neler çevirdiğimi sordu. Sadece göz kırpıp gülümsemekle yetindim. Güldü. Yalnız olabilirdi ve hayatının bir parça entrikaya ihtiyacı olabilirdi.

Kamal ile olan randevumda Scott ve dizüstü bilgisayarla ilgili olanlar hakkında konuştuk. Bir hafta önceydi. Mac'i arıyordum. Birçok araştırma yapmıştım ve tek bilmek istediğim nerede, nasıl olduğuydu. Bugünlerde internette hemen hemen herkesin fotoğrafı vardı ve onun yüzünü görmek istiyordum. Bulamadım. O gece yatağa erkenden gittim. Scott televizyon izliyordu ve tarayıcı geçmişimi silmeyi unutmuştum. Aptalca bir hata. Neye bakmış olursam olayım, genelde bilgisayarımı kapamadan önce yaptığım son şey bu olurdu. Scott teknisyen olduğu için çevirdiğim işleri bulabiliyordu ama bu çok uzun sürüyordu, o yüzden de çoğu zaman uğraşmıyordu.

Öyle ya da böyle, unutmuştum işte. Ertesi gün kavga

ettik. Şiddetli olanlardan. Craig'in kim olduğunu, onunla ne zamandır görüştüğümü, nerede tanıştığımızı, benim için Scott'ın yapmadığı ne yaptığını öğrenmek istiyordu. Aptal gibi Scott'a onun geçmişten bir arkadaşım olduğunu söyledim ve her şey daha da kötüleşti. Kamal bana Scott'tan korkup korkmadığımı sorunca çok sinirlendim.

"O benim kocam," diye çıkıştım. "Tabii ki ondan korkmuyorum."

Kamal şaşkınlığa uğramış gibiydi. Aslında ben de şaşkına dönmüştüm. Öfkemin gücünü, Scott'a karşı beslediğim koruyuculuğumun derinliğini öngörememiştim. Benim için de sürpriz olmuştu.

"Maalesef kocasından korkan çok fazla kadın var, Megan." Bir şey söylemeye çalışsam da beni susturmak için elini kaldırdı. "Bahsettiğin davranışları –e-postalarını okuması, tarayıcı geçmişini kontrol etmesi– sanki sıradan bir şeymiş, normalmiş gibi gösteriyorsun. Normal değil, Megan. Birinin özeline bu derece girmek normal değil. Bu çok sık görülen bir duygusal şiddet örneğidir."

Güldüm çünkü kulağa çok melodramatik geliyordu. "Bu şiddet değil," dedim. "Umursamazsan değil. Ve ben umursamıyorum. Umursamıyorum."

Gülümsedi ama bu daha çok mutsuz bir gülümsemeydi. "Sence umursaman gerekmez mi?" diye sordu.

Omuzlarımı silktim. "Belki de gerekir ama umursamıyorum işte. O kıskanç, sahiplenici biri. O böyle. Onu sevmeme engel değil ve bazı savaşlar savaşmaya değmez. Genelde dikkatliyimdir. İzlerimi sildiğim için çoğu zaman sorun olmuyor."

Belli belirsiz bir şekilde başını iki yana salladı.

"Burada olmanızın nedeninin beni yargılamak olduğunu düşünmemiştim," dedim.

Görüşme sona erdiğinde benimle bir şeyler içmek isteyip istemediğini sordum. Hayır, dedi, yapamazmış, uygun olmazmış. Ben de eve kadar onu takip ettim. Merkezin bulunduğu caddenin hemen aşağısındaki bir apartman dairesinde yaşıyordu. Kapısını çaldım. Açtığında, "Bu uygun mu peki?" diye sordum. Elimi ensesine dolayıp parmak uçlarıma yükselerek dudaklarından öptüm.

"Megan," dedi, kadife sesiyle. "Yapma. Bunu yapamam. Hayır."

Beni itip durması, tutkusunu bastırmaya çalışıp kendini frenlemesi muhteşemdi. Bu duygudan vazgeçmek değil, ona tutunabilmek istiyordum.

Sabahın erken saatlerinde uyandım. Başım sayısız hikâyeyle dönüyordu. Orada tek başıma öylece yatamazdım. Zihnim, değerlendirebileceğim ve vazgeçebileceğim bütün fırsatları evirip çeviriyordu. Kalktım, giyindim ve yürümeye başladım. Kendimi burada buldum. Yürürken her şeyi aklımda yeniden canlandırıyordum. Öyle dedi, böyle dedim, tutku, teslimiyet; bir şeye karar versem, ona tutunup bırakmasam ne güzel olurdu. Ya aradığım şeyi asla bulamazsam? Ya bu mümkün değilse?

Ciğerlerime giren hava soğuktu, parmak uçlarım maviye dönüyordu. Bir kısmım yaprakların arasında yatıp soğuğa teslim olmak istiyordu. Yapamazdım. Gitmeliydim.

Blenheim Caddesi'ne vardığımda saat hemen hemen dokuzdu. Köşeyi döndüğüm sırada bebek arabasıyla bana doğru ilerlediğini gördüm. Çocuk ilk kez sessizdi. Bana baktı, başını salladı ve zayıf gülümsemelerinden birini takındı. Cevap vermedim. Genelde kibarmışım gibi görünmeye çalışırdım ama bu sabah kendim gibi gerçek hissediyordum. Kafam iyiymiş gibi hissediyordum ve denesem de sahte bir şekilde gülümseyemedim.

Öğleden Sonra

Öğleden sonra uyuyakaldım. Uyandığımda ateşim vardı ve telaşlıydım. Suçluydum. Suçlu hissediyordum. Ama yeterince değil.

Gecenin bir yarısı bana yeniden bunun son kez olduğunu, kesinlikle son kez olduğunu ve bunu bir daha yapamayacağımızı söyleyerek gidişini düşündüm. Giyiniyor, kot pantolonunu giyiyordu. Ben yatakta yatmış gülüyordum çünkü sonuncusunda da aynı şeyi söylemişti, ondan öncesinde ve ondan öncesinde de. Bana bir bakış attı. Bunu nasıl tanımlayacağımı bilmiyordum, tam olarak öfke sayılmazdı, küçümseme de değildi, uyarıydı.

Kendimi huzursuz hissettim. Evin içinde dolandım; sakinleşemiyordum, sanki ben uyurken burada başka biri varmış gibiydi. Yerinden kıpırdayan bir şey olmamasına rağmen evde bir farklılık vardı. Sanki bir şeylere dokunulmuş, yerlerinden nazikçe oynatılmıştı. Yürürken buralarda, görüş alanımın dışında biri varmış gibi hissettim. Bahçeye açılan çift kanatlı kapıyı üç kez kontrol ettim ama kilitliydi. Scott'ın eve gelmesini sabırsızlıkla bekliyordum. Ona ihtiyacım vardı.

RACHEL

16 Temmuz 2013 Salı

Sabah

LONDRA'YA GİDEN 08.04 trenine binmiştim. Ama Witney'e gidiyordum. Orada olursam hafızamın canlanacağını umuyordum. İstasyona varıp her şeyi apaçık görünce anlayacaktım. Çok umut bağlamasam da elimden gelen başka bir şey yoktu. Tom'u arayamazdım. Çok utanıyordum ve zaten her şeye bir açıklık getirmişti. Benimle ilgili hiçbir şey istemiyordu.

Megan hâlâ kayıptı; altmış saati geçmişti ve artık ulusal haberlere de konu olmuştu. Bu sabah BBC'nin web sitesinde ve MailOnline'da görmüştüm; başka sitelerde de haberden birkaç parça vardı.

BBC'nin ve *Mail*'in haberlerini yazıcıdan çıkarıp yanıma aldım. Onlardan şunları toplayabilmiştim:

Megan ve Scott, cumartesi akşamı tartışmışlardı. Komşulardan biri yükselen seslerini duyduğunu anlatmıştı. Scott tartıştıklarını kabul etmiş, karısının geceyi Corly'de yaşayan Tara Epstein adlı arkadaşında geçireceğini sandığını söylemişti.

Megan, Tara'nın evine hiç gitmemişti. Tara, Megan'ı en

son cuma günü öğleden sonra pilates dersinde gördüğünü söylüyordu. (Megan'ın pilates yapacağını biliyordum.) Bayan Epstein'a göre, "İyi, normal görünüyordu. Keyfi yerindeydi, önümüzdeki ay otuzuncu doğum günü için özel bir şey yapmak istediğini söylemişti."

Megan, cumartesi akşamı saat yediyi çeyrek geçe civarı Witney tren istasyonuna doğru yürürken bir tanık tarafından görülmüştü.

Megan'ın yakınlarda yaşayan bir ailesi yoktu. Annesi de babası da ölmüştü.

Megan işsizdi. Witney'de küçük bir sanat galerisi işletiyordu ama geçen nisan ayında kapanmıştı. (Megan'ın sanatsal yönü olacağını biliyordum.)

Scott, kendi işinde çalışan bir IT danışmanıydı. (Scott'ın bir IT danışmanı olduğuna inanamıyordum.)

Megan ve Scott üç yıldır evliydiler; Blenheim Caddesi'ndeki evde 2012 yılının Ocak ayından beri yaşıyorlardı.

Daily Mail'e göre, evleri 400,000 £ değerindeydi.

Bunu okuyunca Scott için işlerin yolunda gitmediğini anladım. Bunun tek nedeni tartışmış olmaları değildi, gidişattı: Bir kadının başına kötü bir şey geldiğinde polis öncelikle kocasını ya da erkek arkadaşını soruştururdu. Bu durumda ise polis bütün gerçekleri bilmiyordu. Muhtemelen erkek arkadaşından habersiz oldukları için yalnızca kocasını soruşturmuşlardı.

Erkek arkadaşının varlığını bir tek ben biliyor olabilirdim.

Çantamda bir parça kâğıt aradım. İki şişe şarap aldığım zamandan kalan kart slibinin arkasında Megan Hipwell'in ortadan kayboluşunun en mantıklı açıklamalarını sıraladım:

1. Erkek arkadaşıyla birlikte kaçmıştı, ki buradan itibaren ondan B olarak bahsedeceğim.

2. B ona zarar vermişti.
3. Scott ona zarar vermişti.
4. Kocasını terk edip başka bir yerde yaşamaya gitmişti.
5. B ya da Scott'tan başka biri ona zarar vermişti.

Bence ilk olasılık daha mantıklıydı ve dördüncü olasılık da güçlü bir rakipti çünkü Megan bağımsız, inatçı bir kadındı, bundan emindim. Eğer bir ilişkisi varsa, aklını toplamak için kaçması gerekebilirdi değil mi? Beşinci olasılık aslında pek mantıklı görünmüyordu çünkü bir yabancı tarafından öldürülmek pek alışılageldik sayılmazdı.

Başımdaki yumru zonkluyordu. Gördüğüm, hayal ettiğim ya da rüyamda gördüğüm cumartesi geceki tartışmayı aklımdan çıkaramıyordum. Megan ve Scott'ın evinin önünden geçerken kafamı kaldırıp baktım. Başımın içine pompalanan kanın basıncını duyabiliyordum. Heyecanlanmıştım. Korkuyordum. Sabah güneşini yansıtan on beş numaranın pencereleri kör birer göz gibi görünüyordu.

Akşam

Tam koltuğuma yerleşmiştim ki telefonum çaldı. Arayan Cathy'ydi. Telesekretimin devreye girmesini bekledim.

Mesaj bıraktı: "Merhaba Rachel, iyi olup olmadığını merak ettim." Taksiyle yaşadıklarım yüzünden benim için endişelenmişti. "Sadece geçen gün olanlar için, taşınman hakkında söylediklerim için özür dilerim. Öyle söylememeliydim. Aşırı tepki verdim. İstediğin kadar kalabilirsin." Uzun bir sessizlikten sonra, "Beni ara, tamam mı? Ve hemen eve gel, Rach, bara gitme," dedi.

Niyetim yoktu. Öğle yemeğinde bir şeyler içmek istiyordum; bu sabah Witney'de olanlardan sonra canım çok çekmişti. Ama içmedim, ayık olmam gerekiyordu. Ayık olmam için elimde bir neden olmayalı çok uzun zaman olmuştu.

Bu sabahki Witney yolculuğum çok tuhaftı. Daha üstünden birkaç gün geçmesine rağmen, sanki yıllardır oraya gitmemişim gibi hissetmiştim. Tamamen farklı bir yere gitmiş de olabilirdim tabii, farklı bir kasabadaki farklı bir istasyona. Cumartesi gecesi oraya giden kişiden farklıydım. Bugün sert ve ayıktım, gürültünün, ışığın, keşfetme korkusunun tamamen farkındaydım.

Haneye tecavüz ediyordum. Bu sabah öyle gibi gelmişti çünkü orası artık Tom ve Anna'nın, Scott ve Megan'ın mülküydü. Ben dışarıda kalmıştım. Oraya ait değildim ama her şey bana çok tanıdık geliyordu. İstasyonun beton basamaklarını indim, Roseberry Bulvarı'ndaki gazete büfesini geçtim, kavşağın sonuna biraz kala sağdaki demir yolunun altındaki nemli yaya altgeçidine çıkan kemerli geçide doğru saptım ve Victoria stili güzel teraslarla dolu dar, sıra sıra ağaçların olduğu Blenheim Caddesi'ne vardım. Bu, eve dönmek gibiydi: Herhangi bir eve değil, çocukluğunuzun geçtiği, bir yaşam süresi boyunca ardınızda bıraktığınız bir ev; merdivenleri çıkmanın tanıdık gelmesi ve hangisinin çatırdayacağını bilmek gibiydi.

Bu tanıdıklık yalnızca zihnimde değil, kemiklerimdeydi; kas hafızasıydı bu. Bu sabah kararmış tünel ağzında yürürken altgeçidin girişine doğru adımlarım hızlandı. Bunu düşünmem gerekmedi çünkü orada hep biraz daha hızlı yürürdüm. Her gece eve gelirken, özellikle de kışın, adımlarımı hızlandırır, emin olmak için hızlıca sağa bakardım. Hiçbir zaman biri olmazdı –ne o gecelerde, ne de bugün– ama bu sabah karanlığa bakarken donakaldım çünkü aniden kendimi görmüştüm. Birkaç metre içeride, duvarın dibine çökmüş, kan içindeki başımı yine kan içindeki ellerimin arasına almıştım.

Kalbim göğüs kafesimden fırlayacak gibi çarpıyordu. Öylece dikilirken istasyona doğru yürüyen sabah yolcuları yanımdan geçip gitti. Ben hareketsizliğimi korurken bir iki tanesi dönüp bana baktılar. Bunun doğru olup olmadığını bilmiyordum. Neden o altgeçide girmiştim ki? Karanlık, nemli ve çiş kokan o altgeçide beni götüren neydi?

Arkama dönüp istasyona geri yürüdüm. Artık orada olmak istemiyordum; Scott'ın ve Megan'ın ön kapısına gitmek istemiyordum. Oradan uzaklaşmak istiyordum. Orada kötü bir şey olmuştu, bunu biliyordum.

Biletimi alıp istasyonun merdivenlerinden peronun başka bir kısmına hızla yürüdüm. Bu sırada aklımda bir şey daha canlandı: Bu kez altgeçit değil, merdivenlerdi; merdivende tökezlemiştim ve bir adam ayağa kalkmama yardım etmişti. Trendeki kızıl saçlı adamdı bu. Onu bulanık olsa da görebiliyordum ve aramızda hiç diyalog geçmiyordu. Kendime ya da adamın söylediği bir şeye güldüğümü hatırlıyordum. Bana çok kibar davranmıştı, ondan emindim. Hemen hemen. Kötü bir şey olmuştu ama bunun onunla bir ilgisi olduğunu sanmıyordum.

Trene binip Londra'ya gittim. Kütüphaneye vardığımda bilgisayar bölümüne oturdum ve Megan hakkındaki haberleri araştırdım. *Telegraph*'ın web sitesinde kısa bir parça vardı ve otuzlarındaki bir adamın soruşturmalarda polise yardım ettiğinden bahsediyordu. Bu muhtemelen Scott'tı. Ona zarar vermiş olacağına inanamıyordum. Bunu yapmayacağını *biliyordum.* Onları birlikte görmüştüm; birlikteyken nasıl olduklarını biliyordum. Haberde, bilgi edindiğiniz takdirde arayabileceğiniz bir de Crimestoppers* numarası vermişlerdi. Eve dönerken ankesörlü bir telefondan o nu-

---

* İngiltere'de, suçu önlemek amacıyla oluşturulmuş bağımsız bir hayır kurumu. *–çn*

marayı arayacaktım. Onlara B'den, gördüklerimden bahsedecektim.

Ashburry'ye yaklaşırken telefonum çaldı. Arayan yine Cathy'ydi. Zavallı kız, beni gerçekten merak etmişti.

"Rach? Trende misin? Eve mi dönüyorsun?" Sesi endişeli geliyordu.

"Evet, eve dönüyorum," dedim. "On beş dakikaya orada olurum."

"Polisler geldi, Rachel," demesiyle bütün vücudum buz kesiverdi. "Seninle konuşmak istiyorlar."

17 Temmuz 2013 Çarşamba

Sabah

Megan hâlâ kayıptı ve ben polise –sürekli– yalan söylemiştim.

Dün gece eve döndüğümde çok telaşlıydım. Eve gelmelerinin nedeninin taksi kazam olduğuna kendimi inandırmaya çalışsam da hiç anlamı yoktu. Polise yaşadıklarımı olay yerinde anlatmıştım, tamamen benim hatamdı. Cumartesi gecesiyle ilgili olmalıydı. Bir şey yapmış olmalıydım. Korkunç bir şeye karışmış ve tamamen unutmuş olmalıydım.

Bunun kulağa pek mantıklı gelmediğini biliyordum. Ne yapmış olabilirdim? Blenheim Caddesi'ne gidip, Megan Hipwell'e saldırıp, cesedini bir yere gömüp, sonra da her şeyi unutmuş muydum? Kulağa komik geliyordu. Komikti. Ama cumartesi bir şeyler olduğunu biliyordum. Demir yolunun altındaki karanlık tünele baktığında anlamıştım. Kanım damarlarımda buz kesmişti.

Her şey silinmişti. Ufak hafıza kayıplarının olması normaldi. Fakat bu, kulüpten eve dönerken kendinde olmamak ya da barda sohbet ederken neye çok güldüğünü unutmak gibi bir şey değildi. Farklıydı. Tamamen simsiyahtı; saatler bir daha bulunmamak üzere kaybolmuştu.

Tom bana bu konu hakkında bir kitap almıştı. Pek romantik sayılmasa da sabahları neden özür dilediğimi bile bilmeden ondan özür dileyip durmamdan çok yorulmuştu. Galiba verdiğim zararı, yapabileceklerimi görmemi istemişti. Yazarı bir doktordu ama ne kadar doğru olduğuna dair hiçbir fikrim yoktu: Yazar, bilinç kaybının yalnızca olanları unutmak değil, ilk başta zaten unutacak anılarının olmaması anlamına geldiğinden söz ediyordu. Onun teorisine göre bu duruma, beyniniz artık hiçbir şeyi kısa süreli hafızaya kaydedemediğinde düşüyordunuz. Böyle derin bir bilinçsizliğe daldığınızda da, her zaman davrandığınız gibi davranmıyordunuz, çünkü en son olduğunu *zannettiğiniz* şeye tepki vermiş oluyordunuz, çünkü –kısa süreli hafızanız uçmuş olduğundan– biraz önce ne olduğunu gerçekten bilemiyordunuz. İçtiğinde bilincini kaybedenler için uyarıcı anekdotları da vardı: Adamın biri, New Jersey'deki 4 Temmuz kutlamalarında sarhoş olmuş. Sonrasında arabasına binmiş, otoyolda kilometrelerce yanlış yöne doğru sürmüş ve yedi kişiyi taşıyan bir kamyonete dalmış. Kamyonet alev almış ve altı kişi ölmüş. Adam iyiymiş. Hep iyi olurlar zaten. Arabasına bindiğini bile hatırlamıyormuş.

Bir de New York'ta bir adam varmış. Bardan çıkıp arabayla büyüdüğü eve gitmiş, içeridekileri bıçaklayarak öldürmüş, soyunmuş, arabasına geri dönmüş, evine gitmiş ve yatmış. Ertesi sabah uyandığında kendini korkunç hissediyormuş, giysilerinin nerede olduğunu ve eve nasıl geldiğini bilmiyormuş. Görünürde hiçbir neden yokken iki kişiyi katlettiğini polis gelene kadar öğrenememiş.

Yani kulağa komik geliyordu ama imkânsız da değildi.

Dün gece eve geldiğimde kendimi Megan'ın kayboluşunda bir şekilde payım olduğuna inandırmıştım.

Polis memurları oturma odasındaki koltuğa oturmuşlardı. Biri kırklı yaşlarında, sade giyimliydi, diğeri ise ondan daha gençti, üniforma giymişti ve boynunda akneler vardı. Cathy pencerenin yanında dikilmiş, ellerini ovuşturuyordu. Dehşete kapılmış bir hâli vardı. Memurlar ayağa kalktı. Sade giyimli, çok uzun boylu ve hafif kambur olan elimi sıkıp kendini Dedektif Gaskill olarak tanıttı. Polis memurunun da adını söylemişti ama hatırlamıyordum. Konsantre olamamıştım. Nefes bile alamıyordum.

"Neler oluyor?" diye çıkıştım. "Bir şey mi oldu? Anneme mi? Tom'a mı?"

"Herkes iyi, Bayan Watson, biz sadece sizinle cumartesi akşamı ne yaptığınız konusunda konuşmaya geldik," dedi Gaskill. Tıpkı televizyonlardaki gibiydi; gerçek değildi sanki. Cumartesi akşamı ne yaptığımı öğrenmek istiyorlardı. Cumartesi akşamı ben ne halt etmiştim?

"Oturmam gerek," dedim. Dedektif koltukta onun yerine, Akneli Boyun'un yanına oturmamı işaret etti. Cathy ağırlığını bir sağ ayağına, bir sol ayağına veriyor, bir yandan da alt dudağını kemiriyordu. Çılgına dönmüş gibiydi.

"İyi misiniz, Bayan Watson?" diye sordu Gaskill. Gözümün altındaki kesiği işaret etti.

"Taksi çarptı," dedim. "Dün öğleden sonra, Londra'da. Hastaneye gittim. Kontrol edebilirsiniz."

"Tamam," dedi, başını hafifçe iki yana sallayarak. "Peki. Cumartesi akşamı?"

"Witney'ye gittim," dedim, sesimdeki tereddütü gizlemeye çalışarak.

"Ne yapmak için?"

Akneli Boyun not defterini ve kalemini çıkarmıştı.

"Kocamı görmek istedim," dedim.

"Ah, Rachel," dedi Cathy.

Dedektif onu duymazdan geldi. "Kocanızı mı?" dedi. "Eski kocanızı mı kastediyorsunuz? Tom Watson'ı?" Evet, hâlâ adını taşıyordum. Böylesi daha uygundu. Kredi kartlarımı, e-posta adreslerimi değiştirmem, yeni bir pasaport almam falan gerekmemişti.

"Doğru. Onu görmek istedim ama sonra bunun iyi bir fikir olmadığına karar verip eve geri döndüm."

"Saat kaçtı?" Gaskill'in sesi sakin, yüzü tamamen ifadesizdi. Konuşurken dudakları kıpırdamıyor gibiydi. Akneli Boyun'un not alırken kâğıtta çıkardığı kalemin, kulaklarımda zonklayan nabzımın sesini duyabiliyordum.

"Şey... hım... galiba altı buçuk civarıydı. Yani, galiba trene altı gibi binmiştim."

"Ve eve geldiğinizde...?"

"Yedi buçuk olabilir mi?" Kafamı kaldırdığımda Cathy ile göz göze geldim. Yüz ifadesinden yalan söylediğimi bildiğini anlayabiliyordum. "Biraz daha geç olabilir. Belki de sekize yaklaşıyordu. Evet, aslında şimdi hatırladım, galiba eve sekizden hemen sonra geldim." Yanaklarımın kızarmaya başladığını hissedebiliyordum; bu adam yalan söylediğimi anlamadıysa, polis olmayı da hak etmiyor demekti.

Dedektif arkasına döndü, köşedeki masanın altına itilmiş sandalyelerden birini tutup kendine doğru hızlı ve neredeyse sert bir hareketle çekti. Birkaç metre uzağıma, tam karşıma oturup ellerini dizlerine koydu, başını yana çevirdi. "Tamam," dedi. "O hâlde altı civarı çıktınız, yani altı buçuk gibi Witney'de oldunuz demek. Ve sekiz gibi de buraya döndünüz, bu da Witney'den yedi buçuk civarı ayrıldınız demektir. Doğru mu?"

"Evet, doğru," dedim, sesimdeki tereddüt bana ihanet ederek geri dönmüştü. Bir iki saniye içinde bana bir saat boyunca ne yaptığımı soracaktı ve benim verecek cevabım yoktu.

"Yani aslında eski kocanızı görmeye gitmediniz. O hâlde bir saat boyunca Witney'de ne yaptınız?"

"Biraz dolaştım."

Ayrıntıya girip girmeyeceğimi görmek için bekledi. Ona bara gittiğimi söylemeyi düşündüm ama bu aptalca olurdu, doğrulanabilir bir şeydi. Hangi bar olduğunu, orada biriyle konuşup konuşmadığımı soracaktı. Ona ne söyleyeceğimi düşünürken cumartesi gecesi nerede olduğumu *neden* öğrenmek istediğini sormadığımı fark ettim. Bu bile kendi içinde tuhaf görünüyordu. Suçlu görünmeme neden olmuş olmalıydı.

"Biriyle konuştunuz mu?" diye sordu, aklımı okuyarak. "Mağazalara, barlara falan girdiniz mi?"

"İstasyondaki bir adamla konuştum!" diye yüksek sesle dökülüverdim, zafer kazanmış gibi, sanki bunun bir anlamı varmış gibi hissetmiştim. "Bunları neden öğrenmek istiyorsunuz? Neler oluyor?"

Dedektif Gaskill sandalyeye yaslandı. "Witney'deki kadının kaybolduğunu duymuşsunuzdur. Blenheim Caddesi'nde, eski kocanızdan birkaç kapı uzakta oturuyordu. Kapı kapı dolaşarak onu o gece görüp görmediklerini, alışılmadık bir şey duyup duymadıklarını ya da gördüklerini hatırlayıp hatırlamadıklarını sorduk. Soruşturmalarımız sırasında sizin adınız zikredildi." Bir an sessizliğe gömülüp idrak etmemi bekledi. "O akşam Blenheim Caddesi'nde, kayıp olan Bayan Hipwell'in evden çıktığı sırada görülmüşsünüz. Bayan Anna Watson bize sizi sokakta, Bayan Hipwell'in evinin yakınlarında gördüğünü söyledi. Kendi evinden pek uzak sayılmaz. Tuhaf davrandığınızı ve endişelendiğini söyledi. Hatta öylesine endişelenmiş ki, polisi aramayı düşünmüş."

Kalbim, kapana kısılmış bir kuş gibi çırpınıyordu. O sırada görebildiğim tek şey, altgeçitte ellerimde kanlarla çömelmiş kendim olduğum için konuşamıyordum. *Ellerimde kanla.* Benim ellerim miydi bunlar? Benim olmalıydı. Gaskill'e baktığımda gözlerini bana diktiğini gördüm ve aklımı okumasına bir son vermek için hızla bir şeyler söylemem gerektiğini anladım. "Ben bir şey yapmadım," dedim. "Yapmadım. Sadece... kocamı görmek istedim..."

"*Eski* kocanızı," diye düzeltti beni Gaskill yeniden. Ceketinin cebinden bir fotoğraf çıkarıp bana gösterdi. Bu, Megan'ın bir fotoğrafıydı. "Cumartesi gecesi bu kadını gördünüz mü?" diye sordu. Uzun uzun fotoğrafa baktım. O seyrettiğim, kafamdan bir hayat kurup yıktığım mükemmel sarışının bana bu şekilde sunulması gerçekdışı gibiydi. Yakın mesafeden çekilmiş bir vesikalık fotoğraftı, profesyonel işiydi. Yüz hatları hayal ettiğimden biraz daha kabaydı, kafamdaki Jess'inkiler kadar narin değildi. "Bayan Watson? Onu gördünüz mü?"

Onu görüp görmediğimi bilmiyordum. Gerçekten bilmiyordum. Hâlâ da bilmiyorum.

"Pek sanmıyorum," dedim.

"Sanmıyor musunuz? O hâlde görmüş olabilir misiniz?"

"Ben... emin değilim."

"Cumartesi akşamı içiyor muydunuz?" diye sordu. "Witney'ye gitmeden önce içiyor muydunuz?"

Yüzüm yeniden ateş gibi olmuştu. "Evet," dedim.

"Bayan Watson –Anna Watson– evin dışında sizi gördüğünde sarhoş olduğunuzu söyledi. Sarhoş muydunuz?"

"Hayır," dedim, Cathy ile göz göze gelmemek için bakışlarımı dedektiften ayırmadan. "Öğleden sonra birkaç kadeh içmiştim ama sarhoş değildim."

Gaskill içini çekti. Onu hayal kırıklığına uğratmışım gibi bir hâli vardı. Önce Akneli Boyun'a, sonra bana baktı. Yavaşça, tasarlayarak ayağa kalktı ve sandalyeyi yeniden masanın altına itti. "Cumartesi gecesiyle ilgili bir şeyler hatırlarsanız, bize yardımı dokunacak herhangi bir şey, lütfen beni arar mısınız?" dedi, bana kartvizitini uzatarak.

Gitmeye hazırlanan Gaskill başını sallayarak Cathy'ye ciddiyet içinde selam verirken koltuğa gömüldüm. Kalp atışlarımın yavaşlamaya başladığını hissedebiliyordum. Sonra, "Halkla ilişkilerde çalışıyorsunuz değil mi? Huntingdon Whitely'de?" diye sorduğunu duyunca yeniden hızlandı.

"Doğru," dedim. "Huntingdon Whitely'de."

Kontrol edip yalan söylediğimi öğrenecekti. Bunu kendisinin öğrenmesini bekleyemezdim, ona söylemem gerekiyordu.

Bu sabah bunu yapacaktım. Suçumu itiraf etmek için polis merkezine gidecektim. Ona her şeyi anlatacaktım: Aylar önce işsiz kaldığımı, cumartesi gecesi çok sarhoş olduğumu ve eve kaçta geldiğime dair hiçbir fikrimin olmadığını söyleyecektim. Dün gece anlatmış olmam gereken her şeyi anlatacaktım: Yanlış yere baktığını da. Megan Hipwell'in bir ilişkisi olduğuna inandığımı söyleyecektim.

Akşam

Polis benim meraklının teki olduğumu düşünüyordu. Bir sapık, akli dengesi bozuk bir kaçık olduğuma inanıyordu. Polis merkezine hiç gitmemeliydim. Kendimi daha da zor bir duruma düşürmüştüm ve oraya gitmemin öncelikli nedeni olan Scott'a hiç de yardımım dokunmamıştı. Polisin Megan'a Scott'ın bir şeyler yaptığını düşününeceği kesin olduğu için yardımıma ihtiyacı vardı. Onun masum olduğunu biliyordum çünkü onu tanıyordum. Kulağa çılgınca gelse de bunu hissediyordum. Megan'a nasıl davrandığını görmüştüm. Ona zarar veremezdi.

Tamam, Scott'a yardım etmek polise gitmemin tek nedeni değildi. Sıyrılmam gereken bir yalan konusu vardı. Huntingdon Whitely'de çalışıyor olduğum yalanı.

Merkeze girecek cesareti toplayabilmem sanki yıllar almıştı. Onlarca kez eve geri dönmenin eşiğine geldim ama en sonunda içeri girebildim. Nöbetçi polise Dedektif Gaskill ile görüşüp görüşemeyeceğimi sorduğumda bana boğucu bekleme odasını gösterdi. Orada birinin gelip beni almasını bir saatten fazla bekledim. O zamana kadar idam edilecek bir kadın gibi terlemiştim ve titriyordum. Daha küçük ve daha boğucu, penceresiz ve havasız başka bir odaya götürüldüm. Gaskill ve sade giyimli bir kadın gelene kadar on dakika daha tek başıma bekletildim. Gaskill nazikçe selam verdi; beni gördüğüne şaşırmış bir hâli yoktu. Yanındaki Dedektif Riley'yi takdim etti. Benden daha gençti, uzun boylu, ince, koyu renk saçlı, keskin ve güzel yüz hatları kurnaz bir görünüme sahipti. Gülümsememe karşılık vermedi.

Üçümüz de oturduk, kimsenin ağzını bıçak açmıyordu; benden bir şey bekler gibi bakıyorlardı.

"Adamı hatırladım," dedim. "Size istasyonda bir adam olduğunu söylemiştim. Onu tarif edebilirim." Riley kaşlarını çok hafifçe kaldırdı ve koltuğunda kıpırdandı. "Orta boylarda, orta derecede yapılı ve kızılımsı saçlıydı. Merdivenlerden düşerken kolumdan yakaladı." Gaskill öne doğru uzandı, dirsekleri masadaydı, ellerini ağzının önünde birleştirmişti. "Üstünde... galiba mavi bir gömlek vardı."

Bu aslında doğru değildi. Hatırladığım bir adam vardı ve kızılımsı saçları olduğundan da emindim. Galiba trendeyken bana gülümsemiş ya da pis pis sırıtmıştı. Sanırım Witney'de inmişti. Benimle konuşmuş olabilirdi. Merdivenlerden düşmüş olabilirdim. Hatırlar gibiydim ama hatırladıklarım cumartesi gecesinden miydi, yoksa başka bir zamana mı aitti, emin olamıyordum. Birçok merdivenden birçok kez düşmüştüm. Üstünde ne olduğuna dair en ufak bir fikrim bile yoktu.

Dedektifler hikâyemden etkilenmişe benzemiyordu. Riley başını iki yana belli belirsiz bir şekilde salladı. Gaskill ellerini açtı ve avuçlarını yukarı çevirerek öne doğru uzattı. "Tamam. Buraya bunları söylemek için mi geldiniz, Bayan Watson?" diye sordu. Sesinde öfke yoktu hatta cesaretlendirir gibi bir hâli vardı. Riley'nin gitmesini istiyordum. Onunla konuşabilirdim; ona güvenebilirdim.

"Ben artık Huntingdon Whitely'de çalışmıyorum," dedim.

"Ah." Koltuğunun arkasına yaslandı, ilgisini çekmiş gibiydim.

"Üç ay önce ayrıldım. Ev arkadaşıma –yani aslında ev sahibeme– söylememiştim. Başka bir iş bulmaya çalışıyordum. Bilmesini istememiştim çünkü kirayı kafasına takacaktı. Biraz param vardı. Kiramı ödeyebilirdim ama... Her neyse, dün size işimle ilgili yalan söyledim ve bunun için özür dilerim."

Riley öne doğru uzandı ve samimiyetsiz bir şekilde gülümsedi. "Anladım. Artık Huntingdon Whitely'de çalışmıyorsunuz. Hiçbir yerde çalışmıyorsunuz değil mi? İşsizsiniz?" Başımı sallayarak onayladım. "Tamam. O zaman... Sözleşmeniz falan yok değil mi?"

"Hayır."

"Ve... ev arkadaşınız her gün işe gitmediğinizi fark etmedi, öyle mi?"

"Gidiyordum, yani ofise gitmiyordum ama eskiden olduğu gibi her gün aynı saatte Londra'ya gidiyordum. Böylece... anlamayacaktı." Riley, Gaskill'e baktı; Gaskill gözlerini üstümden ayırmadı, gözlerinin arasında çattığı kaşlarının belirtisi vardı. "Tuhaf, biliyorum..." dedim ve sustum çünkü bunu sesli söylediğinizde kulağa tuhaf değil, çılgınca geliyordu.

"Peki. Yani her gün işe gidiyormuş gibi mi yaptınız?" diye sordu Riley, sanki benim için endişeleniyormuş gibi kaşını çatmıştı. Sanki tam anlamıyla dengesizmişim gibi. Konuşmadım, başımla onaylamadım, hiçbir şey yapmadım ve öylece sustum. "İşinizden neden ayrıldığınızı sorabilir miyim, Bayan Watson?"

Yalan söylemenin bir anlamı yoktu. Bu konuşmadan önce benim çalışma kayıtlarıma bakmaya niyetlenmedilerse, artık niyetlenecekleri kesindi. "Kovuldum," dedim.

"İşten çıkarıldınız," dedi Riley, sesinde bir memnuniyetle. Belli ki beklediği cevabı almıştı. "Nedeni neydi?"

Hafifçe iç çekip Gaskill'e döndüm. "Bunun gerçekten önemi var mı? İşimden neden ayrıldığım önemli mi?"

Gaskill hiçbir şey söylemedi, Riley'nin önüne ittiği notlara bakıyordu ama başını hafifçe iki yana salladı. Riley taktik değiştirdi.

"Bayan Watson, size cumartesi gecesiyle ilgili bir şeyler sormak istiyordum." Gaskill'e baktım *–Biz bunu zaten konuşmuştuk–* ama o bana bakmıyordu. "Peki," dedim. Yaram için endişelenip elimi başıma götürmeye devam ettim. Kendime engel olamıyordum.

"Bana cumartesi gecesi neden Blenheim Caddesi'ne gittiğinizi söyleyin. Neden eski kocanızla konuşmak istediniz?"

"Bunun sizi ilgilendirdiğini sanmıyorum," dedim ve hemen sonra, başka bir şey söylemesine fırsat bırakmadan, "Bir bardak su alabilir miyim?"

Gaskill ayağa kalkıp odadan çıktı. Umduğum şey bu değildi. Riley tek kelime etmedi; bana bakmaya devam ediyordu ve dudaklarında hâlâ bir gülümseme izi vardı. Gözlerine bakamadım, bakışlarımı masaya çevirdim ve odanın içine bakındım. Bunun bir taktik olduğunu biliyordum: Sessizliğini koruyunca bu öylesine boğucu olacaktı ki istemesem de bir şeyler söylemek zorunda hissedecektim. "Onunla konuşmam gereken bir şeyler vardı," dedim. "Özel konular." Fiyakalı ve gülünç görünüyordum.

Riley iç çekti. Dudağımı ısırdım, Gaskill odaya geri dönene kadar konuşmamaya kararlıydım. Dönüp önüme bulanık bir bardak su koyduğunda Riley konuştu.

"Özel konular mı?" diye cevapladı.

"Doğru."

Riley ve Gaskill birbirlerine baktılar. Öfkelenmişler miydi, yoksa bunu gülünç mü bulmuşlardı, bilmiyordum. Üst dudağımdaki terin tadını alabiliyordum. Bir yudum su içtim, tadı bozuktu. Gaskill önündeki kâğıtları karıştırdıktan sonra kenara itti. Sanki onlarla işi bitmişti ya da yazılanlar o kadar ilgisini çekmiyormuş gibiydi.

"Bayan Watson, sizin... eee... eski kocanızın şu anki karısı, Bayan Anna Watson'ın sizin hakkınızda endişeleri varmış. Onu ve kocasını rahatsız ettiğinizi, davetsiz bir şekilde evlerine gittiğinizi, bir keresinde ise..." Gaskill yeniden notlarına baktı ama Riley onu böldü.

"Bir keresinde, Bay ve Bayan Watson'ın evine girip yeni doğmuş bebeklerini almışsınız."

Odanın merkezinde kara bir delik açıldı ve beni yuttu. "Bu doğru değil!" dedim. "Ben *almadım*... Öyle olmadı, bu yanlış. Ben... ben onu almadım."

Çok üzülmüştüm, titreyip ağlamaya başladım. Gitmek istediğimi söyledim. Riley sandalyesini geri itip ayağa kalktı, Gaskill'e omuzlarını silkip odadan çıktı. Gaskill bana mendil uzattı.

"İstediğiniz zaman gidebilirsiniz, Bayan Watson. Buraya bizimle konuşmak için siz geldiniz." Özür dilercesine gülümsedi. O sırada onu sevmiş, elini alıp sıkmak istemiştim ama bunu yapmadım, bu çok tuhaf olurdu. "Galiba bana anlatacak daha çok şeyiniz var," dedi. *Bize* yerine *bana* dediği için onu daha da çok sevmiştim.

"Belki de," dedi, ayağa kalkıp beni kapıya doğru geçirirken, "biraz dinlenmek, bacaklarınızı açmak, yiyecek bir şeyler almak istersiniz. Hazır olduğunuzda yeniden gelin ve bana her şeyi anlatın."

Tek istediğim, her şeyi unutup eve gitmekti. Tren istasyonuna doğru yürürken sırtımı her şeye dönmeye hazırdım. Sonra tren yolculuğunu, o hatta her gün evin önünden –Megan ile Scott'ın evinin– geçip gittiğim yolcukları düşündüm. Ya onu hiç bulamazlarsa? Bir şeyler söylemiş olmamın bir işe yarayıp yaramadığını bilmek pek mümkün olmasa da yine de sonsuza dek merak edecektim. Ya B'yi hiçbir zaman öğrenemeyip Scott'ı ona zarar vermekle suçlarlarsa? Ya şu anda B'nin evinin bodrumunda bağlanmış, yaralanmış, kan kaybediyorsa ya da bahçeye gömülmüşse?

Gaskill'in dediğini yaptım, köşedeki bir büfeden jambonlu ve peynirli bir sandviçle bir şişe su aldıktan sonra Witney'deki tek parka gittim. Burası 1930'un evleriyle çevrelenmiş ve zemininin hemen hemen tamamı asfalt olan küçücük, zavallı bir oyun alanıydı. Kenardaki bir banka oturup anneleri ve kum yediği için çocukları azarlayan bakıcıları izlemeye koyuldum. Birkaç yıl önce bunun hayalini kurardım. Buraya –polis görüşmeleri arasında jambonlu ve peynirli sandviç yemek için değil tabii ki– kendi bebeğimle gelmenin hayalini kurardım. Satın alacağım bebek arabasının, Trotters'ta ve Early Learning Centre'da muhteşem giysiler ve eğitici oyuncaklar alarak geçireceğim zamanın hayalini. Burada oturup kucağımdaki neşe kaynağını nasıl sallayacağımı düşünürdüm.

Olmadı. Hiçbir doktor neden hamile kalamadığımı açıklayamadı. Yeterince genç ve fittim, denediğimiz zamanlarda çok içmiyordum. Kocamın spermi aktif ve yoğundu. Ama olmamıştı işte. Düşük yapma acısını çekmemiştim, yalnızca hamile kalmamıştım. Bir kez tüp bebek denemiştik ve maddi olarak elimizden daha fazlası gelmiyordu. Herkesin bizi uyardığı üzere nahoş ve başarısız olmuştu. Kimse bunun bizi ayıracağından söz etmemişti. Ama ayırdı. Ya da beni ayırdı ve ben de bizi ayırdım.

Kısır olduğunuz gerçeğinden kaçamıyordunuz. Otuzlarınızdayken bu mümkün değildi. Arkadaşlarımızın, arkadaşlarımın arkadaşlarının çocukları oluyordu, hamilelik, doğum ve ilk doğum günü partileri her yerdeydi. Bana da hep bu soruyu soruyorlardı. Annem, arkadaşlarımız, iş arkadaşlarım. Sıra ne zaman bana gelecekti? Bir yerden sonra çocuksuzluğumuz pazarları yenilen öğle yemeklerinin kabul edilebilir bir sohbet konusu hâlini almıştı. Bu sohbetler yalnızca Tom ile benim aramda değil, daha genel olarak geçiyordu. Ne deniyorduk, ne yapmamız gerekiyordu, gerçekten ikinci kadeh şarabı içmem gerekiyor muydu? Hâlâ gençtim, daha çok zamanımız vardı ama başarısızlık üstümü tıpkı bir pelerin gibi kaplamış, beni yormuş, dibe çekmişti. Umudumu yitirmiştim. O sırada bunun her zaman benim hatam olarak görüldüğünü, yüz karası olanın ben olduğumu hissettiğimden içerlemeye başlamıştım. Ama Anna'yı hamile bırakma hızına bakacak olursam, Tom'un erkekliğinde hiçbir sorun yoktu. Suçu kırışmayı önererek hata etmiştim; her şey benim yüzümdendi.

Üniversiteden beri en yakın arkadaşım olan Lara, iki yılda iki çocuk yapmıştı: İlki erkek, ikincisi kızdı. Onları sevmemiştim. Haklarında hiçbir şey duymak istemiyordum. Yakınlarında olmak istemiyordum. Bir süre sonra Lara benimle konuşmayı bıraktı. İşten bir kız bana –sanki apandisit ameliyatından ya da yirmi yaş dişinin çekilmesinden bahseder gibi gelişigüzel bir şekilde– kısa süre önce tıbbi kürtaj olduğundan, bunun üniversitedeykenki cerrahi olana kıyasla daha az travmatik geçtiğinden bahsetmişti. Bundan sonra onunla konuşamamış, yüzüne bile bakamamıştım. Ofiste her şey tuhaflaşmıştı; insanlar bunu fark ediyordu.

Tom benim gibi hissetmiyordu. Bir kere bu onun başarısızlığı değildi ve sonuçta onun bir çocuğa benim olduğu kadar *ihtiyacı* yoktu. Baba olmayı gerçekten istiyordu. Bahçede oğluyla futbol oynadığının ya da kızını omuzlarına alıp parka gittiğinin hayalini kurduğundan emindim. Ama hayatlarımızın çocuksuz da muhteşem olabileceğini düşünüyordu. Mutluyduk, bana öyle söylüyordu, neden mutlu olmaya devam etmeyeydik ki? Bana öfkelenmişti. Sahip olmadığın bir şeyin yasını tutmanın mümkün olduğunu asla anlayamıyordu.

Kederimin içinde bir başımaydım. Yalnız kalmıştım, ben de biraz içtim ve sonra biraz daha ve sonra daha da yalnız kaldım çünkü kimse sarhoşun birinin yakınlarında olmak istemiyordu. Kaybettikçe içtim ve içtikçe kaybettim. İşimi seviyordum ama parlak bir kariyerim yoktu ve olsaydı bile, dürüst olalım, kadınlar hâlâ iki şey için değer görüyorlardı: Görünüşleri ve anne olarak rolleri için. Ben güzel değildim ve çocuğum da olmadığı için nasıl biri oluyordum? Beş para etmez.

Her şeyin suçunu içki içmeme atamazdım. Anne babamı ya da çocukluğumu, tacizci amcamı ya da yaşadığım bazı korkunç trajedileri suçlayamazdım. Hata benimdi. Zaten içerdim, içmeyi her zaman sevmiştim. Ama daha mutsuz olmuştum ve mutsuzluk bir süre sonra mutsuz olan ve onun etrafındaki herkes için sıkıcı bir hâl alıyordu. Sonra içki içen kişiden ayyaşa döndüm ve bundan daha sıkıcı bir şey yoktu.

Çocuk konusunda artık daha iyiydim; kendi başıma olduğumdan beri iyileşmiştim. Buna mecburdum. Kitaplar ve makaleler okumuştum, bunu kabullenmek zorunda olduğumu anlamıştım. Stratejiler vardı, umut vardı. Kendime gelip içkiyi kesersem evlat edinme şansım olacaktı. Henüz otuz dört yaşında değildim, her şey sona ermemişti. Birkaç yıl önceki, anneler ve çocuklarla dolu olduğu takdirde tramvaydan inmek ve süper marketten çıkmak zorunda kaldığım hâlimden daha iyiydim. O zamanlar böyle bir parka gelip oyun alanının yanına oturarak kaydıraktan kayan yeni yürümeye başlamış tombik çocukları izleyemezdim. En kötü zamanlarımda, özlemin tavan yaptığı, aklımı kaçıracağımı sandığım zamanlar olmuştu.

Belki bir süre kaçırmıştım da. Polis merkezinde sorgulandığım gün aklımı kaçırmış olabilirdim. Tom'un bir keresinde söylediği bir şey beni tepetaklak etmişti. Daha doğrusu, yazdığı bir şey: O sabah Facebook'ta okumuştum. Şok sayılmazdı, hamile olduğunu biliyordum, Tom bunu söylemişti ve ben de Anna ile bebek odasının penceresindeki pembe jaluziyi görmüştüm. Bunun olacağını biliyordum. Ama bebeği *Anna'nın* bebeği olarak görüyordum. Tom'un kucağındaki yeni doğmuş kızına gülümseyerek bakan fotoğrafını gördüğüm güne kadar bu böyleydi. Fotoğrafın altına: "İşte bütün her şey bunun içindi! Böyle bir sevgiyi hiç tatmamıştım! Hayatımın en mutlu günü!" yazmıştı. Bunu yazarken benim de göreceğimi, o sözcükleri okuduğumda beni öldüreceklerini bildiği hâlde yine de yazdığını düşünmüştüm. Umurunda değildi. Anne babalar çocukları dışında hiçbir şeyi umursamıyorlardı. Evrenin merkezi onlardı; bir tek onlar önemliydiler. Başka kimsenin önemi yoktu, ne kimsenin acısı ne de mutluluğu umurlarındaydı. Hiçbiri gerçek değildi.

Kızgındım. Çılgına dönmüştüm. Belki de intikam almak istiyordum. Belki onlara acımın gerçek olduğunu göstermeliydim. Bilmiyordum. Aptalca bir şey yapmıştım.

Birkaç saat sonra polis merkezine geri döndüm. Gaskill ile baş başa konuşup konuşamayacağımı sordum ama Gaskill, Riley'nin de orada olmasını istediğini söyledi. Bundan sonra ona olan sevgim azaldı.

"Evlerine zorla girmedim," dedim. "Oraya gittim, Tom ile konuşmak istiyordum. Kapının zilini çaldım ama kimse cevap vermedi."

"Peki içeriye nasıl girdiniz?" diye sordu Riley.

"Kapı açıktı."

"Ön kapı mı açıktı?"

İç çektim. "Hayır, tabii ki değil. Arkadaki bahçeye açılan sürgülü kapı açıktı."

"Arka bahçeye nasıl girdiniz?"

"Çitin üstünden atladım, yolu biliyordum..."

"Yani eski kocanızın evine girebilmek için çitin üstünden atladınız, öyle mi?"

"Evet. Eskiden... Arkada her zaman yedek anahtar olurdu. İkimizden biri kaybeder ya da unutursa diye sakladığımız bir yerimiz vardı. Ama içeri zorla girmedim. Sadece Tom ile konuşmak istiyordum. Belki... zil çalışmıyordur diye düşündüm."

"Gün ortasında, hafta içinde değil mi? Neden kocanızın evde olacağını düşündünüz ki? Öğrenmek için aramış mıydınız?" diye sordu Riley.

"Tanrım! Konuşmama izin verecek misiniz?" diye bağırdım. Başını iki yana salladı ve yeniden sanki beni tanıyormuş, aklımı okuyabiliyormuş gibi gülümsedi. "Çitin üstünden atladım," dedim, sesimin yüksekliğini kontrol etmeye çalışarak, "ve kısmen açık olan cam kapılara vurdum." Cevap gelmedi. Başımı içeri sokup Tom'a seslendim. Yine cevap gelmedi ama bebek ağlaması duydum. İçeri girdiğimde Anna'nın-"

"Bayan Watson'ın mı?"

"Evet. Bayan Watson'ın koltukta uyuduğunu gördüm. Bebek taşınabilir koltuğundaydı ve ağlıyordu. Aslında çığlık atıyordu ve kıpkırmızı yüzüne bakılacak olursa bir süredir ağladığı belliydi." Bunları söyledikten sonra onlara bebeğin ağlamasını sokaktan duyabildiğimi ve evin arkasına bu nedenle gittiğimi söylemiş olmam gerektiği kafama dank etti. Böylece gözlerine daha az manyak görünürdüm.

"Yani bebek çığlık atıyordu ve annesi orada olmasına rağmen uyanmıyor muydu?" diye sordu Riley.

"Evet." Dirsekleri masanın üzerindeydi, elleri ise ağzının önünde olduğu için yüz ifadesini tam anlamıyla kestiremiyordum ama yalan söylediğimi düşündüğünü biliyordum. "Sakinleştirmek için bebeği kucağıma aldım. Hepsi bu. Susturmak için aldım."

"Hepsi bu değil çünkü Anna uyandığında orada değilmişsiniz, öyle değil mi? Çite, tren raylarına gitmişsiniz."

"Hemen susmadı," dedim. "Onu sallıyordum ve hâlâ sızlanıyordu, ben de onunla birlikte dışarı çıktım."

"Tren raylarına mı?"

"Bahçeye."

"Watsonlar'ın çocuğuna zarar vermek mi istiyordunuz?"

Ayağa kalktım. Bunun melodramatik olduğunu biliyordum ama bunun ne kadar çirkin bir fikir olduğunu bilmelerini, Gaskill'in bunu fark etmesini istiyordum. "Bunları dinlemek zorunda değilim! Ben buraya size adamı anlatmak için geldim! Yardım etmeye geldim! Şimdi ise... beni tam olarak neyle suçluyorsunuz? Beni neyle suçluyorsunuz?"

Gaskill tepki vermedi, etkilenmiş gibi bir hâli yoktu. Yeniden oturmamı işaret etti. "Bayan Watson, diğer... eee, Bayan Watson –Anna– Megan Hipwell hakkındaki soruşturmalarımız sırasında bize sizden bahsetti. Geçmişte kararsız, tutarsız davrandığınızı söyledi. Çocukla ilgili olanları anlattı. Onu da kocasını da rahatsız ettiğinizi, sürekli evi aradığınızı söyledi." Bir an notlarına baktı. "Aslında genelde gece arıyormuşsunuz. Evliliğinizin bittiğini kabul etmek istemiyormuşsunuz..."

"Bu doğru değil!" diye ısrar ettim ve doğru değildi. Evet, zaman zaman Tom'u aramıştım ama her gece değil, kesinlikle abartmıştı. Ama Gaskill'in benim tarafımda olmadığını fark etmiştim ve kendimi yeniden paramparça hissediyordum.

"Adınızı neden değiştirmediniz?" diye sordu Riley.

"Affedersiniz?"

"Hâlâ kocanızın adını kullanıyorsunuz. Neden? Bir erkek beni başka bir kadın için terk etmiş olsaydı, onun adından kurtulmak isterdim. Kesinlikle adımı benim yerimi almış bir kadınla paylaşmak istemezdim..."

"Belki de ben o kadar dar görüşlü değilimdir." O kadar dar görüşlüydüm. Onun Anna Watson olmasından nefret ediyordum.

"Peki. Bir de yüzük. Boynunuzdaki zincirde duran. Evlilik yüzüğünüz mü?"

"Hayır," diye yalan söyledim. "Bu... büyükannemindi."

"Öyle mi? Tamam. Peki, davranışlarınızdan anladığım kadarıyla –Bayan Watson'ın da bahsettiği üzere– hayatınıza devam etmek istemiyor, eski kocanızın yeni bir ailesi olduğunu reddediyorsunuz."

"Bunu anlamıyorum-"

"Megan Hipwell ile ne ilgisi olduğunu mu?" diyerek cümlemi tamamladı, Riley. "Peki. Megan'ın kaybolduğu gece onun yaşadığı sokakta sizi –çok içmiş, dengesiz bir kadını– gördüğünü söyleyen ihbarlar aldık. Megan ile Bayan Watson'ın fiziksel olarak benzerlikler taşıdığını da göz önünde bulundurarak-"

"Birbirlerine hiç benzemiyorlar!" Bu fikir beni öfkeden

deliye döndürmüştü. Jess hiç de Anna gibi değildi. Megan hiç de Anna gibi değildi.

"İkisi de sarışın, ince, ufak tefek, açık tenli..."

"Yani Anna olduğunu sanarak Megan Hipwell'e mi saldırdım? Bu duyduğum en aptalca şey," dedim. Ama başımdaki yumru yeniden zonklamaya başlamıştı ve cumartesi gecesine dair her şey hâlâ simsiyahtı.

"Anna Watson'ın Megan Hipwell'i tanıdığını biliyor muydunuz?" diye sordu Gaskill. Ağzımın açık kaldığını hissettim.

"Ben... Ne? Hayır. Hayır, birbirlerini tanımıyorlar."

Riley bir an gülümsedikten sonra kendini topladı. "Evet, tanıyorlar. Megan Watsonlar'ın çocuğuna bakmış..." Notlarına baktı, "geçen yıl Ağustos ve Eylül aylarında." Ne diyeceğimi bilmiyordum. Bunu hayal edemiyordum: Megan benim evimde, *onunla,* bebeğiyleydi.

"Dudağınızdaki kesik geçen günki kazada mı oldu?" diye sordu Gaskill.

"Evet. Galiba düştüğümde ısırdım."

"Bu kaza nerede oldu?"

"Londra'da, Theobalds Caddesi'nde. Holborn yakınlarında."

"Orada ne yapıyordunuz?"

"Affedersiniz?"

"Neden Londra'nın merkezindeydiniz?"

Omuzlarımı silktim. "Size söyledim," dedim, soğuk bir edayla. "Ev arkadaşım işimi kaybettiğimi bilmiyor. Ben de her zamanki gibi Londra'ya gidiyorum. İş aramak, CV'mi düzenlemek için kütüphanelerde oluyorum."

Riley başını ya bana inanmadığı ya da şaşırdığı için iki yana salladı. Bir insan bu noktaya nasıl gelebilirdi?

Sandalyemi itip gitmeye hazırlandım. Yeterince aşağılanmış, aptal ve deli durumuna düşürülmüştüm. Son kozumu oynama zamanı gelmişti. "Gerçekten neden bunları konuştuğumuzu bilmiyorum," dedim. "Mesela Megan Hipwell'in kayboluşunu soruşturmak gibi daha önemli işleriniz vardır diye düşünüyorum. Sevgilisiyle konuşmuşsunuzdur herhalde değil mi?" İkisi de tek kelime etmeden yalnızca bana baktı. Bunu beklemiyorlardı. Sevgilisini bilmiyorlardı. "Belki de bilmiyordunuz. Megan Hipwell'in bir ilişkisi vardı," dedim ve kapıya doğru yürümeye başladım. Gaskill beni durdurdu; sessiz ve şaşırtıcı derecede hızlı hareket etti. Elimi kapının koluna koymama fırsat kalmadan önüme geçmişti bile.

"Megan Hipwell'i tanımadığınızı sanıyordum?" diye sordu.

"Tanımıyorum," dedim, öne geçmeye çalışarak.

"Oturun," dedi, yolumu kapayarak.

Onlara trenden, Megan'ı terasında oturup akşamları güneşlendiğini ya da sabahları kahve içtiğini ne kadar sık gördüğümü anlattım. Geçen hafta kocası olmadığı çok belli olan biriyle çimlerde öpüşürken gördüğümü söyledim.

"Bu ne zamandı?" diye soruverdi Gaskill. Canını sıkmışım gibi bir hâli vardı, belki de bunun nedeni, bütün günü kendim hakkında konuşarak harcayacağıma bunu onlara hemen söylemiş olmam gerektiğiydi.

"Cuma. Cuma sabahıydı."

"Yani kaybolmadan bir gün önce onu başka bir erkekle mi gördünüz?" diye sordu Riley, yorgunlukla iç çekerek. Önündeki dosyayı kapadı. Gaskill arkasına yaslanıp gözlerini yüzüme dikti. Riley'in bunları benim uydurduğumu düşündüğü çok belliydi; Gaskill ise o kadar emin değildi.

"Onu tarif edebilir misiniz?" diye sordu Gaskill.

"Uzun boylu, koyu-"

"Yakışıklı mıydı?" diye araya girdi Riley.

Yanaklarımı şişirdim. "Scott Hipwell'den uzundu. Bunu

biliyordum çünkü onları birlikte görmüştüm –Jess ve – özür dilerim, Megan ve Scott Hipwell'i– ve bu adam farklıydı. Daha ufak, daha ince, daha koyu tenliydi. Muhtemelen Asyalıydı," dedim.

"Etnik grubunu trenden anlayabiliyor musunuz?" diye sordu Riley. "Etkileyici. Bu arada Jess kim?"

"Affedersiniz?"

"Az önce Jess dediniz."

Yeniden kızardığımı hissedebiliyordum. Başımı iki yana salladım, "Hayır, demedim," dedim.

Gaskill ayağa kalkıp tokalaşmak için elini uzattı. "Bence bu kadarı yeterli." Elini sıktım, Riley'yi görmezden gelip arkama döndüm. "Blenheim Caddesi civarlarında bir yere gitmeyin, Bayan Watson," dedi Gaskill. "Önemli olmadığı takdirde eski kocanızla temasa geçmeyin ve Anna Watson'a ya da çocuğuna yaklaşmayın."

Trenle eve dönerken bugünün çok kötü geçtiğini gösteren her ayrıntıyı düşünüp o kadar da kötü hissetmediğimi fark ederek şaşırdım. Nedenini düşündüğümde hemen anladım: Dün gece içki içmemiştim ve şu anda da içmek istemiyordum. Yıllardır ilk kez kendi sefaletimin dışında ilgimi çeken bir konu olmuştu. Bir amacım vardı. Ya da en azından aklımı dağıtan bir şey.

18 Temmuz 2013 Perşembe

Sabah

Bu sabah trene binmeden önce üç gazete almıştım: Megan dört gün beş gecedir kayıptı ve haber gazetelerin birçok köşesinde yer alıyordu. Tahmin edildiği üzere *The Daily Mail* Megan'ın bikinili fotoğraflarını bulmayı başarmıştı ama şimdiye kadar gördüğüm en ayrıntılı hayat hikâyesini de onlar oluşturmuştu.

1983 yılında Megan Mills adıyla Rochester'da doğmuş, on yaşındayken anne babasıyla birlikte Norfolk'taki King's Lynn'a taşınmıştı. Parlak, çok dışa dönük bir çocuk, yetenekli bir sanatçı ve şarkıcıydı. Bir okul arkadaşı onun "neşeli, çok güzel ve epey hırçın" bir kız olduğunu söylemişti. Hırçınlığı, çok yakın olduğu ağabeyi Ben'in ölümünden sonra artmıştı. Ağabeyi on dokuz yaşındayken bir motosiklet kazasında öldüğünde kendisi on beş yaşındaydı. Cenazesinden sonra üç gün evden kaçmıştı. İki kez tutuklanmıştı: Bir kez hırsızlıktan ve bir kez de fahişelikten. Anne babasıyla ilişkisi, *The Mail*'in söylediğine göre tamamen kopmuştu. Annesi de babası da birkaç yıl önce kızlarıyla barışamadan ölmüştü. (Bunu okurken Megan için çok üzüldüm. Belki de benden o kadar da farklı olmadığını düşünmüştüm. Tek başına kalmış ve yapayalnızdı.)

On altı yaşındayken Norfolk'taki Holkham yakınlarında bulunan bir köyde evi olan erkek arkadaşının yanına taşınmıştı. Okul arkadaşı, "Adam ondan yaşlıydı, müzisyen gibi bir şeydi. Uyuşturucu kullanıyordu. Megan'ı ondan sonra pek görmedik," demişti. Erkek arkadaşının adını vermemişler, belli ki onu bulamamışlardı. Belki de öyle biri yoktu. Okul arkadaşı sadece adının basında yer alması için tüm bunları uydurmuş olabilirdi.

Bu bilgilerden sonra yıllar öncesine atlamışlardı: Megan aniden yirmi dört yaşına gelmiş, Londra'ya yerleşmiş, kuzey Londra'daki bir restoranda garson olarak çalışmaya başlamıştı. Orada restoran müdürüyle samimi olan bağımsız bir IT girişimcisi Scott Hipwell ile tanışmıştı. Takılmaya başlamışlardı. "Yakın bir flörtten" sonra Megan ve Scott evlenmişti. Bu sırada Megan yirmi altı, Scott ise otuz yaşındaydı.

Megan'ın kaybolduğu gece evinde kalacağını söylediği

arkadaşı Tara Epstein'ın da dahil olduğu birkaç başka kişinin sözleri daha vardı. Tara, Megan'ın "tatlı, umursamaz bir kız" olduğunu ve "çok mutlu" göründüğünü söylüyordu. "Scott onu asla incitmez," diyordu. "Onu çok seviyor." Tara'nın söylediklerinde klişe olmayan tek bir cümle yoktu. Benim ilgimi çeken cümleler, Megan'ın "muhteşem, zeki, eğlenceli, güzel, sıcacık bir kalbi olan çok özel bir kadın," olduğunu söyleyen, Megan'ın eskiden işlettiği galeride çalışmalarını sergileyen sanatçılardan biri olan Rajesh Gujral'dan çıkmıştı. Bana sanki Rajesh ona âşık olmuş gibi gelmişti. Konuşan son kişi, Scott'ın "eski iş arkadaşı" olan David Clark adında bir adamdı. "Megs ve Scott harika bir çiftti. Birlikte çok mutlu, çok âşıklardı," demişti.

Soruşturma hakkında da birkaç haber vardı ama polis neredeyse hiçbir açıklamada bulunmamıştı: "Birçok tanıkla" konuşmuşlardı, "birçok soruşturma gerçekleştiriyorlardı". Tek ilginç yorum, iki adamın soruşturmalarda kendilerine yardım ettiklerini söyleyen Dedektif Gaskill'den gelmişti. Bunun iki adamın da şüpheli olduğu anlamına geldiğinde emindim. Biri Scott'tı. Diğeri ise B olabilir miydi? B, Rajesh olabilir miydi?

Gazetelere öyle dalmıştım ki, yolculuğa her zamanki gibi dikkatimi verememiştim; tren kırmızı ışığın karşısındaki alışıldık yerinde gıcırdayarak durduğunda bütün yol boyunca öylece oturduğumu fark ettim. Scott'ın bahçesinde insanlar vardı, arka kapının dışında üniformalı iki polis duruyordu. Kafam allak bullak olmuştu. Acaba bir şey mi bulmuşlardı? Onu mu bulmuşlardı? Bahçeye ya da döşeme tahtalarının altına gömülmüş bir ceset mi vardı? Demir yolu tarafındaki giysiler aklımdan çıkmıyordu. Bu aptalcaydı çünkü onları Megan kaybolmadan önce görmüştüm. Zaten eğer ona bir zarar geldiyse, bunu yapan Scott değildi, olamazdı. O Megan'a deli gibi âşıktı, herkes öyle söylüyordu. Bugün ışık kötüydü ve hava dönmüştü, gökyüzü ağır ve tehditkârdı. Evin içini, neler olup bittiğini göremiyordum. Kendimi çok çaresiz hissediyordum. Dışarıda olmaya tahammül edemiyordum. Öyle ya da böyle artık bu işin bir parçasıydım. Neler olup bittiğini bilmem gerekiyordu.

En azından bir planım vardı. Önce cumartesi gecesi olup bitenleri bana hatırlatmanın bir yolu olup olmadığını öğrenmeliydim. Kütüphaneye gittiğimde biraz araştırma yapıp hipnoterapinin bana her şeyi hatırlatıp hatırlatamayacağını; kaybolan zamanı telafi etmeye yarayıp yaramayacağını öğrenmeyi planladım. Sonra –bunun önemli olduğuna inanıyordum çünkü polisin onlara Megan'ın sevgilisi olduğunu söylediğimde bana inandığını sanmıyordum– Scott Hipwell ile temasa geçmem gerekiyordu. Ona anlatmalıydım. Bilmek hakkıydı.

Akşam

Tren, yağmurdan sırılsıklam olmuş insanlarla doluydu. Giysilerinden çıkan buhar pencereleri buğulandırmıştı. Vücut, parfüm ve deterjan kokusu eğilmiş, ıslak başların üstünde kasvetli bir şekilde asılı kalmıştı. Bu sabahki tehditkâr bulutlar tehditlerine gün boyu devam etmişler, akşam ofis çalışanları işten çıkınca Muson yağmuru gibi patlayana kadar ağırlaşmış, kararmışlardı. Yollar tıkanmış, metro istasyonlarının girişleri insanların açılıp kapanan şemsiyeleriyle dolup taşmıştı.

Benim şemsiyem yoktu ve sırılsıklamdım; sanki biri başımdan aşağı bir kova su dökmüştü. Pamuk pantolonum kalçama yapışmıştı ve uçuk mavi gömleğim utandırıcı bir şekilde saydamlaşmıştı. Kütüphaneden metro istasyonuna kadarki bütün yolu çantamı göğsüme dayayıp elimden geldiğince kendimi gizleyerek koşmuştum. Nedense bu bana çok komik gelmişti –yağmura yakalanmış olmak çok eğlenceliydi– ve Gray's Inn Caddesi'nin en üstüne vardığımda öyle çok gülüyordum ki, nefesim kesilmişti. En son ne zaman böyle gülmüştüm, hatırlamıyordum.

Artık gülmüyordum. Kendime oturacak bir yer bulur bulmaz telefonumdan Megan ile ilgili son haberleri kontrol ettim. Korktuğum başıma gelmişti. "Cumartesi akşamından beri bulunamayan Megan Hipwell ile ilgili olarak otuz beş yaşındaki bir adam Witney polis merkezinde güçlü suç şüphesiyle gözaltına alındı." Bu Scott'tı, emindim. Onu merkeze götürmeden önce yolladığım e-postamı okumuş olması için dua ettim çünkü ağır şüphe suçuyla sorgulanmak ciddi bir konuydu, onun suçlu olduğunu düşündükleri anlamına geliyordu. Ama tabii ki *bu* henüz açıklanmamıştı. Belki de *böyle bir şey* olmamıştı. Megan iyiydi. Bazen hayatta ve sağlıklı olduğu, deniz manzaralı bir otelin balkonuna oturmuş, ayaklarını korkuluğa dikmiş, yanı başındaki soğuk içkisini yudumluyor olduğu hissine kapılıyordum.

Onu düşünmek beni hem geriyor, hem hayal kırıklığına uğratıyordu. Sonra da hayal kırıklığına uğradığım için kendimi kötü hissediyordum. Her ne kadar Scott'ı aldattığı, mükemmel çiftim hakkındaki hayallerimi suya düşürmüş olduğu için ona kızgın da olsam, kötülüğünü istemezdim. Hayır, çünkü kendimi bu sırrın bir parçası gibi algılıyor, bu konuya ait hissediyordum. Ben artık yalnızca hiçbir amacı olmadan bir oraya bir buraya giden trendeki kız değildim. Megan'ın sağ salim ortaya çıkmasını istiyordum. Çok istiyordum. Ama daha değil.

Scott'a bu sabah bir e-posta göndermiştim. Adresini bulmak kolay olmuştu. Google'da arayıp "iş ve kâr gözetmeyen organizasyonlar için danışmanlık, bulut bilişim ve internet temelli hizmet" reklamı verdiği www.shipwellconsulting.

co.uk adresini bulmuştum. O olduğunu anlamıştım çünkü iş adresi aynı zamanda ev adresiydi.

Sitede verilen iletişim adresine kısa bir mesaj yollamıştım.

Sevgili Scott,
Adım Rachel Watson. Beni tanımıyorsun. Seninle karın hakkında konuşmak istiyorum. Nerede olduğuna dair bir bilgim yok, ona neler olduğunu da bilmiyorum. Ama sana yardım edebilecek bir şey bildiğimi düşünüyorum. Benimle konuşmak istemeyebilirsin, bunu anlarım ama konuşmak istersen bu adrese e-posta gönder.

Sevgiler,
Rachel

Benimle iletişime geçer miydi, bilmiyordum. Onun yerinde olsam ne yapardım, hiçbir fikrim yoktu. Polis gibi o da muhtemelen benim deli, haberi gazeteden okumuş tuhaf bir tip olduğumu düşünecekti. Şimdi tutuklanırsa mesajı görme şansı hiçbir zaman olmayacaktı. Tutuklandıysa mesajı görecek kişi polis olacaktı ve bu da benim için hiç iyi olmazdı. Ama denemem gerekiyordu.

Şimdi kendimi çaresiz ve engellenmiş hissediyordum. Vagondaki insan kalabalığının içinde yolun öteki kısmını –kendi tarafımı– göremiyordum. Görebilseydim de hâlâ bardaktan boşanırcasına yağmur yağdığı için demir yolunun çitlerinin ötesini göremezdim. Kanıtların yağmurda silinip silinmediğini; şu an yaşamsal ipuçlarının –kan ve ayak izlerinin, DNA yüklü sigara izmaritlerinin– sonsuza dek ortadan kaybolup kaybolmadığını merak ediyordum. İçki içmeyi o kadar çok istiyordum ki, şarabın tadını adeta dilimin ucunda hissedebiliyordum. Alkolün kan akışımı ve zihnimi hızlandırmasının kendimi nasıl hissettireceğini hayal edebiliyordum.

İçki içmeyi hem istiyordum hem istemiyordum çünkü bugün içmezsem üç gündür içmiyor olacaktım ve en son ne zaman üst üste üç gün ayık kaldığımı hatırlamıyordum bile. Ağzımda başka bir tat daha vardı: Eski bir inatçılığın tadıydı bu. İradeli olduğum ve kahvaltıdan önce 10 kilometre koşup haftalarca günde 1,300 kaloride kaldığım zamanlarım olmuştu. Tom'un bende sevdiği taraflardan biri buydu. Bana *inatçım, güçlüm* diyordu. Aklıma her şeyin olabildiğince kötüleştiği zamanlardan bir tartışma geldi; bana karşı olan soğukkanlılığını yitirmişti. "Sana neler oluyor böyle, Rachel?" diye sormuştu. "Ne zaman bu kadar güçsüzleştin?"

Bilmiyordum. O gücün nereye gittiğini bilmiyor, ne zaman kaybettiğimi hatırlamıyordum. Galiba zamanla, hayatı yaşadıkça gittikçe azalmıştı.

Tren, Witney'nin Londra tarafındaki ışıkta korkutucu bir şekilde ciyaklayarak aniden durdu. Vagon, birbirlerine çarpıp ayaklarına basınca özür dileyen insanların fısıltılarıyla doldu. Kafamı kaldırdığımda, cumartesi gecesi gördüğüm, kalkmama yardım eden kızıl saçlı adamla göz göze geldim. Bana bakıyordu, şaşırtıcı derecede mavi olan gözlerini gözlerime dikmişti. Korkudan telefonumu yere düşürdüm. Eğilip aldıktan sonra bu kez gözlerimi kaçırarak baktım. Vagona göz attım, buğulu pencereyi dirseğimle silip dışarı baktım. En sonunda bakışlarımı yeniden adama çevirdiğimde başını hafifçe yana yatırarak gülümsedi.

Yüzümün yandığını hissedebiliyordum. Bu gülümsemeye nasıl tepki vereceğimi bilmiyordum çünkü ne anlama geldiğine dair en ufak bir fikrim yoktu. *Ah, merhaba, seni geçen geceden hatırlıyorum* muydu, yoksa *Of, bu geçen gece merdivenlerden düşüp benimle abuk sabuk konuşan öfkeli kız* mıydı, yoksa başka bir şey miydi? Bilmiyordum ama bunu düşününce aklıma merdivenlerden düştüğüm hâlimin resmine çok yakışan bir film müziği geldi: Bana, "İyi misin, tatlım?" diye sormuştu. Başımı çevirip yeniden pencereden dışarı baktım. Gözlerini üzerime diktiğini hissedebiliyordum; saklanmak, ortadan kaybolmak istiyordum. Tren titredi ve saniyeler içinde Witney istasyonuna girdik. İnsanlar birbirlerini ittirerek gazetelerini katlayıp Kindle'larını ve iPad'lerini kaldırarak inmeye hazırlandılar. Yeniden başımı kaldırdığımda içim rahatladı: Arkasına dönmüş trenden iniyordu.

O sırada tam bir aptal olduğumu fark ettim. Kalkıp onu takip etmem, onunla konuşmam gerekirdi. Bana neler olduğunu ya da olmadığını söyleyebilirdi; en azından birkaç boşluğu doldurabilirdi. Ayağa kalktım. Tereddüt ettim. Çok geç olduğunu, kapıların kapanmak üzere olduğunu biliyordum. Vagonun ortasındaydım ve kalabalığın içinden zamanında sıyrılamayacaktım. Kapılar bip sesiyle kapandı. Tren hareket edince ayakta durmaya devam ederek pencereden dışarı baktım. Cumartesi geceki adam yağmurun altında, peronda durmuş beni seyrediyordu.

Eve yaklaştıkça kendime öfkem arttı. Neredeyse Northcote'taki durakta inecek, Witney'e geri dönüp onu arayacaktım. Gülünç bir fikir olduğu kesindi. Gaskill beni oralardan uzak durmam konusunda daha dün uyarmıştı ve bu aptal bir şekilde riskli olurdu. Ama cumartesi olanları hatırlatacak her şey keyfimi kaçırıyordu. Bu öğleden sonraki birkaç saatlik (kesinlikle çok yorucu) internet araştırması şüphelerimi doğrulamıştı: Hipnoz genelde bilinç kaybıyla silinen saatleri bulmada işe yaramıyordu çünkü son okuduğum makaledeki gibi bilinçsizlik sırasında anı biriktirmiyorduk. Hatırlayacak hiçbir şey yoktu. Zaman çizelgemde sonsuza dek kara bir delik olarak kalacaktı.

MEGAN

7 Mart 2013 Perşembe

Öğleden Sonra

ODA KARANLIK, hava boğucuydu ve kokumuzla kaplanmıştı. Yeniden The Swan'da, saçakların altındaki odadaydık. Gerçi bu kez farklıydı çünkü hâlâ buradaydı ve beni izliyordu.

"Nereye gitmek istersin?" diye sordu.

"Costa de la Luz sahilindeki bir eve," dedim.

Gülümsedi. "Ne yapacağız?"

Güldüm. "Bunun dışında mı?"

Parmakları yavaşça karnıma dokundu. "Bunun dışında."

"Bir kafe açacağız, sanat sergileyeceğiz, sörf öğreneceğiz."

Kalça kemiğimin ucundan öptü. "Tayland'a ne dersin?" dedi.

Burnumu kırıştırdım. "Eğitimine ara verip oraya giden çok fazla çocuk var. Sicilya," dedim. "Egadi Adaları. Sahilde bir bar açarız, balığa çıkarız..."

Yeniden gülüp vücudunu vücuduma sarıp beni öptü. "Karşı konulamaz," diye mırıldandı. "Karşı konulamazsın."

Gülmek, yüksek sesle, *Gördün mü? Ben kazandım! Bu*

son değildi, asla da olmayacak, demek istedim. Dudağımı ısırıp gözümü kapadım. Haklıydım, bunu biliyordum ama bunu söylemek yararıma olmazdı. Zaferimin tadını sessizce çıkardım; bundan en az dokunuşları kadar zevk almıştım.

Sonrasında benimle daha önce hiç konuşmadığı bir şekilde konuştu. Genelde konuşmaları yapan bendim ama bu kez konuyu o açtı. Bomboş hissetmekle, ardında bıraktığı aileyle, benden önceki ve ondan da önceki kadınla, hayatını berbat edip onu bomboş bırakan kadınla ilgili konuştu. Ruh ikizine inanmıyordum ama aramızda daha önce hiç hissetmediğim ya da uzun zamandır hissetmediğim bir anlaşma vardı. Paylaşılmış deneyimlerden, kalbinin kırılmasının ne demek olduğunu bilmekten kaynaklanıyordu.

Boşluk: Bunu anlıyordum. Bunu düzeltmek için yapabileceğiniz hiçbir şeyin olmadığını düşünmeye başlıyordum. Terapi seanslarından anladığım buydu: Hayatınızdaki boşluklar kalıcıydı. Tıpkı beton kenarındaki ağaç kökleri gibi onlarla büyümeniz gerekiyordu; boşlukların içinden çıkıp şekillenmeliydiniz. Bütün bunları biliyordum ama şu anda yüksek sesle söylemeyecektim.

"Ne zaman gideceğiz?" diye sordum ama bana cevap vermedi. Uyuyakaldım, uyandığımda gitmişti.

8 Mart 2013 Cuma

Sabah

Scott terasa kahve getirdi.

"Dün gece uyudun," dedi, başımı öpmek için eğilirken. Yanımda durmuş, sıcak ve güçlü ellerini omuzlarıma koymuştu. Başımı vücuduna yasladım, gözlerimi kapayıp evin önünde durana kadar raylarda ilerleyen trenin homurtusunu dinledim. Buraya ilk taşındığımızda Scott yolculara el sallar, bu da beni hep güldürürdü. Omuzlarımı biraz daha sıktı; öne eğilip boynumu öptü.

"Uyudun," dedi yeniden. "Kendini daha iyi hissediyor olmalısın."

"Öyle," dedim.

"Sence işe yaradı mı yani?" diye sordu. "Terapi?"

"Yani kendimi düzelmiş hissediyor muyum diye mi soruyorsun?"

"Düzelmiş değil," dedi. Sesindeki incinmişliği duyabiliyordum. "Öyle demek istemedim..."

"Biliyorum." Elimi eline götürüp sıktım. "Şaka yapıyordum. Bence bu bir süreç. Kolay değil, değil mi? İşe yaradığını söylediğim zamanlar gelecek mi, bilmiyorum. Daha iyi olduğumu söyleyeceğim zamanlar."

Sessizlik oldu. Omuzlarımı biraz daha sert sıktı. "Yani devam etmek istiyor musun?" diye sordu. İstediğimi söyledim.

Her şeyi yapabileceğini, sadece onun yeterli olduğunu düşündüğüm zamanlar olmuştu. Yıllar önceydi. Onu çok sevmiştim. Hâlâ da seviyordum. Ama artık istemiyordum. Kendim gibi hissettiğim tek zamanlar, sırrımı yaşadığım dünkü gibi ateşli öğleden sonralarıydı. Bütün o şehvetin ve yarı ışığın içinde yeniden hayata dönüyordum. Kaçtığımda bunun yeterli olmadığını düşüneceğimi kim söyleyebilirdi ki? En sonunda şu andaki gibi –güvensiz ama kontrollü– hissetmeyeceğimi kim söyleyebilirdi? Belki de yeniden, yeniden kaçmak isteyecektim ve en sonunda bu eski raylara geri dönecektim çünkü gidecek hiçbir yer kalmamıştı. Belki. Belki de öyle değildi. Riske girmek gerekirdi, öyle değil mi?

Scott işe giderken vedalaşmak için aşağıya indim. Kollarını belime dolayıp başımın üstünü öptü.

"Seni seviyorum, Megs," diye mırıldandı. Kendimi dünyadaki en yanlış kişiymişim gibi berbat hissettim. Kapıyı kapatması için sabırsızlandım, ağlayacağımı biliyordum.

RACHEL

19 Temmuz 2013 Cuma

Sabah

08.04 treni neredeyse bomboştu. Pencereler açıktı ve dünkü fırtınadan sonra hava serinlemişti. Megan yaklaşık 133 saattir kayıptı ve aylardır olduğundan daha iyi hissediyordum. Bu sabah kendime aynada baktığımda yüzümdeki farkı görmüştüm: Tenim daha temiz, gözlerim daha parlaktı. Kendimi kuş gibi hafif hissediyordum. Kilo vermediğimden emindim ama kendimi ağır hissetmiyordum. Kendim gibi hissediyordum, eskiden olduğum gibi.

Scott'tan hiç haber yoktu. İnternete baktığımda kimsenin tutuklandığına dair bir haber bulamadığım için e-postamı görmezden geldiğini düşündüm. Hayal kırıklığına uğrasam da böyle olacağını biliyordum. Gaskill bu sabah ben tam evden çıkarken arayıp bugün merkeze gelip gelemeyeceğimi sormuştu. Bir anlık korkudan sonra sessiz, yumuşak ses tonuyla birkaç fotoğrafa bakmamı istediğini söyledi. Scott Hipwell'in tutuklanıp tutuklanmadığını sordum.

"Kimse tutuklanmadı, Bayan Watson," dedi.

"Ama gözaltına alınan adam...?"

"Bunu söyleme hakkım yok."

Konuşma tarzı öylesine yatıştırıcı ve güven vericiydi ki, onu yeniden sevdim.

Dün bütün akşamımı koltukta koşu eşofmanım ve tişörtümle oturup yapmam gerekenlerin, olası stratejilerin listesini yazarak geçirmiştim. Mesela en kalabalık zamanlarında Witney istasyonunda takılabilir, cumartesi geceki kızıl saçlı adamı tekrar görene kadar bekleyebilirdim. Onu bir şeyler içmeye davet edip olayları akışına bırakabilir, o geceye dair bildiklerini anlatıp anlatmayacağını görebilirdim. Tehlikeli olan şuydu ki, Anna'yı ya da Tom'u görürsem beni ihbar ederlerdi ve başım polisle belaya (daha çok belaya) girerdi. Diğer tehlike ise savunmasız kalabilecek olmamdı. Başımda hâlâ bir tartışmanın izleri vardı. Kafa derimde ve dudağımda bu tartışmanın fiziksel kanıtları duruyordu. Ya bana zarar veren adam oysa? Gülümseyip el sallamasının bir anlamı yoktu, bir psikopat da olabilirdi. Ama onu bir psikopat olarak görmüyordum. Bunu açıklayamazdım ama ona kanım ısınmıştı.

Scott ile yeniden iletişime geçebilirdim. Ama ona benimle konuşması için bir neden sunmalıydım ve korkarım ne söylersem söyleyeyim benim deli bir kadın olduğumu düşünmesine yol açacaktı. Megan'ın kayboluşuyla bir ilgim olduğunu bile düşünebilir, beni polise ihbar edebilirdi. En sonunda başım gerçekten belaya girerdi.

Hipnozu deneyebilirdim. Bir şey hatırlamama yardımı olmayacağından çok emindim ama yine de merak ediyordum. Bir zararı dokunmazdı herhalde?

Cathy eve geldiğinde hâlâ oturmuş not alarak yazıcıdan çıkardığım haberleri incelemeye devam ediyordum. Damien ile sinemaya gitmişti. Beni ayık görmenin onun için güzel bir sürpriz olduğu her hâlinden belliydi ama endişelenmişti de, çünkü salı günü polis geldiğinden beri pek konuşamamıştık. Ona üç gündür içmediğimi söyleyince bana sarıldı.

"Normale döndüğün için çok mutluyum!" diye cıvıldamıştı, sanki özümün ne olduğunu biliyormuş gibi.

"Polisle olanlar," dedim, "yanlış anlaşılmaydı. Benimle ve Tom ile ilgili bir sorun yok. Kayıp kız hakkında da hiçbir şey bilmiyorum. Bu konuda endişelenmene gerek yok." Bana bir kez daha sarıldı ve ikimize çay yaptı. Neden olduğum güzel ortamdan yararlanıp ona iş durumumdan bahsetmek istedimse de akşamını mahvetmemeliydim.

Bu sabah da bana karşı iyi tutumunu devam ettiriyordu. Evden çıkmaya hazırlanırken bana bir kez daha sarıldı.

"Senin için çok mutlu oldum, Rach," dedi. "Kurtuldun. Beni endişelendirmiştin." Sonra bana hafta sonu Damien'da kalacağını söyleyince aklıma gelen ilk şey, gece evde kalıp beni yargılayacak kimse olmadan içki içmek oldu.

Akşam

Kininin acı tadı: Soğuk bir cin tonikte sevdiğim şey buydu. Tonik ise Schweppes ve plastik değil, cam şişede olmalıydı. Bu hazır karışımlar mükemmel olmasa da ihtiyacı karşılıyordu. Bunu yapmamam gerektiğini biliyordum ama bütün gün buna hazırlanmıştım. Sadece yalnız olacağım için değil, heyecan ve adrenalinden ötürüde kıpır kıpırdım ve tenim karıncalanıyordu. Güzel bir gün geçirmiştim.

Bu sabah Dedektif Gaskill ile baş başa bir saat geçirmiştim. Merkeze gelir gelmez beni onunla görüşmeye almışlardı. Bu kez görüşme odasında değil, ofisinde oturmuştuk. Kahve teklifini kabul ettiğimde ayağa kalkıp kahveyi kendi hazırlamasına şaşırmıştım. Ofisin köşesindeki buzdolabının üstünde su ısıtıcısı ve Nescafé vardı. Şekeri olmadığı için özür diledi.

Onun yanında olmayı seviyordum. Ellerinin hareketini

seyretmeyi seviyordum. Dışavurumcu olmasa da eşyaları çok hareket ettiriyordu. Bunu daha önce fark etmemiştim çünkü görüşme odasında hareket ettirecek pek bir şey yoktu. Ofisinde sürekli kahve fincanının, zımbasının, kalemliğinin yerini değiştiriyor, kâğıtları daha düzgün tomarlar hâline getiriyordu. Elleri büyük, parmakları uzun ve tırnakları manikürlüydü. Yüzük takmıyordu.

Bu sabah her şey farklıydı. Artık kendimi şüpheli, suçüstü yakalamaya çalıştığı biri gibi değil, işe yarar hissediyordum. Dosyalarından birini alıp önüme koyarak bir dizi fotoğraf gösterdiğinde daha da işe yarar hissetmiştim. Bunlar Scott Hipwell'in, daha önce hiç görmediğim üç adamın ve B'nin fotoğraflarıydı.

İlk başta emin olamamıştım. Fotoğrafa bakıp o gün Megan'a sarılmak için öne eğilirken başını da eğen adamı gözümde canlandırmaya çalışmıştım.

"Bu o," dedim. "Bence o."

"Emin değil misiniz?"

"O olduğunu düşünüyorum."

Fotoğrafı çekip bir an dikkatle inceledi. "Onları öpüşürken gördüğünüzü söylemiştiniz değil mi? Geçen cumaydı? Bir hafta önce?"

"Evet, doğru. Cuma sabahı. Dışarıda, bahçedelerdi."

"Gördüğünüzü yanlış yorumlamış olma ihtimaliniz yok mu? Yani bir sarılma değildi, ya da... platonik tarzda bir öpücük?"

"Hayır, değildi. Tam bir öpüşmeydi. Hatta... romantikti."

Dudaklarının gülümseyecekmiş gibi kıpırdadığını gördüm.

"O kim?" diye sordum Gaskill'e. "O... Sizce Megan onunla birlikte mi?" Cevap vermedi, yalnızca başını iki yana hafifçe salladı. "Bu... Yardımcı oldum mu? Size yardımım dokundu mu?"

"Evet, Bayan Watson. Yardımınız dokundu. Geldiğiniz için teşekkür ederim."

El sıkıştık ve bir an sol elini sağ omzuma hafifçe dokundurdu. Dönüp onu öpmek istedim. Uzun süredir kimse bana şefkate yakın bir hisle dokunmamıştı. Yani, Cathy dışında.

Gaskill beni kapıdan dışarı, sonra da ofisin esas, bölmesiz bölümüne kadar geçirdi. İçeride yaklaşık on kadar polis memuru vardı. Bir iki tanesi yan yan bana baktı. Bunun nedeni merak da küçümseme de olabilirdi, ayırt edememiştim. Ofisten koridora doğru yürüdük ve onu, Scott Hipwell'i yanında Riley ile birlikte bana doğru yürürken gördüm. Ana girişten geliyordu. Başını öne eğmişti ama gelenin o olduğunu hemen anlamıştım. Başını kaldırıp Gaskill'e selam verdikten sonra bana baktı. Birkaç saniyeliğine göz göze geldik ve beni tanıdığına yemin edebilirdim. Onu terasta gördüğüm, demir yoluna baktığı, bana baktığını hissettiğim sabahı düşündüm. Koridorda birbirimizin yanından geçip gittik. O kadar yakındı ki, ona dokunabilirdim. Yakışıklıydı, içi oyulmuştu, patlamaya hazırdı ve gergin enerjisi etrafa yayılıyordu. Ana koridora vardığımda arkama dönüp ona baktım, gözlerini üzerimde hissedebiliyordum ama beni izleyenin Riley olduğunu gördüm.

Londra trenine binip kütüphaneye gittim. Olay hakkında bulabildiğim bütün haberleri okudum ama daha fazla hiçbir şey öğrenemedim. Ashbury'deki hipnoterapistleri araştırdıysam da pek ilerleyemedim. Pahalıydı ve hafızayı geri getirme konusunda etkili olup olmadığı belirsizdi. Ama hipnoterapi sayesinde unuttuklarını yeniden hatırladıklarını iddia edenlerin hikâyelerini okurken başarısızlıktan çok başarıdan korktuğumu fark ettim. Yalnızca cumartesi gecesi olanları öğrenmekten değil, çok daha fazlasından korkuyordum. Yaptığım o aptal, korkunç şeyleri yeniden yaşamaya, öfke içinde söylediğim sözleri duymaya, bunları söylerken Tom'un yüzünde oluşan ifadeyi hatırlamaya tahammülüm olup olmadığından emin değildim. Karanlığın içine dalmaktan çok korkuyordum.

Scott'a başka bir e-posta daha göndermeyi düşündüm ama buna gerçekten gerek yoktu. Dedektif Gaskill ile sabahki görüşme, polisin beni ciddiye aldığının kanıtıydı. Oynayacak daha fazla bir rolüm yoktu çünkü Megan'ın onu bir erkekle gördükten bir gün sonra kaybolması bir tesadüf değildi.

Neşeli bir tık ve köpürme sesiyle ikinci cin tonik kutumu da açtım ve aceleyle bütün gün Tom'u düşünmediğimi fark ettim. Yani şimdiye kadar. Scott'ı, Gaskill'i, B'yi ve trendeki adamı düşünmüştüm. Tom beşinci sıraya gerilemişti. İçkimi yudumlayıp en sonunda kutlayacak bir şeyim olduğunu hissettim. Daha iyi olacağımı, mutlu olacağımı biliyordum. Uzun sürmeyecekti.

20 Temmuz 2013 Cumartesi

Sabah

Hiç uslanmıyordum. Ezici bir yanlışlık, bir utanç duygusuyla uyandığımda aptalca bir şey yaptığımı hemen anladım. Korkunç ve acı verici derecede tanıdık olan, tam olarak ne yaptığımı hatırlama ritüelime yeniden başladım. Bir e-posta yollamıştım. Durum bundan ibaretti.

Dün gece, bir yerden sonra Tom düşündüğüm erkekler listesinde yine üst sıralara tırmanmıştı ve ona bir e-posta yollamıştım. Dizüstü bilgisayarım yatağımın hemen yanında, yerdeydi; bodur, suçlayıcı varlığıyla öylece duruyordu. Banyoya gitmek için ayağa kalktığımda üstüne bastım. Doğrudan musluktan su içerek aynadan kendime lanet bir bakış attım.

İyi görünmüyordum. Yine de üç gün fena sayılmazdı ve bugün yeniden başlayacaktım. Uzun süre duşun altında durup suyun sıcaklığını gittikçe azalttım, tamamen buz gibi olana kadar soğutup durdum. Soğuk suyun altına hemen girmek imkânsızdı, insanı şoka sokardı ve çok sertti ama kademe kademe girerseniz pek fark etmezdiniz; tam tersi de bir kurbağayı pişirmek gibiydi. Soğuk su tenimi yatıştırdı, başımdaki ve gözümün üzerindeki kesiklerin yakan acısını dindirdi.

Bilgisayarımla aşağıya inip çay yaptım. Tom'a e-posta yazıp yollamamış olmak gibi düşük bir şansım da vardı. Derin bir nefes alıp Gmail hesabımı açtım. Hiç mesajım olmadığını görünce rahatlamıştım. Ama Gönderilenler dosyasına tıkladığımda oradaydı: Ona yollamıştım, o da cevaplamamıştı. Henüz. E-posta dün gece on birden hemen sonra yollanmıştı; o zamana kadar birkaç saat boyunca içmiştim. Önceki adrenalinim ve sarhoşluğum uzun süre önce uçup gitmiş olmalıydı. Mesaja tıkladım.

> Karına, polise hakkımda yalan söylemeyi bırakmasını söyler misin? Başımı belaya sokmaya çalışması sence de çok aşağılık değil mi? Ona ve çirkin veledine karşı takıntılı olduğumu söylemesi? Kendine gelmesi gerek. Ona beni rahat bırakmasını söyle.

Gözlerimi ve bilgisayarın kapağını kapadım. Korkudan tam anlamıyla sinmiştim, bütün vücudum katlanmıştı. Daha küçük olmak istiyordum; ortadan kaybolmak istiyordum. Korkuyordum da, çünkü Tom bu mesajı polise göstermeye karar verirse, başım gerçekten belaya girebilirdi. Anna kindar ve takıntılı olduğuma dair kanıtları topluyorsa, bu dosyasında bir kilit nokta olabilirdi. Hem küçük kızdan neden bahsetmiştim ki? Nasıl bir insan bunu yapabilirdi?

Ona karşı içimde hiçbir kötülük yoktu. Bir çocuk, herhangi bir çocuk, özellikle de Tom'un çocuğu hakkında kötü düşünemezdim. Kendimi anlayamıyordum; dönüştüğüm insanı anlayamıyordum. Tanrım, benden nefret ediyor olmalıydı. *Ben* kendimden nefret ediyordum. Yani bu versiyonumdan, dün gece o e-postayı yazan versiyonumdan. Bu benmişim gibi gelmiyordu çünkü ben böyle biri değildim. Ben nefret dolu değildim.

Öyle miydim? En kötü günleri düşünmemeye çalışıyordum ama böyle zamanlarda bütün anılar aklıma hücum ediyordu. Sonlara doğru bir kavgamız daha olmuştu: Uyanmıştım, bir parti ve bilinç kaybı sonrasıydı, Tom bana dün gece nasıl olduğumu, onu yeniden utandırdığımı, bir iş arkadaşının karısına hakaret ettiğimi, kocamla flört etmekle suçladığımı söylemişti. "Artık seninle hiçbir yere gitmek istemiyorum," demişti bana. "Neden arkadaşlarımı davet etmediğimi, artık seninle bara gitmeyi neden istemediğimi soruyorsun. Gerçekten bunu bilmek istiyor musun? Senin yüzünden. Çünkü senden utanıyorum."

Çantamı ve anahtarlarımı aldım. Cadde üzerindeki Londis'e gidecektim. Saatin henüz sabahın dokuzu olması umurumda değildi, korkuyordum ve düşünmek zorunda kalmak istemiyordum. Hemen ağrı kesici alıp içki içersem kendimi uyuşturup bütün gün uyuyabilirdim. Bununla daha sonra yüzleşirdim. Ön kapıya yürüdüm, elimi kapı koluna koydum, sonra bir anda durdum. Özür dileyebilirdim. Hemen özür dilersem, bir şeyleri kurtarabilirdim. Mesajı Anna'ya ya da polise göstermemesi için onu ikna edebilirdim. Beni ondan ilk kez korumayacaktı.

Geçen yaz o gün, Tom'un ve Anna'nın evine gittiğimde aslında olaylar polise anlattığım gibi gelişmemişti. Öncelikle zili falan çalmamıştım. Ne istediğimden emin değildim ve bundan hâlâ da emin değilim. Evlerinin sokağına girip çitten atladım. Ortalık sessizdi, hiçbir şey duyamıyordum. Sürgülü kapılara doğru yürüyüp içeri baktım. Anna'nın koltukta uyuduğu doğruydu. Ona ya da Tom'a seslenmedim. Onu uyandırmak istemiyordum. Bebek ağlamıyordu, annesinin tarafındaki taşınabilir koltuğunda, derin uykudaydı. Bebeği alıp elimden geldiğince hızlı bir şekilde dışarı çıkardım. Onunla birlikte çite doğru koştuğumu hatırlıyorum. Bebek uyanmaya başlayıp biraz sızlandı. Ne yaptığımı sanıyordum, bilmiyorum. Ona zarar vermeyecektim. Onu göğsümde sıkıca tutarak çite vardım. Artık ağlıyordu ve çığlık atmaya başlamıştı. Onu sallayıp susturmaya çalıştım ve sonra yaklaşan trenin sesi duyuldu. Sırtımı çite verdiğimde onun –Anna'nın– bana doğru hızla koştuğunu gördüm. Ağzı kocaman bir yara gibi açık kalmıştı, dudakları kımıldıyordu ama ne söylediğini duyamıyordum.

Çocuğu benden aldığında kaçmaya çalıştım ama takılıp düştüm. Başımda dikiliyor, bana bağırıyordu. Kıpırdamamamı, aksi takdirde polis çağıracağını söyledi. Tom'u aradı. Tom eve gelip Anna ile birlikte oturma odasına geçti. Anna histerik bir şekilde ağlıyordu ve hâlâ polisi aramayı, çocuk kaçırma suçuyla tutuklanmamı istiyordu. Tom onu sakinleştirdi ve aldırış etmemesini, gitmeme izin vermesini istedi. Beni ondan korumuştu. Sonra beni eve bırakıp ben inerken elimi tuttu. Bunun nazik ve güven veren bir hareket olduğunu düşündüğüm sırada ben bağırana kadar gittikçe daha sert sıkmış, bir daha kızına zarar verecek bir şey yapacak olursam beni öldüreceğini söylemişti.

O gün ne yapmak istemiştim, bilmiyordum. Hâlâ da bilmiyorum. Kapıya vardığımda tereddüt ettim, parmaklarım kolu sıkı sıkı sarmıştı. Dudağımı sertçe ısırdım. Şimdi içmeye başlarsam bir iki saat içinde daha iyi, altı yedi saat içinde de daha kötü hissedeceğimi biliyordum. Kolu bırakıp oturma odasına geri döndüm. Yeniden bilgisayarımı açtım. Özür dilemem, beni affetmesini istemem gerekiyordu. E-posta hesabımı açtığımda yeni bir mesajım olduğunu gördüm. Tom'dan değildi. Scott Hipwell'dendi.

> Sevgili Rachel,
>
> Benimle iletişime geçtiğin için teşekkür ederim. Megan'ın bana senden bahsettiğini hatırlamıyorum ama galerisinin çok fazla müdavimi var ve ben isimleri hafızamda tutmakta pek iyi değilim. Bildiklerin hakkında seninle konuşmak isterim. Lütfen en kısa zamanda beni 07583 123657'den ara.
>
> Sevgiler,
>
> Scott Hipwell

Bir an e-postayı yanlış adrese gönderdiğini düşündüm. Bu mesaj başka birine yollanmak istenmişti sanki. Sonra hemen hatırladım. Hatırlıyordum. Koltuğa oturmuş, ikinci şişenin yarısına gelmişken rolümün bitmesini istemediğimi fark etmiştim. Yine olayların merkezinde olmak istiyordum.

Bu yüzden ona yazmıştım.

Onun e-postasından kendiminkine geldim.

> Sevgili Scott,
>
> Sana yeniden yazdığım için özür dilerim ama konuşmamızın önemli olduğunu hissediyorum. Megan'ın sana benden bahsedip bahsetmediğinden emin değilim. Ben galeriden bir arkadaşıyım ve eskiden Witney'de yaşıyordum. Sanırım ilgini çekecek bir bilgim var. Lütfen cevabını bu adrese yaz.
>
> Rachel Watson

Yüzümün ısındığını, midemin ekşidiğini hissedebiliyordum. Dün –hassas, ayık ve doğru düşünebiliyorken– bu hikâyedeki rolümün bittiğini kabul etmem gerektiğine karar vermiştim. Ama iyi meleklerim yeniden kaybolmuş, içki ve içtiğimde dönüştüğüm insan tarafından bozguna uğratılmıştı. Sarhoş Rachel sonuçları görmüyor, ya aşırı derecede açık sözlü ve iyimser, ya da nefret dolu oluyordu. Geçmişi ve geleceği yoktu. Sadece ânı yaşıyordu. Sarhoş Rachel – hikâyenin bir parçası olmak isteyen, Scott'ı onunla konuşmaya ikna etmenin yollarını arayan Rachel– yalan söylemişti. *Ben* yalan söylemiştim.

Utançtan başka bir şeyler hissedebilmek için tenime bıçak saplamak istiyordum ama bunu yapacak kadar bile cesur değildim. Tom'a yazmaya, yazıp yazıp silmeye başladım. Dün gece söylediklerim için beni affetmesinin bir yolunu bulmaya çalışıyordum. Her sınırı aşışım için Tom'dan özür dilemek maksadıyla bir e-posta yazsam, kitap olurdu.

Akşam

Bir hafta, hemen hemen tam bir hafta önce Megan Hipwell, Blenheim Caddesi'ndeki on beş numaralı evinden çıkıp kaybolmuştu. O zamandan bu yana onu gören olmamıştı. Cumartesi gecesinden beri ne telefonu ne de kredi kartları kullanılmıştı. Bugün onunla ilgili bir haber okuduğumda ağlamaya başlamıştım. Şimdi de gizli düşüncelerim yüzünden utanç içindeydim. Megan çözülmesi gereken bir esrar, bir filmin başındaki kayan çekimlerde yer alan güzel, ruhani ve gerçekdışı bir figür değildi. Bir hiç değildi. Gerçekti.

Trendeydim ve evine gidiyordum. Kocasıyla tanışacaktım.

Ona telefon etmem gerekmişti. İş işten geçmişti. E-postayı görmezden gelemezdim, polise anlatırdı. Anlatmaz mıydı? Bir yabancı benimle iletişime geçip bir şeyler bildiğini söyledikten sonra ortadan kaybolsa ben polise bunu anlatırdım. Polisi çoktan aramış olabilirdi ve şu an beni bekliyor olabilirlerdi.

Her zamanki günümde olmasam da her zamanki koltuğuma oturmuş, kendimi uçurumdan atlayacakmışım gibi hissediyordum. Bu sabah numarasını aradığımda da kendimi yere ne zaman çarpacağımı bilmeden karanlığın içinde düşüyormuşum gibi hissetmiştim. Benimle sanki odada konuşulanları duymasını istemediği biri varmış gibi kısık sesle konuşmuştu.

"Yüz yüze konuşabilir miyiz?" diye sormuştu.

"Ben... hayır. Sanmıyorum..."

"Lütfen?"

Bir anlık tereddütten sonra kabul etmiştim.

"Eve gelebilir misin? Şimdi değil, benim... burada insanlar var. Bu akşam olur mu?" Adresi söylediğinde yazıyormuş gibi yaptım.

"Bana yazdığın için teşekkür ederim," diyip telefonu kapadı.

Daha kabul ederken bile bunun iyi bir fikir olmadığını biliyordum. Scott hakkında gazetelerden neredeyse hiçbir şey öğrenememiştim. Kendi gözlemlerimden ise bildiğim *pek bir şey* yoktu. Aslında Scott hakında hiçbir şey bilmiyordum. Ben, var olmadığını kendime sürekli hatırlatmam gereken Jason'ı biliyordum. Emin olduğum tek şey –kesinlikle emindim– Scott'ın karısının bir haftadır kayıp olduğuydu. Olası bir şüpheli olduğunu da biliyordum. O öpücüğü görmüştüm ve bu yüzden onu öldürmek için bir nedeni olduğunun farkındaydım. Tabii ki bunu yapmak için bir nedeni olduğunu bilmiyor olabilirdi ama... Ah, bunu düşüne düşüne kendimi içinden çıkılmaz bir duruma sokmuştum ama demir yolu tarafından, sokaktan yüzlerce kez gözetlediğim o eve yaklaşma fırsatını nasıl geri tepebilirdim ki? Onların oturdukları, onları izlediğim ön kapıya yürümeyi, içeri girmeyi, mutfağında, terasında oturmayı nasıl istemezdim?

Bu baştan çıkarıcıydı. Şimdi trende oturmuş, kollarımı kendime dolamış, maceraya atılmış bir çocuk gibi titreyen ellerimi durdurmak için yanlarımda sabitlemiştim. Gerçekleri düşünmeyi bırakmak için bir amacım olması beni çok mutlu etmişti. Megan'ı düşünmeyi bırakmıştım.

Onu şimdi düşünüyordum. Scott'ı, onu çok değil, biraz tanıdığıma ikna etmeliydim. Böylelikle onu başka bir erkekle gördüğümü söyleyince bana inanacaktı. Hemen yalan söylediğimi kabul edersem, bana bir daha inanmazdı. Ben de galeriye uğrayıp onunla kahve eşliğinde sohbet ettiğimi hayal etmeye çalıştım. Kahve içiyor muydu? Sanat ya da yoga ya da kocalarımız hakkında konuşabilirdik. Sanat hakkında hiçbir şey bilmiyordum, hiç yoga da yapmamıştım. Kocam yoktu. Ve o da kendi kocasına ihanet etmişti.

Gerçek arkadaşlarının onun hakkında söylediklerini düşündüm: *muhteşem, komik, güzel, sıcak kalpli. Sevilen.* Bir hata yapmıştı. Böyle şeyler olurdu. Hiçbirimiz mükemmel değildik.

ANNA

20 Temmuz 2013 Cumartesi

Sabah

EVIE SAAT altıdan önce uyandı. Yataktan çıkıp bebek odasına girerek onu kucağıma aldım. Karnını doyurup yatağıma götürdüm.

Yeniden uyandığımda Tom yanımda değildi ama merdivenlerdeki ayak seslerini duyabiliyordum. Kısık ve ahenksiz bir şekilde şarkı söylüyordu, *Mutlu yıllar sana, mutlu yıllar sana*... Aklıma bile gelmemişti, tamamen unutmuştum; kızımı alıp yatağa dönmek dışında bir şey düşündüğüm yoktu. Şimdi daha tam uyanmadan kıkırdamaya başlamıştım bile. Gözlerimi açtığımda Evie de gülümsüyordu. Başımı kaldırıp baktığımda Tom'un ayak ucunda elinde bir tepsiyle durduğunu gördüm. Üzerinde benim Orla Kiely önlüğümden başka bir şey yoktu.

"Kahvaltını yatağına getirdim, doğum günü kızı," dedi. Tepsiyi ayak ucuna koyup beni öpmeye geldi.

Hediyelerimi açtım. Evie bana çok güzel, akik çerçeveli gümüş bir bilezik, Tom ise siyah ipek bir gecelikle ona uyumlu bir külot almıştı. Yatağa girdi ve aramızda Evie ile birlikte yattık. Evie parmaklarını babasının işaret parmağına sıkıca sarmıştı, ben de mükemmel pembe ayağını tutmuştum. Sanki göğsümde havai fişekler patlıyormuş gibi hissediyordum. Bu kadar fazla sevgi imkânsızdı.

Bir süre sonra, Evie yatmaktan sıkıldığında onu aldım ve Tom'u uyuması için yalnız bırakarak aşağıya indik. Bunu hak ediyordu. Ufak işlerle oyalanıp biraz temizlik yaptım. Kahvemi verandada içerken gıcırdayarak geçen yarısı boş trenleri izledim ve öğle yemeğini düşündüm. Rosto yapmak için çok, çok sıcaktı ama yine de yapacaktım çünkü Tom bifteği çok seviyordu. Sonra da serinlemek için dondurma yiyebilirdik. Sevdiği Merlot'yu almak için dışarı çıkmam gerekiyordu, bu yüzden Evie'yi hazırladım, onu bebek arabasına koyup dükkânlara doğru yola koyuldum.

Herkes bana Tom'un evine taşınmayı kabul ettiğim için deli olduğumu söylüyordu. Ama herkes evli bir adamla, üstelik karısı epey dengesiz olan evli bir adamla ilişki yaşadığım için deli olduğumu da düşünmüştü. Bu konuda haksız olduklarını onlara kanıtlamıştım. Kadın ne kadar sorun çıkarırsa çıkarsın, Tom ve Evie buna değerdi. Ama ev konusunda haklılardı. Bugün olduğu gibi güneşin parladığı günlerde küçük sokağımızda –dizi dizi ağaçla dolu, temiz, çıkmaz sokak sayılmayacak ama aynı toplumsallık hissini veren– yürümek harika oluyordu. Kaldırımları benim gibi annelerle, tasmalı köpeklerle ve scootera binen küçük çocuklarla doluydu. İdeal olabilirdi. Eğer trenlerin tiz fren seslerini duymasaydım. Ya da dönüp on beş numaraya bakmasaydım, ideal olabilirdi.

Geri döndüğümde Tom yemek odasındaki masada oturmuş, bilgisayardan bir şeye bakıyordu. Üzerinde şort vardı ama tişört yoktu; hareket ettiğinde kımıldayan kaslarını görebiliyordum. Ona bakarken hâlâ midemde kelebekler uçuşuyordu. Merhaba dedim ama kendi dünyasına dalmıştı ve parmak uçlarımı omzuna koyduğumda sıçradı. Bilgisayar kapandı.

"Hey," dedi, ayağa kalkarken. Gülümsüyordu ama yorgun ve endişeli görünüyordu. Gözlerime bakmadan Evie'yi kucağımdan aldı.

"Ne?" diye sordum. "Ne oldu?"

"Hiçbir şey," dedi ve Evie'yi kucağında zıplatarak pencereye doğru ilerledi.

"Tom, ne oldu?"

"Bir şey yok." Bana doğru dönüp baktı. Ne söyleyeceğini tahmin etmiştim. "Rachel. Bir e-posta daha." Başını iki yana salladı. Çok yaralı, çok üzgün görünüyordu ve bundan nefret ediyordum, tahammül edemiyordum. Bazen o kadını öldürmek istiyordum.

"Ne demiş?"

Yeniden başını iki yana salladı. "Önemli değil. Sadece... her zamankinden. Saçmalık."

"Üzüldüm," dedim ve saçmalığın tam olarak ne olduğunu sormadım çünkü söylemek istemeyeceğini biliyordum. Böyle şeylerle beni üzmek istemiyordu.

"Sorun yok. Bir şey değil. Her zamanki sarhoş saçmalıkları."

"Tanrım, hiç vazgeçmeyecek mi? Mutlu olmamıza izin vermeyecek mi?"

Yanıma geldi, kızımız aramızdayken beni öptü. "Biz mutluyuz," dedi. "Mutluyuz."

Akşam

Biz mutluyduk. Öğle yemeğimizi yedikten sonra çimenlerde uzandık. Sonra hava çok ısınınca içeri girip Tom Grand Prix'yi izlerken dondurma yedik. Evie ile birlikte hamur oynadım ve hamurun epey bir kısmını da yedi. Gelecekte neler olacağını, ne kadar şanslı olduğumu ve istediğim her şeye nasıl sahip olduğumu düşündüm. Tom'a baktığımda beni bulduğu ve onu o kadından kurtardığım için Tanrı'ya şükrediyordum. En sonunda onu delirtmişti, olmadığı bir adama dönüştürmüş, eziyet etmişti.

Tom yıkamak için Evie'yi yukarı çıkardı. Mutluluk çığlıklarını buradan duyabiliyordum. Yeniden gülümsemeye başladım. Bütün gün yüzümden gülümseme eksik olmamıştı. Bulaşıkları yıkadım, oturma odasını temizledim ve akşama ne pişireceğimi düşündüm. Hafif bir şey olmalıydı. Bu komikti çünkü birkaç yıl önce doğum günümde evde oturup yemek pişirme fikrinden nefret ediyordum ama şu an bu mükemmeldi ve olması gerekendi. Yalnızca üçümüzdük.

Evie'nin oturma odasına yayılan oyuncaklarını toplayıp kutusuna koydum. Onu bu gece erken yatırıp Tom'un aldığı geceliği giymek için sabırsızlanıyordum. Havanın kararmasına saatler vardı ama şömine rafındaki mumları yakıp hava alması için ikinci Merlot şişesini açtım. Perdeleri kapamak için koltuğa doğru eğildiğimde bir kadın gördüm. Başını göğsüne doğru eğmiş, sokağın öteki tarafındaki kaldırımda yürüyordu. Başını kaldırmadı ama oydu. Bundan emindim. Kalbim deli gibi çarpıyordu. Daha iyi görmek için iyice eğildim ama açı yanlıştı ve onu göremiyordum.

Onu kovmak için ön kapıyı açmaya gittim ama Tom kapının eşiğinde, kucağında sarmaladığı Evie ile duruyordu.

"İyi misin?" diye sordu. "Sorun ne?"

"Hiç," dedim, titrediklerini görmesin diye ellerimi ceplerime sokarak. "Bir şey yok. Hiçbir şey yok."

RACHEL

21 Temmuz 2013 Pazar

Sabah

AKLIM ONUNLA dolu bir şekilde uyandım. Hiçbir şey gerçek değilmiş gibi geliyordu. Tenim karıncalanıyordu. İçki içmeyi çok istiyordum ama yapamazdım. Ayık olmam gerekiyordu. Megan için. Scott için.

Dün çaba sarfetmiştim. Saçlarımı yıkayıp biraz makyaj yapmıştım. İçine hâlâ girebildiğim tek kot pantolonumu, basma bluzumu ve alçak topuklu terliklerimi giymiştim. Fena değildim. Kendime sürekli nasıl göründüğümü kafama takmanın çok komik olduğunu söylüyordum çünkü Scott'ın düşüneceği son şey buydu ama kendime engel olamıyordum. İlk kez yakınında olacaktım ve bu benim için önemliydi. Hem de gereğinden fazla.

Ashbury'den saat altı buçuk civarında ayrılan trene bindim ve yediden sonra Witney'ye vardım. Roseberry Bulvarı'nda, altgeçit boyunca uzanan yolda yürüdüm. Bu kez bakmadım, buna dayanamazdım. Tom ile Anna'nın evi olan yirmi üç numaranın yanından hızla geçip başımı kaldırmadan, güneş gözlüğümü çıkarmadan beni görmemeleri için dua ederek geçtim. Etraf sessizdi, park etmiş arabaların arasındaki yoldan dikkatlice geçen bir iki tane araba dışında görünürde kimse yoktu. Burası birçok genç ailenin yaşadığı miskin, küçük bir sokaktı; aileler yedi civarı akşam yemeklerini yiyor ya da anne ve babalar, aralarında çocuklarıyla koltukta oturup *X Factor* izliyordu.

Yirmi üç numarayla on beş numara arasında elli atmış adımdan daha fazla bir mesafe yoktu ama bu yolculuk uzamış, sanki yıllar sürmüştü; bacaklarım sarhoşmuşum gibi ağırlaşmış, adımlarım tutarsızlaşmıştı. Kaldırıma düşüverecekmiş gibiydim.

Zili çalmayı tam bırakacakken Scott kapıyı açıp bütün alanı doldurarak eşikte belirince titreyen elim havada kaldı.

"Rachel?" diye sordu, gülümsemeden bana bakarak. Başımla onayladım. Elini uzatınca sıktım. Eve girmemi işaret etti ama bir an kıpırdayamadım. Ondan korkuyordum. Yakından fiziksel olarak göz korkutucuydu. Boyu uzun, omuzları geniş, kolları ve göğsü belirgindi. Elleri kocamandı. Pek çaba sarfetmeden beni –boynumu, kaburgalarımı– ezebileceğini düşündüm.

Yanından geçip koridora doğru ilerlerken kolum koluna değdi. Yüzümün kızardığını hissettim. Ter kokuyordu ve koyu saçları bir süredir yıkanmamış gibi başına yapışmıştı.

Oturma odasına girdiğimde dejavu hissine kapıldım. Bu his öylesine güçlüydü ki, neredeyse korkmuştum. Uzaktaki duvarda bulunan cumbayla çevrili şömine, aralık jaluzilerden içeri sızan sokak ışığı tanıdıktı; soluma döndüğümde cam, sonrasında yeşil ve daha sonrasında da tren yolu göreceğimi biliyordum. Önüme döndüğümde ise mutfak masasını, ardındaki çift kanatlı kapıyı ve yemyeşil çimleri gördüm. Bu evi tanıyordum. Başım dönmüştü, oturmak istedim; cumartesi geceki kara deliği ve uçup giden saatleri düşündüm.

Bunun tabii ki bir anlamı yoktu. Bu evi tanımamın nedeni buraya gelmiş olmam değildi. Tanıyordum çünkü yirmi üç numarayla aynıydı: Merdivenlere uzanan bir koridor, sağ tarafta mutfağa açılan bir oturma odası vardı. Veranda ve bahçe, trenden gördüğüm için tanıdıktı. Yukarı çıkmasam da kocaman sürme pencereli bir sahanlık göreceğimi biliyordum. Pencereden yukarı çıktığımda da kendimi derme çatma çatı terasında bulacaktım. İki yatak odası olduğunu, ebeveyn yatak odasının iki büyük penceresinin sokağa, arkadaki küçük odanın ise bahçeye baktığını biliyordum. Bu evin içini biliyor olmam, buraya daha önce geldiğim anlamını taşımıyordu.

Yine de Scott bana mutfağı gösterirken titriyordum. Bana çay içmeyi teklif etti. Su ısıtıcısını kaynatıp fincana poşeti atarken kaynar suyu tezgâha sıçrattığı için kendi kendine söylendi. Ben de bu sırada mutfak masasında oturuyordum. Odada keskin bir antiseptik kokusu olsa da Scott'ın kendisi darmadağındı. Tişörtünün arkasında ter izi vardı, kot pantolonu üstüne çok büyükmüş gibi kalçasından sarkıyordu. En son ne zaman yemek yediğini merak ettim.

Çay fincanını önüme koyup masanın karşı tarafına oturdu ve ellerini önünde birleştirdi. Sessizlik uzamış, aramızdaki boşluğu ve bütün odayı doldurmuştu; kulaklarımda çınlıyordu. Terlemiştim ve huzursuzdum, zihnim bir anda boşalmıştı. Orada ne yaptığımı bilmiyordum. Neden gelmiştim ki? Uzaklardan kısık sesli bir homurtu duydum. Tren geliyordu. Bu eski ses beni rahatlatmıştı.

"Megan'ın arkadaşı mısın?" dedi en sonunda.

Megan'ın adını Scott'ın dudaklarından duyunca boğazım düğümlendi. Masaya, fincanı sıkı sıkı saran ellerime baktım.

"Evet," dedim. "Onu tanıyorum... biraz. Galeriden."

Umut içinde bekleyerek bana baktı. Dişlerini sıktığında çenesindeki kasların gerildiğini görebiliyordum. Sözcükler ağzımdan çıkmadı. Daha iyi hazırlanmam gerekirdi.

"Hiç haber aldın mı?" diye sordum. Gözlerimin içine bakınca bir an korktum. Yanlış bir şey söylemiştim; haber olup olmaması beni ilgilendirmezdi. Kızıp gitmemi isteyecekti.

"Hayır," dedi. "Bana ne söylemek istiyordun?"

Tren yavaşça yuvarlanarak geçti. Raylara doğru baktım. Sanki ruhum bedenimden çıkmış da dışarıdan bana bakıyormuş gibi başım döndü.

"E-postanda bana Megan ile ilgili bir şeyler söyleyeceğini yazmışsın." Sesi biraz yükselmiş gibiydi.

Derin bir nefes aldım. Kendimi korkunç hissediyordum. Ne söylersem söyleyeyim her şeyin daha kötü olacağının ve onu inciteceğinin farkındaydım.

"Onu biriyle gördüm," dedim. Hiçbir bağlam olmaksızın sözcükler yüksek sesle bir anda dudaklarımdan dökülüvermişti.

Bana baktı. "Ne zaman? Cumartesi gecesi mi? Polise bundan bahsettin mi?"

"Hayır, cuma sabahıydı," dedim. Omuzları düştü.

"Ama... cuma günü iyiydi. Bu neden önemli ki?" Çenesindeki kas yeniden belirdi, sinirleniyordu. "Onu biriyle... Onu kimle gördün? Bir erkekle mi?"

"Evet, ben-"

"Nasıl biriydi?" Ayağa kalktı, vücudu ışığı engelliyordu. "Polise bundan bahsettin mi?" diye yineledi.

"Bahsettim ama beni ciddiye aldıklarından şüpheliyim," dedim.

"Neden?"

"Ben... Bilmiyorum... Bilmen gerekir diye düşündüm."

Öne doğru eğildi, ellerini masaya yumruk yaparak koydu.

"Ne söylüyorsun? Onu nerede gördün? Ne yapıyordu?"

Derin bir nefes daha aldım. "O... çimlerdeydi," dedim. "Tren." Yüzündeki kuşku gözden kaçacak gibi değildi. "Her gün Ashbury'den Londra'ya gitmek için trene biniyorum. Tam buradan geçiyorum. Onu gördüm, yanında biri vardı. Ve... o sen değildin."

"Nereden biliyorsun?... Cuma sabahı mı? Cuma, kaybolmadan önceki gün."

"Evet."

"Ben burada değildim," dedi. "Uzaktaydım. Birmingham'da, bir konferanstaydım, cuma akşamı geri döndüm." Yanakları al al oldu, şüpheciliği başka bir şeye dönüşüyordu. "Yani onu çimenlerde biriyle gördün? Ve..."

"Megan onu öptü," dedim. Eninde sonunda ağzımdaki baklayı çıkarmalıydım. Bunu söylemeliydim. "Öpüşüyorlardı."

Doğruldu, elleri hâlâ yumruk hâlinde iki yanında duruyordu. Yanaklarındaki kırmızılık koyulaştı, öfkesi artmıştı.

"Özür dilerim," dedim. "Özür dilerim. Bunu duymanın korkunç bir şey olduğunu biliyorum..."

Elini kaldırıp beni susturdu. Aşağılar bir hâli vardı. Artık duygularımla ilgilenmiyordu.

Bunun nasıl bir his olduğunu biliyordum. Orada öylece dururken, mükemmele yakın bir netlikle, beş ev uzaktaki kendi mutfağımda oturduğum bir günü hatırladım. Eskiden en iyi arkadaşım olan Lara da karşımda oturuyordu ve kucağındaki şişman çocuğu mızmızlanıp duruyordu. Evliliğimin bitmesine nasıl üzüldüğünü söylemesini, bu yavan sözlerinin canımı nasıl sıktığını hatırlamıştım. Nasıl acı çektiğime dair en ufak bir fikri bile yoktu. Ona defolup gitmesini söylediğimde bana çocuğun yanında böyle konuşmamamı söylemişti. Sonrasında onu bir daha görmedim.

"Yanında gördüğün adam nasıl biriydi?" diye sordu Scott. Sırtı bana dönük durmuş, çimlere bakıyordu.

"Uzun boyluydu, senden uzun olabilir. Koyu tenliydi. Asyalı olabilir. Hintli falan."

"Ve bahçede öpüşüyorlardı, öyle mi?"

"Evet."

Uzun bir iç çekti. "Tanrım, içkiye ihtiyacım var." Bana doğru döndü. "Bira ister misin?"

İstiyordum, bir şeyler içmeyi çok istiyordum ama hayır dedim. Dolaptan aldığı şişeyi açıp büyük bir yudum almasını izledim. Onu izlerken soğuk sıvının boğazımdan geçtiğini hisseder gibiydim; elim bir kadeh tutmak için yanıp tutuşuyordu. Scott tezgâha eğildi, başı neredeyse göğsündeydi.

Kendimi berbat hissetmiştim. Ona yardım etmiyor, yalnızca daha kötü hissetmesini, acısının artmasını sağlıyordum. Kederine zorla ortak oluyordum ve bu yanlıştı. Ona asla gitmemeliydim. Asla yalan söylememeliydim. Kesinlikle asla yalan söylememeliydim.

Ben tam ayağa kalkarken konuştu. "Olabilir... Bilmiyorum. Bu iyi bir şey olabilir değil mi? Megan'ın iyi olduğu anlamına gelebilir. O sadece..." Boş bir kahkaha attı. "Biriyle kaçmıştır." Elinin tersiyle yanağına düşen gözyaşını silince kalbim sımsıkı, küçücük bir topa dönüştü. "Ama beni aramamasına inanamıyorum." Sanki cevaplar bendeymiş, her şeyi biliyormuşum gibi bana baktı. "Beni kesinlikle arardı değil mi? Nasıl telaşlandığımı bilirdi... nasıl perişan olacağımı. Bu kadar kindar olamaz değil mi?"

Benimle, güvenebileceği biriymişim gibi konuşuyordu – Megan'ın arkadaşıymışım gibi– ve bunun yanlış olduğunu biliyordum ama kendimi iyi hissetmeme neden olmuştu. Birasından bir yudum daha aldıktan sonra bahçeye döndü. Çitin karşısındaki uzun zaman önce başlayıp bitmeyen döşemeden kalan küçük bir yığın taşa baktığını gördüm. Şişeyi yeniden dudaklarına götüreceği sırada durdu. Bana baktı.

"Megan'ı trenden mi gördün?" diye sordu. "Yani sen...

pencereden dışarı bakıyordun ve orada tanıdığın bir kadını mı gördün?" Odanın havası değişmişti. Artık arkadaşı ve güvenilir biri olduğuma pek inanmıyordu. Şüphe yüzünü bir gölge gibi kaplamıştı.

"Evet, ben... Nerede yaşadığını biliyorum," dedim ve ağzımdan çıkar çıkmaz ettiğim laftan pişman oldum. "Nerede yaşadığınızı, yani. Buraya daha önceden gelmiştim. Çok önceden. Bu yüzden bazen buradan geçerken ona bakarım." Bana bakıyordu; yüzümün sımsıcak olduğunu hissediyordum. "Sık sık dışarıda oluyordu."

Boş şişeyi tezgâha bırakıp bana doğru birkaç adım attıktan sonra masanın en yakınımdaki sandalyesine oturdu.

"O hâlde Megan'ı iyi tanıyorsun? Yani, eve gelecek kadar iyi."

Yanaklarımda akan kanı, kuyruk sokumumdaki teri, adrenalinin mide bulandıran hızını hissedebiliyordum. Bunu söylememem, yalanı iyice karmaşıklaştırmamam gerekirdi.

"Yalnızca bir kez, ama ben... evin nerede olduğunu biliyorum çünkü ben de yakınlarda yaşıyordum." Kaşlarını kaldırdı. "Aynı yol üzerinde. Yirmi üç numarada."

Yavaşça başıyla onayladı. "Watson," dedi. "Yani Tom'un eski karısı mısın?"

"Evet. Birkaç yıl önce buradan taşındım."

"Ama hâlâ Megan'ın galerisine mi geliyordun?"

"Bazen."

"Ve onu gördüğünde... Seninle kişisel konular ya da benim hakkımda konuştu mu?" Sesi boğuktu. "Başka biri hakkında?"

Başımı iki yana salladım. "Hayır, hayır. Genelde sadece... zaman geçiriyorduk, bilirsin ya." Uzun bir sessizlik çöktü. Odanın sıcaklığı aniden yükselmiş gibiydi, her yerden antiseptik kokusu yükseliyordu. Bayılacak gibiydim.

Sağ yanımda fotoğraf çerçeveleriyle dolu bir sehpa vardı. Megan neşe içinde beni suçlayarak gülümsüyordu.

"Artık gitmem gerek," dedim. "Yeterince zamanını aldım." Kalkmaya hazırlanırken kolunu uzatıp bileğimden yakaladı, gözlerini yüzümden hiç ayırmıyordu.

"Şimdi gitme," dedi usulca. Ayağa kalkmadım ama elimi çektim; kendimi engellenmiş gibi huzursuz hissetmiştim. "Bu adam," dedi. "Megan'ın yanında gördüğün adamı tekrar tanır mısın? Bir daha görsen?"

Adamı merkezde *zaten* teşhis etmiş olduğumu söyleyemedim. Benim ona yaklaşmaktaki tek gerekçem, polisin beni ciddiye almamış olmasıydı. Gerçeği kabul edersem bana güvenmezdi. Ben de yine yalan söyledim.

"Emin değilim," dedim. "Ama herhalde tanırım." Bir an durduktan sonra devam ettim. "Gazetelerde Megan'ın bir arkadaşının konuşması vardı. Adı Rajesh'ti. Acaba-"

Scott başını iki yana sallamaya başlamıştı bile. "Rajesh Gurjal mı? Sanmam. Galeride sergi açan sanatçılardan biri. Epey hoş bir adam ama... Evli, çocukları var." Sanki bunun bir anlamı varmış gibi. "Bir dakika," dedi ayağa kalkarak. "Bir yerlerde bir fotoğrafı olacaktı."

Merdivenlerden çıkıp gözden kayboldu. Omuzlarımın düştüğünü hissedip geldiğimden beri gerginlikten kaskatı oturduğumu fark ettim. Yeniden fotoğraflara baktım: Megan sahilde, yazlık elbisesinin içindeydi; yüzü yakından çekilmişti ve gözleri şaşırtıcı derecede maviydi. Sadece Megan vardı. Birlikte hiç fotoğrafları yoktu.

Scott, elinde bana uzattığı bir broşürle geri geldi. Bu, galerideki serginin reklamını yapan bir el ilanıydı. Arkasını çevirdi. "İşte," dedi, "bu Rajesh."

Adam, rengârenk bir soyut resmin yanında duruyordu: Daha yaşlı, sakallı, kısa ve tıknazdı. Gördüğüm adam, merkezde teşhis ettiğim adam bu değildi. "O değil," dedim.

Scott yanımda durup broşüre baktıktan sonra aniden dönüp odadan çıktı ve yeniden merdivenlere yöneldi. Birkaç dakika sonra dizüstü bilgisayarla gelip mutfak masasına oturdu.

"Bence..." dedi, makineyi açarken. "Bence..." Sessizleşti. Onu izlerken yüzünde konsantrasyonun resmi vardı ve çene kasları kilitlenmişti. "Megan terapiste gidiyordu," dedi. "Adı... Abdic. Kamal Abdic. Asyalı değil, Sırp ya da Bosnalı gibi bir şey. Gerçi esmer. Uzaktan Hintli sanılabilir." Bilgisayara bir şeyler yazdı. "Bir web sitesi var galiba. Emin değilim. Galiba orada bir fotoğrafı var..."

Ekranı görebilmem için bilgisayarı bana doğru çevirdi. Daha yakından bakmak için öne eğildim. "Kesinlikle o."

Scott bilgisayarı kapadı. Uzun bir süre hiçbir şey söylemedi. Dirseklerini masaya, parmak uçlarını da alnına dayayarak durdu. Kolları titriyordu.

"Endişe nöbetleri geçiriyordu," dedi en sonunda. "Uyku sorunları gibi şeyleri vardı. Geçen yıl başlamıştı. Tam olarak ne zamandı, hatırlamıyorum." Benim varlığımı unutup kendi kendine konuşur gibi bana bakmadan mırıldanıyordu. "Bir terapiste görünmesini isteyen bendim. Onu terapiye gitmesi için ben teşvik etmiştim çünkü ona yardım edemiyordum." Sesi biraz çatallaştı. "Ona yardım edemedim. O da bana geçmişte benzer sorunlar yaşadığını ve eninde sonunda onlardan kurtulacağını söyledi ama ben onu... doktora gitmesi için *ikna* ettim. Megan'a o adam tavsiye edilmişti." Boğazını temizlemek için hafifçe öksürdü. "Terapi işe yarıyor gibiydi. Artık daha mutluydu." Mutsuz bir edayla kısacık güldü. "Şimdi nedenini anladım."

Kolunu okşayarak teselli etmek için elimi uzattım. Aniden geri çekildi ve ayağa kalktı. "Gitsen iyi olacak," dedi kabaca. "Annem gelmek üzeredir. Bir iki saat de kalır." Kapıdan tam çıkarken kolumu yakaladı.

"Seni daha önce bir yerlerde görmüş müydüm?" diye sordu.

Bir an içimden söylemek geldi, *Olabilir. Beni polis merkezinde ya da sokakta görmüş olabilirsin. Cumartesi gecesi buradaydım.* Başımı iki yana salladım. "Hayır, sanmıyorum."

Elimden geldiğince hızlı bir şekilde tren istasyonuna doğru yürüdüm. Yolu hemen hemen yarılamışken dönüp arkama baktım. Hâlâ kapı eşiğinde dikilmiş, beni izliyordu.

Akşam

Takıntılı bir şekilde e-postalarımı kontrol edip duruyordum ama Tom'dan gelen bir şey yoktu. E-postalar, mesajlar ve cep telefonları gibi bütün bu elektronik yöntemler ve bıraktıkları izler olmadan önce hayat kıskanç sarhoşlar için kimbilir nasıl kolaydı.

Bugün gazetelerde Megan ile ilgili neredeyse hiçbir şey yoktu. Kendi yollarına bakıyorlardı, ön sayfaları Türkiye'deki siyasi krize, Wigan'da köpekler tarafından yaralanan dört yaşındaki kıza, İngiltere futbol takımının Montenegro'da uğradığı aşağılayıcı yenilgiye adanmıştı. Megan unutuluyordu ve kaybolalı henüz bir hafta olmuştu.

Cathy öğle yemeği için beni dışarıya davet etti. Damien annesini ziyaret etmek için Birmingham'a gittiği için boştaydı. O davet edilmemişti. Neredeyse iki yıldır birliktelerdi ve hâlâ annesiyle tanışmamıştı. High Street'te tiksindiğim bir yer olan Giraffe'a gittik. Beş yaşından küçük, çığlık atan çocuklarla dolu bir yerin ortasına geçip oturduk. Cathy son zamanlarda neler yaptığıma dair beni sorguya çekti. Dün gece nerede olduğumu çok merak ediyordu.

"Biriyle mi tanıştın?" diye sordu, gözleri umutla parlıyordu. Bu gerçekten de çok dokunaklıydı.

Neredeyse evet diyecektim çünkü doğruydu ama yalan söylemek daha kolaydı. Ona Witney'deki bir AA toplantısına gittiğimi söyledim.

"Ah," dedi, utanmıştı, bakışlarını bayat Yunan salatasına çevirdi. "Küçük bir hata yapmış olabileceğini düşündüm. Cuma günü."

"Evet. Kolay olmayacak, Cathy," dedim. Kendimi korkunç hissediyordum çünkü ayık olup olmamam konusunu gerçekten önemsiyordu. "Ama elimden geleni yapıyorum."

"Bana ihtiyacın olursa, yani, seninle gelmemi..."

"Şu aşamada değil," dedim. "Ama teşekkür ederim."

"Şey, belki de birlikte başka bir şey yapabiliriz, spora gitmek gibi?" diye sordu.

Güldüm ama ciddi olduğunu fark edince bu konuyu düşüneceğimi söyledim.

Az önce gitmişti. Damien telefon edip annesinin evinden döndüğünü söyleyince Cathy de onun evine gitti. Ona bir şey söylemek istemiştim –neden seni her aradığında koşa koşa ona gidiyorsun?– ama ilişkiler hakkında tavsiye –hatta herhangi bir konuda tavsiye– verecek durumda değildim ve zaten canım içmek istiyordu. (Giraffe'a oturup sivilceli garson bize şarap içmek isteyip istemediğimizi sorduğunda, Cathy'nin kesin bir dille "Hayır, teşekkürler," deyişinden beri bunu istiyordum.) Onu yolcu ettikten sonra tenimdeki sabırsız küçük karıncalanmayı hissetmiştim. Bütün iyi düşünceleri (*Bunu yapma, gerçekten çok iyi gidiyorsun*) kafamdan uzaklaştırdım. İçki almak için ayakkabımı giyerken telefonum çaldı. Tom. Tom olmalıydı. Telefonumu çantamdan alıp ekrana baktığımda kalbim deli gibi çarptı.

"Merhaba." Sessizlik olunca, "Her şey yolunda mı?" diye sordum.

Küçük bir aradan sonra Scott, "Evet, yolunda. İyiyim.

Dün için teşekkür etmek istedim. Bana gördüklerini anlatmak için zaman ayırdın."

"Ah, sorun değil. Teşekkür etmene-"

"Rahatsız ediyor muyum?"

"Hayır. Sorun yok." Hattın diğer ucunda sessizlik olunca yeniden, "Sorun yok. Sen... bir şey mi oldu? Polisle mi konuştun?" diye sordum.

"Öğleden sonra aile irtibat subayı geldi," dedi. Kalp atışlarım hızlanmıştı. "Dedektif Riley. Ona Kamal Abdic'ten bahsettim. Onunla konuşmak gerekebileceğini belirttim."

"Yani... ona benimle konuştuğunu mu söyledin?" Ağzım tamamen kurumuştu.

"Hayır, söylemedim. Belki... bilmiyorum. Bu adı onlara verirsem daha iyi olacağını düşündüm. Ve dedim ki... yalan olduğunu biliyorum ama anlamlı bir şeyler bulabilmek için beynimi çok zorladığımı ve belki terapistiyle konuşmanın bir işe yarayabileceğini söyledim. Geçmişte ilişkilerine dair endişelerim olduğundan bahsettim."

Yeniden nefes alabiliyordum. "Peki o ne dedi?" diye sordum.

"Onunla zaten konuştuklarını ama bir daha konuşacaklarını söyledi. Ondan neden daha önce bahsetmediğime dair birçok soru sordu. O... Bilmiyorum. Ona güvenmedim. Benim tarafımda olması gerekiyor ama sürekli beni köşeye sıkıştırmaya, tuzak kurmaya çalışıyor gibi hissediyorum."

Onun da Riley'yi sevmemiş olması aptalca hoşuma gitmişti; ortak bir noktamız, bizi bağlayacak bir ipimiz daha olmuştu.

"Neyse, yalnızca teşekkür etmek istemiştim. Ortaya çıktığın için. Gerçekten... kulağa tuhaf gelebilir ama biriyle... yakın olmadığım biriyle konuşmak iyi geldi. Sanki daha mantıklı düşünebilirmişim gibi hissettim. Sen gittikten sonra Megan'ın terapistine –Abdic'e– ilk gidişini ve geri döndüğünde nasıl olduğunu düşündüm. Onda bir şeyler vardı, bir hafiflik." Yüksek sesle nefes verdi. "Bilmiyorum. Belki de ben uyduruyorumdur."

Dünkü hisse yeniden kapılmıştım, artık benimle değil, öylesine konuştuğu hissine. Ses tahtasına dönüşmüştüm ve bundan çok mutluydum. Ona yararım dokunduğu için çok mutluydum.

"Bütün gün yeniden Megan'ın eşyalarını karıştırdım," dedi. "Odamızı, bütün evi zaten on kez karıştırmış, nerede olduğuna dair bir kanıt olabilecek herhangi bir şey aramıştım. O adamdan bir şeyler de olabilirdi. Ama hiçbir şey yoktu. Ne e-posta, ne mektup, hiçbir şey. Adamla iletişime geçmeyi düşündüm ama sağlık merkezi bugün kapalıydı ve cep telefonu numarasını da bulamadım."

"Sence bu iyi bir fikir mi?" diye sordum. "Yani, sence bu işi polise bıraksan daha iyi olmaz mı?" Sesli söylemek istemiyordum ama bence ikimiz de onun tehlikeli olduğunu düşünüyorduk. Ya da en azından tehlikeli olabileceğini.

"Bilmiyorum, bilmiyorum." Sesinde, duyması acı veren bir çaresizlik vardı ama onu teselli edecek tek bir sözüm bile yoktu. Hattın öteki ucunda nefes alış verişlerini duyabiliyordum; korkuyormuş gibi kısa ve hızlıydı. Yanında biri olup olmadığını sormak istedim ama yapamadım: Yanlış ve küstahça olabilirdi.

"Bugün eski kocanı gördüm," dedi. Tüylerimin diken diken olduğunu hissettim.

"A a?"

"Evet, gazete almak için dışarı çıktığımda onu sokakta gördüm. Bana iyi olup olmadığımı, haber alıp almadığımı sordu."

"A a," diye tekrarladım çünkü tek söyleyebildiğim buydu, ağzımdan başka sözcük çıkmıyordu. Tom ile konuşmasını istemiyordum. Tom, Megan Hipwell'i tanımadığımı biliyordu. Tom, onun kaybolduğu gece Blenheim Caddesi'nde olduğumu da biliyordu.

"Senden bahsetmedim. Yani... bilirsin işte. Seninle tanıştığımdan bahsetmem gerekir mi, emin olamadım."

"Hayır, bence gerekmez. Bilmiyorum. Tuhaf olabilir."

"Tamam," dedi.

Bundan sonra uzun bir sessizlik oldu. Kalp atışlarımın yavaşlamasını bekliyordum. Kapatacağını düşündüğüm sırada, "Gerçekten sana benden hiç bahsetmedi mi?" diye sordu.

"Tabii ki... tabii ki bahsetti," dedim. "Yani biz pek konuşmazdık ama-"

"Ama eve geldin. Megan eve pek kimseyi davet etmez. Kendi alanını çok sakınır, bu konuda gerçekten çok koruyucudur."

Bir neden aradım. Keşke ona eve geldiğimi hiç söylemeseydim.

"Ondan kitap almak için gelmiştim."

"Gerçekten mi?" Bana inanmamıştı. Onun kitap okuduğu yoktu. Evi düşündüm, raflarda kitap yoktu. "Ne tür şeyler söyledi? Benim hakkımda?"

"Çok mutluydu," dedim. "Yani seninle. İlişkinizde." Bunu söylerken kulağa nasıl tuhaf geldiğini fark ettim ama kesin konuşamıyordum ve bu yüzden kendimi kurtarmaya çalışıyordum. "Dürüst olmak gerekirse, evliliğimde çok zor günler geçirdiğim için kendimle kıyaslayıp karşılaştırıyordum. Senin hakkında konuşurken yüzü gülüyordu." Ne kadar korkunç bir klişeydi bu.

"Öyle mi?" Fark etmemişti ama sesi efkârlı geliyordu. "Bunu duymak çok güzel." Durdu, hattın öteki ucundaki nefes alış verişlerini hissettim. Hızlı ve sığdı. "Biz... çok kötü bir kavga ettik," dedi. "Gittiği gece. Bana kızmış olduğu fikrinden nefret..." bir anda sustu.

"Uzun süre sana kızgın kalabileceğini sanmıyorum," dedim. "Çiftler kavga eder. Çiftler sürekli kavga eder."

"Ama bu kötüydü, korkunçtu ve ben... Kimseye söyleyemezmişim gibi hissediyorum çünkü söylersem beni suçlarlar."

Artık sesinde başka bir şey vardı: Vicdan azabıyla doluydu.

"Nasıl başladığını hatırlamıyorum," dedi ve ona inanmadım ama sonra unuttuğum bütün o tartışmaları düşündüm. Dilimi ısırdım. "Çok ateşli bir kavgaydı. Ben çok... Ona kaba davrandım. Pislik gibi. Tam bir pisliktim. Çok üzülmüştü. Yukarı çıkıp eşyalarını toplamaya başladı. Tam olarak bilmiyorum ama daha sonra diş fırçasının olmadığını fark ettim... Gece Tara'nın evine gittiğini düşündüm. Bu bir kez olmuştu. Sadece bir kez. Sürekli olmuyordu.

"Arkasından bile gitmedim," dedi ve yine benimle konuşmadığını, günah çıkardığını hissettim. O günah çıkarma kabininin bir tarafında, ben de insanın yüzünün görünmediği diğer tarafındaydım. "Gitmesine izin verdim."

"Bu, cumartesi gecesi mi oldu?"

"Evet. Onu en son o zaman gördüm."

Megan'ın –ya da "tanıma uyan bir kadının"– yedi buçuk civarı Witney istasyonuna yürüdüğünü gören bir tanık vardı. Bunu gazetelerden okumuştum. En son o zaman görülmüştü. Kimse onu peronda ya da trende gördüğünü hatırlamıyordu. Witney'de kamera sistemi yoktu ve Coley'deki kameralarda da izine rastlanmamıştı ama raporlar bunun Megan'ın orada olmadığını kanıtlamadığını, çünkü o istasyonda "önemli kör noktalar" olduğunu söylüyordu.

"Onunla ne zaman iletişim kurmaya çalıştın?" diye sordum. Uzun bir sessizlik daha oldu.

"Ben... Bara gittim. Hemen köşede, Kingly Caddesi'ndeki The Rose'u biliyorsundur değil mi? Sakinleşmem, kafamda bir şeyleri oturtmam gerekiyordu. Birkaç bira içtikten sonra eve döndüm. Saat ona geliyordu. Sakinleşmiş ve geri dönmüş olmasını umuyordum. Ama yoktu."

"Yani onu aramaya çalıştığında saat on civarı mıydı?"

"Hayır." Sesi artık fısıltıdan sadece biraz daha yüksek çıkıyordu. "Aramadım. Evde birkaç bira daha içip televizyon izledim. Sonra yatağa girdim."

Çok içtikten sonra Tom ile ettiğim bütün kavgaları, söylediğim bütün korkunç sözleri, sokağa fırlamaları, bağırmalarımı, onu bir daha asla görmek istemediğimi söyleyişlerimi düşündüm. Beni her zaman aramış, her zaman sakinleştirmiş, tatlı sözle eve döndürmüştü.

"Onun Tara'nın mutfağında oturup nasıl boktan bir adam olduğumu anlattığını düşündüm. O yüzden boş vermiştim."

Boş vermişti. Kulağa çok duygusuz ve umursamaz geliyordu. Bunları başka kimseye anlatmamasına şaşırmamıştım. Aksine bana anlatabilmesine şaşırıyordum. Bu hayal ettiğim, tanıdığım, terasta arkasında durup onu her şeye karşı korumak için kocaman ellerini Megan'ın kemikli omzuna koyan Scott değildi.

Ben telefonu kapamaya hazırdım ama Scott konuşmaya devam etti. "Erken uyanmıştım. Telefonumda mesaj yoktu. Telaşlanmadım. Tara ile birlikte olduğunu ve kızgınlığının geçmediğini düşündüm. Sonra ona telefon edip sesli mesaj bıraktım ama yine telaşlanmamıştım. Muhtemelen hâlâ uyuyor ya da beni yok sayıyordu. Tara'nın numarasını bulamamıştım ama adresini biliyordum, Megan'ın çalışma masasındaki kartvizitinde yazıyordu. Kalkıp oraya gittim."

Endişelenmediyse niye Tara'nın evine gitme ihtiyacı duyduğunu merak etmiştim ama sözünü kesmedim. Konuşmasına izin verdim.

"Tara'nın evine vardığımda saat dokuzu biraz geçmişti. Kapıyı açması biraz uzun sürdü ama açıp beni görünce çok şaşırdı. Sabahın bu saatinde kapısının eşiğinde görmeyi beklediği son insanın ben olduğum apaçık ortadaydı. İşte o zaman anladım... Megan'ın orada olmadığını o zaman anladım. Ve düşünmeye başladım... Başladım..." Kelimeler ağzından çıktıkça ondan şüphelendiğim için kendimi berbat hissettim.

"Bana Megan'ı en son cuma akşamki pilates dersinde gördüğünü söyledi. Endişelenmeye o zamana başladım."

Telefonu kapadıktan sonra onu tanımasaydım, Megan'a nasıl davrandığını görmeseydim söylediklerinin birçoğuna pek inanmayacağımı düşündüm.

22 Temmuz 2013 Pazartesi

Sabah

Kafam çok karışmıştı. Mışıl mışıl ama aynı zamanda sersem gibi uyumuştum ve bu sabah uyanmak için çok çabalamam gerekmişti. Sıcak havalar geri dönmüştü ve vagonun yarısının boş olmasına rağmen bugün çok boğucuydu. Sabah geç uyandığım için evden çıkmadan önce gazete okuyacak ya da internetteki haberleri kontrol edecek zamanım olmamıştı. Bu nedenle telefonumdan BBC'nin sitesine girmeye çalıştım ama nedense yüklemesi çok uzun sürdü. Northcote'ta iPad'li bir adam bindi ve yanımdaki koltuğa oturdu. İnternetinde hiç sorun yoktu, hemen *The Daily Telegraph*'ı açtı ve işte oradaydı. Büyük, kalın harflerle üçüncü haber olarak yer alıyordu: MEGAN HIPWELL'İN ORTADAN KAYBOLMASIYLA İLİŞKİLİ BİR KİŞİ TUTUKLANDI

Öylesine korkmuştum ki, kendimi unutup daha iyi görebilmek için iyice eğildim. Adam hakarete uğramış ve şaşırmış gibi bana baktı.

"Özür dilerim," dedim. "Onu tanıyorum da. Kaybolan kadını. Onu tanıyorum."

"Ah, çok korkunç," dedi. Orta yaşlardaydı, güzel konuşuyordu ve güzel giyinmişti. "Haberi okumak ister misiniz?"

Nazikçe gülümsedi ve tableti bana uzattı. Başlığa dokununca haber çıktı.

> 13 Temmuz Cumartesi'den beri kayıp olan, Witney'de yaşayan yirmi dokuz yaşındaki Megan Hipwell'in ortadan kaybolmasıyla ilişkili olarak otuzlu yaşlarında bir adam tutuklandı. Polis, tutuklanan adamın cuma günü güçlü suç şüphesiyle sorgulanan Megan Hipwell'in kocası olup olmadığını doğrulayamadı. Bu sabah açıklamada bulunan polis sözcüsü, "Megan'ın kaybolmasıyla ilişkisi olan bir adamın tutuklandığını doğrulayabiliriz. Henüz kesinleşmiş bir suçu yok. Megan'ı arama çalışmaları devam ediyor ve suçun işlenmiş olabileceği bir adresi arıyoruz," diye konuştu.

Evin önünden geçiyorduk; ilk kez tren ışıkta durmamıştı. Başımı arkaya çevirsem de çok geçti. Gitmişti. iPad'i sahibine geri verirken ellerim titriyordu. Adam üzgün bir şekilde başını iki yana salladı. "Çok üzüldüm," dedi.

"O ölmedi," dedim. Sesim boğuktu ve ben bile kendime inanmamıştım. Gözlerim yaşlarla dolmuştu. Evindeydim. Oradaydım. Masada karşısına oturmuş, gözlerine bakmıştım, bir şeyler hissetmiştim. O kocaman ellerini ve o ellerle beni ezebilirse Megan'ı, o minicik, narin Megan'ı paramparça edebileceğini düşündüm.

Witney istasyonuna yaklaştığımızda frenlerin çığlığı duyuldu. Ayağa kalktım.

"Gitmem gerek," dedim, yanımdaki biraz şaşkın görünen ama usulca başını sallayan adama.

"İyi şanslar," dedi.

Peronu koşarak geçip merdivenlerden aşağıya indim. İnsan kalabalığına karşı yürüyordum ve merdivenlerin sonuna vardığımda tökezledim. Adamın biri, "Dikkat etsene!" dedi. Bitmesine iki tane kalan beton basamakların kenarına bakmakla meşgul olduğum için başımı kaldırıp adama bakmadım. Sonuncunun üstünde kan vardı. Ne kadar uzun süredir orada olduğunu merak ettim. Bir haftalık olabilir miydi? Benim kanım olabilir miydi? Megan'ınki? Acaba evinde kan buldukları için mi onu tutuklamışlardı? Mutfağı ve oturma odasını zihnimde canlandırmaya çalıştım. Koku: Çok temiz, antiseptik. Çamaşır suyu muydu? Bilmiyordum, şimdi hatırlayamıyordum. Net hatırlayabildiğim tek şey, sırtındaki terin ve nefesindeki biranın kokusuydu.

Altgeçitten koşar adım ilerledikten sonra Blenheim Caddesi'nin köşesinde tökezledim. Nefesimi tuttum, korkumdan başımı kaldırmadan kaldırım boyunca aceleyle yürüdüm. Başımı kaldırdığımda ise görecek hiçbir şey yoktu. Scott'ın evinin dışında park hâlinde ne minibüs, ne de polis arabası vardı. Evi aramaları çoktan bitmiş olabilir miydi? Bir şey bulmuş olsalardı kesinlikle hâlâ orada olurlardı; kanıtın peşine düşerek her yeri aramak saatler sürerdi. Adımlarımı sıklaştırdım. Evine vardığımda durup derin bir nefes aldım. Her iki katın da perdeleri kapalıydı. Komşusunun perdeleri kıpırdadı. İzleniyordum. Kapı eşiğine gidip elimi kaldırdım. Burada olmamalıydım. Ne yaptığımı bilmiyordum. Sadece görmek istemiştim. Bilmek istemiştim. Bir an içgüdülerimin peşinden gidip kapıyı çalmakla geri dönüp gitmek arasında kaldım. Gitmek için arkama döndüğüm sırada kapı açıldı.

Kıpırdamaya zaman kalmadan eli bana doğru uzandı, kolumdan tutarak beni içeri çekti. Dudakları sert bir çizgi hâlini almıştı. Korku ve adrenalin içinde karanlığın geldiğini gördüm. Bağırmak için ağzımı açtım ama geç kalmıştım, beni evin içine çekip kapıyı arkamdan kapadı.

MEGAN

21 Mart 2013 Perşembe

Sabah

BEN kaybetmezdim. Bunu bilmesi gerekirdi. Ben böyle oyunları kaybetmezdim.

Telefonumun ekranı bomboştu. İnatla, küstahça bomboş. Ne mesaj, ne cevapsız çağrı vardı. Her baktığımda tokat yemişim gibi hissediyor, gittikçe öfkeleniyordum. Bana o otel odasında ne olmuştu? Aklımdan neler geçiyordu? Bir ilişki kurduğumuz, aramızda gerçek bir şeyler olduğu mu? Benimle bir yere gitmek istediği falan yoktu. Ama ona bir an –bir andan daha fazla– inanmıştım ve beni gerçekten sinirlendiren de buydu. Gülünçtüm, enayinin biriydim. Başından beri bana gülüyordu.

Eğer oturup arkasından ağlayacağımı düşünüyorsa çok yanılıyordu. Onsuz yaşayabilir, başımın çaresine bakabilirdim ama ben kaybetmeyi sevmezdim. Bu ben değildim. Bunların hiçbirini hak etmemiştim. Ben reddedilmezdim. Çekip giden ben olurdum.

Kendimi delirtiyor, buna engel olamıyordum. Oteldeki o öğleden sonrayı aklımdan çıkaramıyor, söylediklerini, hissettirdiklerini düşünüp duruyordum.

Pislik.

Ortadan sessizce kaybolacağımı düşünüyorsa yanılıyordu. Kısa süre içinde ortaya çıkmazsa cep telefonunu aramayı bırakıp evden arayacaktım. Beni yok sayamazdı.

Kahvaltıda Scott benden terapi seansımı iptal etmemi istedi. Bir şey demedim. Duymazdan geldim.

"Dave bizi akşam yemeğine davet etti," dedi. "Yıllardır gitmiyorduk. Seansının tarihini değiştirebilir misin?"

Sanki bu sıradan bir istekmiş gibi sesi yumuşaktı ama gözlerini yüzüme dikip beni izlediğini hissedebiliyordum. Bir kavganın eşiğindeydik ve dikkatli olmam gerekiyordu.

"Yapamam, Scott, çok geç," dedim. "Onun yerine Dave ile Karen'ı cumartesi buraya çağırsana?" Dave ile Karen'ı hafta sonu ağırlama fikri çok yorucuydu ama uzlaşmam gerekiyordu.

"Çok geç değil," dedi, kahve fincanını masaya, tam önüme koyarak. Elini bir an omzuma koyup, "İptal et, tamam mı?" diyip odadan çıktı.

Ön kapı kapanır kapanmaz kahve fincanını alıp duvara fırlattım.

Akşam

Kendime bunun gerçek bir ret olmadığını söyleyebilirdim. Kendimi onun ahlaki ve mesleki olarak doğru şeyi yapmaya çalıştığına ikna edebilirdim. Ama bu doğru değildi. Ya da en azından bütün gerçek bu kadar değildi çünkü birini çok arzuluyorsan, ahlak kurallarını (ve kesinlikle profesyonelliği) umursamazdın. Sahip olmak için her şeyi yapardın. Sorun, beni o kadar da arzulamıyor oluşuydu.

Bütün öğleden sonra Scott'ın çağrılarını duymazdan geldim, seansıma geç gidip danışma görevlisine tek kelime etmeden doğrudan ofisine girdim. Masasında oturmuş, bir şeyler yazıyordu. İçeri girince başını kaldırıp bana baktı, gülümsemedi ve bakışlarını yeniden notlarına çevirdi. Masasının önünde durup bana bakmasını bekledim. Bekleyişim sanki yıllar sürmüştü.

"İyi misin?" diye sordu en sonunda. Gülümsedi. "Geç kaldın."

Nefesim boğazıma takılmıştı, konuşamadım. Masanın öteki tarafına geçip yaslanarak bacağımı bacağına değdirdim. Hafifçe geri çekildi.

"Megan," dedi, "sen iyi misin?"

Başımı iki yana salladım. Uzattığım elimi tuttu.

"Megan," dedi yeniden, başını iki yana sallayarak.

Bir şey demedim.

"Bunu yapamazsın... Oturmalısın," dedi. "Konuşalım."

Başımı iki yana salladım.

"Megan."

Adımı her söyleyişinde durumu daha da kötüleştirdi.

Ayağa kalkıp masanın etrafından dolanarak benden uzaklaştı. Odanın ortasında dikildi.

"Haydi," dedi, sesi ciddi ve hatta kabaydı. "Otur."

Odanın ortasına kadar onu takip ettim, bir elimi beline, diğerini göğsüne koydum. Beni bileklerimden tutup uzaklaştı.

"Yapma, Megan. Yapamazsın... yapamayız..." Arkasına döndü.

"Kamal," dedim, sesim titreyerek. Bundan nefret ediyordum. "Lütfen."

"Bu... burada. Hiç uygun değil. Normal, bana inan ama..."

Onunla olmak istediğimi söyledim.

"Bu bir aktarım, Megan," dedi. "Zaman zaman olur. Bana

da oluyor. Sana en son geldiğinde bu konudan bahsetmeliydim. Özür dilerim."

Çığlık atmak istedim. Çok sıradan, çok hissiz, çok basit konuşuyordu.

"Hiçbir şey hissetmediğini mi söylüyorsun?" diye sordum. "Bütün bunları ben mi uydurdum yani?"

Başını iki yana salladı. "Anlaman gerek, Megan, işlerin çığırından çıkmasına izin vermemeliydim."

Ona doğru yaklaştım, ellerimi kalçasına koyup kendime doğru çevirdim. Kollarımı yeniden yakalayıp uzun parmaklarıyla bileklerimi kavradı. "İşimi kaybedebilirim," dedi. Çılgına dönmüştüm.

Öfke içinde, sertçe geri çekildim. Beni tutmaya çalıştı ama başaramadı. Ona bağırıyor, işinin umurumda olmadığını söylüyordum. Beni sakinleştirmeye çalışıyordu. Danışma görevlisinin, diğer hastaların ne düşüneceği konusunda endişelendiğini tahmin ediyordum. Başparmağını kolumun üst kısmına bastırarak omuzlarımdan tuttu. Sakinleşmemi, çocuk gibi davranmayı bırakmamı söyledi. Sarstı; bir an yüzüme vuracağını düşündüm.

Dudaklarından öptüm, elimden geldiğince sert bir şekilde alt dudağını ısırdım; ağzımdaki kanının tadını alabiliyordum. Beni itti.

Eve dönerken intikam planları yaptım. Ona yapabileceklerimi düşünüyordun. Onu kovdurabilir ya da daha kötüsünü yapabilirdim. Ama yapmayacaktım çünkü onu çok seviyordum. Ona zarar verme niyetinde değildim. Artık beni reddettiği için o kadar üzgün bile değildim. Canımı en çok sıkan şey, hikâyemin sonuna henüz varmamış olmamdı. Başka bir terapistle en başından başlamak çok zordu.

Şu anda eve gitmek istemiyordum çünkü kollarımdaki morlukları nasıl açıklayacağımı bilmiyordum.

RACHEL

22 Temmuz 2013 Pazartesi

Akşam

BEKLİYORDUM. Bilmemek, her şeyin çok yavaş ilerlemesi işkence gibiydi ama yapacağım başka bir şey yoktu.

Bu sabah o korkuyu hissettiğimde haklıydım. Yalnızca neden korkmam gerektiğini bilmiyordum.

Scott'tan değildi. Beni içeri çektiğinde gözlerimdeki dehşeti görmüş olmalıydı çünkü neredeyse hemen beni bırakmıştı. Gözlerini kocaman açmıştı ve saçları karman çormandı, ışıktan kaçıp kapıyı arkamızdan kapamıştı. "Burada ne işin var? Fotoğrafçılar, gazeteciler her yerde. İnsanların kapıma dayanmalarını istemiyorum. Etrafta dolaşmalarını da. Konuşacaklar... Her şeyi, fotoğraf çekmek için her şeyi yapacaklar..."

"Dışarıda kimse yok", dedim. Gerçi dürüst olmak gerekirse pek etrafıma bakınmamıştım. Arabada oturup bir şeylerin olmasını bekleyenler olabilirdi.

"Burada ne işin var?" diye sordu yeniden.

"Duydum ki... haberlere çıktı. Ben sadece... o adam mı? Onu yakalamışlar mı?"

Başıyla onayladı. "Evet, bu sabah erken. Aile irtibat subayı buraya geldi. Bana anlatmak için. Ama yapamadı... Bana nedenini söylemediler. Bir şey bulmuş olmalılar ama bana ne olduğunu söylemiyorlar. Megan değil. Megan'ı bulamadıklarını biliyorum."

Merdivenlere oturup kollarıyla kendini sardı. Bütün vücudu titriyordu.

"Buna dayanamıyorum. Telefonun çalmasını beklemekten kendimi alıkoyamıyorum. Telefon çaldığında ne olacak? Daha kötü haberler mi alacağım? Yoksa..." Sustu, sonra sanki beni ilk kez görüyormuş gibi başını kaldırıp baktı. "Neden geldin?"

"Ben... Yalnız olmak istemeyeceğini düşündüm."

Bana delirmişim gibi baktı. "Ben yalnız değilim," dedi. Ayağa kalkıp yanımdan geçerek oturma odasına gitti. Bir an öylece kalakaldım. Arkasından mı gitmeliydim, yoksa evden çıkmalı mıydım, bilmiyordum. Sonra bana seslendi, "Kahve ister misin?"

Dışarıdaki çimlerde sigara içen şık bir kadın vardı. Uzun boyluydu, saçları beyazlamıştı, siyah pantolon ve boğazına kadar iliklenmiş beyaz bir bluz giymişti. Verandada volta atıyordu ama beni görür görmez durdu, sigarasını döşeme taşına fırlattı ve ayağıyla ezdi.

"Polis?" diye sordu şüphe içinde, mutfağa girerken.

"Hayır, ben-"

"Bu Rachel Watson, anne," dedi Scott. "Abdic ile ilgili bana bilgi veren kadın."

Sanki Scott'ın açıklaması ona pek yardımcı olmamış gibi hafifçe başını evet anlamında salladı; beni baştan aşağı hızlıca bir süzdü. "Ah."

"Ben sadece, eee..." Orada olmak için haklı bir nedenim yoktu. *Sadece bilmek istedim. Görmek istedim,* diyemedim.

"Peki, Scott ortaya çıktığın için sana minnettar. Şimdi tam olarak neler olduğunu öğrenmeyi bekliyoruz." Bana doğru yaklaştı, dirseğimden tutup beni nazikçe ön kapıya doğru çevirdi. Scott'a baktım ama o bana bakmıyordu; bakışlarını pencerenin dışında, rayların öbür tarafında bir yerlere sabitlemişti.

"Uğradığınız için teşekkür ederim, Bayan Watson. Size gerçekten çok minnettarız."

Kendimi kapının eşiğinde buldum. Ön kapı arkamdan kapandı. Kafamı kaldırdığımda Tom ve yanında Anna'nın bebek arabasıyla gezdiğini gördüm. Beni gördüklerinde donup kaldılar. Anna elini ağzına götürüp çocuğunu almak üzere eğildi. Tıpkı yavrusunu koruyan bir dişi aslan gibiydi. Gülmek, ona buraya onun için gelmediğimi, kızının umurumda bile olmadığını söylemek istedim.

Oradan uzaklaştım. Scott'ın annesi durumu netleştirmişti. Uzaklaştım ve hayal kırıklığına uğradım ama bunun bir önemi olmamalıydı çünkü Kamal Abdic'i yakalamışlardı. Onu yakalamışlardı ve ben yardım etmiştim. Doğru bir şey yapmıştım. Onu yakalamışlardı ve artık Megan'ı bulup eve getirmeleri uzun sürmeyecekti.

ANNA

22 Temmuz 2013 Pazartesi

Sabah

TOM BENİ bu sabah erkenden öperek ve arsızca sırıtarak uyandırmıştı. Bu sabahki toplantısı geç saatte olduğu için Evie'yi de alıp köşedeki mekânda kahvaltı etmeyi teklif etti. Burası, flört etmeye ilk başladığımız zamanlarda geldiğimiz bir yerdi. Pencere kenarına otururduk, Rachel o sırada Londra'da işte olduğu için yanımızdan geçip bizi görme tehlikesi yoktu. Yine de gerilirdik, belki de herhangi bir nedenden dolayı eve erken gelecekti; belki hastalanmıştı ya da önemli belgelerini unutmuştu. Bunun hayalini kuruyordum. Bir gün çıkıp gelmesini, beni onunla görmesini, Tom'un artık ona ait olmadığını bir an önce öğrenmesini istiyordum. Bir zamanlar Rachel'ın Tom'u benimle birlikte görmesini istediğime inanmak çok zordu.

Megan kaybolduğundan beri mümkün olduğunca bu yoldan geçmek istemiyordum, o evi görünce tüylerim diken diken oluyordu. Ama kafeye gitmek için başka bir yol yoktu. Tom benden biraz önde yürüyor, bebek arabasını itiyordu; Evie'ye şarkı söyleyip onu güldürüyordu. Üçümüzün dışarı çıkmasına bayılıyordum. İnsanların bize nasıl baktıklarını görüyordum; *Ne güzel bir aile,* diye düşündüklerini görebiliyordum. Bu beni gururlandırıyordu. Hayatımda hiçbir şeyden bu kadar çok gurur duymamıştım.

Mutluluk balonumla ilerlerken tam on beş numaranın önünden geçecektik ki, kapı açıldı. Bir an halüsinasyon gördüğümü düşündüm çünkü dışarı o çıktı. Rachel. Ön kapıdan çıkıp bir an orada durdu. Bizi görmüş ve donakalmıştı. Korkunçtu. Tuhaf bir şekilde gülümsedi ama daha çok yüzünü ekşitiyor gibiydi. Kendime hâkim olamadım, öne atılıp Evie'yi bebek arabasından çıkararak ürküttüm. Ağlamaya başladı.

Rachel hızlıca uzaklaşıp istasyona doğru yürüdü.

Tom arkasından seslendi, "Rachel! Burada ne işin var? Rachel!" Ama Rachel adımlarını öylesine hızlandırdı ki, neredeyse koşuyordu. İkimiz de öylece bakakalmıştık. Tom bana dönüp yüz ifademi görerek, "Haydi. Eve gidelim," dedi.

Akşam

Eve döndüğümüzde Megan Hipwell'in kaybolmasıyla ilgili birinin yakalandığını duyduk. Terapistiymiş, hiç duymamıştım. Galiba bu iyiye işaretti çünkü aklıma türlü türlü korkunç şey geliyordu.

"Sana yabancı biri olmadığını söylemiştim," dedi Tom. "Hiçbir zaman yabancı olmaz değil mi? Zaten neler olduğunu bile bilmiyoruz. Muhtemelen Megan iyidir. Herhalde biriyle kaçtı."

"O zaman bu adamı neden yakaladılar?"

Omuzlarını silkti. Dikkati dağılmıştı, ceketini giydi, kravatını düzeltti, toplantısı için hazırlandı.

"Ne yapacağız?" diye sordum.

"Ne?" Boş gözlerle bana baktı.

"Onun hakkında. Rachel. Buraya neden gelmiş ki? Neden Hipwell'lerin evindeydi? Sence... sence bahçemize girmeye mi çalışıyordu? Yani, komşuların bahçesinden?"

Tom tatsız bir şekilde güldü. "Emin değilim. Ama Rachel'dan bahsediyoruz. Koca kıçını çitlerden geçiremez. Orada ne yaptığına dair hiçbir fikrim yok. Belki de sarhoştur ve yanlış kapıya gitmiştir?"

"Diğer bir deyişle, amacı buraya gelmek miydi?"

Omuzlarını silkti. "Bilmiyorum. Bak, kafana takma, tamam mı? Kapıları kilitli tut. Onu arayıp ne işler çevirdiğini soracağım."

"Bence polisi arayalım."

"Ne diyeceğiz peki? Bir şey yapmadı aslında-"

"*Son zamanlarda* bir şey yapmadı, tabii Megan Hipwell'in kaybolduğu gece burada olmasını saymazsak," dedim. "Bundan polise çok daha önce bahsetmiş olmamız gerekirdi."

"Anna, yapma." Kollarını belime doladı. "Rachel'ın Megan Hipwell'in kaybolmasıyla bir ilgisi olduğunu pek sanmıyorum. Ama onunla konuşacağım, tamam mı?"

"Ama en son dedin ki-"

"Biliyorum," dedi usulca. "Ne dediğimi biliyorum." Beni öpüp elini kot pantolonumun belinden içeri soktu. "Gerçekten mecbur kalana kadar polisi bu işe karıştırmayalım."

Bence karıştırmalıydık. O gülümsemesini ve alaycılığını unutamıyordum. Zafer kazanmış bir havası vardı sanki. Buradan uzaklaşmalıydık. *Ondan* uzaklaşmalıydık.

RACHEL

23 Temmuz 2013 Salı

Sabah

UYANDIĞIMDA ne hissettiğimi idrak edebilmem için bir süre geçmesi gerekti. Neşeli telaşımı yavaşlatan bir şey vardı: Adsız bir korku. Gerçeği bulmaya çok yaklaştığımızı biliyordum. Ama gerçeğin korkunç olacağı hissini içimden atamıyordum.

Yatakta oturdum, bilgisayarımın kapağını açıp sabırsızlıkla çalışmasını bekledim, sonra internete girdim. Bütün bu süreç hiç bitmeyecek gibi gelmişti. Cathy'nin evdeki hareketlerini, kahvaltı tabağını yıkayışını, dişlerini fırçalamak için üst kata koşuşunu duydum. Bir süre odamın kapısında oyalandı. Çalmak üzere elini kaldırdığını hayal edebiliyordum. Fikrini değiştirip merdivenlerden aşağı koştu.

BBC'nin haber sayfası açıldı. Başlık, yardımların kesilmesiyle ilgiliydi, ikinci haber ise bir başka 1970'li yılların televizyon yıldızının pedofiliyle suçlandığını yazıyordu. Megan ya da Kamal'a dair hiçbir şey yoktu. Polisin bir şüphelinin suçunu yalnızca yirmi dört saat içinde sabitlemesi gerektiğini biliyordum ve artık süreleri dolmuştu. Gerçi bazı durumlarda şüpheliyi fazladan on iki saat daha tutabilirlerdi.

Bütün bunları, dün bütün günümü araştırma yaparak geçirdiğim için biliyordum. Scott'ın evinden çıktıktan sonra buraya dönmüş, televizyonu açmış ve günün büyük bir kısmını haberleri izleyip internetten haber okuyarak geçirmiştim. Beklemedeydim.

Öğlen olduğunda polis şüpheliyi açıklamıştı. Haberlerde "Dr. Abdic'in evinde ve arabasında kanıtlar bulunduğundan" bahsediliyordu ama bu kanıtların ne olduğuna dair bir açıklama yapılmamıştı. Acaba kan mıydı? Henüz bulunamayan cep telefonu muydu? Giysileri, çantası, diş fırşası mıydı? Kamal'ın esmer, yakışıklı suratının yer aldığı fotoğrafları yakın çekimle gösterip duruyorlardı. Kullandıkları fotoğraf vesikalık değil, samimi bir fotoğraftı: Bir yerlerde tatildeydi, pek gülümsüyor sayılmazdı. Katil olamayacak kadar uysal ve yakışıklıydı ama görünüşler yanıltıcı olabiliyordu. Ted Bundy'nin de Cary Grant'e benzediğini söylerlerdi.

Gün boyunca daha fazla haberin çıkmasını, suçlamaların kamuoyunun önünde yapılmasını bekledim: kaçırma, saldırı ya da da kötüsü. Nerede olduğunu, nerede tutulduğunu öğrenmeyi bekledim. Blenheim Caddesi'nin, istasyonun ve Scott'ın ön kapısının fotoğraflarını gösterdiler. Yorumcular, bir haftadan fazla bir süredir Megan'ın ne telefonunun ne de banka kartlarının kullanılmamasının olası anlamları üzerine düşünüyorlardı.

Tom birden fazla kez aramıştı. Açmadım. Ne istediğini biliyordum. Dün sabah neden Scott Hipwell'in evine gittiğimi sormak istiyordu. Merak etsin dursun. Onunla bir ilgisi yoktu. Dünya onun etrafında dönmüyordu. Zaten karısının emriyle aradığını düşünüyordum. O kadına herhangi bir açıklama borçlu değildim.

Bekledim, bekledim, hâlâ herhangi bir suçlama yoktu. Onun yerine Megan'ın sırlarını ve sorunlarını dinleyen, onun güvenini kazandıktan sonra bunu kullanan, onu baştan çıkardıktan sonra da kimbilir neler yapan güvenilir akıl sağlığı uzmanı Kamal hakkında daha çok şey duyduk.

Bosnalı bir Müslüman olduğunu, Balkanlardaki çatışmalardan sağ kurtulup, on beş yaşındayken mülteci olarak Birleşik Krallık'a geldiğini öğrendim. Şiddete yabancı değildi, babasını ve iki ağabeyini Srebrenitsa'da kaybetmişti. Aile içi şiddet sabıkası da vardı. Kamal hakkında bir şeyler öğrendikçe haklı olduğumu anlıyordum. Polise ondan bahsetmekte haklıydım, Scott ile iletişime geçmekte haklıydım.

Kalkıp sabahlığıma sarındım, hızla merdivenlerden inip televizyonu açtım. Bugün bir yere gitme niyetinde değildim. Cathy beklenmedik bir şekilde eve gelirse ona hasta olduğumu söylerdim. Kendime bir fincan kahve yapıp televizyonun önüne oturdum ve beklemeye başladım.

Akşam

Saat üç civarı sıkıldım. Yardımlar ve yetmişlerin televizyon pedofilleri hakkında bir şeyler duymaktan bıkmıştım. Megan hakkında, Kamal hakkında hiçbir şey öğrenememek beni öfkelendirmişti. Büfeye gidip iki şişe beyaz şarap aldım.

İlk şişenin neredeyse dibine gelmişken nihayet bir şey oldu. Haberlerde yarısı inşa edilmiş (ya da yarısı yıkılmış) bir binadan uzaktaki patlamalar, sallanan bir kamera çekimiyle kaydedilmişti. Suriye, Mısır ya da Sudan mıydı acaba? Sesini kıstım, pek dikkatimi çekmemişti. Sonra onu gördüm: Ekrandan geçen altyazı, devletin yasal yardım kesintileriyle ilgili bir meydan okumayla karşı karşıya olduğunu, Fernando Torres'in dört hafta boyunca dizardı kirişi sakatlanması nedeniyle oynayamayacağını ve Megan

Hipwell'in kaybolması olayındaki şüphelinin ceza almadan serbest bırakıldığını söylüyordu.

Bardağımı bırakıp uzaktan kumandayı elime aldım ve ses açma düğmesine bastım, bastım, bastım. Bu doğru olamazdı. Sabah haberleri devam ettikçe kan basıncım yükseliyordu ama en sonunda haber sona erdi ve stüdyoya geri döndüler. Spiker:

"Dün, Megan Hipwell'in kaybolmasıyla ilgili olarak yakalanan Kamal Abdic, ceza almadan serbest bırakıldı. Bayan Hipwell'in terapisti olan Abdic dün gözaltına alınmıştı ama bu sabah delil yetersizliğinden serbest bırakıldı," diye konuştu.

Bundan sonra söylediklerini duymadım. Orada öylece oturdum, gözlerim buğulanmıştı, kulaklarım gürültüyle çınlıyordu. *Onu yakalamışlardı*, diye düşündüm. *Onu yakalamışlardı ve şimdi serbest bırakmışlar.*

İlerleyen saatlerde yukarı çıktım. Çok fazla içmiştim ve bilgisayar ekranını düzgün göremiyordum. Her şey çifter, hatta üçer üçer görünüyordu. Tek gözümü elimle kapatınca okuyabiliyordum. Başımı ağrıtmıştı. Cathy evdeydi, bana seslenmişti, ona yatakta ve keyifsiz olduğumu söylemiştim. İçtiğimi biliyordu.

Midem alkolle yıkanmıştı. Kusacak gibiydim. Doğru düşünemiyordum. İçmeye bu kadar erken başlamamalıydım. Hatta hiç başlamamalıydım. Bir saat önce ve birkaç dakika önce yeniden Scott'ı aramıştım. Bunu da yapmamalıydım. Sadece Kamal'ın onlara ne yalan söylediğini öğrenmek istiyordum. Hangi yalana inanacak kadar aptallardı? Polis her şeyi berbat etmişti. Geri zekâlılar. O Riley denen kadının hatasıydı. Bundan emindim.

Gazetelerin bir yardımı olmamıştı. Şimdi de aile içi şiddetten sabıkalı olmadığından söz ediyorlardı. Hataymış. *Onu* kurban gibi gösteriyorlardı.

Artık içmek istemiyordum. Şarabın kalanını lavaboya dökmem gerektiğini biliyordum, yoksa sabah hâlâ şişede olacaktı ve kalkar kalkmaz içecektim. Bir kez başlayınca da devam etmek isteyecektim. Lavaboya dökmem gerekiyordu ama dökmeyecektim. Sabahleyin yapmak için sabırsızlanıyordum.

Karanlıktı ve birinin ona seslendiğini duyabiliyordum. Ses önce kısıktı, sonra yükseldi. Öfkeli, çaresiz ve Megan'ın adını haykırıyordu. Bu Scott'tı. Onunla mutsuzdu. Onu yeniden, yeniden aramıştı. Galiba bir rüyaydı. Yakalayıp tutunmaya çalıştım ama ne kadar çabalarsam o kadar silinip gitti.

24 Temmuz 2013 Çarşamba

Sabah

Kapımın hafifçe çalmasına uyandım. Pencereye yağmur vuruyordu; saat sekizi geçmişti ama dışarısı hâlâ karanlıktı. Cathy kapıyı nazikçe iterek açtı ve odaya baktı.

"Rachel? İyi misin?" Yatağımın yanındaki şişeyi görünce omuzları düştü. "Ah, Rachel." Yatağıma yaklaşıp şişeyi aldı. Hiçbir şey söyleyemeyecek kadar utanmıştım. "İşe gitmeyecek misin?" diye sordu. "Dün gittin mi?"

Cevap vermemi beklemeden arkasına dönüp, "Böyle devam edersen en sonunda işinden olacaksın," diyerek odadan çıktı.

Hemen şu anda söylemem gerekirdi, bana zaten kızgındı. Arkasından gidip ona anlatmalıydım. Aylar önce, bir müşteriyle yediğim üç saatlik öğle yemeğinde körkütük sarhoş olup yemek boyunca çok kaba ve profesyonellikten uzak davrandığımdan dolayı firmanın işi kaybetmesine yol açtığım için zaten kovulmuştum. Gözlerimi kapadığımda, o yemeğin sonunu, ceketimi verirken garsonun yüz ifadesini, yalpalayarak ofise girdiğimde insanların bakışlarını hâlâ hatırlayabiliyordum. Martin Miles beni kenara çekip, *Bence şimdi eve gitsen iyi olacak Rachel,* demişti.

Gök gürledi ve şimşek çaktı. Yatakta dikildim. Dün gece düşündüğüm şey neydi? Küçük siyah defterimi kontrol ettim ama dün öğlenden beri hiçbir şey yazmamıştım: Kamal hakkında notlar –yaşı, etnik kökeni, aile içi şiddet sabıkası– vardı. Bir kalem alıp sonuncusunu listeden sildim.

Aşağı inip kendime bir fincan kahve yaptım ve televizyonu açtım. Sky News'ta, dün gece polisin düzenlediği basın toplantısından kesitler gösteriliyordu. Dedektif Gaskill de oradaydı. Solgun, zayıf ve azarlanmış gibi görünüyordu. Korkuyor gibiydi. Kamal'ın adındn hiç bahsetmeden bir şüphelinin gözaltına alınıp sorgulandığından ama salıverildiğinden ve soruşturmanın devam ettiğinden bahsetti. Kameralar ondan, omuzları çökmüş ve huzursuz oturup gözlerini kamera ışığına bakarken kırpıştıran Scott'a döndü. Yüzünde acının izleri vardı. Onu görünce içim acıdı. Usulca konuşuyordu ve gözlerini yere indirmişti. Umut etmekten vazgeçmediğini, polis ne söylerse söylesin, yine de Megan'ın eve geleceği fikrine tutunduğunu anlatıyordu.

Sözcükler bomboş ve yanlış gibiydi ama gözlerine bakmadan bunun nedenini anlayamazdım. Son günlerde olanlar bir zamanlar sahip olduğu inancı yıkıp geçtiği için eve döneceğine gerçekten inanmıyor muydu, yoksa asla dönmeyeceğini gerçekten biliyor muydu, emin değildim.

O sırada aklıma geldi: Dün gece onu aramıştım. Bir kez mi, iki kez mi? Telefonumu almak için yukarı çıkıp nevresimlerin arasına baktım. Üç cevapsız çağrım vardı: biri Tom'dan, ikisi de Scott'tandı. Mesaj yoktu. Tom'un çağrısı, Scott'ın ilk çağrısı gibi dün geceye aitti ama daha sonra, gece yarısından hemen önce aramıştı. İkinci çağrısı ise bu sabah, birkaç dakika önceyi işaret ediyordu.

Keyfim biraz yerine gelmişti. Bu iyi bir haberdi. Annesinin yaptıklarına, bariz imalarına rağmen (*Yardımın için çok teşekkürler, şimdi kaybol*), Scott benimle konuşmayı hâlâ istiyordu. Bir an içim Cathy'ye karşı şefkatle, şarabın kalanını döktüğü için minnetle doldu. Scott için ayık olmalıydım. Düzgün düşünebilmeme ihtiyacı vardı.

Duş aldım, giyindim ve bir fincan kahve daha yaptıktan sonra oturma odasına geçtim. Siyah ve küçük not defterimi yanıma alıp Scott'ı aradım.

"Bana söylemen gerekirdi," dedi telefonu açar açmaz, "kim olduğunu." Sesi düz ve soğuktu. Midem küçücük, semsert bir topa dönüştü. Biliyordu. "Dedektif Riley adamı serbest bıraktıktan sonra benimle konuştu. Megan ile ilişkisi olduğunu reddetmiş. Aralarında bir şeyler olduğunu iddia eden tanık da güvenilmezmiş, öyle söyledi. Alkolikmiş. Muhtemelen akli dengesi bozukmuş. Bana tanığın adını söylemedi ama senden bahsettiğini düşünüyorum?"

"Ama... hayır," dedim. "Hayır. Ben... Onları gördüğümde içmiyordum. Sabahın sekiz buçuğuydu." Sanki bunun bir anlamı varmış gibi. "Üstelik kanıt da bulmuşlar, haberlerde öyle söyledi. Buldukları-"

"Delil yetersizliği."

Telefon kesildi.

26 Temmuz 2013 Cuma

Sabah

Artık hayali ofisime gitmiyordum. Numara yapmayı bırakmıştım. Yataktan çıkmakla hiç uğraşamazdım. Galiba dişlerimi en son çarşamba fırçalamıştım. Kimseyi kandıramadığımdan çok emin olsam da hâlâ hasta numarası yapıyordum.

Kalkıp, giyinip, trene binip, Londra'ya gidip sokaklarda dolanacak gücüm yoktu. Güneş tepedeyken epey zor, yağmur yağarken de imkânsızdı. Bugün soğuk, şiddetli, aralıksız sağanağın üçüncü günüydü.

Uyumakta zorlanıyordum ve bunun tek nedeni artık alkol değil, kâbuslardı. Bir yerlerde tıkılıp kalmıştım ve birinin geldiğini biliyordum. Dışrı çıkmanın bir yolu olduğunu biliyordum, daha önce görmüştüm ama oraya dönemiyordum. Adam beni yakaladığında çığlık atamadım. Denedim –ciğerlerime nefes çekip üflemeye çalıştım– ama ses yerine yalnızca nefessizlikten ölen biri gibi nefes alış verişler duyuldu.

Bazen kâbuslarımda kendimi Blenheim Caddesi'ndeki altgeçitte buluyordum. Dönüş yolu kapalı oluyordu ve ilerleyemiyordum. Orada bir şey vardı: Beni bekleyen biriydi bu. Sonra dehşet içinde uyanıyordum.

Onu asla bulamayacaklardı. Geçen her gün, her saat bundan daha da emin oluyordum. O haberlerdeki isimlerden biri olacaktı: kayıp, aranıyor, cesedi bulunamadı. Scott da adalete ya da huzura asla kavuşamayacaktı. Matemini tutacağı bir bedene kavuşamayacaktı; ona ne olduğunu asla öğrenemeyecekti. Bir son, bir karar olmayacaktı. Uyanık bir şekilde yatmış, bunları düşünüyordum. Canım acıyordu. Bundan daha büyük bir keder olamazdı. Hiçbir şey, sonsuza kadar bilmeyecek olmak kadar acı veremezdi.

Ona yazmıştım. Sorunumu kabul edip kontrol altına aldığımı, yardım aradığımı söyleyerek yeniden yalan söylemiştim. Akli dengemin yerinde olduğunu ekledim. Bunun artık doğru olup olmadığını bilmiyordum. Gördüklerimden çok emin olduğumu, gördüğüm sırada ayık olduğumu anlattım. En azından burası doğruydu. Cevap vermemişti. Vermesini de beklemiyordum. Onunla ilişkim kesilmiş, ondan uzaklaştırılmıştım. Ona söylemek istediklerimi asla söyleyemeyecektim. Yazamazdım da, inandırıcı olmazdı. Onlara Kamal'ı gösterip, *bakın, işte orada,* demek yetmediği için çok üzgün olduğumu bilmesini istiyordum. Bir şey görmüş olmalıydım. O cumartesi gecesi gözlerimi açmış olmalıydım.

Akşam

Sırılsıklam olmuştum, donuyordum, parmak uçlarım beyazlaşıp buruşmuştu, başım beş buçuk civarı vuran akşamdan kalmalığım yüzünden zonkluyordu. İçmeye öğleden önce başladığıma göre bu hâlim çok normaldi. Bir şişe daha almak için dışarı çıktığım sırada ATM'nin bozgununa uğradım ve çok önceden gördüğüm cevabı aldım: *Hesabınızda yeteri kadar para yok.*

Yürümeye başladım. Yaklaşık bir saat, sağanağın altında amaçsızca yürüdüm. Ashbury'nin yayalaştırılmış merkezi sadece bana aitti. Yürüyüşün bir yerinde bir şeyler yapmam gerektiğine karar vermiştim. Yetersizliğimi telafi etmeliydim.

Islak ve artık neredeyse ayıktım. Tom'u arayacaktım. O cumartesi gecesi ne yaptığımı, ne söylediğimi bilmek istemiyordum ama bunu öğrenmem gerekiyordu. Bir şeyleri değiştirebilirdi. Nedense kaçırdığım hayati bir şeyler olduğundan emindim. Belki yalnızca kendimi kandırıyor, kendime değersiz olmadığımı kanıtlamak için başka bir girişimde bulunuyordum. Ama belki de doğruydu.

"Sana pazartesiden beri ulaşmaya çalışıyorum," dedi Tom, telefona cevap verdiğinde. "Ofisini aradım," diye ekledi ve sustu.

Yine köşeye sıkışmış ve utanç içindeydim. "Seninle konuşmam gerek," dedim, "cumartesi gecesiyle ilgili. O cumartesi gecesiyle."

"Neden bahsediyorsun sen? *Benim seninle* pazartesi hakkında konuşmam gerek, Rachel. Scott Hipwell'in evinde ne halt ediyordun?"

"O önemli değil, Tom-"

"Evet, çok da önemli. Orada ne işin vardı? Farkında değil misin, o belki de... Yani, bilmiyoruz değil mi? Ona bir şey yapmış olabilir. Olamaz mı? Karısına?"

"Karısına hiçbir şey yapmadı," dedim, kendimden emin bir şekilde. "O yapmadı."

"Sen nereden bileceksin ki? Rachel, neler oluyor?"

"Ben sadece... Bana inanman gerek. Seni bu yüzden aramadım. Seninle cumartesi hakkında konuşmam gerek. Bıraktığın mesajla ilgili. Çok öfkeliydin. Anna'yı korkuttuğumu söylemişsin."

"Evet, doğru. Seni sokakta tökezlerken görmüş, ona hakaret etmişsin. Çok korktu. Evie ile olanlardan sonra."

"O... bir şey yaptı mı?"

"Ne yaptı mı?"

"Bana?"

"*Ne?*"

"Bir kesiğim vardı, Tom. Başımda. Kanıyordu."

"Sen Anna'yı sana saldırmakla mı suçluyorsun?" Bağırmaya başlamış, öfkeden deliye dönmüştü. "Cidden, Rachel. Artık yeter! Anna'yı –birden fazla kez– seni polise şikâyet etmemesi için ikna ettim ama bu şekilde devam edersen, bizi rahatsız edip kafandan hikâyeler uydurursan-"

"Onu hiçbir şeyle suçlamıyorum, Tom. Yalnızca olanları anlamaya çalışıyorum. Ben-"

"Hatırlamıyorsun! Tabii ya. Rachel hatırlamaz." Yorgun bir tavırla iç çekti. "Bak. Anna seni görmüş. Sarhoş ve saldırganmışsın. Eve geldiğinde bana üzüldüğünü anlattı, ben de çıkıp seni aramaya başladım. Sokaktaydın. Galiba düşmüştün. Çok mutsuzdun. Elini kesmiştin."

"Ben kesmed-"

"O zaman elinde kan vardı. Nasıl olduğunu ben bilmiyorum. Seni eve götüreceğimi söyledim ama beni dinlemedin. Kontrolden çıkmıştın, saçmalayıp duruyordun. Basıp gittin, ben de arabayı almaya gittim ama döndüğümde ortada yoktun. İstasyona doğru ilerledimse de seni göremedim. Biraz etrafta dolandım, Anna bir yerlerde olmandan, geri dönmenden ve eve girmeye çalışmandan korkuyordu. Ben de düşersin ya da başın belaya girer diye endişelendim... Ashbury'ye doğru yol aldım. Zili çaldım ama evde değildin. Seni birkaç kez aradım. Mesaj bıraktım. Ve evet, çok kızmıştım. O noktadan sonra çileden çıktım."

"Özür dilerim, Tom," dedim. "Gerçekten özür dilerim."

"Tamam," dedi. "Sen zaten hep özür dilersin."

"Anna'ya bağırdığımı söyledin," dedim, bu fikre tutunarak. "Ona ne söyledim?"

"Bilmiyorum," diye tersledi. "Gidip onu getirmemi ister misin? Belki bu konuda onunla konuşmak istersin?"

"Tom..."

"Bak, gerçekten, bunun artık ne önemi var?"

"O gece Megan Hipwell'i gördün mü?"

"Hayır." Şimdi endişelenmiş gibiydi. "Neden? Sen gördün mü? Sen bir şey yapmadın değil mi?"

"Hayır, tabii ki yapmadım."

Bir an sustu. "O zaman neden soruyorsun ki? Rachel, bir şey biliyorsan..."

"Hiçbir şey bildiğim yok, dedim. "Ben hiçbir şey görmedim."

"Pazartesi neden Hipwell'lerin evindeydin? Lütfen söyle, böylece Anna'nın içini rahatlatabilirim. Çok endişelendi."

"Ona söylemem gereken bir şey vardı. Yararının dokunacağına inandığım bir şey."

"Onu görmedin ama yararının dokunacağına inandığın bir şey vardı, öyle mi?"

Bir an tereddüt ettim. Ona ne kadarını anlatmam gerekiyordu, yoksa yalnızca Scott'a mı saklamalıydım, bilmiyordum. "Megan hakkında," dedim. "Bir ilişkisi vardı."

"Dur, sen onu tanıyor muydun?"

"Çok az," dedim.

"Nasıl?"

"Galerisinden."

"Ah," dedi. "Peki adam kimmiş?"

"Terapisti," dedim. "Kamal Abdic. Onları birlikte gördüm."

"Gerçekten mi? Yakaladıkları herif mi? Serbest bıraktıklarını sanıyordum."

"Bıraktılar. Ve bu benim hatam çünkü ben güvenilmez bir tanığım."

Tom güldü. Yumuşak ve dostaneydi. Benimle dalga geçmiyordu. "Rachel, saçmalama. Sen bunları anlatarak doğru bir şey yaptın. Sorunun sen olmadığından eminim." Arkada, çocuğun bir şeyler gevelediğini duyabiliyordum. Tom telefonu uzaklaştırıp bir şeyler söyledi ama anlamadım. "Kapatmam gerek," dedi. Onu telefonu bırakıp küçük kızını kucağına alarak öpücüklere boğarken, karısına sarılırken hayal edebiliyordum. Kalbimdeki hançer döndü, döndü, döndü, durdu.

29 Temmuz 2013 Pazartesi

Sabah

Saat 08.07'ydi ve trendeydim. Hayali ofisime gidiyordum. Cathy bütün hafta sonu Damien ile birlikteydi ve onu dün gece gördüğümde beni azarlama fırsatını vermedim. Hemen davranışım için özür dilemeye başladım ve gerçekten berbat hissettiğim ama kendime geldiğimi, yeni bir sayfa açtığımı söyledim. Özürlerimi kabul etti ya da etmiş gibi yaptı. Sarıldı. Nezaketi apaçıktı.

Megan artık haberlerde neredeyse hiç yoktu. *The Sunday Times*'ta, Kraliyet Savcılık Servisi'nden, bunun "polisin yetersiz ya da hatalı kanıt üzerinden acele bir yakalama kararı çıkardığı davalardan biri" olduğunu söyleyen adsız bir kaynak, davaya atıfta bulunarak polisin yeteneksizliğinden bahsediyordu.

Işığa geliyorduk. Tanıdık gıcırtıyı ve sarsıntıyı hissettim. Tren yavaşladığında başımı kaldırdım, çünkü bunu yapmalıydım, çünkü yapmadan edemezdim ama artık görecek hiçbir şey yoktu. Kapılar ve perdeler kapalıydı. Sicim gibi yağan yağmur ve bahçenin dibinde göl olmuş çamurlu su dışında görünen hiçbir şey yoktu.

Bir hevesle trenden Witney'de indim. Tom bana yardım edememişti ama belki diğer adam edebilirdi. Kızıl saçlı adam. İnen yolcuların peronda gözden kaybolmalarını bekledikten sonra üstü kapalı tek banka oturdum. Şansım yaver gidebilirdi. Onu trene binerken görebilirdim. Takip edebilir, onunla konuşabilirdim. Yapacak bir tek bu kalmıştı, zarımı son kez atacaktım. Eğer işe yaramazsa boş verecektim. Boş vermem gerekiyordu.

Yarım saat geçti. Merdivenlerdeki ayak seslerini her duyduğumda kalbim deli gibi çarpıyordu. Yüksek topuk şıkırtısını her duyduğumda, tüylerim diken diken oluyordu. Eğer

Anna beni burada görürse, başım belaya girerdi. Tom beni uyarmıştı. Onu polise gitmemesi için ikna etmişti ama ben böyle devam edersem...

Dokuzu çeyrek geçiyordu. İşe çok geç başlamıyorsa onu kaçırdım demekti. Yağmur artmıştı ve Londra'da amaçsız bir gün daha geçiremezdim. Tek param, Cathy'den ödünç aldığım onluktu ve annemden borç para isteyecek cesareti toplayana kadar da onu harcamamam gerekiyordu. Merdivenlerden indim, altgeçitten geçip peronun öteki tarafına vardım. Ashbury'ye dönmeye niyetlenmiştim. Tam o sırada istasyon girişinin karşısındaki gazeteciden hızla çıkan Scott'ı gördüm. Montunu yüzüne kadar çekmişti.

Arkasından koşup köşede yakaladım. Altgeçidin tam karşısındaydık. Kolunu tutunca şaşkınlık içinde arkasına döndü.

"Lütfen," dedim, "seninle konuşabilir miyim?"

"Tanrım," diye çıkıştı. "Benden ne istiyorsun?"

Ellerimi kaldırarak geri adım attım. "Üzgünüm," dedim. "Üzgünüm. Sadece özür dilemek, açıklamak istemiştim..."

Sağanak iyice bastırmıştı. Sokakta yalnız biz vardık ve sırılsıklam olmuştuk. Scott gülmeye başladı. Ellerini havaya kaldırıp kahkaha attı. "Eve gel," dedi. "Burada boğulacağız."

Su ısıtıcısı kaynarken Scott da bana havlu getirmek için yukarı çıktı. Ev geçen haftakinden daha pisti, dezenfektan kokusunun yerini daha topraklı bir şey almıştı. Oturma odasının köşesinde bir yığın gazete duruyordu; sehpada ve şömine rafında pis fincanlar vardı.

Scott gelip havluyu uzattı. "Çok dağınık, biliyorum. Annem sürekli arkamdan temizlik yaparak beni delirtiyordu. Biraz tartıştık. Birkaç gündür ortalıklarda yok." Cep telefonu çalmaya başladı, bakıp cebine geri koydu. "Tam da lafının üstüne aradı. Hiç vazgeçmiyor."

Mutfağa doğru arkasından gittim.

"Olanlar için çok üzgünüm," dedim.

Omuzlarını silkti. "Biliyorum. Senin hatan da değil. Yani, yardımı olabilirdi, eğer sen..."

"Ayyaş olmasaydım mı?"

Sırtı dönüktü, kahveleri boşaltıyordu.

"Yani, evet. Ama zaten onu suçlamak için yeterince delilleri yoktu." Fincanı bana uzattı ve masaya oturduk. Büfedeki fotoğraf çerçevelerinden birinin yüzüstü çevirildiğini gördüm. Scott hâlâ konuşuyordu. "Evinde saç, deri hücresi gibi bir şeyler bulmuşlar ama zaten Megan'ın oraya gittiğini reddetmedi. Yani, başta reddetti ama sonradan oraya gittiğini kabul etti."

"Neden yalan söylemiş ki?"

"Bilmiyorum. Megan'ın evine iki kez, sadece konuşmak için geldiğini söyledi. Ne hakkında olduğunu söylemedi, doktor-hasta gizliliğinden ötürü. Saç ve deri hücreleri aşağı katta bulunmuş. Yatak odasında hiçbir şey yokmuş. İlişkileri olmadığına dair yeminler etti. Ama yalan söylüyor, yani..." Elini gözlerinin önünden geçirdi. Yüzü sanki içine gömülüyormuş gibi görünüyordu, omuzları düşmüştü. Daralmışa benziyordu. "Arabasında kan izi bulmuşlar."

"Aman Tanrım."

"Evet. Megan'ın kan grubuyla aynı. Çok küçük bir örnek olduğu için DNA alıp alamayacaklarını bilmiyorlar. Hiçbir şey çıkmayabilirmiş, öyle söylüyorlar. Arabada kan izi varsa nasıl bir şey çıkmaz?" Başını iki yana salladı. "Haklıydın. Bu herif hakkında ne kadar çok şey öğrenirsem o kadar emin oluyorum." Buraya geldiğimizden beri ilk kez bana, tamamen bana baktı. "Onu beceriyordu ve Megan da buna bir son vermek istiyordu, o yüzden... adam bir şey yaptı. Durum bu. Bundan da eminim."

Bütün umutlarını kaybetmişti ve onu suçlayamazdım.

İki haftayı geçmişti ve telefonunu açmamış, kredi kartını kullanmamış, bir ATM'den para çekmemişti. Onu gören olmamıştı. Gitmişti.

"Polise kaçmış olabileceğini söylemiş," dedi Scott.

"Dr. Abdic mi söylemiş?"

Scott başıyla onayladı. "Polise benimle mutsuz olduğunu ve kaçmış olabileceğini söylemiş."

"Şüpheyi senin üzerine atmak, onları senin bir şeyler yaptığına inandırmak istiyor."

"Biliyorum. Ama o pisliğin söylediği her şeye inanıyor gibiler. O Riley denen kadını Dr. Abdic hakkında konuşurken görmelisin. Ondan hoşlanmış. Zavallı, perişan mülteci." Başını çaresizce eğdi. "Belki de haklıdır. Korkunç kavgalarımız oluyordu. Ama inanamıyorum... Benimle mutsuz değildi. Değildi. Değildi." Üçüncü kez söylediğinde kendini ikna etmeye çalıştığını düşündüm. "Ama bir ilişkisi varsa, demek ki mutsuzdu değil mi?"

"Belli olmaz," dedim. "Belki de o –neydi adı?– aktarım denen şeydendir. Bu sözcüğü kullanıyorlardı değil mi? Hastanın terapistine karşı bir şeyler hissetmesi ya da hissettiğini sanması. Yalnızca terapist buna karşı koyabilir, bu duyguların gerçek olmadığını gösterebilir."

Gözlerini yüzüme dikmişti ama sanki aslında söylediklerimi dinlemediğini hissediyordum.

"Ne oldu?" diye sordu. "Sana. Kocandan ayrıldın. Hayatında başka biri mi vardı?"

Başımı iki yana salladım. "Tam tersine. Anna vardı."

"Özür dilerim." Durdu.

Ne soracağını bildiğim için ona fırsat vermeden, "Önceden başlamıştı. Biz daha evliyken. İçki yani. Öğrenmek istediğin buydu değil mi?"

Başıyla onayladı.

"Bebek sahibi olmaya çalışıyorduk," dedim, sesim titredi. Üzerinden çok zaman geçmiş olmasına rağmen, ne zaman bu konu açılsa gözyaşlarıma engel olamıyordum. "Özür dilerim."

"Sorun değil." Ayağa kalktı, lavaboya gidip bana bir bardak su getirdi. Masaya, tam önüme koydu.

Boğazımı temizledim, elimden geldiğince umursamaz görünmeye çalıştım. "Bebek sahibi olmaya çalışıyorduk ve olmadı. Depresyona girdim ve içmeye başladım. Birlikte yaşanmayacak bir insan hâline gelmiştim ve Tom da teselliyi başka yerde aradı. Anna da ona bu teselliyi vermeye dünden razıydı."

"Çok üzüldüm, bu korkunç. Biliyorum... Ben de bebek sahibi olmak istemiştim. Megan sürekli henüz hazır olmadığını söylüyordu." Şimdi gözyaşlarını silme sırası ondaydı. "Bu, ara sıra... kavga ettiğimiz konulardan biriydi."

"Gittiği gün bu konuda mı tartışıyordunuz?"

İç çekti, sandalyesini geri itip ayağa kalktı. "Hayır," dedi, uzaklaşırken. "Konu başkaydı."

Akşam

Eve geldiğimde Cathy beni bekliyordu. Mutfakta dikilmiş, öfke içinde su içiyordu.

"Ofisteki günün güzel geçti mi?" diye sordu, dudaklarını sıkarak. Öğrenmişti.

"Cathy..."

"Damien'ın bugün Euston yakınlarında bir toplantısı vardı. Yolda Martin Miles ile karşılaşmış. Birbirlerini biraz tanıyorlar, hatırladın mı, Damien'ın Laing Fon Yönetimi'ndeki günlerinden. Martin onlar için PR yapıyordu."

"Cathy..."

Elini kaldırıp biraz daha su içti. "*Aylardır* orada çalışmıyormuşsun! Aylardır! Kendimi nasıl aptal hissettiğimi biliyor musun? Ve Damien'ın da? *Lütfen, lütfen* bana henüz bahsetmediğin bir işin olduğunu söyle. Lütfen bana işe gidiyormuş gibi rol yapmadığını söyle. Bana tüm bu süre boyunca sabahtan akşama kadar yalan söylemediğini."

"Sana nasıl söyleyeceğimi bilemedim..."

"Bana nasıl söyleyeceğini bilemedin mi? Mesela: *Cathy, kovuldum, çünkü işteyken sarhoştum,* desen nasıl olurdu? Nasıl olurdu?" Kendimi geri çekince yüzü yumuşadı. "Özür dilerim ama Rachel, gerçekten." Gerçekten fazlasıyla kibardı. "Ne yapıyordun? Nereye gidiyordun? Bütün gün ne yapıyordun?"

"Yürüyordum. Kütüphaneye gidiyordum. Bazen-"

"Bara mı gidiyordun?"

"Bazen. Ama-"

"Bana neden söylemedin?" Bana doğru yaklaşıp ellerini omuzlarıma koydu. "Bana söylemen gerekirdi."

"Utanıyordum," dedim ve ağlamaya başladım. Korkunçtu, utandırıcıydı ama ağlamaya başlamıştım. Hıçkırıyordum. Zavallı Cathy bana sarıldı, saçlarımı okşadı, iyi olacağımı, her şeyin yoluna gireceğini söyledi. Kendimi berbat hissediyordum. Kendimden neredeyse hiç olmadığı kadar nefret ediyordum.

Daha sonra, Cathy ile koltukta oturmuş çay içerken, bana nasıl olacağını anlattı. İçkiyi bırakacaktım, CV'mi düzenleyecektim, Martin Miles ile iletişime geçip referans isteyecektim. Amaçsız tren yolculuklarıyla Londra'ya gidip gelerek para harcamayı kesecektim.

"Gerçekten, Rachel, bunu bunca zamandır nasıl içinde tuttuğunu anlayamıyorum."

Omuzlarımı silktim. "Sabah 08.04 trenine, akşam da 17.56'ya biniyordum. Benim trenim oydu. Ona biniyordum. Öyle oluyordu."

1 Ağustos 2013 Perşembe

Sabah

Yüzümü kaplayan bir şey vardı, nefes alamadım, boğuluyordum. Bilinç yüzeyine çıktığımda nefes almaya çalıştım. Göğsüm ağrıyordu. Oturdum, gözlerimi kocaman açtım ve odanın kenarında kıpırdayan, gittikçe büyüyen yoğun bir karaltı gördüm. Tam bağıracaktım ki düzgün bir şekilde uyanınca orada hiçbir şey olmadığını gördüm ama yatakta *oturmuştum* ve yanaklarım gözyaşlarımdan ıslanmıştı.

Şafak sökmek üzereydi, dışarıdaki ışık griye dönüyordu ve günlerdir devam eden yağmur pencereye vuruyordu. Uyumaya devam etmeyecektim, kalbim göğüs kafesimde acıta acıta çarparkan bu olmazdı.

Emin olamasam da galiba aşağıda biraz şarap vardı. İkinci şişeyi bitirdiğimi hatırlamıyordum. Buzdolabına koyamadığım için sıcak olacaktı; dolaba koyduğumda Cathy döküyordu. İyiye gitmemi çok istiyordu ama şimdilik işler onun planlarına göre ilerlemiyordu. Gaz sayacının olduğu koridorda küçük bir dolap vardı. Şarap kaldıysa, oraya zulalamış olmalıydım.

Yetersiz ışığa rağmen merdivenlerden parmak ucumda inip sahanlığa gittim. Küçük dolabı açıp şişeyi çıkardım: Hafifliği beni hayal kırıklığına uğratmıştı, içinden en fazla bir kadeh çıkardı. Ama hiç yoktan iyiydi. Bir bardağa koyup (Eğer Cathy gelirse içinde çay varmış gibi yapabilirdim) şişeyi çöpe attım (süt kartonunun ve cips paketinin altına gizlediğimden emin olarak). Oturma odasına gidip televizyonu açtım, hemen sessize alıp koltuğa yerleştim.

Kanallar arasında gezerken –sadece çocuk kanalları ve bilgi içerikli reklamlar vardı– bir anda kendimi yolun hemen aşağısındaki Corly Ormanı'na bakarken buldum: Burası trenden de görünürdü. Corly Ormanı sağanağın altında kalmıştı, tarlalar dizi dizi ağaçların arasında uzanıyordu ve tren rayları suya gömülmüştü.

Neden neler olup bittiğini anlamam bu kadar zaman aldı, bilmiyordum. On, on beş, yirmi saniye boyunca arkadaki arabalara, polisin çektiği mavi beyaz şeride ve beyaz çadıra baktım. Nefesim gittikçe kısaldı, kısaldı ve en sonunda tutmaya başladım, nefes almıyordum.

Bu oydu. Ne zamandır tren yolu boyunca uzanan bu ormandaydı. Her şeyden habersiz, bu tarlalardan her gün, her akşam ve her sabah yolculuk ederken geçiyordum.

Ormanda. Bodur çalıların altına kazılmış ve aceleyle üstü kapanmış bir mezar hayal ettim. Daha kötü, imkânsız şeyler de hayal ediyordum: Ormanın kimsenin gitmediği derinliklerinde, ipin ucunda sallanan bir beden gibi.

Belki bu o bile değildi. Başka bir şey olabilirdi. Başka bir şey olmadığını biliyordum.

Ekranda şimdi de koyu saçları başına yapışmış bir muhabir vardı. Sesini açıp bana zaten bildiğim, hissedebildiğim şeyleri; nefes alamayanın ben değil Megan olduğunu anlatmasını dinledim.

"Doğru," diyordu, stüdyodaki biriyle elini kulağına bastırarak konuşurken. "Polis şimdi, Megan Hipwell'in evinden sekiz kilometre kadar uzaktaki Corly Ormanı'nın en dibindeki tarlada su taşkınının içinde genç bir kadın cesedinin bulunduğunu doğruladı. Bildiğiniz üzere Bayan Hipwell temmuz başlarında –daha doğrusu Temmuzun on üçünde– kaybolmuştu ve o zamandan beri de izine rastlanmamıştı. Polis, bu sabah erken saatlerde köpek bakıcıları tarafından bulunan cesedin henüz resmi olarak teşhis edilmediğini açıkladı; yine de Megan Hipwell'e ait olduğunu düşünüyorlar. Bayan Hipwell'in kocasına bilgi verildi."

Bir an sustu. Spiker ona soru soruyordu ama duyamadım çünkü kulaklarım zonkluyordu. Fincanımı dudaklarıma götürüp son damlasına kadar içtim.

Muhabir yeniden konuşmaya başlamıştı. "Evet, Kay, doğru. Görünüşe göre ceset bir süre önce ormana gömülmüş ve kısa süre önce yağan yağmurlarla da yüzeye çıkmış."

Kötüydü, düşündüğümden çok daha kötüydü. Onu, çamurun içindeki mahvolmuş yüzünü, sanki mezardan çıkmaya çalışıyormuş gibi uzanan solgun kollarını görebiliyordum. Ağzımdaki sıcak sıvının, safra ve acı şarabın tadını alabiliyorum. Kusmak için yukarı koştum.

Akşam

Günün çoğunu yatakta geçirdim. Kafamda bir şeyleri oturtmaya çalışıyordum. Cumartesi gecesi olanlardan hatırladıklarımı, aniden aklıma gelen görüntülerden ve rüyalardan topladığım parçaları biraraya getiriyordum. Anlamlı bir hâle getirmek, daha net görebilmek için her şeyi yazdım. Kalemimin defterde çıkardığı ses, biri bana fısıldıyormuş gibiydi; gerilmiştim, sanki evde, kapının hemen öteki tarafında başka biri varmış gibi hissediyordum ve Megan'ı hayal etmekten vazgeçemiyordum.

Yatak odasının kapısını açmaya çok korkuyordum ama açtığımda tabii ki kimsenin olmadığını gördüm. Aşağıya inip yeniden televizyonu açtım. Hâlâ aynı fotoğraflar duruyordu: yağmur altında orman, çamurlu yolda giden polis araçları, korkunç beyaz çadır, gri bir bulanıklık ve sonra aniden kameraya gülümseyen, hâlâ güzel, dokunulmamış Megan. Sonra başını eğmiş, yanında Riley ile kendi ön kapısından çıkmaya çalışırken fotoğrafçıları kovan Scott. Sonra Kamal'ın ofisi. Gerçi ondan hiç iz yoktu.

Arkadaki müziği duymak istemesem de kulaklarımda

çınlayan sessizliği önlemek için sesi açtım. Polis, hâlâ resmi olarak teşhis edilemeyen kadının muhtemelen haftalar önce öldüğünü söylüyordu. Ölüm nedeni ise henüz bulunamamıştı. Cinayetin cinsel bir maksatla yapıldığına dair delil olmadığını söylüyorlardı.

Bunu söylemelerinin çok aptalca olduğunu düşündüm. Ne demek istediklerini biliyordum. Tecavüze –ki bu tabii ki çok yaralayıcıydı– uğramadığını söylüyorlardı ama bu cinsel bir maksat olmadığını göstermezdi. Bence Kamal onu arzuluyor ama sahip olamıyordu. Megan bu ilişkiyi bitirmeye çalışmıştı ama Kamal buna tahammül edememişti. Bu cinsel bir maksat değil miydi?

Haberlere artık katlanamadığım için yeniden yukarı çıktım ve yorganımın altına girdim. Çantamı boşaltıp kâğıt parçalarına yazdığım notlarımı, topladığım bilgileri, gölge gibi hareket eden anıları gözden geçirdim ve merak ettim, bunu neden yapıyordum? Neye yarıyordu?

MEGAN

13 Haziran 2013 Perşembe

Sabah

BU SICAKTA uyuyamıyordum. Görünmez böcekler tenime doluşmuştu, göğsüm kızarmıştı ve rahat edemiyordum. Scott da sıcaklık yayıyor gibiydi; yanında yatmak ateşin yanında yatmaya benziyordu. Ondan yeterince uzaklaşamıyordum ve yatağın kenarına yapışmış, örtüleri bir kenara itmiştim. Tahammül edilemezdi. Boş odadaki Japon şiltesine yatmayı düşündüm ama uyanıp yanında olmadığımı görmekten nefret ediyordu. Bu hep hobi odasının alternatif kullanımına ya da orada tek başıma yatarken kimi düşündüğüme dair bir dizi kavgaya neden oluyordu. Bazen ona, *Beni bırak, beni bırak, nefes alayım,* diye bağırmak istiyordum. Uyuyamıyordum ve sinirliydim. Sadece zihnimde bile olsa sanki çoktan kavgaya başlamışız gibi hissediyordum.

Ve zihnimde düşünceler dönüyor, dönüyor, dönüyordu.

Boğuluyor gibi hissediyordum.

Bu ev ne zaman bu kadar küçülmüştü? Hayatım ne zaman bu kadar sıkıcı bir hâl almıştı? Gerçekten istediğim bu muydu? Hatırlayamıyordum. Tek bildiğim, birkaç ay önce kendimi daha iyi hissettiğimdi. Şimdi ise düşünemiyor, uyuyamıyor, çizemiyordum ve kaçma isteğim gittikçe yorucu oluyordu. Geceleyin uyandığımda bunu duyabiliyordum, sessiz ama acımasızdı, yadsınamazdı: Kafamın içinde *Kaç,* diyen bir ses vardı. Gözlerimi kapadığımda kafam geçmiş ve gelecek hayatların resimleriyle doluyordu. İstediğim, sahip olduğum ve vazgeçtiğim şeylerdi bunlar. Rahat edemiyordum çünkü nereye dönsem çıkmaz sokaklara giriyordum: kapanan galerim, bu caddedeki evler, boğucu pilates kadınlarının sıkıcı bakışları, bahçenin sonundaki birilerini bir yerlere götürüp duran ve bana günde onlarca kez olduğum yerde kalakaldığımı hatırlatan demir yolu.

Deliriyormuşum gibi hissediyordum.

Oysa daha birkaç ay önce kendimi daha iyi hissediyor, iyiye gidiyordum. İyiydim. Uyuyabiliyordum. Kâbuslarla korku içinde yaşamıyordum. Nefes alabiliyordum. Evet, yine kaçmak istiyordum. Ama bazen. Her gün değil.

Kamal ile konuşmak iyi gelmişti, bunu inkâr edemezdim. Hoşuma gitmişti. Ondan hoşlanmıştım. Beni daha mutlu kılmıştı. Şimdi ise her şey eksik geliyordu. Konunun özüne hiç gelememiştim. Bu tabii ki benim hatamdı çünkü aptalca, çocukça davranmıştım, çünkü reddedilmekten hoşlanmıyordum. Kaybetmeyi biraz daha iyi öğrenmem gerekiyordu. Utanıyordum. Düşününce bile utançtan yüzüm kızarıyordu. Hakkımdaki son intibasının bu olmasını istemiyordum. Beni tekrar görmesini, daha iyiyken görmesini istiyordum. Ona gidersem bana yardım edeceğini de hissediyordum. O böyle biriydi.

Hikâyenin sonuna gelmeliydim. Birine, yalnızca bir kez anlatmalıydım. Kelimeleri dışımdan dile getirmeliydim. İçimden atamazsam, kendimi yiyip bitirecektim. İçimde bıraktıkları boşluk beni tüketene kadar büyüyüp duracaktı.

Gururumu ve utangaçlığımı yenip yanına gitmeliydim. Dinlemesi gerekiyordu. Dinletecektim.

Akşam

Scott, beni Tara ile sinemada sanıyordu. On beş dakikadır Kamal'ın evinin önünde, kapıyı çalmak için kendimi sakinleştirmeye çalışıyordum. Son görüşmemizden sonra hakkımda düşüneceklerinden çok korkuyordum. Ona üzgün olduğumu göstermek istiyordum, o yüzden sıradan giyinmiştim: kot pantolon ve tişört, azıcık bir makyaj. Onu baştan çıkarmaya çalışmadığımı görmeliydi.

Ön kapısının merdivenlerini çıkıp zile bastığımda kalbim yerinden fırlayacak gibi çarpıyordu. Kimse açmadı. Işıklar yanıyordu ama kimse kapıyı açmadı. Belki de beni dışarıda gizlenirken görmüştü; belki de üst kattaydı ve görmezden gelirse gideceğimi umuyordu. Gitmeyecektim. Ne kadar kararlı davranabileceğimi bilmiyordu. Bir kez kararımı verdikten sonra dikkate alınması gereken bir güce sahip olurdum.

Zile yeniden bastım ve sonra bir kez daha. En sonunda merdivenlerdeki ayak seslerini duydum. Kapı açıldı. Üzerinde eşofman altı ve beyaz bir tişört vardı. Ayakları çıplak, saçları ıslak, yüzü kırmızıydı.

"Megan." Şaşırmıştı ama sinirlenmemişti. Bu da iyi bir başlangıçtı. "İyi misin? Her şey yolunda mı?"

"Özür dilerim," dedim. İçeri girmem için geri çekildi. İçimdeki minnettarlık öylesine güçlüydü ki, aşk gibiydi.

Bana mutfağı gösterdi. Darmadağındı: Tezgâhtaki ve lavabodaki bulaşıklar dağ gibi olmuş, çöp boş hazır yemek paketleriyle dolmuştu. Keyfinin kaçık olup olmadığını merak ettim. Kapının eşiğinde durdum; karşımdaki tezgâha yaslandı, kollarını göğsünde birleştirdi.

"Senin için ne yapabilirim?" diye sordu. İfadesiz bir yüzü vardı. Bu onun terapilerdeki yüzüydü. Gülümsemesi için çimdik atasım gelirdi.

"Sana söylemem gereken-" diye başladıktan sonra durdum çünkü konuya hemen giremezdim, bir önsöze ihtiyacım vardı. Taktik değiştirdim. "Özür dilemek istiyorum," dedim, "olanlar için. Son görüştüğümüzde."

"Sorun değil," dedi. "Endişelenme. Biriyle konuşmak istersen, sana birini tavsiye edebilirim ama ben-"

"Lütfen, Kamal."

"Megan, ben artık terapistin olmaya devam edemem."

"Biliyorum. Bunu biliyorum. Ama başkasıyla yeni baştan başlayamam. Yapamam. Çok ilerledik. Çok yaklaşmıştık. Sana anlatmam gerek. Bir kez. Sonra gideceğim, söz veririm. Seni bir daha asla rahatsız etmeyeceğim."

Başını bir yana doğru yatırdı. Bana inanmadığını anlayabiliyordum. Şimdi bana izin verirse, bir daha benden kurtulamayacağını düşünüyordu.

"Lütfen beni dinle. Çok uzun sürmeyecek, sadece birinin beni dinlemesine ihtiyacım var."

"Kocan?" diye sordu, başımı iki yana salladım.

"Yapamam, ona anlatamam. Onca zamandan sonra olmaz. Beni... beni artık eskiden gördüğü gibi görmez. Lütfen, Kamal. Zehri içimden atmazsam, bir daha uyuyamayacağımı hissediyorum. Lütfen bir terapist değil, bir dost olarak dinle."

Arkasına döndüğünde omuzları biraz düştü, galiba bitmişti. Çok üzüldüm. Sonra dolabı açıp iki bardak çıkardı.

"Dost olarak o zaman. Şarap ister misin?"

Bana oturma odasını işaret etti. Ayaklı lambaların aydınlattığı oda loştu, mutfaktaki soğukluk burada da vardı. Üzeri gazetelerle, dergilerle ve eve sipariş mönüleriyle dolu cam bir masada karşılıklı oturduk. Bardağımı ellerimde sıkı sıkı tutmuştum. Bir yudum aldım. Şarap kırmızı, soğuk ve tozluydu. Yuttum, bir yudum daha aldım. Başlamamı bekliyordu ama bu tahmin ettiğimden daha zordu. Bu sırrı çok uzun süre saklamıştım. On yıl, hayatımın üçte biri. Şimdi açığa çıkarmak kolay değildi. Konuşmaya başlamam gerektiğini biliyordum. Şu an başlamazsam, kelimeleri dışımdan söyleyecek cesareti asla bulamayacaktım. Hepsini kaybedebilirdim, boğazıma yapışıp uykumda beni boğabilirlerdi.

"Ipswich'ten ayrıldıktan sonra Mac'in evine taşındım. Yolun sonundaki, Holkham dışında bir kır eviydi. Sana bundan bahsetmiştim değil mi? Çok ıssızdı, en yakın komşu birkaç kilometre uzakta, en yakın mağazalar birkaç kilometre daha uzaktaydı. Başlarda sürekli parti veriyorduk. Sürekli oturma odasında ya da yazın dışarıdaki hamakta uyuyan birileri olurdu. Ama bundan sıkılmıştık ve Mac'in arası en sonunda herkesle bozuldu ve insanlar gelmemeye başladı. Sadece ikimiz kalmıştık. Günler geçip gidiyordu ve kimseyi gördüğümüz yoktu. Market alışverişimizi benzin istasyonundan yapıyorduk. Şimdi düşününce çok tuhaf ama o zaman yaptığım her şeyden sonra –Ipswich ve bütün o erkeklerden sonra– buna ihtiyacım vardı. Sadece ben, Mac, eski tren rayları, çimenler, kum tepeleri ve dalgalı gri deniz, bu çok hoşuma gidiyordu."

Kamal başını yana yatırdı ve hafifçe gülümsedi. İçimin darmaduman olduğunu hissediyordum. "Kulağa çok hoş geliyor. Ama sence durumu romantikleştirmiyor musun? 'Dalgalı gri deniz' ?"

"Onu boş ver," dedim, elimle savuşturarak. "Ve hayır, asla. Sen hiç Norfolk'a gittin mi? Adriyatik gibi değil. Dalgalı ve acımasızca gri."

Ellerini kaldırıp gülümseyerek, "Tamam," dedi.

Kendimi bir an daha iyi hissettim, boynumdaki ve omuzlarımdaki gerginlik akıp gitmişti. Şaraptan bir yudum daha aldım; acılığı azalmıştı.

"Mac ile mutluydum. Yaşamak isteyeceğim bir yer ya da hayatmış gibi görünmese de, Ben'in ölümü ve sonrasında olanlar öyle hissetmeme yol açmıştı. Mac beni kurtarmıştı. Beni aldı, sevdi, korudu. Ve sıkıcı biri değildi. Dürüst olmak gerekirse, çok fazla uyuşturucu kullanıyorduk ve sürekli uçmuş olduğunda insan sıkılmıyordu. Mutluydum. Gerçekten mutluydum."

Kamal başıyla onayladı. "Anladım, gerçi bu bana gerçek bir mutluluk gibi gelmedi pek," dedi. "Devam edecek, seni ayakta tutacak türde değil."

Güldüm. "On yedi yaşındaydım. Beni heyecanlandıran, bana tapan bir adamla birlikteydim. Annemden ve babamdan, her şeyin, *her şeyin* bana ölen ağabeyimi hatırlattığı evden uzaktaydım. Bunun ne devam etmesini, ne de beni ayakta tutmasını istiyordum. Sadece o an buna ihtiyacım vardı."

"Peki ne oldu?"

O sırada sanki oda kararmıştı. İşte o hiç söylemediğim şeye gelmiştik.

"Hamile kaldım."

Başıyla onayladı, devam etmemi bekliyordu. Bir tarafım beni durdurmasını, daha çok soru sormasını istese de sormadı, sadece bekledi. Oda daha da kararıyordu.

"Ondan... kurtulmam gerektiğini anladığımda çok geçti. Kızımdan. O kadar aptal, o kadar *ihmalkâr* olmasaydım bunu yapardım. Gerçek şu ki, bebek ikimiz tarafından da istenmiyordu."

Kamal ayağa kalktı, mutfağa gitti ve gözlerimi silmem için bir parça kâğıt havluyla geri geldi. Bana doğru uzatıp oturdu. Biraz sessizlikten sonra devam ettim. Kamal tıpkı seanslarımızdaki gibi oturuyordu. Gözlerimin içine bakıyordu, ellerini kucağında birleştirmişti, sabırlı ve hareketsizdi. O sessizlik, o dinginlik inanılmaz bir otokontrol gerektiriyordu; çok yorucu olmalıydı.

Bacaklarım titriyordu, dizim sanki bir kuklacının ipine bağlıymış gibiydi. Durdurmak için ayağa kalktım. Avuçlarımı kaşıyarak mutfak kapısına doğru yürüyüp geri geldim.

"İkimiz de çok aptaldık," dedim. "Neler olduğunu doğru düzgün kabullenmiştik bile, sadece devam ediyorduk. Doktora gitmedim, doğru besinleri yemedim ya da takviye almadım, yapmam gereken hiçbir şeyi yapmadım. Sadece hayatımızı yaşamaya devam ettik. Bir şeylerin değiştiğini kabullenmemiştik. Gittikçe şişmanladım, yavaşladım, yoruldum. İkimiz de öfke dolmuştuk ve sürekli kavga ediyorduk ama o doğana kadar hiçbir şeyin gerçekten değiştiği yoktu."

Ağlamama izin verdi. Ben ağlarken en yakınımdaki sandalyeye oturdu. Dizleri neredeyse baldırıma değecekti. Öne doğru eğildi. Bana dokunmadı ama vücutlarımız yakındı. Bu pis odada bile onun temiz, keskin ve sert kokusunu alabiliyordum.

Sesim fısıltıya dönüşmüştü, kelimeleri yüksek sesle söylemek doğru gelmiyordu. "Onu evde doğurdum," dedim. "Aptalcaydı ama en son Ben öldüğünde hastaneye gittiğim için tekrar gitmek istemiyordum. Üstelik hiçbir muayeneye de gitmemiştim. Sigara içiyordum, biraz içki içiyordum, uyarılarla yüzleşemedim. Hiçbiriyle yüzleşemedim. Galiba... sonuna kadar hiçbir şey gerçek gibi değildi, sanki olmayacak gibiydi.

"Mac'in hemşire bir arkadaşı vardı. Ya da hemşirelik eğitimi almıştı. Öyle bir şeyler. O geldi ve benim için yeterliydi. Çok kötü değildi. Yani, tabii ki berbattı, acı doluydu ve korkutucuydu ama... işte doğmuştu. Küçücüktü. Kaç kilo olduğunu tam hatırlamıyorum. Bu korkunç değil mi?" Kamal tek kelime etmedi, kıpırdamadı. "Çok güzeldi. Gözleri kahverengi, saçları sarıydı. İlk başından itibaren çok ağlamadı, güzelce uyudu. İyiydi. İyi bir kızdı." Orada bir an durmam gerekti. "Her şeyin çok zor olacağını sanmıştım ama olmadı."

Hâlâ karanlıktı, bundan emindim ama baktığımda Kamal'ın gözlerimin içinde yumuşak bir ifadeyle baktığını gördüm. Dinliyordu. Ona anlatmamı istiyordu. Ağzım kurumuştu, şaraptan bir yudum daha aldım. Yutmakta zorlanıyordum. "Ona Elizabeth adını verdik. Libby." Bu kadar uzun zamandan sonra adını sesli söylemek çok tuhaftı. "Libby," dedim yeniden, adının ağzımdaki bıraktığı tadı hissederek. Tekrar tekrar söylemek istiyordum. En sonunda Kamal uzanıp elimi avucunun içe aldı, başparmağını bileğime, nabzımın üzerine koydu.

"Bir gün Mac ile kavga ettik. Ne hakkındaydı, hatırlamıyorum. Ara sıra kavga ederdik, büyüyen küçük kavgalar. Fiziksel bir şey yoktu, öyle kötü bir şey olmuyordu ama birbirimize bağırıp gitmekle tehdit ediyorduk ya da o gidiyordu ve ben de onu birkaç gün görmüyordum.

Doğduğundan beri ilk kez kavga etmiştik. Beni terk edip gitti. Libby henüz birkaç aylıktı. Çatı akıyordu. Mutfaktaki kovalara damlayan suyun sesini hatırlıyorum. Denizden esen soğuk rüzgâr dondurucuydu; günlerdir yağmur yağıyordu. Oturma odasında ateş yakmıştım ama devamlı sönüyordu. Artık çok yorulmuştum. Sırf ısınmak için içiyordum ama işe yaramıyordu, ben de banyoya girmeye karar verdim. Libby'yi de yanımda götürüp göğsüme koydum, başı hemen çenemin altındaydı."

Oda gittikçe karardı, ta ki yeniden kendimi orada, suyun içinde yatarken görene kadar. Libby göğsümdeydi, başımın hemen arkasında mum yanıyordu. Eriyişini duyabiliyor, kokusunu alıyor, boynumdaki ve omuzlarımdaki soğuk havayı hissedebiliyordum. Bedenim ılık suda aşağıya kaydıkça ağırlaştım. Bitkindim. Sonra aniden mum söndü ve üşüdüm. Çok üşüdüm, dişlerim birbirine vurmaya başladı, bütün vücudum titriyordu. Sanki ev de titriyor gibiydi, rüzgâr uğulduyor, çatının kaplamalarını yırtıyordu.

"Uyuyakaldım," dedim ve gerisini getiremedim çünkü onu yeniden hissedebiliyordum ama artık göğsümde değildi. Bedeni kolumla küvet kenarının arasına sıkışmıştı ve yüzü suya dönüktü. İkimiz de çok üşüyorduk.

Bir an ikimiz de kıpırdamadık. Ona bakamıyordum ama baktığımda benden uzak durmadı. Tek kelime etmedi. Kolunu omzuma sarıp beni kendine doğru çekti, yüzüm göğsündeydi. Kokusunu içime çekip farklı hissetmeyi, hafiflemeyi, artık bu olayı bilen başka biri daha olduğu için daha iyi ya da daha kötü hissetmeyi bekledim. Galiba rahatlamıştım çünkü tepkisinden doğru şeyi yaptığımı anlamıştım. Bana kızmamıştı, benim bir canavar olduğumu düşünmüyordu. Burada güvendeydim, onun yanında tamamen güvendeydim.

Kollarında ne kadar kaldığımı bilmiyordum. Kendime geldiğimde telefonum çalıyordu. Cevaplamadım ama hemen sonra mesaj geldiğini haber veren bip sesini duydum. Scott'tandı. *Neredesin?* Saniyeler sonra telefon yeniden çalmaya başladı. Bu kez arayan Tara'ydı. Kamal'ın kollarından ayrılıp cevap verdim.

"Megan, nerelerde olduğunu bilmiyorum ama Scott'ı araman gerek. Beni dört kez aradı. Şarap almaya çıktığını söyledim ama bana inandığını pek sanmıyorum. Telefonunu açmadığını söyledi." Sinirlenmişe benziyordu ve onu yatıştırmaya çalışmam gerektiğini bilsem de buna enerjim yoktu.

"Tamam," dedim. "Teşekkürler. Onu şimdi arayacağım."

"Megan-" dedi ama tek bir söz daha duymadan telefonu kapadım.

Saat onu geçiyordu. İki saatten fazla bir süredir buradaydım. Telefonumu kapayıp Kamal'a döndüm.

"Eve gitmek istemiyorum," dedim.

Başıyla onayladı ama onda kalabileceğimi söylemedi. Onun yerine, "İstersen bir daha gelebilirsin. Başka bir zaman," demekle yetindi.

Öne doğru bir adım atarak vücutlarımız arasındaki boşluğu kapadım, parmak uçlarımda yükselip dudaklarından öptüm. Geri çekilmedi.

RACHEL

3 Ağustos 2013 Cumartesi

Sabah

DÜN GECE rüyamda ormanda tek başıma yürüdüğümü gördüm. Ya alacakaranlık çökmüştü, ya da şafak söküyordu, emin değilim ama orada biri daha vardı. Onu göremedim, sadece orada olduğunu ve peşimden geldiğini biliyordum. Görülmek değil, yalnızca kaçmak istiyordum ama dizlerimde derman yoktu ve bağırmaya çalıştığımda sesim çıkmadı.

Uyandığımda jaluzilerin arasından parlak güneş ışığı sızıyordu. Yağmur işini bitirip gitmişti. Oda sıcaktı. Berbat kokuyordu, acı ve ekşi. Perşembeden beri buradan hiç çıkmamıştım. Dışarıdan elektrikli süpürgenin çıkardığı uğultuları duyabiliyordum. Cathy temizlik yapıyordu. Daha sonra dışarı çıkacaktı; böylece ben de odadan çıkabilirdim. Ne yapacağımı bilmiyordum, pek iyi değildim. Belki bir gün boyunca daha içersem yarın hemen kendime gelebilirdim.

Telefonum kısacık çalarak bana şarjının bitmek üzere olduğunu belirtti. Şarja takmak için elime aldığımda dün geceden iki cevapsız çağrım olduğunu gördüm. Telesekreteri aradım. Bir mesajım vardı.

"Rachel, merhaba. Ben annen. Dinle, yarın Londra'ya geliyorum. Cumartesi. Biraz alışeriş yapmam gerek. Kahve falan içelim mi? Tatlım, gelip bende kalman için iyi bir zaman değil. Yani... yeni bir arkadaşım var ve ilk aşamalarının nasıl olduğunu bilirsin." Kıkırdadı. "Neyse, birkaç hafta sana yetecek kadar borç vermekten mutluluk duyacağım. Yarın bunu konuşuruz. Tamam, tatlım. Hoşçakal."

Ona doğru söylemem, işlerin nasıl kötü olduğunu ona tam olarak anlatmam gerekiyordu. Bu tamamen ayıkken etmek isteyeceğim türde bir sohbet değildi. Yataktan sürünerek çıktım: Şimdi dükkâna gidip dışarı çıkmadan önce birkaç kadeh içebilirdim. Biraz yumuşamış olurdum. Yeniden telefonuma bakıp cevapsız çağrıları kontrol ettim. Yalnızca biri annemdendi, diğeri Scott'tı. Sabah bire çeyrek kala mesaj bırakmıştı. Elimde telefonla oturup geri aramam gerekip gerekmediğini düşündüm. Şimdi olmazdı, çok erkendi. Belki sonra? Bir kadehten sonra, ya da iki.

Telefonu şarja takıp jaluzileri topladım ve pencereyi açtıktan sonra banyoya gidip soğuk bir duş aldım. Cildimi lifleyip saçlarımı yıkadım ve zihnimde eşinin cesedinin bulunmasından henüz kırk sekiz saat sonra gecenin bir yarısı başka bir kadını aramanın çok tuhaf olduğunu söyleyip duran sesi susturmaya çalıştım.

Akşam

Yağmur dinmişti ve güneş kalın, beyaz bulutun arasından sızmak üzereydi. Kendime bir şişe küçük şarap almıştım Yalnızca bir tane. Almamalıydım ama annemle yiyeceğim öğle yemeği, ömrü boyunca içki içmemiş bir yeşilaycının iradesini bile test ederdi. Yine de banka hesabıma 300 £ aktaracağına söz vermişti ve bu o kadar da zaman kaybı olmayacaktı.

İşlerin ne kadar kötü gittiğini kabul etmedim. Aylardır çalışmadığımdan ya da kovulduğumdan (tazminatım ödenene kadar onun parasıyla idare edeceğimi sanıyordu) ona söz etmedim. İçki konusunda her şeyin nasıl kötüye gittiğini de söylemedim ve o da fark etmedi. Cathy fark etmişti. Bu sabah evden çıkarken karşılaştığımda bana şöyle bir bakıp, "Ah, Tanrı aşkına. Şimdiden mi?" demişti. Bunu nasıl beceriyordu, bilmiyordum ama hep anlıyordu. Yarım kadeh bile içmiş olsam bir bakışıyla anlıyordu.

"Gözlerinden anlıyorum," demişti ama kendime aynada baktığımda tamamen aynı görünüyordum. Sabrı da, anlayışı da tükenmek üzereydi. Buna bir son vermeliydim. Ama bugün olmazdı. Bugün yapamazdım. Bugün çok zordu.

Buna hazırlanmam, bunu bekliyor olmam gerekirdi ama nedense öyle olmadı. Trene bindiğimde her yerdeydi, yüzü her gazeteden beliriyordu: Güzel, sarışın, mutlu Megan, tam kameraya, bana doğru bakıyordu.

Biri arkasında *The Times*'ı bırakmıştı, ben de haberleri okudum. Dün gece resmi olarak teşhis edilmiş, bugün de otopsisi yapılacaktı. Polis sözcüsü, "Bayan Hipwell'in ölüm nedenini bulmak zor olabilir çünkü cesedi bir süre dışarıda kalmış ve günlerce de suyun içinde durmuş," diye konuşmuştu. Fotoğrafı gözlerimin önündeyken bunu düşünmek korkunçtu. O zaman nasıl görünüyordu, şimdi nasıl.

Kamal'in gözaltına alınıp bırakılmasından kısaca bahsedilmişti. Dedektif Gaskill, "Birçok ipucunun peşinde olduklarını," söylüyordu ve bu da bence ipuçlarının olmadığı anlamına geliyordu. Gazeteyi kapadım ve ayağımın dibine koydum. Artık ona bakamıyordum. Bu umutsuz, boş sözcükleri okumak istemiyordum.

Başımı pencereye yasladım. Az sonra yirmi üç numaranın önünden geçecektik. Bir an baktım ama rayların bu tarafındayken bir şey göremeyecek kadar uzaktık. Kamal'ı gördüğüm günü, Megan'ı öpüşünü, ne kadar sinirlendiğimi ve karşısına çıkmayı nasıl istediğimi düşündüm. Yapsaydım neler olurdu? Oraya gidip, kapıyı çalıp, ne halt ettiğini sandığını sorsaydım neler olurdu? Hâlâ orada, terasında olur muydu?

Gözlerimi kapadım. Northcote'ta biri binip yanımdaki koltuğa oturdu. Gözlerimi açmadım ama bu çok tuhaftı çünkü trenin yarısı boştu. Tüylerim diken diken olmuştu. Sigara dumanına karışan tıraş sonrası losyonunun kokusunu alabiliyordum ve bu kokuyu daha önce de duyduğumdan emindim.

"Merhaba."

Ona baktığımda kızıl saçlı adamı, istasyondaki, *o* cumartesi geceki adamı hemen tanıdım. Bana gülümsüyordu, tokalaşmak için elini uzatmıştı. O kadar şaşırmıştım ki, tokalaştım. Avucu sert ve nasırlıydı.

"Beni hatırladın mı?"

"Evet," dedim, bir yandan da başımı iki yana sallayarak. "Evet, birkaç hafta önce, istasyonda."

Başını evet anlamında sallayıp gülümsedi. "Biraz sarhoştum," dedi, sonra güldü. "Bence sen de öyleydin değil mi güzelim?"

Hatırladığımdan daha gençti, yirmilerinin sonlarında olabilirdi. Hoş bir yüzü vardı, yakışıklı değildi, hoştu. Kocaman bir gülümsemesi vardı. Aksanı Doğu Londralı ya da Eustonlıydı. Sanki benim hakkımda bir şey biliyormuş, benimle dalga geçiyormuş, aramızda bir espri varmış gibi bakıyordu. Yoktu. Gözlerimi kaçırdım. Ona bir şeyler söylemek, *Ne gördün?* diye sormak istiyordum.

"İyi misin?" diye sordu.

"Evet, iyiyim." Yine pencereden bakıyordum ama gözlerinin üzerimde olduğunu hissedebiliyordum. Ona doğru dönüp giysilerindeki ve nefesindeki sigarayı koklamak istedim. Sigara dumanının kokusunu seviyordum. Tom da ilk tanıştığımızda sigara içiyordu. Bir şeyler içmek için dışarıya çıktığımızda ya da seviştikten sonra ben de onunla birlikte bir tane içerdim. O koku bana erotik geliyordu; mutlu olmayı hatırlatıyordu. Dişlerimi alt dudağıma geçirip bir anda ona doğru dönüp dudaklarından öpersem ne yapacağını düşündüm. Vücudunun hareketlerini hissediyordum. Öne eğildi ve ayaklarımın dibindeki gazeteyi aldı.

"Korkunç değil mi? Zavallı kız. Çok tuhaf, çünkü o gece oradaydık. O gece olmuş değil mi? O gece kaybolmuş."

Sanki aklımı okumuştu, şaşkına dönmüştüm. Dönüp ona baktım. Gözlerindeki ifadeyi görmek istiyordum. "Pardon?"

"Seninle trende tanıştığım o gece. Kızın kaybolduğu geceydi. Cesedi bulunan kızın. En son da istasyonda görüldüğü söyleniyormuş. Belki onu görmüşümdür diye düşünüp durdum. Ama hatırlamıyorum. Çok sarhoştum." Omuzlarını silkti. "Sen bir şey hatırlamıyorsun değil mi?"

Bunu söylediğinde çok tuhaf hissettim. Daha önce böyle hissettiğimi hiç hatırlamıyordum. Aklım tamamen başka yerlere gittiği için cevap veremedim ama bunun nedeni sözleri değil, tıraş sonrası losyonuydu. Sigara kokusuna karışmış bu koku, taze, limonlu, aromatikti ve tıpkı şu anda olduğu gibi trende onun yanına oturduğumu hatırladım. Ama diğer yöne doğru gidiyorduk ve biri çok yüksek sesle gülüyordu. Eli kolumdaydı, bir şeyler içmeye gitmeyi teklif ediyordu ama aniden bir şeyler oldu. Korkmuştum, kafam karışmıştı. Biri bana vurmaya çalışıyordu. Yumruğun geldiğini hissedip eğilmiştim, başımı korumak için ellerimi kaldırmıştım. Artık trende değildim, sokaktaydım. Kahkahayı ya da bağırışı yeniden duyabiliyordum. Merdivenlerdeydim, kaldırımdaydım, çok karmaşıktı, kalbim deli gibi çarpıyordu. Bu adamın yakınlarında olmak istemiyordum. Ondan uzaklaşmak istiyordum.

Ayağa kalkıp vagondaki diğer insanların da duyması için, "Özür dilerim," dedim ama burada kimse yok gibiydi ve etraflarına da bakmıyorlardı. Adam şaşkınlık içinde bana baktı ve geçmem için bacaklarını çekti.

"Özür dilerim, güzelim," dedi. "Seni üzmek istemezdim."

Elimden geldiğince hızlı bir şekilde ondan uzaklaştım ama tren sallandı ve neredeyse dengemi kaybedecektim. Düşmemek için en yakınımdaki koltuğa oturdum. İnsanlar bana bakıyordu. Aceleyle bir sonraki vagona ve oradan da bir sonrakine geçtim; trenin en sonuna varana kadar buna devam ettim. Nefesim kesilmişti ve korkmuştum. Açıklayamıyordum, neler olduğunu hatırlayamıyordum ama o korkuyu ve karmaşayı hissedebiliyordum. Arkamdan gelirse göreyim diye o yöne bakan koltuklardan birine oturdum.

Avuçlarımla göz çukurlarıma bastırarak konsantre oldum. Hatırlamaya, az önce gördüğümü görmeye çalıştım. İçtiğim için kendime küfrettim. Ayık olsaydım... ama işte hatırladım. Karanlıktı ve benden uzakta yürüyen bir adam vardı. Yoksa benden uzakta yürüyen bir kadın mıydı? Üzerinde mavi elbise olan bir kadın. Anna'ydı bu.

Kan başıma hücum etmişti, kalbim çok hızlı çarpıyordu. Gördüğüm, hissettiğim doğru muydu, hayal miydi, yoksa yaşanmış mıydı, bilmiyordum. Gözlerimi sıkıca kapadım ve yeniden hissetmeye, yeniden görmeye çalıştım ama olmadı.

ANNA

3 Ağustos 2013 Cumartesi

Akşam

Tom askerden arkadaşlarıyla buluşup bir şeyler içecekti ve Evie de uyuyordu. Mutfakta oturmuştum, sıcağa rağmen kapılar ve pencereler kapalıydı. En sonunda yağmur durmuştu; şimdi de boğucu bir sıcak vardı.

Sıkılmıştım. Aklıma yapacak hiçbir şey gelmiyordu. Alışveriş yapmak, kendim için biraz para harcamak istiyordum ama bu Evie varken imkânsızdı. O huysuzlanıyordu, ben de strese giriyordum. Bu yüzden sadece evin içinde dolanıyordum. Televizyon izleyemiyor, gazete okuyamıyordum. Bu konu hakkında bir şey okumak, Megan'ın yüzünü görmek, bunu düşünmek istemiyordum.

Ama sadece dört kapı uzağındayken nasıl düşünmeden edebilirdim ki?

Oyun oynamak için birilerini aradım ama herkesin başka planları vardı. Kız kardeşimi bile aramıştım ama tabii ki ondan en az bir hafta öncesinden randevu almak gerekiyordu. Zaten Evie ile zaman geçiremeyecek kadar akşamdan kalma olduğunu söylemişti. O anda ona çok imrenmiştim, bir gece önce kulüpten çıktığımı hayal meyal hatırlayarak koltukta uzanıp gazete okuduğum cumartesileri çok özlemiştim.

Gerçekten çok aptalca olduğunu biliyordum **çünkü** şu anda sahip olduklarım milyon kat daha iyiydi ve güvenceye almak için çok fedakârlık yapmıştım. Şimdi ise bunu sadece korumam gerekiyordu. Boğucu evimde oturup Megan'ı düşünmemeye çalıştım. *Onu* düşünmemeye çalışıyordum ve her ses duyuşumda yerimden fırlıyor, pencerenin önünden bir gölge geçse hemen ürküyordum. Buna tahammül edemiyordum.

Megan'ın kaybolduğu gece Rachel'ın buralarda sarhoşluktan tökezleyerek yürüyüşü aklımdan çıkmıyordu. Tom onu saatlerce aradı ama bulamadı. Ne yaptığını merak etmekten kendimi alamıyordum.

Rachel ile Megan Hipwell arasında bir bağlantı yoktu. Rachel'ı Hipwell'lerin evinde gördükten sonra bundan Dedektif Riley'ye bahsetmiştim ve o da endişelenecek bir şey olmadığını söylemişti. "Sadece meraklının biri," demişti. "Yalnız ve biraz çaresiz. Bir şeylere dâhil olmak istiyor."

Muhtemelen haklıydı. Ama sonra onun evime gelip çocuğumu aldığını düşündüm. Onu çitlerin yanında Evie ile birlikte gördüğümde hissettiğim korkuyu hatırlıyordum. Hipwell'lerin evinin önündeyken yüzündeki o korkunç, soğuk gülümsemesi aklımdaydı. Dedektif Riley, Rachel'ın ne kadar tehlikeli olabileceğini bilmiyordu.

RACHEL

4 Ağustos 2013 Pazar

Sabah

BU SABAH gördüğüm kâbus farklıydı. Yanlış bir şey yapıyordum ama bunun ne olduğunu bilmiyordum. Tek bildiğim, düzeltilemiyor olduğuydu. Tek bildiğim, Tom'un artık benden nefret ettiğiydi. Artık benimle konuşmayacaktı ve tanıdığım herkese yaptığım korkunç şeyi anlatmış, herkes de bana karşı tavır almıştı: eski iş arkadaşlarım, dostlarım, hatta ailem. Bana tiksinti ve kibirle bakıyorlardı. Kimse beni dinlemiyor, ne kadar üzgün olduğumu söylememe izin vermiyordu. Kendimi korkunç ve suçlu hissediyordum. Ne yaptığımın farkında değildim. Uyandığımda rüyanın eski bir anıdan, şu anda hangisi olduğunun bir önemi kalmayan eski bir günahtan kaynaklandığını anlamıştım.

Dün trenden indikten sonra on beş ya da yirmi dakika boyunca Ashbury istasyonunda oyalandım. Kızıl saçlı adamın benimle birlikte trenden inip inmediğini görmeye çalıştım ama hiç iz yoktu. Onu gözümden kaçırdığımı, oralarda bir yerlerde olduğunu, beni takip edebilmesi için eve doğru yürümemi beklediğini düşündüm. Eve koşup vardığımda Tom'un beni bekliyor olduğunu görmeyi nasıl da isterdim. Beni bekleyen biri olduğunu görmeyi.

İçki alıp eve yürüdüm.

Vardığımda ev boştu, kısa süre önce boşaltılmışa benziyordu, sanki Cathy az önce çıkmıştı ama tezgâha bıraktığı notta Damien ile öğle yemeği için Henley'ye gittiği, pazar gecesine kadar da dönmeyeceği yazıyordu. Kendimi huzursuz hissediyor, korkuyordum. Odaları gezdim, bir şeyleri kaldırıp geri koydum. Bir gariplik hissediyordum ama en sonunda bunun benden kaynaklandığını anladım.

Kulaklarımda çınlayan sessizlik, insan sesini andırıyordu. Ben de kendime bir bardak şarap koydum ve bir bardak daha. Sonra Scott'ı aradım. Telefon doğrudan telesekretere düştü: Mesajı başka bir yaşamdan geliyor gibiydi, sesi meşgul, kendine güvenen ve evde güzel bir karısı olan bir adamın sesiydi. Birkaç dakika sonra yeniden aradım. Telefon açıldı ama kimse konuşmadı.

"Alo?"

"Kimsin?"

"Rachel," dedim. "Rachel Watson."

"Ah." Arkadan gürültüler ve bir kadın sesi geliyordu. Annesi olabilirdi.

"Sen... telefonuna yetişemedim," dedim.

"Hayır... hayır. Ben seni mi aradım? Ah. Yanlışlıkla olmuş." Sesi kızgın gibiydi. "Hayır, şuraya koy," dedi ve benimle konuşmadığını anlamam biraz zaman aldı.

"Özür dilerim," dedim.

"Evet." Sesi düz ve hissizdi.

"Çok özür dilerim."

"Teşekkürler."

"Benimle... konuşmak mı istiyordun?"

"Hayır, yanlışlıkla aramışım," dedi, bu kez daha inandırıcı bir şekilde.

"Ah." Telefonu kapatmak istediğini anlayabiliyordum. Onu ailesiyle, kederiyle baş başa bırakmalıydım. Ama bırakmadım. "Anna'yı tanıyor musun?" diye sordum. "Anna Watson'ı?"

"Kimi? Eski kocanın karısını mı kastediyorsun?"

"Evet."

"Hayır. Yani pek sayılmaz. Megan... Megan geçen yıl onların bebeğine biraz bakmıştı. Neden sordun ki?"

Neden sorduğumu bilmiyordum. Bilmem ki. "Görüşebilir miyiz?" diye sordum. "Seninle bir konu hakkında konuşmak istiyorum."

"Hangi konuda?" Canı sıkılmış gibiydi. "Gerçekten pek zamanı değil."

Bu alaycı tavrına üzülüp telefonu kapatmak üzereydim ki, "Ev insan dolu. Yarın olur mu? Yarın öğleden sonra bana gel," dedi.

Akşam

Tıraş olurken kendini kesmişti: Yanağında ve yakasında kan vardı. Saçları nemliydi, sabun ve tıraş sonrası losyonu kokuyordu. Başını salladı. Tek kelime etmeden kenara çekilerek eve girmemi işaret etti. Ev karanlık ve boğucuydu, oturma odasındaki jaluziler kapalıydı, bahçeye açılan çift kanatlı kapının perdeleri örtüktü. Mutfak tezgâhında Tupperware saklama kapları vardı.

"Herkes yemek getiriyor," dedi Scott. Masaya oturmamı işaret etti ama kendisi ayakta kaldı, kollarını serbest bırakmıştı. "Bana bir şey mi söylemek istiyordun?" Otomatiğe bağlamıştı ve gözlerime bakmıyordu. Bozguna uğramış bir hâli vardı.

"Sana Anna Watson'ı sormak istiyordum... Bilmiyorum.

Megan ile olan ilişkisi nasıldı? Birbirlerini severler miydi?"

Kaşlarını çattı, ellerini önündeki sandalyenin arkalığına koydu. "Hayır. Yani... birbirlerini sevmiyor değillerdi. Birbirlerini pek tanımıyorlardı. Bir *ilişkileri* yoktu." Omuzları düşmüştü; yorgundu. "Bunu bana neden soruyorsun?"

Açık olmam gerekiyordu. "Onu gördüm. Galiba onu istasyondaki altgeçitte gördüm. O gece... Megan'ın kaybolduğu gece onu gördüm."

Başını hafifçe iki yana salladı, söylediklerimi kavramaya çalışıyordu. "Pardon? Onu gördün. Sen... sen neredeydin?"

"Buradaydım. Ben... Tom'u, eski kocamı görmek için gelmiştim ama-"

Gözlerini sıkı sıkı kapadı, alnını ovaladı. "Bir dakika, sen buradaydın ve Anna Watson'ı mı gördün? Ve? Anna'nın burada olduğunu biliyorum. Birkaç kapı ötemizde yaşıyor. Polise, istasyona saat yedi civarı gittiğini ama Megan'ı gördüğünü hatırlamadığını söylemiş." Elleri sandalyeyi tuttu, sabrının taştığını görebiliyordum. "Sen tam olarak ne söylüyorsun?"

"İçiyordum," dedim, yüzüm tanıdık bir utançla kızardı. "Tam hatırlamıyorum ama o his-"

Scott elini kaldırdı. "Yeter. Bunu duymak istemiyorum. Eski kocanla, eski kocanın yeni karısıyla ilgili bazı sorunların var, bu çok açık. Benimle, Megan ile hiçbir ilgisi yok değil mi? Tanrım, hiç utanmıyor musun? Burada neler yaşadığıma dair hiçbir fikrin yok mu? Bu sabah polisin beni sorgulamak için içeri aldığını biliyor musun?" Sandalyeye o kadar bastırıyordu ki, kırılacak diye korktum. Kendimi çatırtıya hazırladım. "Karşıma bu saçmalıklarla geliyorsun. Hayatının korkunç bir felaket olmasına üzüldüm ama bana inan, benimkiyle kıyaslanınca çocuk oyuncağı. O yüzden kusura bakmazsan..." Başıyla ön kapıyı işaret etti.

Ayağa kalktım. Kendimi aptal ve gülünç duruma düşmüş hissediyordum. Utanç içindeydim. "Yardım etmek istemiştim. Ben-"

"Yardım edemezsin, tamam mı? Bana yardım edemezsin. Kimse bana yardım edemez. Karım öldü ve polis onu benim öldürdüğüme inanıyor." Sesi yükseliyor, yanaklarında renk noktacıkları beliriyordu. "Onu öldürdüğümü düşünüyorlar."

"Ama... Kamal Abdic..."

Sandalye mutfak duvarına öylesine sert bir şekilde çarptı ki, bacaklarından biri parçalandı. Korku içinde geri sıçradım ama Scott hareket etmemişti. Yumruk yaptığı elleri yanlarından sarkıyordu. Derisinin altındaki damarları görebiliyordum.

"Kamal Abdic," dedi, dişlerini sıkarak, "artık bir şüpheli değil." Sesi sakindi ama kendini tutmaya çalışıyordu. Öfke içinde titrediğini hissedebiliyordum. Ön kapıya doğru yürümek istiyordum ama yolumu ve odaya giren azıcık ışığı kapıyordu.

"Ne söylediğini biliyor musun?" diye sordu, sandalyeyi almak için uzaklaşırken. Tabii ki bilmiyorum, diye düşündüm ama yeniden aslında benimle konuşmadığını fark ettim. "Kamal'da birçok hikâye varmış. Megan'ın benimle mutsuz olduğunu, benim çok kıskanç ve kontrolcü bir koca olduğumu, ona –neydi o?– *duygusal şiddet* uyguladığımı iddia etmiş." Kelimeleri tiksintiyle telaffuz ediyordu. "Kamal, Megan'ın benden korktuğunu söylemiş."

"Ama o-"

"Bunu söyleyen tek kişi o değil. Megan arkadaşı Tara'dan da kendisini bir süre idare etmesini, nerede olduğuna ve ne yaptığına dair yalan söylemesini istemiş."

Sandalyeyi masaya geri yerleştirdi ama sandalye düştü. Koridora doğru bir adım attığımda bana baktı. "Ben suçlu bir adamım," dedi, yüzünde acı vardı. "Cezam çoktan kesildi."

Kırık sandalyeyi bir tekmeyle kenara fırlattıktan sonra geri kalan üç sağlamdan birine oturdu. Kararsız bir şekilde sallandım. Tamam mı, devam mı? Yeniden konuşmaya başladı, sesi öylesine yumuşaktı ki onu nerdeyse duyamıyordum. "Telefonu cebindeydi," dedi. Ona doğru bir adım attım. "Benden bir mesaj vardı. Ona söylediğim son şey, okuduğu son sözler, *Cehenneme kadar yolun var, seni yalancı sürtük*, oldu."

Başını öne eğmişti, omuzları sallanmaya başladı. Ona dokunacak kadar yakındım. Titreyen elimi kaldırıp parmaklarımı hafifçe ensesine koydum. Beni kovmadı.

"Üzgünüm," dedim. Gerçekten de üzgündüm çünkü bu sözleri duyunca, onunla bu şekilde konuşabildiğini düşününce şaşkına dönsem de, birini sevmenin ve ona öfke ya da keder içinde en korkunç kelimeleri söylemenin ne demek olduğunu biliyordum. "Bir mesaj," dedim. "Yeterli değil. Ellerindeki tek şey buysa..."

"Değil, değil mi?" Doğruldu, elimi üzerinden çekti. Masaya doğru yürüyüp karşısına oturdum. Başını kaldırıp bana bakmadı. "Bir gerekçem vardı. Davranışım... Evden çıkıp gittiğinde doğru davranmadım. Hemen telaşlanmadım. Onu yeterince erken aramadım." Acı bir kahkaha attı. "Üstelik Kamal Abdic'e göre şiddet sorunum da var." Bunu söyledikten sonra bana baktı, beni gördü ve bir ışık yandı. Umut. "Sen... Sen polisle konuşabilirsin. Onlara bunun bir yalan olduğunu, adamın yalan söylediğini anlatabilirsin. En azından hikâyeye başka bir boyut kazandırabilir, onu sevdiğimi, mutlu olduğumuzu söyleyebilirsin."

Göğsümde yükselen telaşı hissedebiliyordum. Ona yardım edebileceğimi düşünüyordu. Umutlarını bana bağlamıştı ve benim elimde olan tek şey lanet olası bir yalandı.

"Bana inanmazlar," dedim zayıf bir sesle. "Bana inanmıyorlar. Ben güvenilmez bir tanığım."

Aramızdaki sessizlik büyüyüp odayı doldurdu; çift kanatlı kapıda bir sinek öfke içinde vızıldıyordu. Scott yanağındaki kurumuş kanı çekiştirdi, tırnaklarıyla tenini kazıdığını duyabiliyordum. Sandalyemi geri ittim, bacakları fayansları çizdi, Scott bana baktı.

"Buradaydın," dedi. Sanki on beş dakika önce verdiğim bilgiyi şimdi anlamıştı. "Megan'ın kaybolduğu gece Witney'deydin."

Kulaklarımda zonklayan kan yüzünden onu zar zor duyabiliyordum. Başımla onayladım.

"Bunu polise neden söylemedin?" diye sordu. Çenesindeki kasın seyirdiğini gördüm.

"Söyledim. Onlara bunu söyledim. Ama... ben bir şey görmedim. Hiçbir şey hatırlamıyorum."

Ayağa kalktı, çift kanatlı kapıya doğru yürüyüp perdeyi açtı. Güneş ışığı bir an gözlerimi kamaştırdı. Scott sırtını bana dönmüş, kollarını kavuşturmuştu.

"Sarhoştun," dedi, umursamaz bir tavırla. "Ama bir şey hatırlıyor olman *gerek*. Hatırlıyorsun ki buraya gelmeye devam ediyorsun değil mi?" Yüzüme bakmak için döndü. "Öyle, değil mi? Benimle bu yüzden iletişimini sürdürüyorsun. Bir şey biliyorsun." Durum buymuş gibi konuşuyordu: Soru, suçlama ya da teori değildi. "Arabasını gördün mü?" diye sordu. "Düşün. Mavi Vauxhall Corsa. Gördün mü?" Başımı iki yana salladım, öfke içinde kollarını havaya kaldırdı. "Boş verme. Gerçekten düşün. Ne gördün? Anna Watson'ı gördün ama bunun bir anlamı yok. Sen – haydi ama! Ne gördün?"

Güneş ışığına gözlerimi kırpıştırarak bakıp çaresizlik içinde gördüklerimi birleştirmeye çalıştırsam da işe yaramadı. Gerçek ve yardımı dokunacak hiçbir şey yoktu. Dile getirebileceğim hiçbir şey yoktu. Bir tartışma yaşamıştım. Ya da belki bir tartışmaya tanık olmuştum. İstasyondaki merdivenlerde tökezlemiştim ve kızıl saçlı bir adam kalkmama yardım etmişti. Galiba bana nazik davranmıştı ama yine de beni korkutuyordu. Başımda ve dudağımda bir kesik, kollarımda ise morluklar olduğunu biliyordum. Galiba altgeçitten geçtiğimi hatırlıyordum. Karanlıktı. Korkmuştum, kafam karışmıştı. Sesler duydum. Birinin Megan'ın adını söylediğini duydum. Hayır, bu bir rüyaydı. Gerçek değildi. Kan hatırlıyordum. Başımda ve ellerimde kan vardı. Anna'yı hatırladım. Tom'u hatırlamıyordum. Kamal'ı, Scott'ı ya da Megan'ı da hatırlamıyordum.

Beni izliyor, bir şey söylememi, onu rahatlatacak bir bilgi kırıntısı vermemi bekliyordu ama elimde hiçbir şey yoktu.

"O gece," dedi, "anahtar zaman dilimi o gece." Masaya geri oturdu, bana artık daha yakındı, sırtı pencereye dönüktü. Alnındaki ve üst dudağındaki ter parlıyordu. Sanki ateşlenmiş gibi titriyordu. "Her şey o zaman oldu. Öyle olduğunu düşünüyorlar. Emin olamıyorlar..." Sustu. "Emin olamıyorlar. Hâlinden dolayı... cesedin hâlinden." Derin bir nefes aldı. "Ama o gece olduğunu düşünüyorlar. Ya da hemen sonrasında." Yeniden otomatiğe bağlamıştı, odaya konuşuyordu, bana değil. Odaya ölüm nedeninin kafa travması olduğunu, kafatasının birçok yerine darbe aldığını anlatışını sessizlik içinde dinledim. Cinsel saldırı ya da en azından doğrulayabildikleri bir cinsel saldırı yoktu çünkü cesedin hâli malumdu. Mahvolmuş hâli.

Kendine ve bana geri geldiğinde, gözlerinde korku ve çaresizlik vardı.

"Bir şey hatırlarsan," dedi, "bana yardım etmen gerek. Lütfen, hatırlamaya çalış, Rachel." Dudaklarından dökülen adımı duyunca mideme kramplar girdi. Kendimi perişan hissediyordum.

Eve dönerken trende, söylediklerini düşündüm ve doğru olup olmadığını merak ettim. Kafamın içine hapsolmuş olmaktan kurtulamamamın nedeni bu muydu? Söyleyemediğim bir bilgi mi vardı? Onun için adlandıramadığım ve hissetmemem gereken bir şeyler hissediyordum. Ama bundan fazlası da mı vardı? Aklımda bir şey varsa, o zaman belki biri bana yardım edebilirdi. Psikiyatr gibi biri. Bir terapist. Kamal Abdic gibi.

6 Ağustos 2013 Salı

Sabah

Gözüme uyku girmemişti. Bütün gece düşünüp durmuş, aklımda evirip çevirmiştim. Bu aptal, korkusuz, amaçsız bir şey miydi? Tehlikeli miydi? Ne yaptığımı bilmiyordum. Dün sabah Doktor Kamal Abdic'ten randevu almıştım. Muayenehanesini arayıp danışmadaki kızla konuşmuş, onu adıyla sormuştum. Bana öyle gelmiş de olabilirdi ama kız şaşırmıştı. Benimle bugün, saat dört buçukta görüşebileceğini söyledi. Bu kadar çabuk muydu? Kalbim kaburgalarıma çarpıyordu, ağzım kurumuştu, kıza tamam demiştim. Seansın bedeli 75 £'du. Bu da annemden aldığım 300 £'un çok uzun süre dayanmayacağını gösteriyordu.

Randevuyu aldığımdan beri başka hiçbir şey düşünemez olmuştum. Korkuyordum ama heyecanlıydım da. Bir parçamın Kamal ile görüşme fikrini nefes kesici bulduğunu inkâr edemezdim. Çünkü her şey onunla başlamıştı: Onu görünce hayatımın akışı değişmiş, rayından çıkmıştı. Onu Megan'ı öperken gördükten sonra her şey değişmişti.

Ve onunla konuşmam gerekiyordu. Bir şeyler yapmalıydım çünkü polis yalnızca Scott ile ilgileniyordu. Dün yeniden sorgulamışlardı. Tabii ki doğrulayamıyorlardı ama internette görüntüler vardı: Scott, yanında annesiyle polis merkezine giriyordu. Kravatı o kadar sıkıydı ki, boğuluyor gibi görünüyordu.

Herkes tahminlerde bulunuyordu. Gazeteler, polisin her şeyi hesaba kattığından, bir başka acele yakalama kararı çıkaramayacaklarından bahsediyordu. Soruşturmanın acemice yapıldığından bahsediliyor, personel değişikliğine gidilebileceğinden söz ediliyordu. İnternette Scott hakkında korkunç konuşmalar vardı, teoriler çok acımasız ve mide bulandırıcıydı. Megan'ın geri dönmesi için gözyaşları içinde yaptığı ilk çağrının ekran görüntüleri vardı ve bu görüntülerin yanında hıçkıra hıçkıra televizyona çıkmış, sevdiklerinin başına gelenler yüzünden çılgına dönmüş gibi görünen katillerin fotoğrafları yer alıyordu. Bu korkunçtu, insanlık dışıydı. Bunları hiç görmemesi için dua etmekten başka elimden gelen bir şey yoktu. İçini çok acıtırdı.

Yani aptal ve korkusuz olabilirdim ama Kamal Abdic'i görecektim çünkü diğer spekülatörlerden farklı olarak ben Scott'ı görmüştüm. Ona dokunacak kadar yaklaşmıştım, ne olduğunu biliyordum ve o bir katil değildi.

Akşam

Corly istasyonunun merdivenlerinden çıkarken bacaklarım hâlâ titriyordu. Saatlerdir bu şekildeydim, adrenalin yüzünden kalp atışlarım yatışmak bilmiyordu. Tren tıklım tıklımdı, oturabilmenin imkânı yoktu. Euston'dan binmeye benzemiyordu, ben de vagonun orta yerinde dikilip kaldım. Hapishane hücresine benziyordu. Yavaş yavaş nefes almaya çalışıyordum, gözlerimi ayaklarıma dikmiştim. Hissettiklerimle başa çıkmaya çalışıyordum.

Aşırı bir heyecen, korku, karmaşa ve suçluluk. En çok da suçluluk.

Beklediğim şey bu değildi.

Muayenehaneye vardığımda, katıksız ve kati bir dehşet içindeydim: Bana bakıp bir şekilde bildiğimi anlayacağına ve beni bir tehdit olarak göreceğine kendimi inandırmıştım. Yanlış şeyi söyleyeceğimden, Megan'ın adını söylemekten kendimi alamayacağımdan korkuyordum. Sonra doktorun bekleme odasına doğru yürüdüm, sıkıcı ve tatsızdı, danışmadaki orta yaşlarda bir görevliyle konuştum. Görevli bana pek bakmadan bilgilerimi istedi. Oturup titreyen parmaklarımla *Vogue*'un sayfalarını karıştırmaya başladım. Sıkıldığımı belli etmeden önümdeki işe odaklanmaya ve herhangi bir hasta gibi görünmeye çalıştım.

İçeride iki kişi daha vardı: Yirmili yaşlarındaki bir adam telefonundan bir şeyler okuyordu ve daha yaşlı kadın ise somurtkan bir ifadeyle başını hiç kaldırmadan ayaklarına bakıyordu. Adı okunduğunda bile tepki vermemişti. Sadece ayağa kalkıp yürümüştü, nereye gideceğini biliyordu. Beş on dakika kadar bekledim. Nefesimin sığlaştığını hissedebiliyordum. Bekleme odası sıcak ve havasızdı. Sanki ciğerlerime yeteri kadar oksijen girmiyormuş gibi hissediyordum. Bayılmaktan korkuyordum.

Sonra kapı açıldı ve dışarı bir adam çıktı. Onu düzgün bir şekilde görmeme fırsat bile olmadığı hâlde hemen kim olduğunu anlamıştım. Yalnızca Megan'a doğru ilerleyen bir gölgeden ibaret olduğu zamanlarda, onu ilk gördüğümde Scott olmadığını da anlamıştım. Yalnızca uzun, rahat ve ağır hareket eden bir siluetten ibaretti. Elini uzattı.

"Bayan Watson?"

Gözlerimi gözlerine diktiğimde omurgam boyunca bir elektriklenme hissettim. Elimi eline götürdüm. Sıcak, kuru ve kocamandı, bütün elimi sarmalamıştı.

"Buyrun," dedi, ofisine doğru onu takip etmem gerektiğini işaret ederek. Mide bulantısı ve baş dönmesiyle ardından ilerledim. Megan'ın ayak izlerini takip ediyordum. Bütün bunları o da yapmıştı. Oturmamı işaret ettiği koltuğun karşısındaki koltuğa oturmuştu. Kamal muhtemelen ellerini çenesinin hemen altında, tıpkı bu öğleden sonraki gibi birleştirmiş, muhtemelen aynı şekilde başını sallamış ve "Tamam, bugün benimle ne konuda konuşmak istersiniz?" diye sormuştu.

Ona dair her şey sıcaktı: tokalaşırkenki eli, gözleri, ses tonu. Yüzünde ipuçlarını, Megan'ın kafasını ezerek yaran hırçın vahşinin işaretlerini, ailesini kaybeden travmatik bir mültecinin görüntüsünü aradım. Hiçbir şey göremedim. Bir süre kendimi unuttum. Ondan korkmam gerektiğini unuttum. Orada öylece oturuyor, artık hiç telaşlı hissetmiyordum. Zar zor yutkundum ve söylemem gerekenleri hatırlamaya çalıştım. Ve söyledim de. Ona dört yıldır alkol sorunu yaşadığımı, alkolün evliliğimi ve iş hayatımı bitirdiğini, sağlığımı açık bir şekilde elimden aldığını ve akıl sağlığımı da yitirmekten korktuğumu anlattım.

"Hiçbir şey hatırlamıyorum," dedim. "Bilincim kayboluyor ve nerede olduğumu ya da ne yaptığımı hatırlamıyorum. Bazen korkunç bir şey yapıp yapmadığımı ya da söyleyip söylemediğimi merak ediyorum ve hatırlayamıyorum. Ve eğer...bana biri yapmış olduğum bir şeyi söylerse, onu yapan benmişim gibi gelmiyor. Onu yapanın ben olduğuma inanamıyorum. Ve hatırlamadığınız bir şeyden kendinizi sorumlu tutmanız çok zor. O yüzden kendimi asla yeterince kötü hissetmiyorum. Kötü hissediyorum ama yaptığım şey içimden çıkarılmış oluyor. Sanki bana ait değilmiş gibi."

Bütün gerçekler ağzımdan çıkıvermişti, yanında olduğum ilk birkaç dakikada her şeyi anlatıvermiştim. Tüm bunları anlatmaya çok hazırdım, birine söylemek için sabırsızlanıyordum. Ama bu o olmamalıydı. Dinledi, parlak kehribar gözlerini gözlerime dikmişti, ellerini birleştirmişti ve hiç hareket etmiyordu. Etrafına bakınmıyor ya da not almıyordu. Dinledi. Ve en sonunda hafifçe başını salladı. "Yaptıklarının sorumluluğunu almak istiyorsun ama hatırlayamıyorsan bu sorumluluğu almak, kendini tamamen sorumlu tutmak sana zor geliyor, öyle mi?" diye sordu.

"Evet, öyle, tamamen öyle."

"Peki, biz nasıl sorumluluk alırız? Özür dileyebilirsin. Suç işlediğini hatırlayamıyor bile olsan, özrün ve özrünün ardındaki duygu samimiyetsiz olmaz."

"Ama ben *hissetmek* istiyorum. Ben... daha kötü hissetmek istiyorum."

Bunu söylemek tuhaftı ama bunu sürekli düşünüyordum. Kendimi yeterince kötü hissetmiyordum. Neyden sorumlu olduğumu biliyordum, ayrıntılarını hatırlamasam da yaptığım bütün o korkunç şeyleri biliyordum ama kendimi o eylemlerden bağımsız hissediyordum. Sanki içimden sökülüp alınıyorlardı.

"Hissettiğinden daha kötü hissetmen gerektiğini mi düşünüyorsun? Hataların yüzünden yeteri kadar kötü hissetmiyor musun?"

"Evet."

Kamal başını iki yana salladı. "Rachel, bana evliliğini ve işini kaybettiğini söyledin. Sence bu yeterli bir cezalandırma değil mi?"

Başımı iki yana salladım.

Arkasına doğru biraz yaslandı. "Belki de kendine karşı çok katı davranıyorsundur."

"Davranmıyorum."

"Peki. Tamam. Biraz geri dönebilir miyiz? Sorununun başladığı zamana. Bunun... dört yıl önce başladığını mı söylemiştin? Bana o zamanlardan bahsedebilir misin?"

Direndim. Sesinin sıcaklığı, gözlerinin yumuşaklığı beni tamamen rahatlatmamıştı. Çok da umutsuz değildim. Ona bütün gerçeği anlatmaya başlamayacaktım. Bebek sahibi olmayı nasıl istediğimi anlatmayacaktım. Evliliğimizin bittiğini, kendimi berbat hissettiğimi ve eskiden de içki içtiğimi ama artık her şeyin çığrından çıktığını söyledim.

"Evliliğin bitti, sen... kocanı bıraktın ya da o bıraktı, ya da... birbirinizi mi bıraktınız?"

"Bir ilişkisi vardı," dedim. "Başka bir kadınla görüşüyordu ve ona âşık olmuştu." Başıyla onaylayıp devam etmemi bekledi. "Gerçi onun hatası değildi. Benim hatamdı."

"Neden öyle söylüyorsun?"

"Yani, alkol sorunum ondan önce..."

"Yani fitili ateşleyen, kocanın ilişkisi değil miydi?"

"Hayır, zaten içmeye başlamıştım ve bu durum onu benden uzaklaştırdı, o yüzden..."

Kamal bekledi, devam etmeye zorlamadan öylece oturup sözcüklerin dudaklarımdan dökülmesini bekledi.

"O yüzden beni sevmeyi bıraktı," dedim.

Onun önünde ağladığım için kendimden nefret ediyordum. Neden gardımı alamamıştım, anlayamadım. Ona gerçek şeylerden bahsetmemeli, içeri uydurma sorunlarla, hayali kişilerle girmeliydim. Daha iyi hazırlanmış olmam gerekirdi.

Ona bakıp bir an acımı anladığına inandığım için kendimden nefret ediyordum. Çünkü sanki bana acımış değil de acımı paylaşmış, beni anlamış, yardım etmek istiyormuş gibi bakıyordu.

"Peki Rachel, alkol sorunun evliliğinin çatırdamasından önce başladı. Sence bunun altında yatan nedeni söyleyebilir misin? Yani, herkes söyleyemez. Bazı insanlar depresyona ve bağımlılığa genel olarak sürüklenirler. Senin için özel bir şey var mıydı? Bir ölüm, başka bir kayıp gibi?"

Başımı iki yana salladım, omuzlarımı silktim. Ona bunu söylemeyecektim. Ona bunu söylemeyeceğim.

Biraz bekledikten sonra hemen masadaki saatine baktı.

"Belki bir sonraki seansta bunu konuşuruz?" dedi. Gülümsedi ve ben buz kestim.

Ona dair her şey sıcaktı –elleri, gözleri, sesi– ama gülümsemesi öyle değildi. Dişlerini gösterdiğinde içindeki katili görebiliyordunuz. Midem sert bir topa dönüşmüştü, nabzım yine uzaya fırlatılan bir roket gibiydi, uzattığı elini sıkmadan ofisinden çıktım. Ona dokunmaya tahammülüm yoktu.

Anlıyordum, evet. Megan'ın onda ne gördüğünü anlamıştım ve bunun tek nedeni dikkat çekici yakışıklılığı değildi. Aynı zamanda sakin ve güven vericiydi, sabırlı bir nezaket yayıyordu. Masum, güven veren ya da yalnızca sorunlu biri bütün bunları göremez, o sakinliğinin altında bir kurt olduğunu fark edemezdi. Bunu anlamıştım. Yaklaşık bir saat boyunca içine çekilmiştim. Ona kendimi açmıştım. Kim olduğunu unutmuştum. Scott'a ve Megan'a ihanet etmiştim ve bu yüzden vicdan azabı çekiyordum.

Ama en çok da, yeniden gelmek istediğim için kendimi suçlu hissediyordum.

7 Ağustos 2013 Çarşamba

Sabah

Yanlış bir şey yaptığım, herkesi karşıma aldığım ve herkesin Tom'un yanında yer aldığı o rüyayı yeniden görmüştüm. Hiçbir şeyi açıklayamıyor ya da özür dileyemiyordum çünkü sorunun ne olduğunu bilmiyordum. Rüyayla uyanıklık arasındaki boşlukta, çok uzun zaman önceki –dört yıl önce– ilk ve tek tüp bebek denememizin başarısızlıkla sonuçlanması ve benim yeniden denemek istemem nedeniyle ettiğimiz gerçek kavga aklıma gelmişti. Tom paramız olmadığını söylemişti ve ben de bunu sorgulamamıştım. Parasız olduğumuzu biliyordum, yüklü bir ev kredisi çektmiştik, babasının üzerine yıktığı kötü bir iş anlaşmasından kalan borçları vardı ve bunlarla uğraşmam gerekiyordu. Bir gün paramızın olacağını umuyordum ve bu sırada da her karnı şişmiş kadın gördüğümde, başka birinin mutlu haberlerini her aldığımda akan sıcak ve hızlı gözyaşlarıma hâkim olmalıydım.

Tüp bebek girişimimizin başarısızlığa uğradığını öğrendikten birkaç ay sonra bana yolculuktan bahsetti. Dört geceliğine, büyük kavgayı izleyip biraz deşarj olmak için Vegas'a gidecekti. Sadece o ve eski günlerden benim hiç tanışmadığım birkaç arkadaşı olacaktı. Çok pahalıya patlayacaktı, biliyordum çünkü e-postasının gelen kutusunda uçak ve otel rezervasyonun faturasını görmüştüm. Boks biletlerinin ne kadar tuttuğunu bilmiyordum ama pahalı olduklarını tahmin edebiliyordum. Bir tüp bebek seansını karşılamak için yeterli değildi ama bir başlangıç olabilirdi. Bu konuda korkunç bir kavga etmiştik. Ayrıntıları hatırlamıyordum çünkü bütün öğleden sonramı içerek, onunla bu konuda yüzleşmeye hazırlanarak geçirmiştim ve yüzleştiğimde de bu, mümkün olan en kötü şekilde olmuştu. Ertesi günkü soğukluğunu, konu hakkında konuşmayı reddedişini hatırlıyordum. Dümdüz bir hayal kırıklığına uğramış ses tonuyla benimle yaptıklarım ve söylediklerim hakkında konuşmuş, düğün fotoğrafımızı nasıl kırdığımı, bu kadar bencil olduğu için ona nasıl bağırdığımı, ona işe yaramaz bir koca ve bir yenilgi olduğunu söylediğimi anlatmıştı. O gün kendimden nasıl nefret ettiğimi hatırlıyordum.

Ona bunları söylediğim için elbette haksızdım ama şimdi bu kadar öfkelenmekte haksız olmadığımı görüyordum. Öfkelenmek için her türlü hakka sahiptim değil mi? Bebek sahibi olmaya çalışıyorsak, fedakârlık yapmaya da hazır olmamız gerekmez miydi? Anne olmak için bir uzvumu kesmem gerekseydi bunu yapardım. O da Vegas'ta bir hafta sonundan vazgeçemez miydi?

Biraz yatakta yatıp bunu düşündükten sonra kalktım ve yürüyüş yapmaya karar verdim çünkü bir şey yapmazsam içki almaya gidecektim. Pazardan beri hiçbir şey içmemiştim ve içimdeki mücadeleyi hissedebiliyordum. İçki içmeyi, zihnimi durdurmayı arzulasam da, bir şeyin başarıyla tamamlandığını hissediyordum ve şimdi onu boşa harcarsam çok yazık olacağına dair belli belirsiz hissimi yok etmek istemiyordum.

Ashbury yürümek için pek güzel bir yer değildi, mağazalardan ve banliyöden ibaretti. Düzgün bir parkı bile yoktu. Etrafta kimse olmadığından çok da kötü görünmeyen kasaba merkezine doğru yürüdüm. Püf noktası, bir hedefe doğru yürüdüğüne dair kendini kandırmaktı: Bir nokta seçip oraya doğru ilerliyordum. Pleasance Caddesi'ndeki kiliseyi seçtim. Burası Cathy'nin evine yaklaşık üç kilometre uzaktaydı. Orada bir AA toplantısına katılmıştım. Kendi bölgemde olana gitmek istememiştim çünkü sokakta, süper markette ya da trende görebileceğim biriyle karşılaşmak istemiyordum.

Kiliseye vardığımda arkama dönüp eve doğru kocaman adımlarla yürümeye başladım. Bir amacı, yapacak şeyleri ve gidecek yeri olan bir kadındım. Normaldi. Yanlarından geçtiğim insanları izledim: İki adam sırt çantalarıyla maratona hazırlanmak için koşuyordu, genç kadın siyah bir etek ve beyaz spor ayakkabı giymişti, topukluları çantasındaydı ve işe gidiyordu. Ne sakladıklarını merak etmiştim. İçki içmeye bir son vermek için mi hareket ediyor, hareketsiz kalmak için mi koşuyorlardı? Dün tanıştıkları ve yeniden görmeyi planladıkları katili mi düşünüyorlardı?

Ben normal değildim.

Bunu anladığımda eve neredeyse varmıştım. Düşüncelerimin içinde kaybolmuş, Kamal ile olan bu seansların aslında neyi başarması gerektiğini düşünüp durmuştum: Odadan çıkacak olursa masasının çekmecelerini karıştırmayı mı planlıyordum gerçekten? Bir şeyleri açığa çıkaran detayları söylemeye mi zorlayacak, tehlikeli sulara mı itecektim onu? Muhtemelen benden çok daha akıllıydı; muhtemelen ne yapmaya çalıştığımı anlayacaktı. Sonuçta adının gazetelerde yer aldığını biliyordu. İnsanların onun hakkında hikâyeler öğrenmeye ya da bilgi almaya çalışabileceklerini tahmin edebilirdi.

Başımı öne eğmiş, gözlerimi kaldırıma dikmiş, sağdaki Londis mağazasından geçip olasılıkları arttırmasın diye bakmamaya çalışarak yürüdüm. Ama göz ucuyla adını görmüştüm bile. Başımı kaldırıp baktığımda bir bulvar gazetesinin ön sayfasında kocaman harflerle yazılmış adını gördüm: MEGAN BİR ÇOCUK KATİLİ MİYDİ?

ANNA

7 Ağustos 2013 Çarşamba

Sabah

NCT[*]'DEN KIZLARLA Starbucks'taydım. Pencere kenarında, her zamanki yerimizde oturuyorduk, çocuklar her yere Lego'larını saçmışlardı, Beth (yeniden) kitap kulübüne katılmam için beni ikna etmeye çalışıyordu ve birden içeri Diane girdi. Yüzünde, ilginç bir dedikodu anlatacak kişinin kendini önemli gören ifadesi vardı. Kapıdan ikiz bebek arabasıyla girmeye çabalarken kendini zor tuttu.

"Anna," dedi, yüzünde ciddi bir ifadeyle, "bunu gördün mü?" ve manşetinde MEGAN BİR ÇOCUK KATİLİ MİYDİ? yazan gazeteyi yukarı kaldırdı. Donakalmıştım. Gazeteye bakıp gülünç bir şekilde gözyaşlarına boğuldum. Evie çok korkmuştu. Feryat etti. Korkunçtu.

Kendimi (ve Evie'yi) temizlemek için lavaboya gittim. Geri döndüğümde herkes kısık sesle konuşuyordu. Diane utangaç bir tavırla bana bakıp, "İyi misin, tatlım?" diye sordu. Bunun keyfini yerine getirdiği çok belliydi.

Oradan ayrılmam gerekti, daha fazla kalamazdım. Herkes korkunç bir şekilde endişelenmişti, bunun benim için

---

* Ulusal Kadın Doğum Vakfı

ne kadar berbat bir şey olacağından söz ediyordu ama yüzlerinden okuyabiliyordum: Kınadıklarını yeterince gizleyemiyorlardı. Çocuğunu o canavara nasıl emanet edebildin? Sen dünyadaki en kötü anne olmalısın.

Eve dönerken Tom'u aramaya çalıştım ama telefonu doğrudan telesekretere düştü. Mesaj bırakıp mümkün olduğunca çabuk beni aramasını söyledim. Sakin ve sıradan konuşmaya çalışmıştım ama titriyordum, bacaklarım güçsüz ve sarsaktı.

Gazeteyi almadım ama haberi internetten okumama da engel olamadım. Her şey bulanık gibiydi. "Hipwell soruşturmasına yakın kaynaklar" Megan'ın yedi yıl önce "kendi çocuğunun yasadışı bir şekilde öldürülmesinde parmağı olabileceğini" iddia ediyorlardı. "Kaynaklar" bunun kendisinin öldürülmesinin nedeni de olabileceğini savunmuşlardı. Bütün soruşturmanın görevli dedektifi –Gaskill, kaybolduktan sonra bizimle konuşmak üzere gelen– hiç yorumda bulunmamıştı.

Tom beni geri aradı, toplantı arasındaydı ve eve gelemezdi. Beni sakinleştirmeye çalıştı, bütün duymak istediklerimi söyledi, bu haberlerin çöpten başka bir şey olmadığını anlattı. "Gazetelerde yazanların yarısına inanmaman gerektiğini biliyorsun." Çok yaygara çıkarmadım çünkü Megan'ın gelip Evie ile ilgilenmesini öneren oydu. Kendini berbat hissediyor olmalıydı.

Ve haklıydı da. Bu doğru olmayabilirdi. Ama kim böyle bir haber uydurabilirdi ki? Neden bir insan böyle bir yalan söylesindi? Ve *Biliyordum* diye düşünmekten kendimi alamıyordum. O kadında bir tuhaflık olduğunu her zaman biliyordum. İlk başta biraz çocuksu olduğunu düşünmüştüm ama bundan fazlasıydı, çok *dalgındı*. Benmerkezciydi. Yalan söyleyecek değildim. Öldüğüne mutlu olmuştum. Çok şükür.

Akşam

Yukarıda, yatak odasındaydım. Tom Evie ile televizyon izliyordu. Konuşmuyorduk. Benim hatamdı. İçeri girdiğinde ona yüklenmiştim.

Bütün gün kafamda kurup durmuştum. Elimde değildi, bundan kaçamıyordum, baktığım her yerde o vardı. Burada, evimde, kucağında çocuğumla, onu doyururken, altını değiştirirken, ben uyuduğumda onunla oynarken. Onu Evie ile başbaşa bıraktığım zamanları düşünüyordum ve midem bulanıyordu.

Sonra paranoya başladı, bu evde yaşadığım hemen hemen bütün süre boyunca izleniyormuşum hissine kapılıyordum. İlk başta bunu trenlere bağlıyordum. Pencerelerden tam bize bakan bütün o yüzü görünmeyen bedenler tüylerimi diken diken ediyordu. Buraya taşınmak istememek için elimde olan bir sürü nedenden ilki buydu ama Tom burayı terk edememişti. Satarsak zarar edeceğimizi söylüyordu.

İlk olarak trenler, sonra da Rachel. Rachel bizi izliyor, kapıya dayanıyor, sürekli telefon ediyordu. Bir diğer nedeni de Megan'ın Evie ile burada olduğu zamanlardı: Sanki beni, anneliğimi ölçüp biçiyordu. Çocuğumla kendim başa çıkamadığım için beni yargılıyor gibi sürekli bir gözünün benim üzerimde olduğunu hissediyordum. Böyle düşünmemin tuhaf olduğunu biliyordum. Sonra birden Rachel'ın eve gelip Evie'yi alışı aklıma geldi. Bütün bedenim buz kesti ve hiç de tuhaf olmadığımı düşündüm.

Tom eve geldiğinde kavgaya hazırdım. Ona ultimatom verdim: Taşınmamız gerekiyordu, her şeyin burada olup bittiğini bildiğim hâlde bu evde, bu caddede kalamazdım. Artık nereye baksam yalnızca Rachel'ı değil, Megan'ı da görmem gerekiyordu. Dokunduğu her şeyi düşünmeliydim. Bu çok fazlaydı. Evi iyi bir fiyata satıp satamayacağımızın umurumda olmadığını söyledim.

"Çok daha kötü bir yerde yaşamak zorunda kaldığımızda, ev kredisini ödeyemediğimizde umurunda olur," dedi, çok mantıklı bir şekilde. Anne ve babasından yardım isteyip isteyemeyeceğini sordum –çok paraları vardı– ama onlardan istemeyeceğini, onlardan bir daha asla herhangi bir şey istemeyeceğini söyledi. Sinirlenmişti, bu konuda daha fazla konuşmak istemediğini belirtti. Bunun nedeni, benim için Rachel'dan ayrıldığında anne ve babasının ona nasıl davrandıklarıydı. Onlardan hiç bahsetmemem gerekirdi, bu Tom'u her zaman sinirlendirirdi.

Ama elimde değildi. Kendimi perişan hissediyordum çünkü artık gözlerimi her kapadığımda onu, kucağında Evie ile mutfak masasında oturuyorken görüyordum. Onunla oynuyor, gülümsüyor, sohbet ediyordu ama bana hiç samimi gelmemişti, sanki hiçbir zaman burada olmayı istememişti. Evine gideceği zaman Evie'yi benim kucağıma verdiğinde çok mutlu görünürdü. Sanki bir çocuğu kollarında hissetmekten bile hoşlanmıyor gibiydi.

RACHEL

7 Ağustos 2013 Çarşamba

Akşam

Havanın sıcaklığı dayanılmazdı, gittikçe artıyordu. Evin pencereleri açık olduğu için aşağıdaki sokaktan yükselen karbonmonoksidin tadı alınabiliyordu. Boğazım kaşınıyordu. Telefon çaldığında günün ikinci duşunu alıyordum. Umursamadım, yeniden çaldı. Ve yeniden. Duştan çıktığımda dördüncü kez çalınca cevap verdim.

Sesi telaşlı, nefesi kesikti. "Eve gidemiyorum," dedi. "Her yerde kameralar var."

"Scott?"

"Bunun... gerçekten tuhaf olduğunu biliyorum ama bir yere gitmem lazım, beni beklemedikleri bir yere. Annemin ya da arkadaşlarımın evine gidemem. Ben... arabayla geziniyorum. Polis merkezinden ayrıldığımdan beri geziniyorum..." Sesi gergin geliyordu. "Bir iki saate ihtiyacım var. Oturup düşünmek için. Onlar olmadan, polis olmadan, bana abuk sabuk sorular soran insanlar olmadan. Özür dilerim ama sana gelebilir miyim?"

Tabii ki evet dedim. Bunun tek nedeni endişe içinde ve çaresiz olması değil, onu görmek istememdi. Ona yardım etmek istiyordum. Adresi verdim ve on beş dakika içinde burada olacağını söyledi.

On dakika sonra kapı çaldı: Kısa, keskin ve acil hamlelerle.

"Bunu yaptığım için özür dilerim," dedi ön kapıyı açarken. "Nereye gideceğimi bilemedim." Kapana kısılmış bir hâli vardı: Sarsılmıştı, beti benzi atmıştı ve teni terden sırılsıklamdı.

"Sorun değil," dedim, geçmesine izin vermek için kenara çekilirken. Onu oturma odasına götürüp oturmasını söyledim. Mutfaktan bir bardak su getirdim. Neredeyse tek yudumda hepsini içtikten sonra oturdu, öne eğildi, kollarını dizlerine koydu, başını eğdi.

Konuşmakla susmak arasında kalıp dolandım. Bardağını alıp hiçbir şey söylemeden yeniden doldurdum. En sonunda konuşmaya başladı.

"En kötüsünün olduğunu sanıyorsun," dedi hızla. "Yani, öyle sanarsın değil mi?" Bana baktı. "Karım öldü ve polis onu benim öldürdüğümü düşünüyor. Bundan daha kötüsü ne olabilir?"

Haberlerden ve Megan ile ilgili söylenenlerden söz ediyordu. Bir bulvar gazetesinde, muhtemelen polis teşkilatından biri tarafından sızdırılan Megan'ın bir çocuğun ölümüne karıştığı haberiydi bu. Bu şüpheli, spekülatif bir şeydi, ölmüş bir kadının arkasından karalama kampanyası başlatılmıştı. Alçakçaydı.

"Doğru değil," dedim ona. "Olamaz."

Yüz ifadesi bomboş, anlaşılmazdı. "Dedektif Riley bana bu sabah söyledi," dedi. Öksürüp boğazını temizledi. "Hep duymak istediğim haberdi bu. Bunu nasıl istediğimi," diye devam etti, sesi fısıltıdan farksızdı, "hayal bile edemezsin. Sürekli kafamda bunu kuruyor, nasıl görüneceğini, bana utangaç ve kurnaz bir ifadeyle nasıl gülümseyeceğini, elimi tutup nasıl dudaklarına bastıracağını düşünüp dururdum..." Kaybolmuştu, rüya görüyordu, neden bahsettiğini bilmiyordum. "Bugün," dedi, "bugün Megan'ın hamile olduğu haberini aldım."

Ağlamaya başladı. Ben de hiç var olmamış bir çocuk için, hiç tanımadığım bir kadın için hıçkırıklara boğulmuştum. Ama bu acıya can dayanmazdı. Scott'ın hâlâ nasıl nefes alabildiğine inanamıyordum. Bu onu öldürmüş, hayatını elinden almış olmalıydı. Ama işte bir şekilde hâlâ buradaydı.

Konuşamıyor, hareket edemiyordum. Oturma odası sıcak ve açık pencerelere rağmen havasızdı. Aşağıdaki sokaktan gelen sesleri duyabiliyordum: polis sireni, bağırıp gülüşen genç kızlar, geçen bir arabadan yayılan bass sesi. Normal hayat. Ama burada dünya sona ermişti. Scott için dünya sona ermişti ve ben konuşamıyordum. Orada öyle sessizce, çaresizce, faydasızca dikilmiştim.

Ta ki dışarıdaki basamaklarda ayak sesleri duyana kadar. Cathy her zamanki gibi kocaman çantasında evin anahtarlarını arıyordu. Bu beni hayata döndürmüştü. Bir şey yapmam gerekiyordu: Scott'ın elini tuttuğumda telaş içinde bana baktı.

"Benimle gel," dedim, onu ayağa kaldırarak. Onu koridora çekiştirip Cathy kapıyı açmadan merdivenlerden çıkarmama izin verdi. Yatak odamın kapısını arkamızdan kapadım.

"Ev arkadaşım," dedim açıklamak için. "O... sorular sorabilir. Şu an bunu istemediğini biliyorum."

Başıyla onayladı. Dağınık bir yataktan, çalışma masamın sandalyesine yığdığım temiz ve kirli giysilerden, boş duvarlardan, ucuz mobilyadan oluşan küçük odama baktı. Utanmıştım. Bu benim hayatımdı: dağınık, hırpani, küçük. Kıskanılacak türden değildi. Bunu düşünürken Scott'ın şu anda hayatımın ne durumda olduğunu çok umursadığını zannederek saçmaladığımı fark ettim.

Yatağa oturmasını işaret ettim. Elinin tersiyle gözlerini silerek dediğimi yaptı. Ağır ağır nefes alıyordu.

"Sana bir şey getireyim mi?" diye sordum.

"Bira?"

"Evde alkol tutmuyorum," dedim. Bunu söylerken kızardığımı hissedebiliyordum. Scott fark etmemiş, bana bakmamıştı bile. "Çay yapayım mı?" Yeniden başıyla onayladı. "Uzansana," dedim. "Dinlen." Ayakkabılarını çıkarıp hasta bir çocuk gibi uysal bir şekilde söylediğimi yaptı.

Aşağı inip su ısıtıcısını kaynatırken Cathy ile biraz konuştum. Northcote'ta öğle yemeği için ("harika salataları olan") yeni keşfettiği mekândan ve işe yeni giren kadının ne kadar can sıkıcı oluşundan bahsedişini dinledim. Gülümseyip başımla onayladım ama can kulağıyla dinlediğim yoktu. Vücudum gerilmişti: Çatırtı ya da ayak sesi çıkarır korkusuyla Scott'a kulak kesilmiştim. Onun burada, yatağımda, yukarıda olması inanılır gibi değildi. Bunu düşününce başım dönüyordu, sanki bir rüyaydı.

Cathy en sonunda sustu ve bana baktı, alnını kırıştırmıştı. "Sen iyi misin?" diye sordu. "Beni... dinlemiyor gibisin."

"Sadece biraz yorgunum," dedim. "Kendimi pek iyi hissetmiyorum. Galiba yatacağım."

Beni şöyle bir süzdü. İçmediğimi biliyordu (bunu her zaman anlayabiliyordu) ama muhtemelen içmeye başlayacağımı düşünüyordu. Umurumda değildi, şu an bunu düşünemezdim; Scott'ın çayını alıp Cathy'ye *Sabah görüşürüz,* diyerek yukarı çıktım.

Odamın kapısının önünde durup dinledim. Sessizdi. Dikkatlice kapının kolunu çevirip açtım. Aynı şekilde yatmaya devam etmişti, elleri yanlarındaydı ve gözleri kapalıydı. Yumuşak ve düzensiz nefes alış verişlerini duyabiliyordum. Scott yatağın yarısını kaplıyordu ama ben onun yanında kalan boşluğa yatmak, kolumu göğsüne koymak, onu teselli etmek istiyordum. Bunun yerine hafifçe öksürüp çayı uzattım.

Oturdu. Kısık sesle, "Teşekkürler," diyip fincanı aldı. "Bana bir... sığınak verdiğin için teşekkürler. Nasıl... haberi duyduğumdan beri nasıl olduğumu sana anlatamam."

"Yıllar önce olanlarla ilgili mi?"

"Evet, o."

Bulvar gazetelerinin o hikâyeyi ellerine nasıl geçirdikleri hararetli bir şekilde tartışılıyordu. Spekülasyonlar yayılmıştı, gözler polise, Kamal'a ve Scott'a çevrilmişti.

"Bu bir yalan," dedim. "Değil mi?"

"Tabii ki öyle ama bu biri için bir gerekçe olabilir değil mi? Öyle söylüyorlar. Megan bebeğini öldürmüş, bu da muhtemelen bebeğinin babasına onu öldürmek için bir gerekçe verebilirmiş. Yıllar, yıllar sonra."

"Bu çok saçma."

"Ama herkesin ne söylediğini biliyorsun. Sırf onu kötü biri olarak göstermek için değil, üzerimdeki şüpheyi bertaraf edip bilinmedik birini suçlamak için de bu hikâyeyi uydurmuşum. Kimsenin tanımadığı, geçmişinden birini."

Yatağa, yanına oturdum. Bacaklarımız birbirine neredeyse değiyordu.

"Polis bu konuda ne diyor?"

Omuzlarını silkti. "Pek bir şey söylediği yok. Bu konuda ne bildiğimi sordular. Daha önce bir çocuğu olduğunu biliyor muymuşum? Neler olduğunu biliyor muymuşum? Babasının kim olduğunu biliyor muymuşum? Hayır dedim, bunların hepsi saçmalıktı, o hiç hamile kalmamıştı..." Sesi yeniden çatallaştı. Durdu, çayından bir yudum aldı. "Bu hikâyenin nereden çıktığını, gazetelerde nasıl yer aldığını sordum. Bana bunu söyleyemezlermiş. Bence ondan çıktı.

Abdic'ten." Uzun uzun, titreyerek iç çekti. "Nedenini anlayamıyorum. Neden onun hakkında bu tür şeyler söylesin, anlayamıyorum. Ne yapmaya çalışıyordu, anlayamıyorum. Belli ki fazlasıyla dengesiz."

Aklıma geçen gün tanıştığım adam geldi: Tavırları sakin, sesi yumuşak, gözleri sıcacıktı. Dengesiz bir insandan çok uzaktı. Gerçi o gülümseyişi. "Bunların basında yer alması çok çirkin. Kurallar olmalı..."

"Bir ölünün ardından asılsız şeyler yazamazsın," dedi. Bir an sustuktan sonra, "Bana bu konuda bir şey yayınlamayacaklarını söylemişlerdi... hamileliğiyle ilgili. Henüz olmazdı. Belki de hiç yayınlamayacaklardı. Ama kesinlikle emin olana kadar yayınlamayacaklardı."

"Emin olana kadar mı?"

"O Abdic'in çocuğu değil," dedi.

"DNA testi yapmışlar mı?"

Başını iki yana salladı. "Hayır ama biliyorum. Nasıl olduğunu bilemem ama *biliyorum*. Bebek benden. Bendendi."

"Eğer bebeğin ondan olduğunu düşündüyse, bu onun için bir cinayet gerekçesi olur değil mi?" İstemediği bir çocuktan kurtulmak için annesinden kurtulan ilk adam o olmazdı ama bunu sesli söylemedim. Bu, Scott'a da bir gerekçe verirdi ama bunu da sesli söylemedim. Karısının başka birinden hamile kaldığını düşündüyse... ama bunu yapmış olamazdı. Bu şaşkınlığı, bu kederi gerçek olmalıydı. Hiç kimse bu kadar iyi bir aktör olamazdı.

Scott artık beni dinlemiyor gibiydi. Yatak odasının kapısının arkasına odakladığı gözleri bulanmıştı. Bataklığa batıyormuş gibi yatağın içine batmıştı.

"Biraz burada kalmalısın," dedim. "Uyumaya çalış."

Bana baktı, belli belirsiz gülümsedi. "Sorun olmaz mı?" diye sordu. "Bu çok... Ben çok minnettar olurum. Evde uyumak çok zor geliyor. Tek neden dışarıda beni köşeye sıkıştırmak isteyen insanlar olduğu hissi değil. Sadece bu değil. O. O her yerde, gözümün önünden gitmiyor. Aşağıya indiğimde etrafa bakmıyorum, kendimi bakmamaya zorluyorum ama pencereye gittiğimde geri dönüp terasta olup olmadığını kontrol etmem gerekiyor." Bunları anlatırken gözlerimi acıtan yaşları hissedebiliyordum. "Orada oturmayı severdi. Küçük terasımızda. Orada oturup trenleri seyretmeyi severdi."

"Biliyorum," dedim, elimi koluna koyarak. "Onu bazen orada görürdüm."

"Sesi hâlâ kulaklarımda," dedi. "Sürekli bana sesleniyor. Yatakta yatıyorum ve dışarıdan bana seslendiğini duyuyorum. Onun dışarıda olduğunu düşünüp duruyorum." Titriyordu.

"Uzan," dedim, elindeki fincanı alarak. "Dinlen."

Uyuyakaldığından emin olduktan sonra yanına yattım. Yüzümle kürek kemiğinin arasında santimetreler vardı. Gözlerimi kapayıp kalp atışlarımı ve boynumdaki nabzı dinledim. Onun mutsuz, bayat kokusunu içime çektim.

Saatler sonra uyandığımda gitmişti.

8 Ağustos 2013 Perşembe

Sabah

Kendimi hain gibi hissediyordum. Yanımdan saatler önce ayrılmıştı ve ben onun karısını, çocuğunu öldürdüğüne inandığı adamla, Kamal ile yeniden buluşmak için yollara düşmüştüm. Midem bulanıyordu. Ona planımdan bahsetmeli miydim, bütün bunları onun için yaptığımı anlatmalı mıydım, bilmiyordum. Hatta bunu gerçekten onun için yaptığımdan emin değildim ve bir planımın olduğu da pek söylenemezdi.

Ona kendimden bir şeyler verecektim. Bugünün planı buydu. Ona gerçek bir şeyden bahsedecektim. Çocuk istediğimden bahsedecektim. Bunun onda bir şeyler uyandırıp uyandırmadığına, doğal olmayan bir tepki verip vermeyeceğine ya da nasıl bir tepki vereceğine bakacaktım. Bunun beni nereye götüreceğini görecektim.

Hiçbir yere götürmeyecekti.

Bana kendimi nasıl hissettiğimi, en son ne zaman içki içtiğimi sordu.

"Pazar," dedim.

"Güzel. Çok iyi." Ellerini kucağında birleştirdi. "İyi görünüyorsun." Gülümsedi ve ben onda bir katil görmedim. Geçen gün ne gördüğümü çok merak etmiştim. Acaba uydurmuş muydum?

"Bana geçen geldiğimde içki içme alışkanlığımın nasıl başladığını sormuştunuz." Başıyla onayladı. "Mutsuzdum," dedim. "Biz... ben hamile kalmaya çalışıyordum. Kalamadım ve mutsuz oldum. O zaman başladı."

Kendimi bir anda yeniden ağlarken bulmuştum. Yabancıların nezaketine karşı koymak imkânsızdı: Size bakan, sizi tanımayan, ne yaptıysanız yapın her şeyin hallolacağını söyleyen, acı çektin, incindin, affedilmeyi hak ediyorsun diyen birinin nezaketine. Ona sırlarımı verdim ve bir kez daha burada ne yaptığımı unuttum. Tepkisini görmek için yüzüne bakmıyor, suçluluk ya da şüphe izi yakalamak için gözlerini incelemiyordum. Beni teselli etmesine izin vermiştim.

Nazik ve mantıklıydı. Başa çıkma stratejilerinden bahsediyor, gençliğin benim tarafımda olduğunu hatırlatıyordu.

Belki de hiçbir yere varmıyor değildim çünkü Kamal Abdic'in ofisinden çıkarken kendimi hafiflemiş ve umutlanmış hissediyordum. Bana yardım etmişti. Trende oturdum ve gördüğüm katili gözümde canlandırmaya çalıştım ama onu artık göremiyordum. Onu bir kadını dövebilecek, kafatasını ezebilecek bir adam olarak görmekte zorlanıyordum.

Aklıma korkunç, utanç dolu bir tablo geldi: Kamal narin elleri, insana güven veren tavrı ve ıslık gibi konuşmasıyla, kocaman ve güçlü elli, hırçın, çaresiz Scott ile çok ters düşüyordu. Scott'ın artık eskisi gibi olmadığını kendime hatırlatmam gerekiyordu. Tüm bunlar olmadan önce nasıl bir adam olduğunu devamlı kendime hatırlatmalıydım. Ve Scott'ın tüm bunlar olmadan önce nasıl bir adam olduğunu bilmediğimi de kabul etmeliydim.

9 Ağustos 2013 Cuma

Akşam

Tren, ışıkta durdu. Soğuk cin tonik kutusundan bir yudum alıp Scott'ın evine, Megan'ın terasına baktım. Çok iyi gidiyordum ama buna ihtiyacım vardı. Sarhoş cesaretine. Scott'ı görmeye gidiyordum ve bundan önce Blenheim Caddesi'ndeki bütün tehlikeleri bertaraf etmeliydim: Tom, Anna, polis, basın. Yarım yamalak dehşet ve polis hatıralarıyla dolu altgeçit. Ama beni davet etmişti ve ben de onu reddedememiştim.

Küçük kızı dün bulmuşlardı. Ondan geriye kalanları. East Anglia kıyılarının yakınlarındaki bir çiftlik evinin bahçesine gömülmüştü. Oraya bakmalarını biri söylemişti. Bu sabah gazetelere çıktı:

> Holkham, kuzey Norfolk yakınlarındaki bir evin bahçesine gömülmüş insan kalıntıları bulduktan sonra polis, bir çocuğun ölümüyle ilgili soruşturma başlattı. Çocuğun cesedi, polise geçen hafta cesedi Corly Ormanı'nda bulunan, Witney'de yaşayan Megan Hipwell'in ölümüyle ilgili yürütülen soruştur-

ma sırasında olası bir yasadışı cinayet ihbarı sonrasında bulundu.

Haberleri gördükten sonra bu sabah Scott'a telefon ettim. Cevap vermediği için mesaj bırakarak çok üzgün olduğumu söyledim. Bu öğleden sonra geri aradı.

"İyi misin?" diye sordum.

"Pek sayılmaz." Sesi alkolden kalınlaşmıştı.

"Çok üzüldüm... bir şeye ihtiyacın var mı?"

"*Ben sana söylemiştim* demeyecek birine ihtiyacım var."

"Pardon?"

"Öğleden sonra annem buradaydı. Görünüşe göre her şeyi en başından beri biliyormuş, *bu kızda bir tuhaflık vardı, bir kopukluk, ne ailesi, ne arkadaşı vardı, geldiği yer belli değildi*. Bana daha önce söylememiş olması ilginç." Kırılan bir cam şıngırtısından sonra küfürler duydum.

"İyi misin?" diye sordum yeniden.

"Buraya gelebilir misin?" diye sordu.

"Eve mi?"

"Evet."

"Ben... polis, gazeteciler... Emin değilim..."

"Lütfen. Yanımda biri olsun istiyorum. Megs'i tanıyan, onu seven biri. Bütün bunlara inanmayan biri-"

Sarhoştu, bunu biliyordum ve evet dedim.

Şimdi trende oturmuş, ben de içiyordum ve söylediklerini düşünüyordum. *Megs'i tanıyan, onu seven biri*. Ben onu tanımıyordum ve artık onu sevdiğimden de emin değildim. Elimden geldiğince hızlı bir şekilde içkimi bitirip bir tane daha açtım.

Witney'de indim. Cuma akşamki yolcu izdihamının bir parçasıydım: Sıcak, yorgun kitlelerin içinde, eve gitmek, dışarıda soğuk bir birayla oturmak, çocuklarla akşam yemeği yemek, erkenden yatmak için can atan yalnızca bir başka ücretli köle gibiydim. Cinin etkisiyle miydi, bilmiyordum ama kalabalığın içinde sürüklenmek tarif edilemez derecede güzeldi. Herkes telefonunu kontrol ediyor, ceplerinde tren biletlerini arıyorlardı. Geçmişi, Blenheim Caddesi'ndeki ilk yazımızı hatırlamıştım. Her gece acele içinde eve dönmeye çalışır, merdivenlerden inip istasyondan zar zor çıkar, cadde boyunca koşar adım yürürdüm. Tom evden çalışıyordu ve ben kapıdan içeri girer girmez giysilerimi çıkarırdı. Şimdi bile düşündüğümde yüzümde bir gülümseme beliriyordu: Caddede neşe içinde yürürken sıcaklık yanaklarıma doğru yükselir, sırıtmamak için dudağımı ısırır, onu düşünüp eve varana kadar dakikaları saydığını bildiğim için nefesim hızlanırdı.

Kafam o günlerle o kadar meşguldü ki, Tom, Anna, polis ve fotoğrafçılar yüzünden endişelenmeyi unutmuştum. Endişelenene kadar da Scott'ın kapısına varmış, zili çalmıştım. Kapı açılırken heyecanlanmamam gerektiği hâlde heyecanlanmıştım ama bu konuda vicdan azabı çekmiyordum çünkü Megan sandığım gibi biri çıkmamıştı. Terastaki o güzel, umursamaz kız değildi. Sevgi dolu bir eş değildi. İyi biri bile değildi. Yalancı ve haindi.

O bir katildi.

MEGAN

20 Haziran 2013 Perşembe

Akşam

ELİMDE BİR KADEH şarapla oturma odasındaki koltukta oturuyordum. Ev hâlâ çok dağınıktı. Acaba her zaman böyle, tıpkı ergen bir çocuk gibi mi yaşıyordu? Ergenliğinde ailesini nasıl kaybettiğini düşündüm, belki de böyle yaşıyordu. Onun için üzülüyordum. Mutfaktan geldi ve yanıma rahatça oturdu. Mümkün olsa buraya her gün bir iki saatliğine de olsa gelirdim. Oturup şarabımı içer, elime değen elini hissederdim.

Ama mümkün değildi. Bir amaç vardı ve o bu amacı gerçekleştirmemi istiyordu.

"Tamam, Megan," dedi. "Artık hazır olduğunu hissediyor musun? Bana önceden anlattıklarını tamamlayacak mısın?"

Biraz ona, onun sıcak vücuduna doğru yaslandım. İzin verdi. Gözlerimi kapayınca oraya, banyoya dönmem uzun sürmedi. Tuhaftı çünkü uzun süre bunu, o günleri, o geceleri düşünmemek için çabalamıştım ama şu anda gözlerimi kapatınca sanki uykuya dalar, bir rüyanın ortasına düşer gibi hemen kendimi orada hissediyordum.

Karanlık ve çok soğuktu. Artık küvette değildim. "Neler olduğunu tam olarak bilmiyorum. Uyandığımı, bir sorun olduğunu bildiğimi hatırlıyorum. Daha sonra fark ettiğim şey ise, Mac'in evde olduğu. Bana sesleniyordu. Aşağıdan bağırdığını duyabiliyordum ama hareket edemedim. Banyonun yerinde oturmuştum ve o kollarımdaydı. Sert bir yağmur yağıyordu ve çatının kirişleri çatırdıyordu. Çok üşümüştüm. Mac bana seslenmeyi bırakmadan yukarı çıktı. Kapının eşiğine varınca ışığı açtı." Artık hissedebiliyordum, ışık retinalarımı dağlamıştı. Her şey katı, beyaz ve korkutucuydu.

"Bağırıp ışığı kapamasını söyledim. Görmek istemiyordum, ona bu hâldeyken bakmak istemiyordum. Bilmiyorum. Sonrasında ne oldu bilmiyorum. Mac bana bağırıyordu, yüzüme doğru haykırıyordu. Onu Mac'e verip koştum. Evden çıkıp yağmura, sahile koştum. Ondan sonra ne olduğunu bilmiyorum. Beni aramaya çok sonra geldi. Yağmur hâlâ yağıyordu. Galiba kum tepeciklerinin ortasındaydım. Suya girmeyi düşündüm ama çok korkmuştum. En sonunda beni aramaya geldi. Beni eve götürdü.

"Sabah gömdük. Onu bir çarşafa sardım ve Mac de mezarı kazdı. Bahçenin kenarına, kullanılmayan tren rayının yakınına gömdük. İşaretlemek için üzerine taş koyduk. Bu konuda konuşmadık, herhangi bir konuda da konuşmadık, birbirimize bakmadık. O gece Mac dışarı çıktı. Biriyle buluşması gerektiğini söyledi. Polise gidebileceğini düşündüm. Ne yapacağımı bilmiyordum. Onun, *birinin* gelmesini bekledim. Gelmedi. Bir daha geri dönmedi."

Kamal'ın sıcak oturma odasında oturmuştum, sıcak vücudu yanıbaşımdaydı ve titriyordum. "Hâlâ hissedebiliyorum," dedim. "Geceleri hâlâ hissedebiliyorum. Korktuğum şey bu, uykumu kaçıran şey bu: O evde yalnız olma hissi. Çok korkmuştum, uyumaktan çok korkmuştum. O karanlık odalarda geziniyordum ve onun ağlamasını duyuyor, teninin kokusunu hissediyordum. Birtakım şeyler görüyordum. Gece uyanıyordum ve evde birinin –bir şeyin– olduğundan emin oluyordum. Delirdiğimi düşünüyordum. Öleceğimi düşünüyordum. Belki de orada öylece kalıp bir gün birinin beni bulacağını düşünüyordum. En azından böylece onu bırakmamış olurdum."

Burnumu çekerken eğilip masadaki kutudan bir mendil aldım. Kamal'ın eli sırtımdan belime doğru inip orada kaldı.

"Ama kalacak cesareti kendimde bulamadım. Galiba on gün kadar bekledim, sonra yiyecek bir konserve fasulye bile kalmadı. Eşyalarımı toplayıp oradan ayrıldım."

"Mac'i bir daha gördün mü?"

"Hayır, hiç. Onu en son o gece görmüştüm. Beni öpmemiş, düzgün bir veda bile etmemişti. Yalnızca biraz dışarı çıkması gerektiğini söylemişti." Omuzlarımı silktim. "Hepsi bu."

"Onunla iletişim kurmaya çalıştın mı?"

Başımı iki yana salladım. "Hayır. Çok korkuyordum. Onunla iletişim kurarsam ne yapardı, bilmiyordum. Nerede olduğunu da bilmiyordum, bir cep telefonu bile yoktu. Onu tanıyan insanlarla da iletişimi kaybetmiştim. Bütün arkadaşları göçebe tiplerdi. Hippiler, gezginler. Birkaç ay önce, onun hakkında konuştuktan sonra Google'da onu aradım. Ama bulamadım. Tuhaf..."

"Ne tuhaf?"

"İlk günlerde onu sürekli görürdüm. Mesela sokakta ya da barda bir adam görürdüm ve o olduğundan öylesine emin olurdum ki, kalbim deli gibi çarpmaya başlardı. Kalabalıkların içinde sesini duymaya alışmıştım. Ama uzun bir süre önce bitti. Artık ölmüş olabileceğini düşünüyorum."

"Neden öyle düşünüyorsun?"

"Bilmiyorum... O... bana ölmüş gibi geliyor."

Kamal doğruldu ve nazikçe vücudunu benden uzaklaştırdı. Bana doğru döndü.

"Bence bu muhtemelen senin hayal gücünün ürünü, Megan. Bir zamanlar hayatının büyük bir parçası olmuş kişileri, ilişkin kesildikten sonra gördüğünü sanman çok normal. İlk günlerde ben de sürekli erkek kardeşimi görürdüm. Sana da Mac'in 'ölmüş gibi gelmesi', çok uzun süre önce hayatından çıkıp gitmiş olmasının bir sonucu olabilir. Bir anlamda o sana artık gerçek gibi gelmiyor."

Yeniden terapi üslubuna dönmüştü, artık koltukta oturmuş iki dost değildik. Uzanıp onu kendime doğru çekmek istedim ama sınırı aşmak istemiyordum. Son görüşmemizde gitmeden önce onu öptüğümde yüzünde beliren arzu, hüsran ve öfkeyi hatırladım.

"Artık bu konuyu konuştuğumuza, bana bütün hikâyeyi anlattığına göre, bu Mac ile iletişim kurmaya çalışmana yardımcı olur mu diye merak ediyorum. Geçmişindeki bu konuyu kapatıp mühürleyebilirsin."

Böyle bir öneriyle gelebileceği aklıma gelmişti. "Yapamam," dedim. "Yapamam."

"Sadece biraz düşün."

"Yapamam. Ya benden hâlâ nefret ediyorsa? Ya bu sadece her şeyi yeniden mesele hâline getirirse ya da polisi ararsa?" Ya –burasını ne sesli söyleyebilirdim, ne de fısıldayabilirdim– Scott'a gerçekte kim olduğumu söylerse?

Kamal başını iki yana salladı. "Belki senden nefret ettiği falan yoktur, Megan. Belki de senden hiçbir zaman nefret etmemiştir. Belki o da korkmuştu. Belki vicdan azabı duyuyordu. Senin bana anlattıklarından yola çıkarsam, pek sorumluluk sahibi bir adam değilmiş. Çok genç ve kırılgan bir kızla beraber olmuş ve onu desteğe ihtiyacı olduğu sırada yalnız bırakmış. Belki de olanların sizin ortak sorumluluğunuz olduğunu biliyordur. Belki de bundan kaçmıştı."

Buna gerçekten inanıyor muydu, yoksa yalnızca benim daha iyi hissetmem için mi uğraşıyordu, bilmiyordum. Tek bildiğim, bunun doğru olmadığıydı. Suçu ona atamazdım. Bunu üstlenmem gerekiyordu.

"Seni istemediğin bir şeyi yapmaya zorlayamam," dedi Kamal. "Yalnızca Mac ile iletişime geçmenin sana yardımı olabileceğini düşünmeni istiyorum. Ve bunun nedeni, ona bir şey borçlu olduğunu düşünmem falan değil. Anladın mı? Onun sana bir şey borçlu olduğunu düşünüyorum. Vicdan azabını anlıyorum, gerçekten. Ama o seni terk etti. Tek başınaydın, korkuyordun, telaşlı ve kederliydin. Seni o evde tek başına bıraktı. Uyuyamamana şaşmamalı. Tabii ki uyuma fikri seni korkutur: Uyuyakaldın ve korkunç bir şey oldu. Ve sana yardım etmesi gereken tek kişi de seni yapayalnız bıraktı."

Kamal bunları söylerken kulağıma o kadar da kötü gelmemişti. Sıcak ve ballı sözcükleri dilinden çekici bir şekilde dökülürken onlara neredeyse inananabilirdim. Bütün bunları ardımda bırakmanın, gömmenin, eve, Scott'ın yanına gitmenin ve hayatımı ardıma bakmadan ve çaresizlik içinde daha iyi bir şey olsun diye beklemeden normal insanlar gibi yaşamanın bir yolu olduğuna neredeyse inanabilirdim. Normal insanlar da böyle yapmıyor muydu?

"Bu konuyu düşünecek misin?" diye sordu, elime dokunurken. İçten gülümseyip düşüneceğimi söyledim. Belki de gerçekten ciddiydim, bilmiyorum. Kolunu omuzlarıma dolayıp beni kapıya kadar geçirdi. Dönüp onu yeniden öpmek istedim ama yapmadım.

Onun yerine, "Bu seni son görüşüm müydü?" diye sordum, başıyla onayladı. "Biz...?"

"Hayır, Megan. Yapamayız. Doğru olanı yapmalıyız."

Gülümsedim. "Bu konuda pek iyi sayılmam," dedim. "Hiçbir zaman iyi olmadım."

"İyi olabilirsin. Olacaksın. Şimdi evine git. Kocana git."

Kapıyı kapadıktan sonra evinin önündeki kaldırımda uzun bir süre durdum. Galiba kendimi daha hafif, daha özgür hissediyordum ama bir yandan da daha mutsuzdum. Birden eve, Scott'ın yanına gitmek istedim.

Tam dönüp istasyona doğru yürüyecekken kulaklarında kulaklıkla, başı önünde bir adam kaldırımda koşarak geldi. Üzerime doğru koşarken yolundan çekilmek için geriye doğru bir adım attım ve kaldırımın kenarından kayıp düştüm.

Adam özür dilemedi, dönüp bakmadı bile. Şaşkınlıktan bağıramadım. Ayağa kalkıp bir arabaya yaslandım ve soluklanmaya çalıştım. Kamal'ın evinde hissettiğim huzur aniden kaybolup gitmişti.

Eve geldiğimde düştüğüm sırada elimin kesildiğini fark ettim. Elimi ağzıma da götürmüş olmalıydım çünkü dudaklarıma kan lekesi bulaşmıştı.

RACHEL

10 Ağustos 2013 Cumartesi

Sabah

ERKENDEN UYANDIM. Sokaktaki geridönüşüm kamyonetinin tekerlek sesini ve pencereye vuran yağmurun yumuşak patırtısını duyabiliyordum. Jaluzilerin yarısı yukarı çekilmişti, dün gece kapamayı unutmuştuk. Kendi kendime gülümsedim. Onun arkamdaki sıcak, uykulu ve sert varlığını hissedebiliyordum. Kalçalarımı hareket ettirip ona doğru biraz sokuldum. Kıpırdanıp beni yakaladıktan sonra itti.

"Rachel," dedi sesi, "yapma." Ürperdim. Evde değildim, burası evim değildi. Her şey yanlıştı.

Sırtüstü yattım. Scott doğruluyordu. Bacaklarını yatağın kenarından sarkıttı, sırtı bana dönüktü. Gözlerimi sıkı sıkı kapadım ve hatırlamaya çalıştım ama her şey çok bulanıktı. Gözlerimi açtığımda her şey gözümde hemen canlandı çünkü burası içinde bin kezden fazla uyandığım odaydı: Yatağım buradaydı, doğru açı tam olarak buydu. Şu anda doğrulursam sokağın karşı tarafındaki meşe ağaçlarının tepesini görebilirdim; solda yatak odasının banyosu ve sağda ise gömme dolaplar vardı. Tom ile paylaştığım odanın aynısıydı bu.

"Rachel," dedi yeniden. Elimi uzatıp sırtına dokundum ama hemen ayağa kalkıp bana doğru döndü. Onu ilk kez polis merkezinde gördüğümde olduğu gibi bomboş bakıyordu. Sanki biri içini kazıyıp çıkarmış ve geriye yalnızca kabuğu kalmıştı. Burası Tom ile paylaştığım oda gibiydi ama o bu odayı Megan ile paylaşıyordu. Bu odayı, bu yatağı.

"Biliyorum," dedim. "Özür dilerim. Çok özür dilerim. Hataydı."

"Evet, öyleydi," dedi, gözümün içine bakmıyordu. Banyoya girip kapıyı kapadı.

Yeniden yattım. Gözlerimi kapadığımda içimi bir korkunun kapladığını, kemirip durduğunu hissettim. Ne yapmıştım? İlk geldiğimde çok konuştuğunu hatırlıyordum. Kızgındı, Megan'ı hiçbir zaman sevemeyen annesine kızgındı; Megan hakkında yazan ve başına gelenleri hak ettiğini ima eden gazetelere kızgındı; bütün her şeyi yüzüne gözüne bulaştıran, Megan'ı ve onu başarısızlığa uğratan polise kızgındı. Mutfakta oturmuş bira içiyorduk. Onu dinliyordum. Biralar bitince dışarıdaki verandada oturduk, o sırada öfkesi dindi. Bira içmiş, geçen trenleri izlemiş ve havadan sudan konuşmuştuk: televizyondan, işten, hangi okula gittiğinden falan, tıpkı normal insanlar gibi. Ne hissetmem gerektiğini unutmuştum, ikimiz de unutmuştuk çünkü artık hatırlıyordum. Bana gülümsediğini, saçlarıma dokunduğunu hatırlıyordum.

Bu beni bir dalga gibi çarpıverdi, yüzüme akın eden kanı hissedebiliyordum. Kendi kendime kabul ettiğimi hatırlamıştım. Fikri düşünüp görmezden gelmeyecek, onu kucaklayacaktım. Bunu istiyordum. Jason ile olmak istiyordum. Jess'in akşamları onunla oturup şarap içtiğinde hissettiklerini hissetmek istiyordum. Ne hissetmem gerektiğini unutmuştum. İlk başlarda Jess'in yalnızca hayal gücümün bir ürünü olduğunu ve en kötüsü de Jess'in Megan olduğunu, onun öldüğünü ve cesedinin darbe alıp çürümeye bırakıldığını unutmuştum. Bundan da kötüsü şuydu: Aslında unutmamıştım. Yalnızca umursamamıştım. Umursamamıştım çünkü hakkında söylenenlere inanmaya başlamıştım. Kısacık bir anlığına bile olsa başına gelenleri hak ettiğini de düşünmüş müydüm?

Scott banyodan çıktı. Duş almış, beni teninden yıkayıp atmıştı. Daha iyi görünüyordu ama kahve isteyip istemediğimi sorarken gözlerime bakmadı. İstediğim şey bu değildi: Bunların hiçbiri doğru değildi. Bunu yapmak istemiyordum. Yeniden kontrolümü kaybetmek istemiyordum.

Hızla giyindim ve banyoya gidip yüzüme soğuk su çarptım. Maskaram akmış, göz kenarlarıma bulaşmıştı ve dudaklarım morarmıştı. Isırılmışlardı. Kirli sakalının sıyırdığı yüzüm ve boynum kızarmıştı. Dün geceye hızlı bir dönüş yaşadım. Elleri üzerimdeydi. Mideme sancılar girdi. Kusacak gibi hissedince küvetin kenarına oturdum. Banyo evin geri kalanına göre daha pisti: Lavaboda kir tabakası vardı ve ayna diş macunu lekesiyle dolmuştu. Bardakta yalnızca tek bir diş fırçası vardı. Parfüm, nemlendirici, makyaj malzemesi yoktu. Megan hepsini almış mıydı, yoksa Scott çöpe mi atmıştı, merak etmiştim.

Yatak odasına döndüğümde ondan bir iz –kapının arkasında bir sabahlık, şifonyerde bir tarak, bir çanak dolusu dudak nemlendiricisi, bir çift küpe– aradım ama hiçbir şey yoktu. Dolaba doğru yürüdüm. Elimi tam tutma yerine atmıştım ki, "Kahve hazır!" diye bağırdığını duydum ve irkildim.

Fincanı yüzüme hiç bakmadan verdikten sonra bana sırtı dönük bir şekilde oturdu. Gözlerini raylara ya da ardındaki başka bir şeye dikmişti. Sağıma baktığımda fotoğrafların artık orada olmadığını gördüm. Kafa derimin arkası karıncalandı, tüylerim diken diken oldu. Kahvemi yudumlayıp yutmaya çalıştım. Bunların hiçbiri doğru değildi.

Belki de annesi yapmıştı: Her şeyi temizlemiş, fotoğrafları kaldırmıştı. Annesi Megan'ı sevmiyordu, bunu defalarca söylemişti. Yine de onun dün gece yaptığını kim yapardı? Karısının ölümünün üzerinden daha bir ay bile geçmemişken yabancı bir kadını, hem de kendi yataklarında kim becerirdi? Dönüp bana baktığında aklımı okumuş gibi hissettim çünkü yüzünde tuhaf bir ifade vardı –küçük görme ya da tiksinti– ve ben de ondan iğrendim. Fincanı masaya koydum.

"Gitmem gerek," dedim, karşı çıkmadı.

Yağmur dinmişti. Dışarısı parlaktı ve bulanık sabah güneşine gözlerimi kısarak baktım. Bir adam bana doğru yaklaştı. Ben tam kaldırıma çıktığımda yüz yüze geldik. Ellerimi kaldırdım, yana döndüm ve omuzlarımla çarptım. Bir şeyler söylüyordu ama duymadım. Ellerimi indirmedim, başım önümdeydi, birkaç metre kadar uzaklaşmıştım ki arabasının yanında, elleri kalçasında beni seyreden Anna'yı gördüm. Benimle göz göze geldiğinde başını iki yana salladı, arkasına dönüp ön kapısına doğru koşar adım yürüdü. Bir an öylece kalıp siyah tayt ve kırmızı tişörtlü hafif vücudunu izledim. Keskin bir dejavu hissine kapıldım. Onu daha önce de bu şekilde kaçarken izlemiştim.

Ben taşındıktan kısa süre sonra olmuştu. Tom'u görüp bıraktığım birkaç şeyi almaya gelmiştim. Ne olduğunu bile unutmuşum, önemli değildi, yalnızca eve gidip onu görmek istemiştim. Galiba bir pazardı ve ben cuma günü taşındığım için kırk sekiz saattir yoktum. Sokakta durup arabadan eve bir şeyler taşımasını izlemiştim. Benim taşınmamın üzerinden iki gün geçtikten sonra, yatağım daha soğumamışken eve o taşınıyordu. Çirkin bir aceleydi bu. Beni görmüştü ve ben de ona doğru yürümüştüm. Ona ne söyleyeceğime dair hiçbir fikrim yoktu ve mantıklı olmayacağı da kesindi. Ağladığımı hatırlıyorum. O ise tıpkı şimdi olduğu gibi kaçmıştı. O sırada en kötüsünü bilmiyordum, göstermemişti. Çok şükür. Sanırım bu beni öldürürdü.

Peronda durmuş treni beklerken midem bulanıyordu. Banka oturup kendi kendime bunun nedeninin akşamdan kalma olmam olduğunu tekrarladım. Beş gündür hiçbir şey içmedikten sonra içki alemi yapmanın sonucuydu. Ama bundan fazlası olduğunu biliyordum. Nedeni Anna'ydı, onu görmem ve kaçışını izlerken hissettiklerim yüzündendi. Korkudandı.

ANNA

10 Ağustos 2013 Cumartesi

Sabah

BU SABAH spin dersim için Northcote'e, spora gittim. Sonra yol üzerindeki Matches'ta durup, kendime güzel bir Max Mara mini elbise aldım (Tom beni içinde görünce affedecekti). Mükemmel bir sabah geçiriyordum ama arabamı park ederken Hipwell'lerin evinin önünde bir karmaşa fark ettim –artık orada sürekli fotoğrafçılar oluyor– ve oradaydı. Yine! Buna inanamadım. Rachel bir fotoğrafçının yanından geçti ve kaba görünüyordu. Az önce Scott'ın evinden çıktığına emindim.

Üzülmedim bile. Yalnızca şaşırıp kaldım. Bundan Tom'a söz ettiğimde –sakin ve sıradan bir şekilde– o da benim gibi şaşkına döndü.

"Onu arayacağım," dedi. "Neler olup bittiğini öğreneceğim."

"Bunu zaten denedin," dedim, elimden geldiğince nazik bir şekilde. "Bir işe yaramıyor." Belki de artık bir avukatla görüşmenin, sınırlama emri falan çıkartmanın zamanı geldiğinden söz ettim.

"Aslında bizi rahatsız ettiği yok değil mi?" dedi. "Telefonla aramaları bitti, bize yaklaşmadı ya da eve gelmedi. Endişelenme, tatlım. Ben hallederim."

Rahatsız etme konusunda tabii ki haklı. Ama umurumda değil. Bir sorun var ve ben bunu görmezden gelmeye hazır değilim. Endişelenmememem gerektiğinin söylenmesinden bıktım. Halledeceğini, onunla konuşacağını, eninde sonunda ondan kurtulacağımızı söylemesinden bıktım. Bence işe benim el atmamın zamanı geldi. Onu bir kez daha görürsem, polis memurunu –o kadını, Dedektif Riley'yi– arayacağım. Bana tatlı, iyi biri gibi geldi. Tom'un Rachel için üzüldüğünü biliyorum ama açıkçası o sürtükten sonsuza kadar kurtulmamın zamanı geldi.

RACHEL

12 Ağustos 2013 Pazartesi

Sabah

Wilton Gölü'ndeki otoparktaydık. Havanın gerçekten sıcak olduğu günlerde buraya yüzmeye gelirdik. Bugün Tom'un arabasında yalnızca yanyana oturuyoruz ve açık pencerelerden sıcak rüzgâr giriyordu. Başımı koltuğun kafalığına yaslamak, gözlerimi kapamak, çam ağaçlarının kokusunu içime çekmek ve kuşları dinlemek istiyordum. Elini tutup bütün gün öyle kalmak istiyordum.

Dün gece beni arayıp buluşmak istediğini söylemişti. Bunun, Anna'yı Blenheim Caddesi'nde görmemle bir ilgisi olup olmadığını sordum. Onlarla alakalı olmadığını, oraya gitme amacımın canlarını sıkmak olmadığını anlattım. Bana inandı ya da en azından inandığını söyledi ama yine de sesi endişeli ve biraz gergindi. Benimle konuşması gerektiğini söyledi.

"Lütfen, Rach," dedi. Bunu tıpkı eskiden söylediği gibi söylemişti. Kalbimin yerinden fırlayacağını sandım. "Ben gelip seni alırım, tamam mı?"

Şafak sökmeden uyandım ve saatin beşinde mutfağa inip kahve yaptım. Saçlarımı yıkadım, bacaklarımı tıraşladım, makyaj yapıp üzerimi dört kez değiştirdim. Ve kendimi suçlu hissettim. Aptalca olduğunu biliyorum ama aklıma Scott geldi –yaptığımız şey ve nasıl hissettirdiği– ve yaptığım için pişman oldum çünkü kendimi ihanet etmiş gibi hissetmiştim. Tom'a. İki yıl önce beni başka bir kadın için terk eden adama. Hislerime gem vuramıyordum.

Tom, saat dokuz gibi geldi. Aşağı indiğimde oradaydı, arabasına yaslanmıştı, üzerinde kot pantolon ve eski –göğsüne yattığımda yanağıma değen kumaşının nasıl olduğunu tamamen hatırlayabildiğim kadar eski– gri bir tişört vardı.

"Bu sabah işe gitmeyeceğim," dedi, beni gördüğünde. "Arabayla biraz gezebiliriz diye düşündüm."

Göle giderken pek bir şey konuşmadık. Nasıl olduğumu sordu ve iyi göründüğümü söyledi. Otoparkta oturduğumuz sırada elini tutmayı düşünene kadar Anna'dan bahsetmemişti.

"Evet, hımm, Anna seni gördüğünü söyledi... ve Scott Hipwell'in evinden çıkmış olabileceğini düşünmüş. Bu doğru mu?" Dönüp bana baktı ama aslında bana baktığı yoktu. Bu soruyu sorduğu için utanmış gibi görünüyordu.

"O konuda endişelenecek bir şey yok," dedim. "Scott ile görüşüyorum... Yani, o şekilde *görüşmek* değil. Arkadaş olduk. Hepsi bu. Açıklaması zor. Ona biraz yardım ediyorum. Biliyorsun –tabii biliyorsun– korkunç günler geçiriyor."

Tom başıyla onayladı ama bana hâlâ bakmıyordu. Sol işaret parmağının tırnağını çiğniyordu ve bu da endişe içinde olduğunun kesin kanıtıydı.

"Ama Rach-"

Bana bu şekilde hitap etmeyi bırakmasını istedim çünkü başımı döndürüyor, gülümsetiyordu. Adımı bu şekilde söylediğini en son duyduğumdan beri çok uzun zaman olmuştu ve bu beni umutlandırıyordu. Belki de Anna ile işler pek yolunda gitmiyordu, belki bizimle ilgili bazı iyi şeyleri hatırlamıştı, belki bir parçası beni özlüyordu.

"Ben sadece... Bu konu beni gerçekten endişelendirdi."

En sonunda bana baktı, kocaman kahverengi gözlerini gözlerime dikti ve elini hafifçe, sanki elimi tutacakmış gibi hareket ettirdi ama sonra fikrini değiştirip durdu. "Biliyorum. Yani pek bir şey bilmiyorum ama Scott... Mükemmel bir herif gibi görünüyor olabilir ama bilemezsin değil mi?"

"Onun yaptığını mı düşünüyorsun?"

Başını iki yana salladı, zar zor yutkundu. "Hayır, hayır. Öyle söylemiyorum. Biliyorum... Bak, Anna onların çok kavga ettiklerini söylüyor. Megan bazen ondan biraz korkuyormuş."

"Anna mı söylüyor?" İçimden gelen, o sürtüğün söylediği her şeyi yok saymaktı ama cumartesi günü Scott'ın evindeyken bir şeylerin yolunda gitmediği hissine kapılmış olmamdan kurtulamıyordum.

Başıyla onayladı. "Megan, Evie küçücükken bebek bakıcılığı yapmıştı. Tanrım, son günlerde gazetelerde yazanlardan sonra buna izin vermiş olma fikrine dayanamıyorum. Ama oluyor böyle, değil mi, birini tanıdığını düşünüyorsun ve sonra..." Ağır ağır iç çekti. "Kötü bir şey olmasını istemiyorum. Sana." Gülümsedi, hafifçe omuzlarını silkti. "Seni hâlâ umursuyorum, Rach," dedi ve gözlerimdeki yaşları görmesin diye bakışlarımı kaçırmam gerekti. Tabii ki anlamıştı, elini omzuma koydu ve "Özür dilerim," dedi.

Rahat bir sessizlik içinde bir süre öylece oturduk. Ağlamamı durdurmak için dudağımı sertçe ısırdım. Bunu onun için daha çok zorlaştırmak istemiyordum, gerçekten istemiyordum.

"İyiyim, Tom. İyiye gidiyorum. İyiyim."

"Bunu duyduğuma gerçekten sevindim. Artık-"

"İçki mi? Daha az. İyileşiyorum."

"Güzel. İyi görünüyorsun. Hoş... görünüyorsun." Gülümsediğinde kızardığımı hissettim. Bakışlarını hemen kaçırdı. "Sen... eee... iyi misin, yani, parasal açıdan?"

"İyiyim."

"Gerçekten mi? Gerçekten mi, Rachel, çünkü senin-"

"İyiyim."

"Biraz alsan olmaz mı? Kahretsin, geri zekâlı gibi görünmek istemiyorum ama biraz alsan olmaz mı? Toparlanmak için?"

"Ben gerçekten iyiyim."

Uzandığında nefes alamadım, ona dokunmayı deli gibi istiyordum. Boynunu koklamak, yüzümü kürek kemiklerinin arasındaki o geniş, kaslı boşluğa gömmek istiyordum. Torpido gözünü açtı. "Her ihtimale karşı sana bir çek yazayım mı? Bozdurmana bile gerek yok."

Gülmeye başladım. "Torpido gözünde hâlâ çek mi tutuyorsun?"

O da gülmeye başladı. "Hiç belli olmaz," dedi.

"Kaçık eski karına ne zaman maddi destek vermen gerekeceği mi hiç belli olmaz?"

Başparmağıyla elmacık kemiğimi okşadı. Elimi kaldırıp elini tuttum ve avucunu öptüm.

"Bana söz ver," dedi kısık bir sesle, "Scott Hipwell'den uzak duracaksın. Bana söz ver, Rach."

"Söz veriyorum," dedim ve ciddiydim. Sevinçten ne dediğimi bilmiyordum çünkü benim için yalnızca endişelenmediğini, aynı zamanda beni kıskandığını fark etmiştim.

13 Ağustos 2013 Salı

Sabah Erken

Trendeydim, ray tarafındaki giysi yığınına bakıyordum. Koyu mavi bir giysiydi bu. Galiba siyah kemerli bir elbiseydi. Oraya nasıl geldiğini anlayamamıştım. Mühendislerin bırakmadığı kesindi. Yavaşça hareket ettiğimiz için bakmaya çok zamanım olmuştu ve bu elbiseyi daha önce birinin üzerinde gördüğümü düşündüm. Ne zaman olduğunu hatırlayamıyordum. Hava çok soğuktu. Böyle bir elbise için çok soğuktu. Yakında kar yağabilirdi.

Tom'un evini, evimi görmek için sabırsızlanıyordum. Orada, dışarıda oturuyor olacağını biliyordum. Yalnız olacağını, beni bekliyor olacağını biliyordum. Önünden geçerken ayağa kalkacak, el sallayıp gülümseyecekti. Hepsini biliyordum.

Ama ilk olarak on beş numaranın önünde durduk. Jason ve Jess orada, terasta şarap içiyorlardı ve bu tuhaftı çünkü saat henüz sabah sekiz buçuk bile olmamıştı. Jess'in üzerinde kırmızı çiçekli bir elbise vardı, küçük, gümüş küpeler takmıştı, konuşurken öne arkaya hareket ettiklerini görebiliyordum. Jason arkasında, ayakta duruyordu ve elleri Jess'in omuzlarındaydı. Onlara gülümsedim. El sallamak istediysem de insanların tuhaf olduğumu düşünmelerini istememiştim. Yalnızca izledim ve canım bir bardak şarap çekti.

Yıllardır duruyor gibiydik, tren hâlâ hareket etmemişti. İlerlemek istiyordum çünkü ilerlemezsek Tom orada olmayacaktı ve onu kaçıracaktım. Şimdi Jess'in yüzünü her zamankinden daha net bir şekilde görebiliyordum. Bunun nedeni tıpkı, bir spot lambası gibi doğrudan yüzüne yansıyan parlak ışıktı. Jason hâlâ arkasındaydı ama elleri artık omuzlarında değil, boğazındaydı. Jess rahatsız ve gergin görünüyordu. Onu boğuyordu. Yüzünün kızardığını görebiliyordum. Ağlıyordu. Ayağa kalktım, pencereye vurup durması için bağırdım ama beni duyamıyordu. Biri kolumu tuttu. Bu, kızıl saçlı adamdı. Bana oturmamı, bir sonraki durağa uzak olmadığımızı söyledi.

"O zamana kadar çok geç olur," dedim. O da "Zaten çok geç, Rachel," dedi. Geriye, terasa baktığımda Jess ayaktaydı ve Jason'ın elinde Jess'in sarı saçları vardı. Kafatasını duvara çarpacaktı.

Sabah

Uyanalı saatler olmuştu ama hâlâ güçsüz hissediyordum, koltuğuma otururken bacaklarım titriyordu. Rüyada dehşetle, bildiğim her şeyin yanlış olduğu, Scott ve Megan ile ilgili gördüğüm her şeyi kendim uydurduğum, hepsinin yalan olduğu hissiyle uyandım. Peki ya aklım bana oyunlar oynuyorsa, hayali olanın rüyam olması daha olası değil miydi? Tom'un arabada söyledikleri, geçen gece Scott ile aramda olanlardan sonra vicdan azabıyla harmanlanmıştı: Rüya, her şeyi paramparça eden beynimden ibaretti.

Yine de tren ışıkta durduğunda, o tanıdık dehşet hissi içimde büyüdü ve bakmaya korktum. Pencere kapalıydı, orada hiçbir şey yoktu. Sessiz ve huzur doluydu. Ya da terk edilmiş. Megan'ın sandalyesi hâlâ terasta ve boştu. Bugün hava sıcak olsa da titrememe engel olamıyordum.

Tom'un Scott ve Megan hakkında söylediklerini Anna'dan duyduğunu unutmamam gerekiyordu ve ona güven olmayacağını benden iyi bilen de yoktu.

Dr. Abdic'in bu sabah beni karşılayışı bana biraz gönülsüz geldi. Sanki acı içindeydi, düşecek gibi eğilmiş, elimi sıkarken her zamankinden daha zayıf hissettirmişti. Scott'ın hamilelik konusunda haber yapmayacaklarını söylediğini biliyordum ama ona söyleyip söylemediklerini merak etmiştim. Megan'ın çocuğunu düşünüp düşünmediğini merak etmiştim.

Ona rüyadan bahsetmek istesem de elimdekileri ortaya dökmeden anlatmanın daha iyi bir yolu aklıma gelmediği için yeniden hatırlanan hatıralar ve hipnoz hakkında bir şeyler sordum.

"Yani," dedi, parmaklarını önündeki masaya yayarak, "hipnozun baskılanmış hatıraları yeniden hatırlamak için kullanılabileceğine inanan terapistler var ama bu tartışmaya çok açık. Ben bunu yapmadığım gibi hastalarıma da tavsiye etmiyorum. Bunun işe yaradığına inanmıyorum ve bazı durumlarda zararlı olabileceğini düşünüyorum." Yarım ağızla gülümsedi. "Özür dilerim. Duymak istediğinin bu olmadığını biliyorum. Ama akıl konusunda hızlı düzeltmeler yoktur."

"Bu tür şeyler yapan terapistler tanıyor musunuz?" diye sordum.

Başını iki yana saladı. "Özür dilerim ama tavsiye edemem. Hipnoz altındaki insanların çok kolay etkilendiklerini unutmamalısın. 'Geri gelen' –bu sözcükleri söylerken parmaklarıyla alıntı işareti yaptı– hatıralara her zaman güvenilmez. Onlar gerçek hatıralar değildir."

Tehlikeye atamazdım. Aklımda güvenemeyeceğim, karmaşık, değişen ve hareket eden, başka bir yere bakmam gerekirken beni öteki yöne baktıran daha fazla güvenilmez hatıraya tahammül edemezdim.

"Peki, o hâlde ne öneriyorsunuz?" diye sordum. "Kaybettiklerimi geri getirmenin başka bir yolunu biliyor musunuz?"

Uzun parmaklarını dudaklarına sürttü. "Mümkün, evet. Özellikle bir hatıra hakkında konuşmak, kendini güvende ve rahat hissedeceğin bir şekilde ayrıntılara inmek, işleri berraklaştırabilir..."

"Burada olduğu gibi mi mesela?"

Gülümsedi. "Burada olduğu gibi, burada gerçekten güvende ve rahat hissediyorsan..." Sesi yükseldi, anlamadığım bir soru soruyordu. Gülümsemesi kayboldu. "Görme dışındaki hislere odaklanmak genelde işe yarar. Seslere, hissetmeye... söz konusu olan yeniden hatırlamak olduğunda, koku çok önemlidir. Müzik de çok güçlü olabilir. Belirli bir sonucu, belirli bir günü düşünüyorsan, adımlarını yeni baştan çizdiğini, suçun sahnesine geri döndüğünü hayal edebilirsin, bir bakıma." Bu epey alışıldık bir ifadeydi ama yine de tüylerim diken diken olmuş, kafa derim karıncalanmıştı. "Rachel, belirli bir olay hakkında konuşmak ister misin?"

Elbette istiyordum ama ona bunu söyleyemeyeceğim için, kavga ettikten sonra Tom'a golf sopasıyla saldırışımı anlattım.

O sabah endişe içinde uyanıp hemen korkunç bir şey olduğunu anladığımı hatırlıyordum. Tom yatakta, yanımda değildi ve rahatlamıştım. Sırtüstü yatıp aklımda canlandırmaya çalışmıştım. Ağlayıp durduğumu, onu sevdiğimi söylediğimi hatırlıyordum. Sinirliydi, bana yatağa gitmemi söylüyordu; artık beni dinlemek istemiyordu.

Tartışmanın başladığı akşamın daha erken saatlerini hatırlamaya çalıştım. Çok güzel zaman geçiriyorduk. Çok fazla acı biberli ve kişnişli ızgara karides yapmıştım ve minnettar bir müşterisinin verdiği leziz Chenin Blanc'dan içiyorduk. Dışarıdaki verandada, ilk tanıştığımızda dinlediğimiz albümler olan The Killers ve Kings of Leon eşliğinde yemek yedik.

Gülüp öpüştüğümüzü hatırlıyordum. Ona bir şey hakkında bir hikâye anlatmıştım ama benim kadar komik bulmamıştı. Üzüldüğümü hatırlıyordum. Sonra birbirimize bağırdığımızı, içeri girerken sürgülü kapıya çarptığımda bana yardım etmediği için benim ona bağırdığımı hatırladım.

Ama sorun şuydu: "O sabah uyandığımda aşağıya indim. Benimle konuşmuyor, hatta bana bakmıyordu. Ne yaptığımı anlatması için ona yalvarmam gerekti. Sürekli özür dileyip duruyordum. Telaş içindeydim. Nedenini açıklayamam, anlamsız olduğunu biliyorum ama ne yaptığınızı hatırlayamadığınızda, aklınız boşlukları dolduruyor ve en kötü ihtimalleri düşünüyorsunuz..."

Kamal başıyla onayladı. "Tahmin edebiliyorum. Devam et."

"Eninde sonunda beni susturmak için anlattı. Ah, söylediği bir şeye alınmışım ve sonra kafamı buna takıp onu iğnelemiş, mızmızlanmışım. Vazgeçmeyince o da beni durdurmaya, öpüp aramızı düzeltmeye çalışmış ama izin vermemişim. Sonra beni yalnız bırakmaya, yukarı çıkıp yatağa gitmeye karar vermiş ve her şey o anda olmuş. Elimde bir golf sopasıyla peşinden gitmişim ve kafasını koparmaya çalışmışım. Neyse ki ıskalamışım. Yalnızca koridorun sıvasından bir parça koparmışım."

Kamal'ın ifadesi değişmedi. Şaşırmamıştı. Yalnızca başını sallayarak onayladı. "Yani ne olduğunu biliyorsun ama tam olarak hissedemiyorsun, öyle mi? Kendin hatırlayabilmek, görmek ve kendi hafızanda deneyimlemek istiyorsun, böylelikle –nasıl demiştin?– böylelikle sana *ait* olacak, öyle mi? Ve böylece de kendini tamamen sorumlu hissedeceksin?"

"Yani," diyip omuzlarımı silktim. "Evet. Yani kısmen öyle. Ama bir şey daha var. Sonra, çok daha sonra oldu, haftalar, belki aylar sonra. O geceyi düşünüp durdum. Duvardaki o deliğin önünden her geçişimde bunu düşündüm. Tom ona yama yapacağını söylemişti ama yapmadı ve onu bu konuda taciz etmek istemedim. Bir akşam vakti yatak odamdan çıktığımda onu görüp durdum çünkü hatırlayıvermiştim. Yerdeydim, sırtım duvara dönüktü, hıçkırıklara boğulmuştum, Tom yanımda dikiliyor, sakinleşmem için yalvarıyordu, golf sopası yanımdaki halının üzerindeydi ve hissettim, hissettim. *Dehşete* kapılmıştım. Hatırladıklarım gerçekle örtüşmüyor çünkü öfke ve hiddet hissetmiyordum. Korktuğumu hatırlıyorum."

Akşam

Kamal'ın suç sahnesine geri dönme hakkında söylediklerini düşünüyordum, bu yüzden eve gitmek yerine Witney'e gittim ve altgeçitten hızla koşmak yerine yavaşça ve tam girişe doğru yürüdüm. Ellerimi soğuk, sert tuğlaya koydum ve gözlerimi kapayıp parmaklarımı üzerinde gezdirdim. Hiçbir şey hatırlamadım. Gözlerimi açıp etrafıma bakındım. Yol sessizdi: Birkaç metre ötede, bana doğru yürüyen bir kadından başka kimse yoktu. Geçip giden araba, bağıran çocuklar yoktu, yalnızca uzaktan silik bir siren sesi geliyordu. Güneş bulutun arkasında kalınca üşüdüm, tünelin eşiğine kalakalmış, ilerleyemiyordum. Gitmek için arkama döndüm.

Az önce bana doğru yürüdüğünü gördüğüm kadın tam köşeyi dönmek üzereydi; masmavi yağmurluğuna sarınmıştı. Geçerken bana baktığında hatırladım. Bir kadın... mavi... ışığın niteliği. Hatırladım: Anna. Üzerinde siyah kemerli mavi bir elbise vardı ve tıpkı geçen günki gibi hızlı adımlarla benden uzaklaşıyordu ama bu kez başını çevirip arkasına baktıktan sonra durdu. Kaldırımda, yanında bir araba durdu. Kırmızı bir arabaydı bu. Tom'undu. Pencereden onunla konuşmak için eğildi, kapıyı açtı, içeri girdi ve araba uzaklaştı.

Hatırlamıştım. O cumartesi gecesi altgeçidin girişinde

öylece durmuş, Anna'nın Tom'un arabasına binişini izlemiştim. Ama doğru hatırlıyor olamazdım çünkü bu çok anlamsızdı. Tom beni aramaya arabayla çıkmıştı. Anna arabada, onun yanında değildi, evdeydi. Polis bana öyle söylemişti. Anlamsızdı ve hüsran içinde, bilmediğim için, beynim bir işe yaramadığı için çığlık çığlığa bağırabilirdim.

Caddeyi geçip Blenheim Caddesi'nin sol tarafında yürümeye başladım. Bir süre yirmi üç numaranın karşısındaki ağaçların altında durdum. Ön kapıyı yeniden boyamışlardı. Ben orada yaşarken koyu yeşil, şimdi ise siyahtı. Bunu daha önce fark ettiğimi hatırlamıyordum. Yeşil daha güzeldi. İçeride başka neyin farklı olduğunu merak ettim. Bebek odasının farklı olduğu çok açıktı ama hâlâ yatağımızda mı uyuyorlardı, dudak kremini benim astığım aynanın önünde mi sürüyordu, kafama takılmıştı. Mutfağı yeniden boyamışlar mıydı, yukarıdaki koridordaki sıva deliğini doldurmuşlar mıydı, merak içindeydim.

Oraya gidip siyah boyaya tokmağı vurmak istiyordum. Tom ile konuşmak, ona Megan'ın kaybolduğu geceyle ilgili sorular sormak istiyordum. Ona dünü, arabadayken elini öptüğümde ne hissettiğini sormak istiyordum. Onun yerine orada öylece dikilip gözlerime yaşlar dolduğunu hissedene kadar eski yatak odama baktım. Artık gitme vaktiydi.

ANNA

13 Ağustos 2013 Salı

Sabah

BU SABAH Tom'un işe gitmek için hazırlanışını, gömleğini giyip kravatını bağlayışını izledim. Muhtemelen o günün programına takılan aklı karışıktı. Toplantılar, randevular, kim, ne, nerede. Kıskanmıştım. Hayatımda ilk kez giyinip evden çıkarak bütün gün bir amaç uğruna, bir çekin emrinde koşuşturmasına imrenmiştim.

Özlediğim şey iş değildi –ben emlakçıydım, beyin cerrahı değil, çocukken böyle bir mesleğin hayalini kurmazdınız– ama sahipleri yokken çok pahalı evlere girip çıkabilmeyi, parmaklarımı mermer tezgâhlarda gezdirebilmeyi, gömme dolapları karıştırabilmeyi seviyordum. O şekilde yaşamaya devam edersem hayatımın ve kendimin nasıl olacağını merak edip dururdum. Çocuk büyütmekten daha önemli bir iş olmadığının farkında olsam da sorun, bunun bir değerinin olmamasıydı. Şu anda benim için önemli olan açıdan, yani maddi açıdan beş para etmiyordu. Bu evden, bu caddeden taşınabilmek için daha fazla paramızın olmasını istiyordum. Bu kadar basitti.

Belki o kadar da basit değildi. Tom işe gitmek için evden

çıktıktan sonra Evie ile kahvaltı savaşı vermek üzere mutfak masasına oturdum. İki ay önce her şeyi yediğine yemin edebilirdim. Şimdi ise çilekli yoğurt olmadığı sürece hiçbir şey yemiyordu. Bunun normal olduğunu biliyordum. Saçlarımdaki yumurta sarısından kurtulmaya çalışırken bunu kendime söyleyip durdum. Yerdeki kaşıkları ve ters dönmüş kâseleri toplamak için eğilmiştim. Kendime bunun normal olduğunu söyleyip durdum.

Yine de en sonunda yemek işini hallettikten sonra Evie kendi kendine mutluluk içinde oyun oynarken bir dakika boyunca ağladım. Yalnızca Tom'un olmadığı zamanlarda, gözyaşlarımın süzülmelerine tedbirli bir şekilde izin veriyordum. Yüzümü yıkarken ne kadar yorgun, ne kadar kabarmış ve bakımsız ve korkunç olduğumu fark ettim. Bir elbise ve topuklu ayakkabı giyip, saçlarıma fön çekip biraz makyaj yaptıktan sonra sokakta yürüyüp erkekleri kendime baktırma ihtiyacını yeniden hissetmiştim.

Çalışmayı özlüyordum ama Tom ile tanıştığım, işimin kazançlı olan son senesinde çalışmanın benim için önemini de özlüyordum. Metres olmayı özlüyordum.

Hoşuma gidiyordu. Aslında çok seviyordum. Hiç vicdan azabı çekmemiştim. Çekmişim gibi yapıyordum. Laubali bakıcılarından ya da ofisteki futboldan konuşabilen ve hayatının yarısını sporda geçiren güzel, komik kızdan korkan evli kız arkadaşlarımlayken böyle davranmak zorundaydım. Bu konuda tabii ki berbat hissettiğimi, tabii ki karısına çok üzüldüğümü, bunların olmasını hiç istemediğimi, âşık olduğumuzu söylemek zorundaydım.

Gerçek olan, Rachel'a içki sorununu ve ne kadar zor bir insan olduğunu, Tom'un hayatını nasıl berbat ettiğini öğrenmeden önce bile hiç üzülmemiş olmamdı. Bana gerçekçi gelmiyordu ve zaten ben hâlimden çok memnundum. Öteki kadın olmak insanın başını döndürüyordu, bunu inkâr etmenin bir anlamı yoktu: Kendine hâkim olamayıp sevdiği hâlde uğruna karısını aldattığı kadındınız. Bu da ne kadar karşı konulmaz olduğunuzu gösteriyordu.

Bir tane ev satıyordum. Cranham Caddesi, otuz dört numara. Her şey çok zor ilerliyordu çünkü evle ilgilenen son alıcı ev kredisi alamamıştı. Ekspertiz araştırmalarıyla ilgili bir şeydi. Biz de her şeyin yolunda olduğundan emin olmak için bağımsız bir eksper ayarladık. Satıcılar çoktan taşındıkları ve ev boş olduğu için kapıları açmak amacıyla orada olmam gerekiyordu.

Kapıyı açtığım anda olacaklardan emindim. Daha önce hiç böyle bir şey yapmamıştım hatta hayalini bile kurmamıştım ama bana bakışında, gülümseyişinde bir şeyler vardı. Kendimize engel olamadık, mutfakta, tezgâha dayanarak yaptık. Bu çılgınlıktı ama biz de çılgındık. Bana hep öyle söylerdi. *Benden mantıklı olmamı bekleme, Anna. Sen varken olamam.*

Evie'yi aldım ve birlikte bahçeye çıktık. Kendi kendine kıkırdayarak küçük arabasını yukarı aşağı itiyordu. Sabah huysuzluğu unutulup gitmişti. Bana her güldüğünde kalbim patlayacakmış gibi hissediyordum. Çalışmayı ne kadar özlersem özleyeyim, bunu daha fazla özlerdim. Ve ne olursa olsun, böyle bir şey olmayacaktı. Ne kadar nitelikli olurlarsa olsunlar, ne kadar kefilleri olursa olsun, onu yeniden asla çocuk bakıcılarına bırakmayacaktım. Onu bir daha asla kimseye bırakmayacaktım, Megan'dan sonra olmazdı.

Akşam

Tom mesaj atıp o akşam biraz gecikeceğini söylemişti, bir müşterisini dışarıya bir şeyler içmeye götürmesi gerekiyordu. Evie ile akşam yürüyüşümüze hazırlanıyorduk. Tom ile kullandığım banyodaydık ve altını değiştiriyordum. Işık harikaydı, evin içini zengin, turuncu bir ışıltı doldurmuştu ve güneş bir bulutun ardına gizlenince aniden mavi-gri bir renge dönüştü. Oda çok ısınmasın diye perdeleri yarıya kadar kapamıştım. Yeniden açmaya gittiğimde yolun karşısında durmuş eve bakan Rachel'ı gördüm. Sonra istasyona doğru çekip gitti.

Yatağa oturdum, öfkeden titriyor, tırnaklarımı avuç içlerime batırıyordum. Evie ayaklarını havaya sallıyordu ve öylesine öfkeliydim ki, onu ezme korkusuyla kucağıma almadım.

Bu konuyu halledeceğini söylemişti. Ona cuma günü telefon ettiğini, Rachel'ın Scott Hipwell ile bir arkadaşlık ilişkisi içinde olduğunu kabul ettiğini ama onu artık görme niyetinin olmadığını, bir daha buralarda dolanmayacağını söylemişti. Tom, Rachel'ın ona söz verdiğini ve bu yüzden ona inandığını eklemişti. Rachel'ın mantıklı konuştuğunu, sarhoş gibi görünmediğini, histerik olmadığını, tehditler savurmadığını ya da ona geri dönmesi için yalvarmadığını söylemişti. Tom, onun iyiye gittiğini düşünmüştü.

Birkaç derin nefes aldıktan sonra Evie'yi kucağıma aldım, bacaklarıma yatırdım ve ellerini tuttum.

"Galiba artık bundan bıktım, sen bıkmadın mı, tatlım?"

Bu çok yorucuydu: İşlerin yoluna girdiğini, en sonunda Rachel Meselesi'ni hallettiğimizi her düşündüğümde yine karşıma çıkıyordu. Bazen asla bizi rahat bırakmayacakmış gibi hissediyordum.

İçimde bir yere paslı bir tohum ekilmişti. Tom sorun olmadığını, her şeyin yolunda olduğunu, Rachel'ın bir daha bizi rahatsız etmeyeceğini söylediğinde ama rahatsız edildiğimizde, gerçekten elinden geldiğince ondan kurtulmak istiyor muydu, yoksa derinlerinde bir tarafı Rachel'in bizi bırakmamasından hoşlanıyor muydu, merak ediyordum.

Aşağı inip Dedektif Riley'nin bıraktığı kartı bulmak için mutfak çekmecesini karıştırdım. Fikrimi değiştirmeye fırsat olmadan hemen numarasını çevirdim.

14 Ağustos 2013 Çarşamba

Sabah

Tom yatakta, ellerini kalçama koymuştu, enseme değen nefesi sıcak, tenime değen teni terden kayganlaşmıştı, "Artık yeterince yapmıyoruz," dedi.

"Biliyorum."

"Kendimize daha çok zaman ayırmalıyız."

"Evet."

"Seni özledim," dedi. "Bunu özledim. Daha çok istiyorum."

Dönüp dudaklarından öptüm, gözlerimi sıkı sıkı kapamış, ondan gizli polise başvurmuş olmaktan dolayı duyduğum vicdan azabını bastırmaya çalışıyordum.

"Bence bir yerlere gitmeliyiz," diye mırıldandı, "sadece ikimiz. Biraz uzaklaşmalıyız."

Peki Evie'yi kimle bırakalım, diye sormak istedim. Konuşmadığın annenle babana mı? Ya da kendine bile bakamayacak kadar çelimsiz olan anneme mi?

Söylemedim, hiçbir şey söylemedim, yalnızca onu yeniden öptüm, bu kez daha derin. Eli kasıklarıma doğru kaydı ve sertçe tuttu.

"Ne düşünüyorsun? Nereye gitmek istersin? Morityus? Bali?"

Güldüm.

"Ben ciddiyim," derken geri çekilip gözlerime baktı. "Bunu hak ediyoruz, Anna. Bunu hak ediyorsun. Zor bir yıl oldu değil mi?"

"Ama..."

"Ama ne?" dedi mükemmel gülüşüyle bana bakarken. "Evie için de bir şeyler düşünürüz, merak etme."

"Tom, para konusu ne olacak?"

"İdare edebiliriz."

"Ama..." Bunu söylemek istemiyorum ama söylemek zorundayım. "Evden taşınmayı düşünecek kadar dahi paramız yok ama Morityus ya da Bali'de bir tatil yapacak kadar paramız var, öyle mi?"

Yanaklarını şişirdi, yavaşça nefesini verdi, benden uzaklaştı. Söylememem gerekirdi. Bebek monitörü cızırdayarak devreye girdi: Evie uyanıyordu.

"Onu alayım," dedi, kalkıp odadan çıktı.

Kahvaltıda Evie yapacağını yaptı. Yemeği reddetmek, başını iki yana sallamak, çenesini havaya kaldırmak, dudaklarını sıkıca kapamak, küçük yumruklarıyla önündeki kâseyi ittirmek artık bir oyun hâline gelmişti. Tom'un sabrı hemen taştı.

"Buna ayıracak zamanım yok," dedi bana. "Sen hallet." Yüzünde acılı bir ifadeyle ayağa kalkıp kaşığı bana uzattı.

Derin bir nefes aldım.

Sorun değildi, yorgundu, çok işi vardı, sinirlenmişti çünkü bu sabah tatil fantezisine ortak olmamıştım.

Ama sorun vardı çünkü ben de çok yorulmuştum. Para ve bu evdeki durumumuzla ilgili onun odadan çıkmasıyla sonlanmayan bir konuşma istiyordum. Tabii ki bunu söylemedim. Onun yerine sözümden döndüm ve Rachel'dan bahsettim.

"Yine buralardaydı," dedim, "yani ona her ne söylediysen, işe yaramamış."

Keskin bir bakış attı. "Nasıl buralardaydı?"

"Dün gece buradaydı, evin karşısındaki sokakta duruyordu."

"Yanında biri var mıydı?"

"Hayır. Tek başınaydı. Neden sordun ki?"

"Lanet olsun," dedi ve yüzü gerçekten sinirlendiği zamanlarda olduğu gibi karanlıklaştı. "Ona uzak durmasını söylemiştim. Neden dün gece bana bundan bahsetmedin?"

"Seni üzmek istemedim," dedim usulca, bu konuyu açtığıma çoktan pişman olmuştum bile. "Endişelenmeni istemedim."

"Tanrım!" dedi ve kahvesini gürültülü bir şekilde lavaboya boşalttı. Evie sesten korkup ağlamaya başladı. Bu iyi olmamıştı. "Sana ne diyeceğimi bilmiyorum, gerçekten bilmiyorum. Onunla konuştuğumda iyiydi. Söylediklerimi dinledi ve artık buralara gelmeyeceğine söz verdi. İyi görünüyordu. Sağlıklı görünüyordu aslında, normale dönmüş gibiydi..."

"İyi mi *görünüyordu*?" diye sordum ve sırtını bana dönmeden önce yüzündeki yakalandığını bildiğini gösteren ifadeyi yakaladım. "Onunla telefonda konuştuğunu söylediğini sanıyordum?"

Derin bir nefes aldı, ağır ağır iç çekti, sonra bomboş bir ifadeyle yüzünü bana döndü. "Evet, yani, sana öyle söyledim, sevgilim çünkü onunla görüşürsem üzüleceğini biliyordum. Teslim oluyorum, yalan söyledim. Huzurlu bir hayat için her şeyi yaparım."

"Benimle dalga mı geçiyorsun?"

Gülümsedi, bana doğru adım atarken başını iki yana salladı, elleri hâlâ yalvarır gibi havadaydı. "Özür dilerim, özür dilerim. Benimle yüz yüze konuşmak istedi ve ben de bunun daha iyi olabileceğini düşündüm. Özür dilerim, tamam mı? Sadece konuştuk. Ashbury'deki berbat bir kafede buluştuk ve yirmi dakika, en fazla yarım saat konuştuk. Tamam mı?"

Kollarını bana sardı ve beni göğsüne doğru çekti. Ona

karşı koymaya çalışsam da benden daha güçlüydü, muhteşem kokuyordu ve kavga etmek istemiyordum. Aynı tarafta olmamızı istiyordum. "Özür dilerim," diye mırıldandı yeniden, saçlarıma doğru.

"Sorun değil," dedim.

Yaptığının cezasız kalmasına izin vermiştim çünkü artık benim için sorun olmaktan çıkmıştı. Dün akşam Dedektif Riley ile konuşmuştum ve konuşmaya başladığımız anda, onu aramakla doğru olanı yaptığımı anlamıştım çünkü ona Rachel'ı "birçok kez" (birazcık abartmıştım) Scott Hipwell'in evinden çıkarken gördüğümü söylediğimde konu çok ilgisini çekmişti. Tarihleri ve saatleri, (Ona iki tanesini söyleyebildim; diğerleri kafamda çok belirsizdi), ilişkilerinin Megan Hipwell'in ortadan kayboluşundan önce mi başladığını, cinsel bir ilişki içinde mi olduklarını düşündüğümü bilmek istedi. Ona bunun pek aklıma yatmadığını söyledim. Scott'ın Megan'dan Rachel'a gidebileceğini pek sanmıyordum. Hem daha karısının toprağı soğumamıştı.

Unutmuş olması ihtimaline karşı Evie ile ilgili olanlardan da –kaçırma girişimi– bahsettim.

"Çok dengesiz," dedim. "Abarttığımı düşünebilirsiniz ama ailemi ilgilendiren bir konuda tehlikeye atılamam."

"Hiç öyle düşünmüyorum," dedi. "Benimle konuştuğunuz için çok teşekkür ederim. Size şüpheli görünen bir şey olduğunda bana haber verin."

Ona ne yapacaklarını bilmiyordum. Belki de yalnızca uyaracaklardı. Ne olursa olsun sınırlama emri gibi konuları araştırmaya başlarsak işimize yarardı. Ama Tom'un hatrına, işin oraya varmayacağını umuyordum.

Tom işe gittikten sonra Evie'yi parka götürdüm, salıncaklarda ve küçük, ahşap salıncak atta oynadık. Onu bebek arabasına geri koyarken neredeyse hemen uyuyakaldı ve bu da alışverişe gitmem için bir işaretti. Arka sokaklardan büyük Sainsburys'e gittik. Oraya gitmek biraz dolambaçlı yollardan geçmeyi gerektirse de sakindi, çok az trafik oluyordu ve zaten Cranham Sokağı'ndaki otuz dört numaradan geçmemiz gerekiyordu.

Şimdi bile o evin önünden geçerken tüylerim biraz diken diken oluyordu, aniden midemde kelebekler uçuşuyordu, dudaklarımda bir gülümseme beliriyordu ve yanaklarım kızarıyordu. Komşuların içeri girdiğimi görmemesini umarak ön basamaklardan hızla çıktığımı, banyoda hazırlandığımı, parfüm sıktığımı ve yalnızca çıkarmak için giyilen iç çamaşırlardan giydiğimi hatırlıyorum. Sonra telefonuma kapıda olduğunu söyleyen bir mesaj gelmişti. Yukarıdaki yatak odasında bir iki saat geçirmiştik.

Rachel'a bir müşterisiyle olduğunu ya da arkadaşlarıyla bira içmeye gittiğini söylemişti. "Seni kontrol etmesinden korkmuyor musun?" diye sorduğumda başını iki yana sallayarak bu fikri savsaklamıştı. "Ben iyi bir yalancıyımdır," demişti, sırıtarak. "Kontrol etse bile, Rachel zaten yarın ne olduğunu hatırlamayacaktır," demişti. İşlerin onun için nasıl kötü gittiğinin o zaman farkına varmıştım.

O konuşmaları düşününce yüzümdeki gülümseme silindi. Tom'un parmaklarını gülümseyerek karnımda dolaştırıp, "Ben iyi bir yalancıyımdır," derkenki planlı gülüşü aklımdaydı. İyi bir yalancıydı, doğuştan. Yalan söylerken onu görmüştüm: Mesela uçuş görevlilerini balayında olduğumuza ikna etmiş, ya da ailevi bir acil durumu olduğunu iddia ederek iş yerindeki mesaileri atlatmıştı. Bunları tabii ki herkes yapıyordu ama Tom yaptığında ona inanıyordunuz.

Bu sabahki kahvaltıyı düşünüyordum. Onu yalan söylerken yakalamıştım ve bunu hemen kabul etmişti. Endişelenecek başka bir şeyim yoktu. Arkamdan iş çevirip Rachel ile görüşmüyordu! Bu fikir çok gülünçtü. Eskiden çekici bir kadın olabilirdi hatta onunla tanıştığında epey büyüleyiciydi, fotoğraflarını görmüştüm: Kocaman, kahverengi gözleri, cömert kıvrımları vardı ama artık şişmanlamıştı. Zaten Tom ona asla geri dönmezdi, ona, bize bütün yaptıklarından, bütün o tacizlerden, gece yarıları ettiği telefonlardan, arayıp kapamalardan ve mesajlardan sonra bu imkânsızdı.

Konserve reyonunda dururken Evie hâlâ arabasında merhametli bir şekilde uyuyordu. Rachel'ın telefonlarını, uyandığımda banyonun ışığının açık olduğu zamanı –ya da zamanları mıydı?– düşündüm. Kapalı kapının ardından gelen Tom'un kısık ve nazik sesini duyabiliyordum. Onu sakinleştirmeye çalıştığını biliyordum. Bana bazen Rachel'ın çok sinirlendiğini ve eve geleceğini, iş yerine gideceğini, kendini trenin önüne atacağını söyleyerek tehditler savurduğunu anlatıyordu. Çok iyi bir yalancı olabilirdi ama ne zaman gerçeği söylediğini *ben* anlıyordum. Beni kandırmıyordu.

Akşam

Bunları düşünürken beni kandırdığını düşündüm. Bana Rachel ile telefonda konuştuğunu, sesinin iyi, daha iyi hatta neredeyse mutlu geldiğini söylediğinde kandırmıştı. Ondan bir an bile şüphelenmemiştim. Pazartesi gecesi eve geldiğinde ona gününün nasıl geçtiğini sormuştum ve sabahki toplantının çok yorucu geçtiğini anlatmıştı, ben de onu anlayışlı bir şekilde dinlemiş, toplantı falan olmadığından, tüm bu süre boyunca eski karısıyla Ashbury'deki bir kafede olduğundan bir an olsun şüphelenmemiştim.

Evie uyuyordu, ben de birbirine çarpan tabak çanak sesi onu uyandıracağı için büyük bir dikkat ve tedbirle bulaşık makinesini boşaltıyor, bir yandan da bunları düşünüyordum. Beni kandırıyordu. Her konuda, her zaman yüzde yüz dürüst davranmadığını biliyordum. Annesi ve babasıyla ilgili olanları, Tom'un onları düğüne çağırdığını ama Tom'un Rachel'dan ayrılmasına kızgın oldukları için gelmeyi reddettiklerini biliyordum. Bu bana hep tuhaf gelmişti çünkü annesiyle iki konuşmamda da benimle sohbet etmekten çok zevk almış gibiydi. Nazikti, benimle ve Evie ile ilgilenmişti. "Umarım onu kısa zaman sonra görebiliriz," demişti ama bundan Tom'a bahsettiğimde konuyla ilgilenmemişti.

"Onları davet etmemi istiyor," dedi, "böylece daveti reddedebilir. Güç oyunları." Bana hiç de güç oyunları oynayan bir kadın gibi gelmemişti ama ısrar etmedim. Başka insanların ailevi ilişklilerine sızamazdınız. Onlarla arasına mesafe koymak için nedenleri olabilirdi, bunu biliyordum ve bu nedenlerin merkezinde de beni ve Evie'yi korumak vardı.

O hâlde bunun doğru olup olmadığı konusunda neden endişe edecektim ki? Bu ev, bu durum, olup bitenler beni kendimden, bizden şüphe ettiriyordu. Dikkatli olmazsam aklımı kaçırabilirdim ve sonum onunki gibi olurdu. Rachel'ınki gibi.

Oturmuş, kurutucudan çarşafları çıkarmayı bekliyordum. Televizyonu açıp şu âna kadar üç yüz kez izlemediğim bir *Friends* bölümü var mı diye bakabilir, yoga hareketlerimi yapabilir, geçen iki hafta boyunca on iki sayfasını okuduğum, komodinimde duran romanı okuyabilirdim. Aklıma oturma odasındaki sehpada duran Tom'un dizüstü bilgisayarı geldi.

Sonra bir gün yapacağımı aklımdan bile geçirmediğim şeyler yaptım. Bir gece önce akşam yemeğinde açtığımız kırmızı şarabı alıp bir kadeh koydum. Sonra bilgisayarı alıp açtıktan sonra şifresini tahmin etmeye çalıştım.

Rachel'ın yaptıklarını yapıyordum: Tek başıma içki içiyor, Tom'un bilgisayarını karıştırıyordum. Bunlar Rachel'ın yaptığı ve Tom'un nefret ettiği şeylerdi. Ama kısa süre önce

–bu sabah kadar kısa bir süre– her şey değişmişti. Madem yalan söylüyordu, o hâlde ben de onu kontrol edebilirdim. Bu adil bir anlaşmaydı değil mi? Biraz adalete hakkım vardı. O yüzden şifresini kırmayı denedim. İsimleri farklı bileşimlerle denedim: benim ve onun adı, onun ve Evie'nin adı, benim ve Evie'nin adı, üçümüzün adı, önde ve arkada. Farklı bileşimlerle doğum günlerimiz. Birbirimizi ilk gördüğümüz, ilk seviştiğimiz günün yıldönümleri. Cranham Sokağı'ndaki otuz dört numara; yirmi üç numara, bu ev. Farklı açıdan bakmaya çalıştım. Sanırım birçok erkek şifre olarak futbol takımlarını kullanıyordu ama Tom futbolla ilgilenmiyordu; o daha çok kriketi sevdiği için Boycott'u, Botham'ı ve Ashes'ı denedim. Yenilerinden hiçbirinin adını bilmiyordum. Kadehimi bitirip bir yarım daha koydum. Yapbozu çözmeye çalışarak aslında çok eğleniyordum. Dinlediği grupları, sevdiği filmleri, beğendiği aktrisleri düşündüm. "Şifre" yazdım; "1234" yazdım.

Londra treni ışıkta dururken, sanki biri tırnaklarını kara tahtaya sürtüyormuş gibi korkunç bir gıcırtı duyuldu. Dişlerimi sıktım ve şaraptan büyük bir yudum daha aldım. Bu sırada saati fark ettim. Tanrım, saat neredeyse yedi olmuştu ve Evie hâlâ uyuyordu. Tom birazdan evde olurdu ve kapı kilidindeki anahtarın gıcırtısını duyduğumda gerçekten de birazdan evde olacağını düşünüyordum. Kalbim duracak gibi oldu.

Bilgisayarı kapatıp ayağa fırlarken sandalyemi çatırtıyla devirdim. Evie uyanıp ağlamaya başladı. Tom odaya girmeden bilgisayarı yerine koydum ama bir şeyler olduğunu anlamıştı. Bana bakıp, "Neler oluyor?" dedi. Ona, "Yok bir şey, yok bir şey, yanlışlıkla sandalyeye çarptım," dedim. Evie'yi arabasından alıp sarıldığı sırada kendimi koridordaki aynada gördüm. Yüzüm kireç gibiydi ve dudaklarım şarabın kırmızı lekeleriyle dolmuştu.

RACHEL

15 Ağustos 2013 Perşembe

Sabah

CATHY BANA bir iş görüşmesi ayarlamıştı. Bir arkadaşı kendi halkla ilişkiler şirketini kurmuştu ve bir asistana ihtiyacı vardı. Bu aslında övülmüş bir sekreterlik işiydi ve maaşı yok denecek kadar azdı ama umurumda da değildi. Bu kadın referans istemeden beni görecekti, Cathy ona kötü bir zaman geçirdiğime ama artık tamamen iyileştiğime dair bir hikâye anlatmıştı. Görüşme yarın öğleden sonra, kadının tesadüfen Witney'de bulunan evindeydi. İşlerini arka bahçesindeki ofis kulübelerinden sürdürüyordu. Ben de bütün günümü CV'mi ve mülakat becerimi süsleyerek geçirdim. Tam o sırada Scott aradı.

"Konuşabileceğimizi umuyordum," dedi.

"Gerek yok... Yani, bir şey söylemene gerek yok. Bu... ikimiz de hata olduğunu biliyorduk."

"Biliyorum," dedi ve sesi kâbuslarımdaki Scott gibi öfkeli değil, yatağımda oturup ölen çocuğundan bahseden mutsuz Scott gibi çıktı. "Ama ben seninle gerçekten konuşmak istiyorum."

"Tabii ki," dedim. "Tabii ki konuşabiliriz."

"Yüz yüze olur mu?"

"Ah," dedim. İstediğim son şey, o eve yeniden gitmekti. "Özür dilerim, bugün olmaz."

"Lütfen, Rachel? Önemli." Sesi çaresizdi ve her şeye rağmen onun için üzüldüm. Yeniden, "Lütfen?" dediği sırada bahane bulmaya çalışıyordum ama tamam dedim ve kelime dudaklarımdan dökülür dökülmez de pişman oldum.

Gazetelerde Megan'ın ölen ilk çocuğuyla ilgili bir haber vardı. Yani, aslında çocuğun babasıyla ilgiliydi. Onun izini bulmuşlardı. Adı Craig McKenzie'ydi ve dört yıl önce İspanya'da aşırı doz eroinden ölmüştü. Bu da onu şüpheliler listesinden çıkarıyordu. Zaten bu bana pek olası bir ihtimal gibi gelmemişti. Birini eskiden yaptığı bir şey için cezalandırmak isteyecek olsaydı, bunu o zaman yapardı.

Peki geriye kim kalmıştı? Sıradan şüpheliler: kocası, sevgilisi. Scott, Kamal. Ya da onu sokakta kıstıran herhangi bir adam. Cinayet işlemeye yeni başlamış bir seri katil miydi? Bir Wilma McCann, bir Pauline Reade serisinin ilki olabilir miydi? Hem katilin erkek olması gerektiğini kim söylemişti ki? Megan Hipwell ufak tefek bir kadındı. Kuş kadar küçüktü. Onu öldürmek için çok güçlü olmak gerekmiyordu.

Öğleden Sonra

Kapıyı açtığında fark ettiğim ilk şey, koku oldu. Ter ve bira kokuyordu, acı ve ekşiydi. Bu kokunun altında daha da kötü bir şey vardı. Çürüyen bir şeydi bu. Üzerinde eşofman altı ve lekeli gri bir tişört vardı. Sanki ateşlenmiş gibi saçları yağlı, teni kaygandı.

"İyi misin?" diye sordum, bana sırıttı. İçki içmişti.

"İyiyim, içeri gir, içeri gir." İstemesem de girdim.

Evin sokağa bakan tarafındaki perdeler kapalıydı. Oturma odasına sıcakla ve kokuyla bütünleşen kızılımsı bir renk hâkimdi.

Scott mutfağa girdi, buzdolabını açıp bira aldı.

"Gel, otur," dedi. "Bir şeyler iç." Sırıtışı sabit, neşesiz, sertti. Yüzünde bir kabalık vardı. Cumartesi sabahı yattıktan sonra gördüğüm aşağılayan ifadesi hâlâ oradaydı.

"Çok kalamam," dedim. "Yarın bir iş görüşmem var, hazırlanmam gerek."

"Gerçekten mi?" Kaşlarını kaldırdı. Oturup sandalyelerden birini bana doğru tekmeledi. "Otur ve bir şey iç," dedi, bu bir davetten çok emirdi. Karşısına oturunca birayı bana doğru itti. Bir yudum aldım. Dışarıdan gelen çığlıkları –çocuklar arka bahçede bir yerde oyun oynuyorlardı– ve ardındaki belirsiz, tanıdık tren homurtusunu duyabiliyordum.

"Dün DNA sonuçları çıkmış," dedi. "Dedektif Riley dün gece beni görmeye geldi." Bir şeyler söylememi bekledi ama yanlış bir şey söylemekten korktuğum için sessiz kaldım. "Benden değilmiş. Benden değil. Komik olansa, Kamal'dan da olmaması." Güldü. "Demek ki görüştüğü başka biri varmış. Buna inanabiliyor musun?" Yüzünde o korkunç gülümsemesi vardı. "Bu konuda hiçbir şey bilmiyordun değil mi? Başka bir herif olduğunu? Sana başka bir adam hakkında *sır* vermedi değil mi?" Yüzündeki gülümseme kayboluyordu ve içime kötü bir his, çok kötü bir his doğmuştu. Ayağa kalktım ve kapıya doğru bir adım attım ama önüme geçti, elleriyle kollarımı sıkıca tuttu ve beni sandalyeye geri itti.

"Otur şuraya." Omzumdaki çantayı aldı ve odanın köşesine doğru fırlattı.

"Scott, neler olduğunu bilmiyorum-"

"Haydi ama!" diye bağırdı, üzerime doğru eğilerek. "Sen ve Megan çok iyi arkadaştınız! Bütün sevgililerini biliyor olman gerek!"

Biliyordu. Bunu fark ettiğimi yüzümden anlamış olmalıydı ki, daha da eğildi, yüzüme değen nefesi kokuyordu, "Haydi, Rachel. Anlat," dedi.

Başımı iki yana salladığımda o da elini salladı ve eli önümdeki bira şişesine çarptı. Şişe masadan yuvarlanıp çinili zemine düşerek kırıldı.

"Sen onunla tanışmamıştın bile!" diye bağırdı. "Bana söylediğin her şey, her şey yalandı."

Başımı eğip ayağa kalktım," Özür dilerim, özür dilerim," diye mırıldandım. Masadan uzaklaşıp çantamla telefonumu almaya çalışırken yeniden kolumu yakaladı.

"Bunu neden yaptın?" diye sordu. "Bunu sana yaptıran neydi? Senin sorunun ne?"

Bana bakıyordu, gözlerini gözlerime dikmişti ve ondan korkuyordum ama aynı zamanda sorusunun mantıksız olmadığının da farkındaydım. Ona bir açıklama borçluydum. Kolumu geri çekmedim, parmaklarını etime saplamasına izin verdim. Açık ve sakin bir şekilde konuşmaya çalıştım. Ağlamamaya çalıştım. Telaşlanmamaya çalıştım.

"Kamal'ı öğrenmeni istedim," dedim. "Sana söylediğim gibi onları birlikte gördüm ama ben sadece trendeki bir kız olsaydım beni ciddiye almazdın. İhtiyacım olan şey-"

"İhtiyacın olan şey!" Beni bırakıp arkasına döndü. "Bana *ihtiyacın* olan şeyi anlatıyorsun..." Sesi daha yumuşaktı, sakinleşiyordu. Derin derin nefes alıp kalbimi yavaşlatmaya çalıştım.

"Sana yardım etmek istedim," dedim. "Polisin her zaman kocalardan şüphelendiğini bildiğim için bilmeni... başka biri olduğunu bilmeni istedim..."

"O yüzden de karımı tanıyor numarası yaptın? Tam bir kaçık gibi göründüğünün farkında mısın?"

"Farkındayım."

Mutfak bezi almak için tezgâha doğru ilerledikten sonra çömelip dökülen birayı temizledim. Scott oturup dirseklerini dizlerinin üzerine koydu, başını eğdi. "O tanıdığımı sandığım kişi değilmiş," dedi. "Kim olduğuna dair en ufak bir fikrim bile yok."

Bezi lavaboda sıkıp ellerime soğuk su döktüm. Çantam odanın birkaç metre uzaktaki köşesindeydi. Oraya doğru hareket edince Scott başını kaldırıp bana baktı. Durdum. Orada, sırtım tezgâha dönük bir şekilde durdum ve dengemi sağlamak, rahatlamak için tezgâha tutundum.

"Dedektif Riley söyledi," dedi. "Bana senin hakkında sorular soruyordu. Seninle bir *ilişki* yaşayıp yaşamadığıma dair." Güldü. "Seninle ilişki yaşamak! Tanrım. Ona karımın nasıl güzel olduğunu görüp görmediğini sordum. Standartlar o kadar çabuk düşmez." Yüzüm yanıyordu, koltukaltlarımdan, belimin altından soğuk terler boşanıyordu. "Görünüşe göre Anna senden şikayetçi olmuş. Seni buralarda görmüş. Her şey böylece açığa çıkmış. Bir ilişki yaşamadığımızı, senin yalnızca Megan'ın eski bir arkadaşı olduğunu ve bana yardım ettiğini söyledim..." Yeniden kısık sesle ve neşesiz bir şekilde güldü. "Senin Megan'ı tanımadığını söyledi. Yalnızca kendi hayatı olmayan mutsuz ve küçük bir yalancıymışsın." Yüzündeki gülümseme kayboldu. "Hepiniz yalancısınız. Her biriniz."

Telefonuma mesaj geldi. Çantaya doğru bir adım attım ama Scott oraya benden önce vardı.

"Bir dakika bekle," dedi, çantamı açarken. "Daha bitmedi." Çantamın içindekileri masaya döktü: telefonum, cüzdanım, anahtarlarım, dudak kremim, tamponum, kredi kartı fişlerim. "Bana anlattıklarının ne kadarının saçmalık olduğunu bilmek istiyorum." Aylak bir tavırla telefonumu alıp ekranına baktı. Aniden buz kesen gözlerini gözlerime dikti. Mesajı sesli bir şekilde okudu: "19 Ağustos Pazartesi günü Dr. Abdic ile saat 16.30'da randevunuz vardır. Randevuya gelemeyecekseniz lütfen 24 saat önceden haber veriniz."

"Scott..."

"Neler oluyor?" diye sordu, sesi gıcırtıdan biraz daha yüksekti. "Ne iş çeviriyorsun? Ona neler anlatıyorsun?"

"Bir şey anlatmıyorum..." Telefonu masaya bırakıp bana doğru yaklaştı, ellerini yumruk yapmıştı. Odanın köşesine doğru çekilip kendimi duvara ve cam kapıya yapıştırdım. "Öğrenmeye çalışıyordum... Yardım etmeye çalışıyordum." Elini kaldırınca korku içinde başımı eğip acıyı hissetmeyi bekledim. Tam o sırada bunu daha önce yaptığımı, daha önce hissettiğimi fark ettim ama ne zaman olduğunu hatırlayamıyordum ve şu anda bunu düşünecek zamanım yoktu çünkü bana vurmamış olsa da ellerini omuzlarıma koymuştu ve sıkı sıkı tutuyordu. Başparmakları köprücük kemiklerime batıyordu, acıdan bağırdım.

"Tüm bu süre boyunca," dedi sıktığı dişlerinin arasından, "benim yanımda olduğun tüm bu süre boyunca bana karşı çalışıyordun. Ona bilgi veriyordun değil mi? Benim hakkımda, Megan hakkında bir şeyler anlatıyordun. Polisi peşime düşürmeye çalışan sendin. Sendin-"

"Hayır. Lütfen yapma. Öyle değildi. Ben sana yardım etmek istemiştim." Sağ elini kaldırdı, ensemdeki saçları yakalayıp döndü. "Scott, lütfen yapma. Lütfen. Canımı acıtıyorsun. Lütfen." Beni ön kapıya doğru çekti. Rahatlamıştım. Beni sokağa atacaktı. Çok şükür.

Ama öyle yapmadı, çekiştirmeye devam ederken bir yandan da söylenip küfür ediyordu. Beni yukarı çıkardı. Karşı koymaya çalışsam da çok güçlüydü, elimden bir şey gelmiyordu. Ağlıyordum, "Lütfen yapma. Lütfen." Korkunç bir şey olacağını biliyordum. Çığlık atmaya çalışsam da atamadım, duyulmazdı.

Gözyaşlarımdan ve korkumdan adeta kör olmuştum. Beni bir odaya sokup kapıyı arkamdan sertçe kapadı. Anahtar, deliğin içinde döndü. Sıcak safranın boğazımdan yükseldiğini hissettim ve halının üzerine kustum. Durdum, dinledim. Hiçbir şey olmadı ve hiç kimse gelmedi.

Hobi odasındaydım. Benim evimde bu oda eskiden Tom'un çalışma odasıydı. Şimdiyse bebek odaları olmuştu ve jaluzileri pembenin yumuşak bir tonuydu. Buradakiyse, kâğıtlarla ve dosyalarla dolu, Mac'in konduğu katlanmış bir koşu bandıyla ve eski bir Apple Mac ile dolu bir sandık odasıydı. Bir kutunun içinde dizi dizi sayıların yer aldığı kâğıtların –bunlar Scott'ın iş hesapları olabilirdi– olduğu bir kutuyla eski kartpostallarda –boşlardı ve arkasında sanki bir ara duvara yapıştırılmış gibi yapıştırıcı izi vardı– Paris'in çatıları, yolda paten kayan çocuklar, yosunla kaplı eski tren vagonları, mağaranın içinden görünen deniz manzarası vardı. Neden ve ne aradığımı bilmeden kartpostalları karıştırmaya başladım, yalnızca telaşımı bastırmaya çalışıyordum. Megan'ın cesedinin çamurdan çıkarıldığını söyleyen haberleri düşünmemeye çalışıyordum. Yaralarını, ne kadar korkmuş olduğunu düşünmemeye çalışıyordum.

Kartpostalları karıştırırken elime bir şey battı ve bağırarak geriye doğru sallandım. İşaret parmağımın ucu düzgün bir şekilde kesilmişti ve kan kot pantolonuma damlıyordu. Kanı tişörtümün kenarıyla durdurdum ve kartları daha dikkatlice karıştırmaya devam ettim. Suçluyu hemen yakalamıştım: Parçalanmış bir çerçeveydi ve üst kısmındaki bir cam parçası kayıptı, açıktaki kenarı kanımla lekelenmişti.

Bu fotoğrafı daha önce görmemiştim. Megan ile Scott'ın birlikte çektirdiği bir fotoğraftı ve yüzleri kameraya yakındı. Megan gülüyordu ve Scott da ona hayran hayran bakıyordu. Gözlerinde kıskançlık mı vardı yoksa? Scott'ın gözünün kenarındaki cam kırıldığı için ifadesini okumak zordu. Önümdeki çerçeveyle yere oturmuş, kazara her şeyin nasıl kırıldığını ve bazen onları düzeltmenin imkânsız olduğunu düşündüm. Tom ile kavga ederken kırılan tabakları, yukarıdaki koridorun sıvasındaki deliği hatırladım.

Kilitli kapının öteki tarafından bir yerde Scott'ın güldüğünü duydum. Bütün vücudum buz kesmişti. Ayağa kalkıp pencereye doğru yürüdüm. Pencereyi açıp dışarı sarktım. Yerde yalnızca parmak uçlarım kalmıştı. Yardım istemek için bağırdım. Tom'a seslendim. Umut yoktu. Üzücüydü. Tesadüfen birkaç kapı ötedeki bahçesinde olsa bile beni duyamazdı, çok uzaktı. Aşağı baktığımda dengemi kaybettim ve kendimi geri çektim. Bağırsaklarım gevşemişti, hıçkırıklara boğulmuştum.

"Lütfen, Scott!" diye bağırdım. "Lütfen..." Sesimdeki zavallı tondan ve çaresizlikten nefret etmiştim. Kan içindeki tişörtüme baktığımda seçeneksiz olmadığımı fark ettim. Fotoğraf çerçevesini alıp halıya fırlattım. Cam kırıklarının en uzununu alıp dikkatli bir şekilde arka cebime koydum.

Merdivenlerden çıkan ayak seslerini duyabiliyordum. Kapının karşısındaki duvara doğru geri çekildim. Anahtar deliğin içinde döndü.

Scott, elindeki çantamı ayaklarımın dibine fırlattı. Diğer elinde bir kâğıt parçası vardı. "Sanki Nancy Drew!" dedi gülümseyerek. Kadın sesini taklit ederek yüksek sesle okudu: "Megan, buradan itibaren B diye bahsedeceğim erkek arkadaşıyla kaçtı." Sırıttı. "B ona zarar vermişti... Scott ona zarar vermişti..." Kâğıdı elinde buruşturup ayaklarımın dibine attı. "Tanrım. Sen gerçekten bir zavallısın değil mi?" Etrafına bakındı, yerdeki kusmuğu ve tişörtümdeki kanı gördü. "Tanrı aşkına, sen ne yaptın böyle? İntihar etmeye mi çalıştın? O işi benim yerime sen mi halledecektin?" Yeniden güldü. "O lanet olası boynunu kırmam gerekirdi ama zahmet etmeye bile değmezsin." Kenara çekildi. "Evimden defol."

Çantamı alıp kapıya doğru yöneldiğim sırada çalım atarak önüme geçti. Bir an beni durdurup yeniden bana dokunmaya kalkacağını sandım. Gözlerimden dehşet okunuyor olmalıydı ki, gülmeye başladı ve kahkahalara boğuldu. Ön kapıyı arkamdan çarpıp çıktığımda sesini hâlâ duyabiliyordum.

16 Ağustos 2013 Cuma

Sabah

Uyuyamadım. Uyuyabilmek, ellerimin titremesini engellemek, tedirginliğimi dizginlemek için bir buçuk şişe şarap içmiştim ama pek işe yaramamıştı. Her uyuyacak gibi olduğumda uyanıyordum. Sanki odada, yanımdaydı. Işığı açıp oturdum ve sokağın, apartmandaki insanların seslerini dinledim. Ancak hava ışımaya başladığında uyuyabilecek kadar rahatlamıştım. Rüyamda yeniden ormandaydım. Tom yanımdaydı ama yine de korkuyordum.

Bir gece önce Tom'a bir not bırakmıştım. Scott'ın evinden çıktıktan sonra yirmi üç numaraya koşup kapıya vurdum. Öylesine telaşlıydım ki, Anna'nın orada olup olmaması, geldiğim için bana kızıp kızmayacağı umurumda bile değildi. Kapıyı kimse açmadığı için bir kâğıt parçasına not karalayıp posta kutusuna attım. Anna'nın görüp görmemesi umurumda değildi. Galiba bir parçam görmesini istiyordu. Belirsiz bir not yazmıştım, geçen gün hakkında konuşmamız gerektiğinden bahsediyordum. Scott'ın adını geçirmemiştim çünkü Tom'un oraya gidip onunla yüz yüze gelmesini istemiyordum. O zaman neler olacağını Tanrı bilirdi.

Eve varır varmaz polisi aradım. Önce sakinleşmek için birkaç kadeh şarap içmiştim. Dedektif Gaskill ile konuşmak istedim ama müsait olmadığını söyledikleri için Riley ile konuşmak zorunda kaldım. İstediğim şey bu değildi. Gaskill'in daha kibar davranacağını biliyordum.

"Beni evine hapsetti," dedim. "Beni tehdit etti."

Ne kadar süre "hapsolduğumu" sordu. Hattın öteki tarafından bile parmaklarıyla havaya çizdiği alıntı işaretlerini duyabiliyordum.

"Bilmiyorum," dedim. "Yarım saat olabilir."

Uzun bir sessizlik oldu.

"Ve sizi tehdit etti. Bana tehditin tam olarak ne olduğunu söyleyebilir misiniz?"

"Boynumu kıracağını söyledi. Dedi ki... boynumu kırması gerekiyormuş."

"Boynunuzu kırması mı gerekiyormuş?"

"Bunun zahmet etmeye bile değmeyeceğini söyledi."

Sessizlik. Sonra, "Size vurdu mu? Sizi yaraladı mı?" diye sordu.

"Morluklar oluştu. Sadece morluklar."

"Size vurdu mu?"

"Hayır, beni sertçe tuttu."

Daha fazla sessizlik oldu.

Sonra: "Bayan Watson, neden Scott Hipwell'in evine gittiniz?"

"Onu görmeye gelmemi istedi. Benimle konuşması gerekiyormuş."

Uzun bir iç çekti. "Bu konunun dışında kalmanız gerektiğine dair sizi uyarmıştık. Ona yalan söylemişsiniz, karısının arkadaşı olduğunuzdan söz etmişsiniz, bir sürü hikâye uydurmuşsunuz – sözümü bitireyim. Bu kişi en iyi ihtimalle büyük bir baskı altında ve acısı çok büyük. En iyi ihtimalle. En kötü ihtimal ise, tehlikeli olabileceği."

"Tehlikeli, ben de size bunu anlatmaya çalışıyorum, Tanrı aşkına."

"Bu bir işe yaramıyor. Oraya gidip ona yalan söyleyerek

onu kışkırtıyorsunuz. Burada bir cinayet soruşturmasının ortasındayız. Bunu anlamanız gerek. Gelişmemizi tehlikeye sokabilirdiniz, siz-"

"Ne gelişmesi?" diye çıkıştım. "Bir gelişme kaydettiğiniz falan yok. O karısını öldürdü, size söylüyorum. İkisinin bir resmi, bir fotoğrafı var ve paramparça olmuş. Öfkeli, dengesiz biri o-"

"Evet, fotoğrafı gördük. Ev arandı. Bu pek de cinayet delili sayılmaz."

"Yani onu tutuklamayacak mısınız?"

Uzun bir iç çekti. "Yarın merkeze gelin. İfade verin. Biz oradan alırız. Ve Bayan Watson, Scott Hipwell'den uzak durun."

Cathy eve geldiğinde beni içerken gördü. Mutlu değildi. Ona ne söyleyebilirdim ki? Açıklamanın bir yolu yoktu. Yalnızca üzgün olduğumu söyleyip surat asan bir ergen gibi odama çıktım. Yatağa yatıp Tom'un aramasını bekleyerek uyumaya çalıştım. Aramadı.

Erkenden uyandım, telefonumu kontrol ettim (arama yoktu), saçlarımı yıkadım ve görüşmem için giyindim. Ellerim titriyordu, midem sanki düğüm olmuştu. Erken çıkıyordum çünkü önce polis merkezine uğrayıp ifademi vermem gerekiyordu. Bir işe yarayacağını sandığım falan yoktu. Beni hiçbir zaman ciddiye almamışlardı ve kesinlikle almaya da başlamayacaklardı. Beni bir hayalperest olarak görmekten vazgeçseler ne kaybederlerdi, merak ediyordum.

Merkeze giderken arkama bakmaktan kendimi alamadım; bir polis sireninin ani çığlığı beni kelimenin tam anlamıyla korkudan sıçratmıştı. İstasyonun peronunda yürürken elimden geldiğince tırabzana yakın olmaya çalıştım, parmaklarım demir çitin izini sürüyordu, her ihtimale karşı sıkı sıkı tutunmalıydım. Bunun gülünç olduğunun farkında olsam da artık onun aslında kim olduğunu gördüğüm için, artık aramızda bir sır kalmadığı için şu anda kendimi çok kırılgan hissediyordum.

Öğleden Sonra

Artık bu konu benim için kapanmalıydı. Bütün bu süre boyunca hatırlamam gereken, gözden kaçırdığım bir şey olduğunu düşünmüştüm. Ama yoktu. Önemli bir şey görmemiş ve korkunç bir şey yapmamıştım. Yalnızca tesadüfen aynı sokakta bulunmuştum. Bunu artık kızıl saçlı adamın nezaketi sayesinde biliyordum. Yine de beynimin arkasında kaşıyamadığım bir kaşıntı vardı.

Ne Gaskill ne de Riley polis merkezindeydiler; ifademi sıkılmışa benzeyen üniformalı bir polis memuruna verdim. Bir hendekte ölü bulunmadığım takdirde dosyalanıp unutulacaktı, bunu tahmin ediyordum. Görüşmem kasabanın öteki tarafındaydı ve Scott'ın yaşadığı yer de orasıydı, polis merkezinden taksiye bindim. Tehlikeye atılmayacaktım. Görüşme olması gerektiği kadar iyi geçti: İş benim çok altımda kalıyordu ama geçtiğimiz bir iki yılda *ben de* kendi altımda kalmıştım. Ölçeğimi yeniden ayarlamalıydım. En büyük zorluğu (boktan maaş ve işin niteliksizliği dışında) sürekli Witney'ye gelmek, o sokaklarda yürümek ve Soctt'a ya da bebeğiyle birlikte Anna'ya rastlama ihtimaliydi.

Çünkü ormanın bu tarafında yaptığım tek şey, insanlarla karşılaşmaktı. Buranın sevdiğim yönlerinden biri de buydu: Londra'nın-kenarındaki-köy hissi. Herkesi tanımıyor olabilirdiniz ama yüzler tanıdıktı.

Hemen hemen merkeze varmış, The Crown'ı geçerken kolumda bir el hissedip arkama döndüm ve kaldırımın üzerinden yola kaydım.

"Hey, hey, özür dilerim. Özür dilerim." Yine oydu, kızıl

saçlı adam. Bir elinde bira vardı, diğerini de özür dilercesine kaldırmıştı. "Gergin misin?" diyerek sırıttı. Korkum yüzümden okunuyor olmalıydı çünkü sırıtışı kayboluvermişti. "İyi misin? Seni korkutmak istemedim."

İşten erken çıktığını söyleyip beni bir şeyler içmeye davet etti. Hayır dedim ama sonra fikrimi değiştirdim.

"Sana bir özür borçluyum," dedim Andy'ye –adı buymuş– ve cin toniğimi getirdiğinde, "trendeki davranışlarım yüzünden. Geçen sefer yani. Kötü bir gün geçiriyordum," diye ekledim.

"Sorun değil," dedi Andy. Gülümsemesi yavaş ve tembeldi, bunun ilk birası olmadığını düşündüm. Barın arkasındaki bira bahçesinde karşı karşıya oturmuştuk; burası sokak tarafından daha güvenliydi. Belki de beni cesaretlendiren, güven duygusuydu. Şansımı denedim.

"Sana neler olup bittiğini sormak istiyordum," dedi. "Seninle tanıştığım gece. Meg'in, o kadının kaybolduğu gece."

"Ah. Doğru. Neden? Ne demek istiyorsun?"

Derin bir nefes aldım. Yüzümün kızardığını hissedebiliyordum. Bunu kaç kez kabul etmek zorunda kalırsanız kalın, her zaman utanç verici oluyordu ve her zaman sizi sindiriyordu. "Çok sarhoştum ve hatırlamıyorum. Çözmem gereken şeyler var. Bir şey gördün mü, beni biriyle gördün mü, bu tip şeyleri bilmem gerek..." Masaya bakıyordum, göz göze gelemezdim.

Ayağıyla ayağımı dürttü. "Sorun değil, kötü bir şey yapmadın." Ona baktığımda gülümsüyordu. "Ben de sarhoştum. Trende biraz sohbet ettik, ne hakkında olduğunu hatırlamıyorum. Sonra ikimiz de Witney'de indik. Sen ayakta pek duramıyordun. Basamaklarda kaydın. Hatırlıyor musun? Kalkmana yardım ettim, sen çok utanmıştın. Sana bara gitmek ister misin diye sordum. Ama sen eski kocanla buluşman gerektiğini söyledin."

"Bu kadar mı?"

"Hayır. Gerçekten hatırlamıyor musun? Bir süre sonra –bilemiyorum, yarım saat falan mı olmuştu?– The Crown'a gittim ama bir arkadaşım aradı ve tren raylarının öteki tarafındaki bir barda içtiğini söyledi. Ben de altgeçide girdim. Sen düşmüştün. Zor durumdaydın. Bir yerin kesilmişti. Biraz endişelendim, istersen seni eve götürebileceğimi söyledim ama dinlemiyordun. Sen... çok üzgündün. Galiba o herifle kavga etmiştin. Adam sokakta yürüyordu, sana istersen onun peşinden gidebileceğimi söyledim ama istemedim. Sonra arabayla uzaklaştı. Yanında... eee... yanında biri vardı."

"Kadın mıydı?"

Başıyla onayladı ve başını hafifçe eğdi. "Evet, birlikte bir arabaya bindiler. Galiba kavganız bununla ilgiliydi."

"Ya sonra?"

"Sonra sen yürüyüp gittin. Biraz... kafan karışmış falan gibiydi ve yürüyüp gittin. Yardıma ihtiyacın olmadığını söyleyip durdun. Dediğim gibi, ben de biraz sarhoş olduğum için oradan uzaklaştım. Altgeçitten geçip barda arkadaşımla buluştum. Hepsi bu."

Eve çıkan merdivenleri tırmanırken üzerimde gölgeler gördüğümden ve önümdeki ayak seslerini duyduğumdan emindim. Biri sahanlıkta bekliyordu sanki. Ama tabii ki kimse yoktu ve ev de boştu: Dokunulmamış gibiydi, boş ev kokuyordu ama bunlar her odasını kontrol etmemin önüne geçmedi. Kendi yatağımla Cathy'ninkinin altına, gardroplara ve içine bir çocuğun bile sığamayacağı mutfak dolabına baktım.

En sonunda, evde yaklaşık üç tur attıktan sonra durabildim. Yukarı çıkıp yatağa oturdum ve Andy ile ettiğim sohbeti, hatırladıklarıma uyuyor olmasını düşündüm. Bir şeylerin pek de gün ışığına çıktığı yoktu: Tom ve ben sokakta kavga etmiştik, ben kayıp yaralanmıştım, Tom öfkeyle uzaklaşıp Anna ile arabaya binmişti. Daha sonra beni aramak için geri dönmüştü ama ben oradan çoktan gitmiştim. Herhalde taksiye binmiş ya da trene geri dönmüştüm.

Yatağıma oturdum, pencereden dışarı baktım ve kendimi neden daha iyi hissetmediğimi düşündüm. Belki de yalnızca elimde hâlâ cevaplar olmamasıyla ilgiliydi. Belki de hatırladıklarımın diğer insanların hatırladıklarım örtüşüyor olmasına rağmen bir yerde bir yanlışlık olduğu hissiydi. Sonra kafama dank etti: Anna. Tom onunla arabaya binip herhangi bir yere gittiğinden bahsetmediği gibi, Anna'yı yürürken gördüğümde kucağında bebeği yoktu. Tüm bunlar olurken Evie neredeydi?

17 Ağustos 2013 Cumartesi

Akşam

Kafamda her şeyi oturtabilmek için Tom ile konuşmam gerekiyordu çünkü bu konunun üzerine ne kadar gidersem, o kadar anlamsızlaşıyordu ve üzerine gitmeden de edemiyordum. Her ihtimalde de endişeliydim çünkü ona not bırakalı iki gün olmuştu ve bana geri dönmemişti. Ne dün gece ne de bugün gün boyunca telefonunu açmıştı. Bir sorun vardı ve bunun Anna ile ilgili olduğu fikrini kafamdan atamıyordum.

Scott ile olanlardan sonra onun da benimle konuşmak isteyeceğini biliyordum. Yardım etmek isteyeceğini biliyordum. O gün arabadaki hâlini, aramızda oluşan hisleri düşünmeden olmuyordu. Telefonu alıp numarasını çevirdim. Yıllar önceki gibi hâlâ ince olan sesini duyacak olmanın verdiği heyecanla midemde her zamanki gibi kelebekler uçuşuyordu.

"Evet?"

"Tom, benim."

"Evet."

Anna yanında olmalıydı, adımı söylemek istemiyordu. Ona başka bir odaya geçmesi ve Anna'dan uzaklaşması için zaman tanımak amacıyla biraz bekledim. İç çektiğini duydum. "Ne oldu?"

"Eee, seninle konuşmak istedim... Notumda söylediğim gibi, ben-"

"Ne?" Sesi sinirlenmiş gibiydi.

"Birkaç gün önce sana bir not bıraktım. Konuşmamız gerektiğini düşünüyordum..."

"Ben not falan görmedim." Daha ağır bir şekilde iç çekti. "Lanet olsun. Bana o yüzden kızgındı." Notu Anna almış ve Tom'a vermemiş olmalıydı. "Ne istiyorsun?"

İçimden telefonu kapamak, yeniden arayıp baştan başlamak geldi. Onunla pazartesi günü ormana gitmenin nasıl iyi geldiğini söylemek istedim.

"Sana bir şey sormak istedim."

"Ne?" diye çıkıştı. Gerçekten canı sıkılmış gibiydi.

"Her şey yoldunda mı?"

"Ne istiyorsun Rachel?" Bir hafta önceki bütün o nezaketi uçup gitmişti. O notu bıraktığım için kendime küfür ettim, belli ki evde başına bela açmıştım.

"Sana o geceyi, Megan Hipwell'in kaybolduğu geceyi sormak istedim."

"Ah, Tanrı aşkına. Bu konuyu konuşmuştuk. Çoktan unutmuş olamazsın."

"Ben sadece-"

"Sarhoştun," dedi, sesi gürültülü ve sertti. "Sana eve gitmeni söyledim. Dinlemedin. Çekip gittin. Arabayla seni aradım ama bulamadım."

"Anna neredeydi?"

"Evdeydi."

"Bebekle birlikte mi?"

"Evie ile birlikte, evet."

"Arabada, seninle değil miydi?"

"Hayır."

"Ama-"

"Ah, Tanrı aşkına. O dışarı çıkacaktı, ben de bebeğe bakacaktım. Sonra sen çıkıp geldiğin için planlarını iptal edip eve geldi. Ben de hayatımın birkaç saatini daha seni arayarak geçirdim."

Aradığıma pişman olmuştum. Yeniden yeşeren umutlarımın suya düşmesi, midem soğuk bir çelikle deliniyormuş gibi hissettirmişti.

"Tamam," dedim. "Sadece, ben farklı hatırlıyorum... Tom, beni gördüğünde yaralanmış mıydım? Ben... Başımda kesik var mıydı?"

Bir kez daha ağır bir şekilde iç çekti. "Bir şey hatırlamana şaşırdım, Rachel. Körkütük sarhoştun. Pis, leş gibi kokan bir sarhoş. Yalpalayıp duruyordun." Böyle konuştuğunu duyunca boğazım düğümlenmeye başladı. Daha önce, eski kötü günlerimizde de, en kötü günlerimizde, benden yorulduğunda, bıktığında, iğrendiğinde bu tür şeyler söylediğini duymuştum. Bıkkınlıkla devam etti. "Sokakta düşmüştün, ağlıyordun, kendini tamamen kaybetmiştin. Bu neden önemli ki?" Doğru kelimeleri hemen bulamadığım için cevap vermem uzun sürdü. Devam etti: "Bak, kapatmam gerek. Artık arama, lütfen. Bu konuyu konuştuk. Senden bunu daha kaç kez istemem gerek? Arama, not bırakma, buraya gelme. Anna'yı üzüyorsun. Tamam mı?"

Telefon kapandı.

18 Ağustos 2013 Pazar

Sabah erken

Bütün gece aşağıda, oturma odasındaydım. Televizyon eşliğinde korkum azalıyordu. Gücüm de azalıp gidiyordu. Sanki geçmişe dönmüştüm, yıllar önce açtığı yara yeniden kanamıştı. Aptalcaydı, biliyordum. Yalnızca bir sohbete, aslında muhtemelen yalnızca duygusallık ve vicdan azabından ibaret olan ama benim yakınlaştığımızı zannettiğim birkaç âna dayanarak onunla yeniden bir şansımın olabileceğini düşünmek tam bir geri zekâlılıktı. Yine de canım acıyordu. Acı çekmek için kendimi serbest bırakmalıydım çünkü bırakmayıp uyuşturmaya devam edersem, asla tamamen geçmeyecekti.

Benimle Scott arasında bir bağlantı olduğunu, ona yardım edebileceğimi düşünmek de tam bir geri zekâlılıktı. Yani ben bir geri zekâlıydım. Buna alışmıştım. Böyle devam etmek zorunda değildim, öyle değil mi? Artık bu olmazdı. Bütün gece uzanıp kendi kendime her şeyle başa çıkacağıma dair söz verdim. Buradan uzaklara taşınacaktım. Yeni bir iş bulacaktım. Kızlık soyadıma dönecektim, Tom ile bütün bağlarımı koparacaktım, beni bulmalarını zorlaştıracaktım. Birinin beni arayacağı tutarsa tabii.

Pek uyuyamamıştım. Koltukta uzanmış, plan yapmış, tam uyuyakalacakken kulaklarımda Tom'un sesinin sanki buradaymış, yanıbaşımdaymış ve dudakları kulağımdaymış gibi net bir şekilde çınladığını duymuştum *–Körkütük sarhoştun. Pis, leş gibi kokan bir sarhoş–* ve dalga dalga üzerime çöken utanç duygusuyla uyanmıştım. Utanç şöyle dursun, bir de çok güçlü bir dejavu hissediyordum çünkü bu sözleri, aynen bu sözleri daha önce de duymuştum.

Sonra aklımda o sahneleri canlandırdım: Yatakta kanla uyanmıştım, ağzımın içi acıyordu, sanki yanağımı ısırmış gibiydim, tırnaklarım pisti, kafam kazan gibiydi, Tom banyodan çıkıyordu, yüzündeki ifade yüzünden –yarı incinmiş, yarı kızgın– korku içimi sel gibi kaplıyordu.

"Ne oldu?"

Bana kolundaki, göğsündeki morlukları göstermişti. Ona vurmuştum.

"İnanmıyorum, Tom. Ben sana asla vuramam ki. Ben hayatımda kimseye vuramam."

"Körkütük sarhoştun, Rachel. Dün gece yaptığın herhangi bir şeyi hatırlıyor musun? Söylediğin herhangi bir şeyi?" Sonra bana anlatmıştı ve yine de inanamamıştım çünkü söylediği hiçbir şey benim yapabileceğim bir şey gibi gelmiyordu. Golf sopasının sıvada açtığı gri boşluk. Önünden her geçişimde kör bir göz gibi üzerime dikiliyordu, bahsettiği şiddeti ve hatırladığım korkuyu uzlaştıramıyordum.

Ya da hatırladığımı sandığım. Bir süre sonra ne yaptığımı sormamayı ya da söylediğinde kavga etmemeyi öğrenmiştim çünkü ayrıntıları bilmek istemiyordum, en kötüsünü, pis, leş gibi kokan bir sarhoş olduğum sırada söylediklerimi ve yaptıklarımı duymak istemiyordum. Bazen beni sesimi kaydedip bana dinletmekle tehdit ediyordu. Ama hiç kaydetmedi. Küçük merhamet oyunları.

Bir süre sonra bu şekilde uyandığımda, neler olduğunu sormamam, yalnızca özür dilemem gerektiğini öğrendim: Yaptıklarınız ve olduğunuz insan için özür dilemeli, bir daha böyle bir şeyi asla yapmayacağınıza yemin etmeliydiniz.

Ve artık öyle şeyler yapmıyordum, gerçekten yapmıyordum. Bunun için Scott'a minnettar olabilirdim: Artık gecenin bir yarısı içki almak için dışarı çıkmaya çok korkuyordum. Kayıp düşmekten çok korkuyordum çünkü o zaman çok kırılgan oluyordum.

Güçlü olmam gerekecekti ve hepsi bu kadardı.

Gözkapaklarım yeniden ağırlaşmıştı ve başım göğsüme düşmüştü. Televizyonu kapayınca neredeyse hiç ses kalmadı. Yüzümü koltuğa dönerek kıvrıldım ve battaniyeyi üzerime çektim. Uykuya dalmak üzereydim, bunu hissediyordum, uyuyacaktım ve sonra – pat, yer ayaklarımın altından çekiliyordu, sıçradım, kalbim ağzıma gelmişti. Gördüm. Gördüm.

Altgeçitteydim ve bana doğru geliyordu, ağzıma tokat attıktan sonra yumruğunu kaldırdı. Elindeki tırtıklı metal anahtarlar kafatasıma indiğinde keskin acıyı hissettim.

ANNA

17 Ağustos 2013 Cumartesi

Akşam

AĞLADIĞIM için kendimden nefret ediyordum, bu çok zavallıcaydı. Ama artık gücüm kalmamıştı, son haftalar çok zor geçmişti. Tom ve ben, –tabii ki– Rachel hakkında bir kavga daha etmiştik.

Sanırım içimde kalmıştı. Kendime not yüzünden ve buluştukları konusunda bana yalan söylediği için işkence edip durmuştum. Sürekli bunun aptalca olduğunu söylesem de aralarında bir şeyler olduğu düşüncesini kafamdan atamıyordum. İçimde kurup duruyordum: Rachel'ın ona –bize– yaptıklarından sonra bunu nasıl yapardı? Onunla yeniden birlikte olmayı aklından nasıl geçirebilirdi? Yani, ikimize yan yana bakıldığında, dünyada benim yerime onu tercih edecek tek bir erkek bile yoktu. Üstelik sorunluydu da.

Ama sonra bazen böyle şeylerin olduğunu düşündüm, olmuyor muydu? Bir geçmişinizin olduğu insanlar sizi bırakmıyordu ve ne kadar çabalarsanız çabalayın, kendinizi kurtaramıyor, özgür kalamıyordunuz. Belki de bir süre sonra çabalamaktan vazgeçiyordunuz.

Perşembe günü gelip kapıya vurdu ve Tom'a seslendi.

Öfkeden deliye dönmüştüm ama açmaya cesaret edemedim. Yanınızda çocuğunuz olduğunda daha hassas oluyordunuz, bu sizi zayıf kılıyordu. Kendi başıma olsaydım karşısına çıkar ve onu alt ederdim. Ama Evie buradayken tehlikeyi göze alamazdım. Neler yapabileceğine dair bir fikrim yoktu.

Neden geldiğini biliyordum. Polise onun hakkında konuştuğum için kızmıştı. Eminim gelip Tom'a ağlayarak onu rahat bırakmamı isteyecekti. Bir not bırakmıştı –"Konuşmamız gerek, lütfen beni bir an önce ara, önemli" ("önemli" sözcüğünün altını üç kez çizmişti)– ve o notu hemen çöpe attım. Daha sonra çöpten çıkarıp yolladığı hırçın e-postanın çıktısı, sakladığım arama ve eve geliş kayıtlarıyla birlikte komodinin çekmecesine koydum. Bizi rahatsız ettiği günlerin kaydı her ihtimale karşı sakladığım bir delildi. Dedektif Riley'yi arayıp Rachel'ın yine buralara geldiğini söylediğim bir mesaj bıraktım. Hâlâ geri aramamıştı.

Tom'a nottan bahsetmem gerektiğini biliyordum ama polisle konuştuğum için bana sinirlenmesin diye çekmeceye koydum ve unutmasını umdum. Tabii ki unutmadı. O gece onu aradı. Tom telefonu kapadıktan sonra öfkeden çıldırmıştı.

"Bu not da neyin nesi?" diye çıkıştı.

Ona notu attığımı söylemiştim. "Okumak isteyeceğini tahmin etmedim," dedim. "Onun hayatımızdan çıkıp gitmesini en az benim kadar istediğini düşünmüştüm."

Gözlerini devirdi. "Konu bu değil ve sen de bunu biliyorsun. Tabii ki Rachel'ın gitmesini istiyorum. İstemediğim şey, telefonlarımı dinlemeye başlayıp postalarımı atman. Sen..." içini çekti.

"Ben ne?"

"Yok bir şey. Sadece... O da böyle şeyler yapardı."

Sanki karnıma kuraldışı bir yumruk yemiş gibi olmuştum. Gülünç bir şekilde gözyaşlarına boğuldum ve yukarıdaki banyoya koştum. Her zamanki gibi gelip beni teselli etmesini, öpmesini, sevişmeyi bekledimse de yarım saat kadar sonra, "Birkaç saatliğine spora gidiyorum," diye seslendi ve cevap vermeme fırsat bile kalmadan kapının çarpılıp kapandığını duydum.

İşte artık tıpkı onun gibi davranıyordum: Önceki akşam yemeğinden kalan yarım şişe kırmızı şarabı içiyor, bilgisayarını karıştırıyordum. Şu anda hissettiğim gibi hissedildiğinde onun bu davranışlarını anlamak daha kolaydı. Şüphe kadar acı veren, yiyip bitiren başka bir duygu yoktu.

En sonunda bilgisayarının şifresini kırdım: Blenheim. Yaşadığımız caddenin adını şifre yapmak kadar tehlikesiz ve sıkıcı bir şifre daha olamazdı. Suçlayıcı e-postalar, aşağılık fotoğraflar ya da tutkulu mektuplar yoktu. Yarım saat boyunca insanın aklını kıskançlık acısını unutturacak kadar uyuşturan iş e-postalarını okuyarak geçirdikten sonra bilgisayarı kapatıp kaldırdım. Şarap ve Tom'un bilgisayarının sıkıcı içeriği sayesinde neşem gerçekten yerine gelmişti. Kendimi aptalca davrandığıma ikna etmiştim.

Dişlerimi fırçalamak için yukarı çıktım –yeniden şarap içtiğimi öğrenmesini istemiyordum– ve sonra nevresimleri değiştirip yenilerini koymaya karar verdim. Yastıklara biraz Acqua di Parma sıkıp geçen sene doğum günümde aldığı siyah, ipek iç çamaşırını giyecektim. Böylelikle eve döndüğünde hatamı telafi etmiş olacaktım.

Çarşafları çıkarırken az kalsın yatağın altındaki siyah çantaya takılıp düşüyordum: Bu onun spor çantasıydı. Spor çantasını unutmuştu. Gideli bir saat olmuştu ve almak için geri dönmemişti. Mideme sancılar girdi. Belki boş verip bara gitmeye karar vermişti. Belki spordaki dolabında yedek eşyası vardı. Belki de şu an onunla yataktaydı.

Midem bulanıyordu. Dizlerimin üzerinde durup çantasını karıştırdım. Bütün eşyaları buradaydı, yıkanmış ve spora hazırdı: iPod shuffle'ı, koşarken giydiği tek spor ayakkabısı. Bir şey daha vardı: Bir cep telefonu. Daha önce hiç görmediğim bir cep telefonu.

Yatağa oturdum, telefon elimdeydi ve kalbim yerinden çıkacak gibi çarpıyordu. Telefonu açacaktım, buna karşı koymanın imkânı yoktu ama açtığımda pişman olacağıma da emindim çünkü bu yalnızca kötü bir anlama gelebilirdi. Bir şey saklamadığınız sürece spor çantanızda yedek bir telefon tutmazdınız. Kafamda bir ses, *geri koy, unut gitsin,* diyip duruyordu ama yapamazdım. Parmağımı sertçe açma düğmesine bastırdım ve ekranın aydınlanmasını bekledim. Bekledim. Bekledim. Şarjı bitmişti. Rahatlama hissi, tıpkı morfin gibi vücuduma yayılmıştı.

Rahatlamıştım çünkü artık öğrenemezdim ama şarjı bitmiş bir telefon kullanılmayan, istenmeyen bir telefona işaretti, tutkulu bir ilişki yaşayan bir erkeğe değil. Böyle bir erkek telefonunu sürekli yanında isterdi. Belki bu eski bir telefonuydu, belki aylardır spor çantasındaydı ve henüz atmaya zaman bulamamıştı. Belki onun bile değildi: Sporda bulmuş, danışmaya vermeye niyetlenmiş ve unutmuş olamaz mıydı?

Yatağı öylece bırakıp aşağı inerek oturma odasına girdim. Sehpanın altında birkaç çekmece vardı ve içleri zamanla ıvır zıvır dolmuştu: selobant ruloları, dış ülkeler için priz adaptörleri, mezuralar, dikiş setleri, eski cep telefonu şarjları. Üç şarjı da aldım; denediğim ikincisi oldu. Yatağın kendi tarafımdaki prizine taktım, telefonla şarjı komodinimin arkasına sakladım. Bekledim.

Genelde zamanlara ve tarihlere rastladım. Tarih değil. Günlere. *Pazartesi saat 3? Cuma, 04.30.* Bazen reddetmişti. *Yarın olmaz. Çarşambalar olmaz.* Başka bir şey yoktu: ilan-ı aşk, üstü kapalı teklifler. Yalnızca on civarı mesaj vardı ve hepsi bilinmeyen bir numaradandı. Telefon rehberi boştu ve arama kaydı silinmişti.

Tarihlere ihtiyacım yoktu çünkü telefon onları kaydediyordu. Toplantılar aylar öncesinindi. Neredeyse bir yıl öncesinin. Bunu fark edip ilkinin geçen yılın eylülüne denk geldiğini gördüğümde boğazıma bir yumru oturdu. Eylül! Evie altı aylıktı. Ben hâlâ şişman, yorgun, hamlamış ve seksten uzaktım. Ama sonra gülmeye başladım çünkü bu çok gülünçtü, doğru olamazdı. Eylül ayında göz kamaştıracak kadar mutluyduk, birbirimize ve yeni doğan bebeğimize âşıktık. Onunla buluşması, tüm bu zaman boyunca onunla görüşüyor olması imkânsızdı. Anlardım. Doğru olamazdı. Telefon ona ait değildi.

Yine de. Komodinden taciz kaydını alıp telefonda ayarlanan randevularla karşılaştırdım. Bazıları uyuşuyordu. Bazı çağrılar bir iki gün öncesi ya da bir iki gün sonrasınındı. Bazıları ise hiç uyuşmuyordu.

Rachel'ın rahatını kaçırdığını, onu taciz ettiğini söylediği tüm bu süre boyunca onunla gerçekten görüşüyor, buluşmak, gezinmek için gizlice planlar yapıyor olabilir miydi? Ama Rachel'da bu numara varsa neden onu sabit hattan arıyordu? Bu çok anlamsızdı. Tabii öğrenmemi istemediği, aramızda sorun yaratmaya çalışmadığı sürece.

Tom gideli iki saat kadar olmuştu, her neredeyse kısa süre sonra dönerdi. Yatağı yaptım, telefonu da komodine, diper sakladıklarımın yanına koydum, aşağı indim, kendime son bir kadeh şarap koyup hızla içtim. Rachel'ı arayabilirdim. Onunla yüzleşebilirdim. Ama ne söyleyecektim ki? Ahlaki açıdan kazanacak bir üstünlüğüm yoktu. Üstelik tüm bu süre boyunca aptal olanın *ben* olduğumu söylemesini kaldırabilir miydim, bundan pek emin değildim. Eğer Tom bunu onunlayken yaptıysa, benimleyken de yapardı.

Kaldırımdan gelen ayak seslerini duydum, gelenin o olduğunu anlamıştım. Yürüme hızını tanıyordum. Şarap kadehini lavaboya döküp mutfak tezgâhına yaslandım. Nabzım kulaklarımda atıyor gibiydi.

"Merhaba," dedi beni gördüğünde. Süklüm püklüm duruyordu ve biraz sallanıyordu.

"Artık sporda bira servisi de mi var?"

Güldü. "Eşyalarımı unutmuşum. Bara gittim."

Tam da düşündüğüm gibiydi. Yoksa tam da onun benim düşüneceğimi düşündüğü gibi miydi?

Biraz yaklaştı. "Sen ne yaptın?" diye sordu. Dudaklarında bir gülümseme belirmişti. "Suçlu görünüyorsun." Kollarını belime sarıp beni kendine doğru çekti. Nefesindeki biranın kokusunu alabiliyordum. "Kötü bir şey mi yaptın?"

"Tom..."

"Şşş," dedi ve dudaklarımdan öperek pantolonumun düğmelerini açmaya başladı. Başımı döndürüyordu. Bunu yapmayı istemiyordum ama nasıl hayır diyeceğimi bilmediğim için gözlerimi kapadım ve onu Rachel ile düşünmemeye çalıştım. Aklıma ilk günlerimizi, nefes nefese, çaresizce, aç bir şekilde Cranham Sokağı'ndaki boş eve koşuşumuzu getirdim.

18 Ağustos 2013 Pazar

Sabah erken

Korku içinde uyandım; hava hâlâ karanlıktı. Evie'nin ağladığını duyduğumu sandım ama kontrol etmeye gittiğimde derin uykuda olduğunu gördüm. Battaniyesi, kapadığı yumruklarının arasına sıkışmıştı. Yatağıma geri döndüm ama tekrar uyuyamadım. Aklımdaki tek şey, komodinin çekmecesindeki telefondu. Sol kolunu uzatmış uyuyan Tom'a baktım, başını arkaya atmıştı. Nefes alıp verişinin ahengine bakacak olursak, bilinci açık olmaktan çok uzaktı. Yataktan usulca çıktım, çekmeceyi açıp telefonu aldım.

Mutfağa indiğimde telefonu elimde çevirip durdum. Kendimi hazırlıyordum. Öğrenmeyi hem istiyor hem istemiyordum. Emin olmak istiyordum ama yanılıyor olmayı kalpten diliyordum. Açtım. "Bir" tuşuna basıp tuttum, telesekreterin karşılama sesi yükseldi. Yeni ve saklanmış mesajım olmadığını duydum. Karşılama mesajımı değiştirmek ister miydim? Çağrıyı sonlandırdım ama aniden telefonun çalabileceğine ve Tom'un yukarıdan duyabileceğine dair mantıksız bir korkuya kapıldım ve çift kanatlı kapıyı iterek dışarı çıktım.

Ayaklarımın altındaki çim nemliydi, hava serindi, yağmurun ve güllerin kokusuyla ağırlaşmıştı. Uzaklardaki trenin yavaş homurtusunu duyabiliyordum. Çite kadar yürüyüp telesekreteri yeniden aradım: Karşılama mesajımı değiştirmek ister miydim? Evet, isterdim. Bip sesinden sonra bir sessizlik oldu ve onun sesini duydum. Erkek değil, kadın sesiydi bu. *Merhaba, benim, mesaj bırakın.*

Kalbim durmuş gibiydi.

Bu Tom'un değil, onun telefonuydu.

Mesajı bir kez daha dinledim.

Merhaba, benim, mesaj bırakın.

Onun sesiydi.

Kıpırdayamadım, nefes alamadım. Yeniden, yeniden dinledim. Boğazım düğümlenmişti, bayılacak gibi hissettim ve o sırada yukarının ışığı yandı.

RACHEL

18 Ağustos 2013 Pazar

Sabah erken

BİR PARÇA hatıra bir diğerini hatırlattı. Sanki günlerdir, haftalardır, aylardır karanlığın içinde tökezledikten sonra nihayet bir şeye tutunabilmiştim. Bu, bir odadan diğerine gitmek için elimi duvarda gezdirmeye benziyordu. En sonunda hareket eden gölgeler birleşmeye başlamıştı ve bir süre sonra gözlerim loşluğa alıştı ve görebildim.

Ama ilk başta değil. İlk başta bana bir hatıraymış gibi gelse de aslında rüya olduğunu düşündüm. Koltuğa oturmuş, şaşkınlıktan donakalmıştım, kendime bunun bir şeyi ilk yanlış hatırlayışım olmadığını, işlerin tamamen farklı gitmesine rağmen yolunda olduğunu ilk düşünüşüm olmadığını söyleyip duruyordum.

Tom'un bir arkadaşının düzenlediği bir partiye gittiğimiz ve benim çok sarhoş olduğum ama güzel bir gece geçirdiğimiz zamanlardaki gibiydi. Clara ile vedalaştığımı hatırlıyordum. Clara, Tom'un iş arkadaşlarından birinin karısıydı. Güzel bir kadındı, sıcak ve nazikti. Ona mutlaka yeniden görüşmemiz gerektiğini söylediğimi hatırlıyordum; elimi avuçlarının arasına aldığını hatırlıyordum.

Bunu çok net bir şekilde hatırlıyordum ama doğru değildi. Ertesi sabah Tom ile konuşmaya çalıştığımda bana sırtını dönünce doğru olmadığını anlamıştım. Anlamıştım çünkü bana ne kadar hayal kırıklığına uğradığını ve utandığını, Clara'yı onunla flört etmekle suçladığımı, histerik ve küfürbaz davrandığımı söylemişti.

Gözlerimi kapadığımda Clara'nın tenime değen sıcak elini hatırlayabiliyordum ama böyle bir şey aslında olmamıştı. Gerçekte olan, Tom'un eve girmeme yardım etmesi, benim yol boyunca ağlayıp bağırmam, bu sırada da zavallı Clara'nın mutfakta korkudan sinmesiydi.

Gözlerimi kapayıp yarı rüya görür bir hâle büründüğümde ve kendimi altgeçitte bulduğumda, soğuğu hissedebiliyor, acı ve ekşi havanın kokusunu alabiliyordum. Bana doğru öfke içinde, yumruğunu kaldırarak yürüyen bir insan görebiliyordum ama bu doğru değildi. Hissettiğim korku doğru değildi. Gölge bana saldırıp yerde öylece bıraktığında ağladığım ve başımın kanadığı doğru değildi.

Oysa doğruydu ve görmüştüm. Buna inanamamam çok şaşırtıcıydı ama güneşin doğuşunu izlerken sanki sis perdesi de aralanmış oldu. Bana söyledikleri yalandı. Onun bana vuracağı aklımdan geçmemişti. Hatırlıyordum. Tıpkı partinin sonunda Clara'ya veda ettiğimi ve elimi tuttuğunu hatırlıyor olduğum gibi. Tıpkı kendimi yerde, golf sopasının yanında bulduğumda hissettiğim korkuyu hatırladığım gibi. Artık biliyordum, o sopayla saldıranın ben olmadığımı artık kesinlikle biliyordum.

Ne yapacağımı bilmiyordum. Yukarı koştum, üzerime kot pantolonumu ve spor ayakkabılarımı giyip aşağıya geri koştum. Numaralarını aradım, sabit numaralarını ve birkaç kez çaldırdıktan sonra kapadım. Ne yapacağımı bilmiyordum. Kahve yaptım, bir kenara bırakıp Dedektif Riley'i aradım ama hemen kapadım. Bana inanmazdı. İnanmayacağını biliyordum.

İstasyona doğru yola çıktım. Pazar tarifesi uygulanıyordu ve ilk tren yarım saatten önce gelmeyeceği için oradaki bankta öylece oturup, kendi içimde şüpheden hayal kırıklığına ve hayal kırıklığından yeniden şüpheye doğru gidip gelmekten başka yapacak bir şeyim yoktu.

Her şey yalandı. Onun bana vuracağını düşünmemiştim. Yumruklarını sıkarak beni bırakıp hızla gideceğini düşünmemiştim. Dönüp bağırdığını görmüştüm. Yanında bir kadınla yolda yürüdüğünü görmüştüm, onunla arabaya bindiğini görmüştüm. Bunu düşünmemiştim. Ve o sırada her şeyin çok basit olduğunu, çok çok basit olduğunu fark ettim. Hatırlıyordum, yalnızca iki hatırayı karıştırmıştım. Anna'nın mavi elbisesiyle benden kaçışını başka bir senaryonun içine yerleştirdim: Tom'un ve bir kadının arabaya binişine. Çüknü tabii ki o kadının üzerinde mavi bir elbise yoktu, kot pantolon ve kırmızı bir tişört vardı. O, Megan'dı.

ANNA

18 Ağustos 2013 Pazar

Sabah erken

TELEFONU çitin elimden geldiğince uzağına fırlattım; toprak dolgunun üzerindeki molozun kenarına bir yere düştü. Galiba raylara doğru yuvarlandığını duymuştum. Galiba onun sesini de hâlâ duyabiliyordum. *Merhaba. Benim. Mesaj bırakın.* Galiba sesini uzun bir süre daha duyabilirdim.

Eve geri girdiğimde Tom merdivenlerden inmişti. Mahmur gözlerini kırpıştırarak beni seyrediyor, ayılmaya çalışıyordu.

"Neler oluyor?"

"Hiçbir şey," dedim ama sesimin titrediğini hissedebiliyordum.

"Dışarıda ne işin vardı?"

"Birinin sesini duydum sandım," dedim. "Bir şey beni uyandırdı. Bir daha da uyuyamadım."

"Telefon çaldı," dedi, gözlerini ovuşturarak.

Sallanmaması için ellerimi birbirine geçirdim. "Ne? Ne telefonu?"

"Telefon." Bana sanki delirmişim gibi bakıyordu. "Telefon çaldı. Biri arayıp kapadı."

"Ah. Bilmiyorum. Kim olduğunu bilmiyorum."

Güldü. "Tabii ki bilmiyorsun. Sen iyi misin?" Bana doğru yürüyüp kollarını belime doladı. "Tuhaf davranıyorsun." Bir süre bana sarıldı, başını göğsüme doğru eğmişti. "Bir şey duyduysan beni uyandırman gerekirdi," dedi. "Kendi başına dışarı çıkmamalıydın. Bu benim işim."

"İyiyim," dedim ama dişlerimin titrememesi için çenemi sıkmam gerekti. Dudaklarımdan öptü, dilini ağzıma soktu.

"Yatağa dönelim," dedi.

"Ben galiba kahve yapacağım," dedim, ondan uzaklaşmaya çalışarak.

Gitmeme izin vermiyordu. Kollarını sıkıca sarmıştı ve eli belimdeydi.

"Haydi," dedi. "Benimle gel. Hayırı cevap olarak kabul etmiyorum."

RACHEL

18 Ağustos 2013 Pazar

Sabah

NE YAPACAĞIMDAN pek emin olmadığım için zili çaldım. Acaba önceden arasa mıydım, merak ediyordum. Pazar sabahı aramadan çıkıp gelmek hiç nazikçe değildi, öyle değil mi? Kıkırdamaya başladım. Biraz histerik hissediyordum. Ne yaptığımı bildiğim söylenemezdi.

Kapıya kimse gelmedi. Evin etrafındaki küçük geçide doğru yürürken histerim iyice büyüdü. Güçlü bir dejavu hissine kapılmıştım. Eve gelip küçük kızı aldığım o sabahı hatırladım. Ona zarar vermeyi asla istememiştim. Bundan artık emindim.

Evin serin gölgesinde yoluma devam ederken bebeğin sesini duydum ve bana mı öyle geliyor diye merak ettim. Ama hayır, oradaydı ve Anna da yanındaydı. Verandada oturuyorlardı. Ona seslendim ve çitin üzerinden yükseldim. Bana baktı. Şaşkınlık ya da öfke gösterisi beklerken yadırgamamıştı bile.

"Merhaba, Rachel," dedi. Ayağa kalktı, çocuğunun elini tuttu ve onu yanına çekti. Gülümsemeden sakince bana bakıyordu. Gözleri kırmızı, yüzü solgun, temizlenmiş, makyajdan arınmış görünüyordu.

"Ne istiyorsun?" diye sordu.

"Zili çaldım," dedim.

"Duymadım," dedi ve çocuğu kucağına aldı. Sanki eve girecekmiş gibi hafifçe o yöne doğru döndükten sonra bir anda durdu. Bana neden bağırmadığını merak etmiştim.

"Tom nerede, Anna?"

"Dışarı çıktı. Askerden arkadaşlarıyla buluştu."

"Gitmemiz gerek, Anna," dedim. Gülmeye başladı.

ANNA

18 Ağustos 2013 Pazar

Sabah

NEDENSE her şey bir anda gözüme çok eğlenceli görünmüştü. Zavallı, şişko Rachel bahçemde kıpkırmızı ve ter içinde durmuş, bana gitmemiz gerektiğini söylüyordu. *Bizim* gitmemiz gerektiğini.

"Nereye gidiyoruz?" diye sordum, gülmem bitince. Boş gözlerle, ne diyeceğini bilemeden bana baktı. "Ben seninle hiçbir yere gitmiyorum." Evie debelenip mızmızlanmaya başlayınca onu yere geri koydum. Bu sabah duşta ovaladığım yerlerim hâlâ yanıyordu ve hassastı. Ağzımın içi, yanaklarım ve dilim ısırılmış gibiydi.

"Ne zaman geri dönecek?" diye sordu.

"Bir süre dönmez, sanmam."

Ne zaman döneceğine dair en ufak bir fikrim bile yoktu. Bazen bütün gününü tırmanma duvarında geçirdiği oluyordu. Ya da bütün gününü tırmanma duvarında geçirdiğini sandığım. Artık bilmiyordum.

Spor çantasını aldığını biliyordum; telefonun orada olmadığını fark etmesi uzun sürmezdi.

Evie'yi alıp bir süreliğine kız kardeşime gitmeyi planlıyordum ama telefon elimi kolumu bağlıyordu. Ya biri bulursa? Tren yolunun bu kısmında sürekli işçiler oluyordu: İçlerinden biri bulup polise teslim edebilirdi. Üzerinde parmak izlerim vardı.

Sonra belki de onu geri almanın o kadar da zor bir şey olmadığını düşündüm ama kimse beni görmesin diye gece olmasını beklemeliydim.

Rachel'ın hâlâ konuştuğunun farkındaydım, bana sorular sorup duruyordu. Onu dinlemiyordum. Kendimi çok yorgun hissediyordum.

"Anna," dedi, yaklaşarak. Derin kahverengi gözlerini gözlerime dikti. "Onlardan biriyle tanıştın mı?"

"Kimlerden biriyle?"

"Askerden arkadaşlarından? Seni onlardan biriyle tanıştırdı mı?" Başımı iki yana salladım. "Sence bu tuhaf değil mi?" O sırada aklıma, esas tuhaf olan şeyin bir pazar sabahı kapımda belirmesi olduğu geldi.

"Pek sayılmaz," dedim. "Onlar başka bir hayatın parçası. Onun hayatlarından birinin. Tıpkı senin gibi. Tıpkı olmuş olman gerektiği gibi, her neyse, ama görünüşe göre senden kurtulamıyoruz." İncinmişti, geri çekildi. "Burada ne işin var, Rachel?"

"Neden burada olduğumu biliyorsun," dedi. "Bir şeyler... bir şeyler olduğunu biliyorsun." Yüzünde, sanki benim için endişeleniyormuş gibi samimi bir ifade vardı. Başka bir durumda bu etkileyici olabilirdi.

"Kahve içer misin?" dedim, başını evet anlamında salladı.

Kahve hazırladım ve sessizlik içinde verandada yan yana oturduk. Neredeyse sıcak bir ortam oluşmuştu. "Ne demek istiyordun?" diye sordum. "Tom'un asker arkadaşlarının aslında olmadığını mı? Kendi kafasından uydurduğunu mu? Aslında başka bir kadınla birlikte olduğunu mu?"

"Bilmiyorum," dedi.

"Rachel?" Bana baktığında gözlerinden korktuğunu okuyabiliyordum. "Bana söylemek istediğin bir şey mi var?"

"Sen Tom'un ailesiyle tanıştın mı?" diye sordu. "Annesi ve babasıyla."

"Hayır. Konuşmuyorlar. Benimle birlikte olmaya başlayınca Tom ile görüşmeyi kestiler."

Başını iki yana salladı. "Bu doğru değil," dedi. "Ben de onları hiç görmedim. Beni tanımıyorlar bile, Tom'un benden ayrılmasını neden umursasınlar ki?"

Kafatasımın tam arkasında bir karanlık oluşmuştu. Telefonda sesini duyduğumdan beri bunu aklımdan uzaklaştırmaya çalışsam da şişmeye, büyümeye başladı.

"Sana inanmıyorum," dedim. "Bu konuda bana neden yalan söylesin ki?"

"Çünkü her konuda yalan söylüyor."

Ayağa kalktım ve ondan uzaklaştım. Bana bunları anlattığı için canım sıkılmıştı. Kendimden sıkılmıştım çünkü galiba ona inanıyordum. Sanırım Tom'un yalan söylediğini her zaman biliyordum. Yalnızca eskiden yalanları işime geliyordu.

"O iyi bir yalancıdır," dedim. "Yıllardır bundan haberin yoktu değil mi? Buluştuğumuz, Cranham Sokağı'ndaki o evde deliler gibi seviştiğimiz aylar boyunca hiçbir şeyden şüphelenmedin."

Yutkundu, dudağını sertçe ısırdı. "Megan," dedi. "Ya Megan?"

"Biliyorum. İlişkileri vardı." Bu sözler kulağıma yabancı gelmişti, ilk kez dışımdan söylüyordum. Beni aldatmıştı. *Beni* aldatmıştı. "Eminim bu hoşuna gidiyordur," dedim, "ama o artık öldü, o yüzden bunun bir önemi yok değil mi?"

"Anna..."

Karanlık daha da büyüyordu; kafatasımın kenarlarını itiyor, görüntümü bulutlandırıyordu. Evie'nin elini tutup onu içeri çekmeye başladım. Buna şiddetli bir şekilde karşı çıktı.

"Anna..."

"İlişkileri vardı. O kadar. Dahası yok. Bu illa da onu-"

"Öldürdüğü anlamına gelmiyor, öyle mi?"

"Bunu söyleme!" Kendimi ona bağırırken bulmuştum. "Çocuğumun önünde bunu söyleme."

Evie'ye kuşluk vakti atıştırmalarını verdim ve haftalardır ilk kez hiç şikâyet etmeden yedi. Sanki endişelenecek başka konularım olduğunu biliyor gibiydi. Bu yüzden ona minnettardım. Bahçenin sonundaki çitin orada durmuş, geçen bir treni seyreden Rachel'ın hâlâ orada olmasına rağmen yeniden dışarı çıktığımızda kendimi sonsuz derecede sakin hissettim. Bir süre sonra, yeniden dışarı çıktığımı fark edince bana doğru yürüdü.

"Onları seviyorsun değil mi?" dedim. "Trenleri. Ben nefret ederim. Kesinlikle tiksinirim."

Hafifçe gülümsedi. Yüzünün sol tarafında derin bir gamze olduğunu fark ettim. Bunu daha önce hiç görmemiştim. Galiba onu gülümserken pek görmemiştim. Hatta hiç.

"Yalan söylediği bir başka konu daha," dedi. "Bana senin bu evi ve bu eve dair her şeyi hatta trenleri bile sevdiğini söylemişti. Başka bir ev aramanın hayalini asla kurmadığını, buraya ilk olarak benim gelmiş olmama rağmen kesinlikle bu eve taşınmayı istediğini söylemişti."

Başımı iki yana salladım. "Sana neden böyle bir şey söylesin ki?" diye sordum. "Bu saçmalık. İki senedir ona bu evi sattırmaya çalışıyorum."

Omuzlarını silkti. "Çünkü o yalan söylüyor, Anna. Sürekli."

Karanlık iyiden iyiye büyüdü. Evie'yi kucağıma alınca orada mutlu bir şekilde oturdu, güneş ışığının altında mayışmıştı. "Yani bütün o telefon çağrıları..." dedim. Artık her şey anlam kazanmaya başlamıştı. "Senden değil miydi? Yani, bazılarının sen olduğunu biliyorum ama bazıları-"

"Megan'dan mıydı? Evet, ben de öyle tahmin ediyorum."

Tuhaftı çünkü artık bütün bu süre boyunca yanlış kadından nefret ettiğimi bilsem de bunu bilmek Rachel'dan daha az nefret etmemi sağlamıyordu. Tam tersine onu böyle sakin, endişeli, ayık görünce önceden nasıl biri olduğunu anlamıştım ve ona daha çok kızmıştım çünkü Tom'un onda ne bulduğunu görmeye başlıyordum. Ve onun nesini sevdiğini.

Saatime baktım, on biri geçmişti. Tom galiba saat sekiz gibi gitmişti. Daha erken de olabilirdi. Şimdiye kadar çoktan telefonu fark etmiş ve üzerinden epey bir süre geçmiş olmalıydı. Belki de çantadan düştüğünü düşünmüştü. Belki de yukarıdaki yatağın altında olduğunu tahmin ediyordu.

"Ne zamandır biliyorsun?" diye sordum. "İlişkiyi."

"Bilmiyordum," dedi. "Bugüne kadar. Yani neler olduğunu bilmiyordum. Tek bildiğim-" Neyse ki sustu, onun kocamın özel hayatı hakkında konuşmasına biraz daha dayanabilir miydim, bilmiyordum. Onun ve benim –şişko, mutsuz Rachel ile benim– artık aynı gemide olduğumuz fikrini kaldıramazdım.

"Sence ondan mıydı?" diye sordu. "Sence bebek ondan mıydı?"

Ona bakıyordum ama aslında onu gördüğüm yoktu. Tek gördüğüm karanlıktı ve tek duyduğum kulaklarımdaki denizi ya da başımın üzerinden geçen bir uçağı anımsatan homurtuydu.

"Ne dedin?"

"Ben... Üzgünüm." Yüzü kızarmış, telaşlanmıştı. "Böyle söylememeliydim... Öldüğünde hamileydi. Megan hamileydi. Çok üzgünüm."

Ama üzgün olduğu falan yoktu, bundan emindim ve onun önünde ağlamak istemiyordum. Aşağıya, Evie'ye baktım ve daha önce hiç hissetmediğim, tıpkı bir dalga gibi beni boğup nefesimi kesen bir keder hissettim. Evie'nin erkek kardeşi, Evie'nin kız kardeşi. Ölmüştü. Rachel yanıma oturup kolunu omuzlarıma doladı.

"Üzgünüm," dedi yeniden. Ona vurmak istedim. Teni tenime değince etim karıncalandı. Onu itmek, ona bağırmak istedim ama yapamadım. Bir süre ağlamama izin verdikten sonra net ve kararlı bir sesle, "Anna, bence gitmemiz gerek," dedi. "Bence kendin ve Evie için biraz eşya al ve sonra gidelim. Şimdilik bende kalabilirsin. Ta ki... ta ki tüm bunlardan kurtulana kadar."

Gözlerimi sildim ve ondan uzaklaştım. "Tom'u bırakamam, Rachel. Bir ilişkisi oldu, o... Bu ilk değildi, öyle değil mi?" Gülmeye başladım, Evie de gülüyordu.

Rachel iç çekti ve ayağa kalktı. "Bunun yalnızca ilişkiyle ilgili olmadığını biliyorsun, Anna. Bildiğini biliyorum."

"Biz hiçbir şey bilmiyoruz," dedim, fısıldar gibi.

"Megan onunla arabadaydı. O gece. Onu gördüm. Unutmuştum. İlk başta kadının sen olduğunu düşündüm," dedi. "Ama sonra hatırladım. Artık hatırlıyorum."

"Hayır." Evie yapış yapış, küçük elini ağzıma bastırdı.

"Polise anlatmamız gerek, Anna." Bana doğru bir adım attı. "Lütfen. Burada onunla kalamazsın."

Güneşe rağmen titriyordum. Megan'ın en son eve gelişini, artık bizimle çalışamayacağını söylerken Tom'un yüzündeki bakışı hatırlamaya çalıştım. Bu Tom'un hoşuna mı gitmişti, yoksa hayal kırıklığına mı uğramıştı, hatırlamalıydım. Aklıma birden farklı bir resim geldi: Evie'ye bakmaya geldiği ilk seferlerden biriydi bu. Ben dışarı çıkıp kızlarla buluşacaktım ama o kadar yorgundum ki, uyumak için yukarı çıktım. Tom eve ben yukarıdayken gelmiş olmalıydı çünkü aşağıya indiğimde birliktelerdi. Megan tezgâha yaslanmıştı ve Tom ona çok yakın duruyordu. Evie mama sandalyesindeydi, ağlıyordu ve ikisi de onunla ilgilenmiyordu.

İçim üşüdü. O zaman Tom'un Megan'ı arzuladığını biliyor muydum? Megan sarışın ve güzeldi, tıpkı benim gibi. O yüzden evet, tıpkı sokakta yürürken yanında karıları ve kollarında çocukları olan evli adamların bana bakıp beni arzuladığını bildiğim gibi, Tom'un da Megan'ı arzuladığını muhtemelen biliyordum. Tom Megan'ı arzuladı ve ona sahip oldu. Ama bu olmazdı. Bunu yapamazdı.

Tom böyle bir şey yapmış olamazdı. O bir sevgili, iki kez koca olmuş biriydi. Bir babaydı. İyi bir babaydı, ailesine düşkündü.

"Onu seviyordun," diye hatırlattım. "Hâlâ da seviyorsun değil mi?"

Başını iki yana salladı ama hiç ikna edici değildi.

"Seviyorsun. Ve biliyorsun... bunun mümkün olmadığını biliyorsun."

Ayağa kalktım, Evie'yi yanıma aldım ve yaklaştım. "Bunu yapmış olamaz, Rachel. Bunu yapmayacağını biliyorsun. Böyle bir şey yapabilecek bir adamı sevemezdin değil mi?"

"Ama sevdim," dedi. "İkimiz de sevdik." Yanaklarından yaşlar süzülüyordu. Silerken yüzündeki ifade değişti ve beti benzi attı. Bana bakmıyordu. Nereye baktığını anlamaya çalışınca onun mutfaktan bizi izlediğini gördüm.

MEGAN

12 Temmuz 2013 Cuma

Sabah

KÜÇÜK KIZ BENİ istemediğim bir şeyi yapmaya zorlamıştı. Belki de erkekti. İçime kız olduğu doğmuştu. Ya da kalbim öyle söylüyordu, bilmiyordum. Daha önceki gibi onu hissedebiliyordum. Kıvrılmıştı ve kabuğun içinde bir tohumdu. Ama bu tohum gülümsüyordu. Zaman kolluyordu. Ondan nefret edemezdim. Ve onu başımdan atamazdım. Yapamazdım. Yapabileceğimi sanmıştım, onu içimden kazıtmak isteyeceğimi sanmıştım ama onu düşündüğümde, görebildiğim tek şey Libby'nin yüzü ve kahverengi gözleriydi. Teninin kokusunu alabiliyordum. En sonunda ne kadar soğuk olduğunu hissedebiliyordum. Onu başımdan atamazdım. İstemiyordum. Onu sevmek istiyordum.

Ondan nefret edemezdim ama beni korkutuyordu. Bana yapacaklarından ya da benim ona yapacaklarımdan korkuyordum. Sabahın beşinde beni uyandıran da bu korkuydu. Pencere açık olmasına ve yalnız olmama rağmen ter içindeydim. Scott, Hertfordshire ya da Essex ya da öyle bir yerlerde konferanstaydı. Bu gece dönecekti.

Burada olduğunda neden mutsuz oluyor, geldiğinde ise

neden buna tahammül edemiyordum? Sessizliği kaldıramıyordum. Bozmak için sesli konuşmam gerekiyordu. Bu sabah yataktayken ya bir daha olursa diye düşünüp durdum. Ya onunla yalnızken bir daha olursa? Ya bana, bize sahip çıkmazsa? Ya bebeğin ondan olmadığını anlarsa?

Ondan da olabilirdi tabii. Bilmiyordum ama ondan olmadığını hissediyordum. Tıpkı kız olduğunu hissettiğim gibi. Ama ondan değilse bile nereden bilecekti ki? Bilmeyecekti. Bilemezdi. Aptalca davranıyordum. Çok mutlu olacaktı. Ona söylediğimde sevinçten aklını kaçıracaktı. Bebeğin ondan olmayabileceği aklının ucundan bile geçmeyecekti. Ona söylemek zalimce olurdu, onu üzerdi ve ben onu incitmek istemiyordum. Onu asla incitmek istememiştim.

Kendimi değiştiremezdim.

"Yapacaklarını değiştirebilirsin." Kamal öyle söylemişti.

Saat altıdan sonra Kamal'ı aramıştım. Sessizlik üzerime çökmüştü ve artık telaşlanmaya başlamıştım. Aklıma Tara'yı aramak gelmişti –koşarak geleceğini biliyordum– ama dayanabileceğimi sanmıyordum, çok yapışkan ve aşırı koruyucu davranacaktı. Aklıma gelen tek kişi Kamal olmuştu. Onu evden aradım. Sorunlarım olduğunu, ne yapacağımı bilmediğimi ve çok korktuğumu söyledim. Hemen geldi. Anında hemen hiç soru sormamış sayılabilirdi. Belki de sorunlarımı olduklarından daha kötü göstermiştim. Belki de aptalca bir şey yapacağımdan korkuyordu.

Mutfaktaydık. Saat hâlâ erkendi, yedi buçuğu henüz geçmişti. İlk randevusuna yetişmek için az sonra gitmesi gerekecekti. Mutfak masamızda, karşımda oturan Kamal'a baktım, ellerini düzgün bir şekilde önünde birleştirmişti, derin güzel gözlerini gözlerime dikmişti ve aşkı hissettim. Gerçekten. Benim kötü davranışlarıma rağmen o bana çok iyi davranmıştı.

Tıpkı umut ettiğim gibi daha önce olanları affetmişti.

Bütün günahlarımı silmişti. Kendimi affetmediğim sürece bunun devam edip duracağını ve asla kaçmayı bırakamayacağımı söylemişti. Ve artık kaçamıyordum, öyle değil mi? Bebek varken olmazdı.

"Korkuyorum," dedim. "Ya yeniden hata yaparsam? Ya bende bir tuhaflık varsa? Ya Scott ile işler yolunda gitmezse? Ya yeniden yalnız kalırsam? Buna katlanabilir miyim, bilmiyorum. Yeniden yalnız kalmaktan çok korkuyorum. Yani, çocuğumla birlikte yalnız kalmaktan..."

Öne eğildi ve elini elimin üzerine koydu. "Yanlış bir şey yapmayacaksın. Yapmayacaksın. Sen artık acı çeken, kayıp bir çocuk değilsin. Tamamen farklı birisin. Daha güçlüsün. Artık bir yetişkinsin. Yalnız kalmaktan korkmaman gerek. Dünyadaki en kötü şey bu değil, değil mi?"

Hiçbir şey söylemedim ama aslında dünyanın en kötü şeyi bu değilse ne olduğunu merak ettim çünkü yalnızken gözlerimi kaparsam uykunun eşiğindeyken beni bir anda uyandıran o his geri geliyordu. Bu, karanlık bir evde yalnız olup bebeğimin ağlamasını dinlemenin, Mac'in aşağıdaki ahşap zemindeki ayak seslerini duymayı beklemenin ve asla gelmeyeceklerini bilmenin yarattığı bir histi.

"Scott konusunda ne yapacağını bilemem. Onunla ilişkin... Yani, endişelerimi ifade ettim ama ne yapacağına kendin karar vermelisin. Ona güveniyor musun, senle ve çocuğunla ilgilenmesini istiyor musun, karar ver. Bu senin kararın olmalı. Ama bence kendine güvenebilirsin, Megan. Doğru şeyi yapacağın konusunda kendine güvenebilirsin."

Kahvemi dışarıya, çimlerin üzerine getirdi. Kahvemi bıraktım, kollarımı ona sarıp kendime doğru çektim. Arkamızdaki tren ışıkta durdu. Gürültü bir bariyer, bizi çevreleyen bir duvar gibiydi ve gerçekten yalnızmışız gibi hissettim. Kollarını bana dolayıp öptü.

"Teşekkürler," dedim. "Geldiğin, burada olduğun için teşekkürler."

Gülümsedi, benden uzaklaştı ve başparmağıyla elmacık kemiğimi okşadı. "İyi olacaksın, Megan."

"Seninle kaçamaz mıydım? Sen ve ben... birlikte kaçamaz mıydık?"

Güldü. "Bana ihtiyacın yok. Kaçmaya da ihtiyacın yok. İyi olacaksın. Sen ve bebeğin iyi olacaksınız."

13 Temmuz 2013 Cumartesi

Sabah

Ne yapmam gerektiğini biliyordum. Dün, gün ve gece boyunca bunu düşünmüştüm. Gözüme uyku girmemişti. Scott eve yorgun ve kötü bir ruh hâliyle gelmişti; tek istediği yemek yemek, sevişmek ve uyumaktı, başka hiçbir şeye zamanı yoktu. Kesinlikle konuşmak için doğru bir zaman değildi.

Gecenin büyük bir bölümünü uyumadan geçirdim. Scott yanımda, ter içinde ve huzursuzdu. Kararımı verdim. Doğru olanı yapacaktım. Her şeyi doğru yapacaktım. Her şeyi doğru yaparsam, kötü giden hiçbir şey olmazdı. Olursa da, benim hatam olmazdı. Bu çocuğu sevecek ve onu başından beri doğru şeyi yaptığımı bilerek yetiştirecektim. Pekâlâ, belki en başından beri değil ama ona hamile olduğumu öğrendiğim andan itibaren doğru olanı yapacaktım. Bunu bu bebeğe ve Libby'ye borçluydum. Bu kez her şeyi farklı yapmak için ona borçluydum.

Yatakta yatmış, o öğretmenin söylediklerini ve olduğum tüm kişileri düşündüm: çocuk, asi genç, kaçak, orospu, sevgili, kötü anne, kötü eş. Kendimden iyi bir eş çıkarabilir miydim, bilmiyordum ama iyi bir anne olmayı deneyebilirdim.

Zor olacaktı. Bu şu âna kadar yapmak zorunda olduğum en zor şey olabilirdi ama gerçekleri söyleyecektim. Artık yalan yoktu, artık saklanmak yoktu, artık kaçmak yoktu, artık saçmalık yoktu. Her şeyi gün ışığına çıkaracaktım ve görecektik. O zaman beni sevmezse sevmesindi.

Akşam

Elim göğsündeydi ve elimden geldiğince sert bir şekilde itiyordum ama nefes alamıyordum, benden çok daha güçlüydü. Koluyla nefes boruma baskı yapıyordu, şakaklarımda atan nabzı hissedebiliyordum, gözlerim buğulanmıştı. Bağırmaya çalıştım, sırtım duvara dönüktü. Elimle tişörtüne yapıştığımda beni bıraktı. Benden uzaklaştığında duvardan kayıp mutfak zeminine düştüm.

Öksürüp tükürdüm, gözlerimden yaşlar akıyordu. Benden birkaç adım ötede duruyordu ve bana döndüğünde ellerimi boğazıma götürüp korumaya çalıştım. Yüzündeki utancı görebiliyordum ve ona her şeyin iyi olduğunu söylemek istedim. Ben iyiydim. Ağzımı açtığımda tekrar öksürmekten konuşamadım. Acı inanılmazdı. Bana bir şeyler söylüyordu ama duyamıyordum, sanki suyun altında gibiydik. Sesler boğuktu ve bana bulanık dalgalar hâlinde geliyordu. Hiçbir şey anlamıyordum.

Galiba özür diliyordu.

Ayağa kalkmaya çabaladım, iterek yanından geçtim ve yukarı koştuktan sonra kapıyı arkamdan çarparak kilitledim. Yatağa oturdum ve bekledim, kulak kesildim ama gelmedi. Ayağa kalktım, çantamı yatağın altından aldım, birkaç giysi almak için şifonyere gittim ve kendimi aynada gördüm. Elimi yüzüme götürdüm: Kızarmış tenime, morarmış dudaklarıma ve kan çanağına dönmüş gözlerime karşın şaşırtıcı derecede beyaz görünüyordu.

Bir yanım şaşkına dönmüştü çünkü daha önce hiçbir zaman bana bu şekilde el kaldırmamıştı. Ama bir yanım da bunu yapacağını bekliyordu. İçimde bir yerde bunun bir olasılık olduğunu, oraya doğru ilerlediğimizi her zaman biliyordum. Onu oraya doğru götürdüğümü. Yavaşça eşyalarımı çekmecelerden çıkarmaya başladım. İç çamaşırı, bir iki tişört; hepsini çantama tıkıştırdım.

Ona henüz hiçbir şey söylememiştim. Yalnızca başlamıştım. İyi haberlere geçmeden önce kötüleri söylemek istiyordum. Ona bebekten bahsedememiş, ondan olmama ihtimalini hiç söylememiştim. Bu çok zalimce olurdu.

Dışarıdaki verandadaydık. İşten bahsediyordu ve onu pek dinlemediğimi fark etti.

"Seni sıkıyor muyum?" diye sordu.

"Hayır. Yani, belki biraz." Gülmedi. "Hayır, yalnızca dikkatim dağınık. Çünkü sana söylemem gereken bir şey var. Aslında sana söylemem gereken birkaç şey var. Bazılarından hoşlanmayacaksın ama bazıları-"

"Neyden hoşlanmayacakmışım?"

O sırada zamanı olmadığını, zaten keyfinin kaçık olduğunu bilmem gerekirdi. Hemen şüphelenmişti ve yüzümde ipucu arıyordu. Bunun korkunç bir fikir olduğunu bilmeliydim. Galiba o anda anlamıştım ama artık geri dönmek için çok geçti. Zaten kararımı vermiştim. Doğru şeyi yapacaktım.

Yere, yanına oturdum ve elimi avucuna koydum.

"Neyden hoşlanmayacakmışım?" diye sordu yeniden ama elimi bırakmadı.

Onu sevdiğimi söylediğimde vücudundaki bütün kasların gerildiğini hissettim. Sanki ne söyleyeceğimi biliyor ve kendini ona karşı hazırlıyor gibiydi. Biri sizi sevdiğini bu şekilde söylediğinde hemen anlarsınız. Seni seviyorum, evet, ama... *Ama.*

Ona bazı hatalar yaptığımı söylediğimde elimi bıraktı. Ayağa kalktı ve demir yoluna doğru birkaç metre yürüdükten sonra dönüp bana baktı. "Ne tür hatalar?" diye sordu. Sesi sakindi ama bunun için çabaladığını fark edebiliyordum.

"Gel, benimle otur," dedim, "Lütfen?"

Başını iki yana salladı. "Ne tür hatalar, Megan?" Bu kez sesi daha yüksek çıkmıştı.

"Bir ara... artık bitti ama bir ara... başka biri oldu." Gözlerim yerdeydi, yüzüne bakamıyordum.

Kendi kendine bir şeyler söylendi ama duyamadım. Başımı kaldırdığımda yüzünü yeniden tren yoluna çevirdiğini gördüm. Elleri şakaklarındaydı. Ayağa kalktım ve ona doğru yaklaşıp arkasında durarak ellerimi kalçasına koydum ama beni itti. Eve doğru ilerledi ve bana hiç bakmadan, "Bana dokunma, seni küçük orospu," dedi.

O sırada ona aklını toplayabilmesi için zaman vermeliydim ama bunu yapamadım. Kötü haberi kapatıp iyisinden söz açmak istiyordum. Arkasından eve girdim.

"Scott, lütfen, sadece dinle, düşündüğün kadar korkunç değil. Artık bitti. Tamamen bitti, lütfen dinle, lütfen-"

İkimizin olduğu, o çok sevdiği fotoğrafı aldı –ikinci evlilik yıldönümümüzde hediye olarak ben çerçeveletmiştim– ve bütün gücüyle kafama fırlattı. Çerçeve arkamdaki duvara çarpıp parçalanırken üzerime saldırdı, kollarımın yukarısından tuttu ve beni yakalayıp karşı duvara fırlattı. Kafatasım sıvaya çarptığında kafam öne fırladı. Eğildi, hiçbir şey söylemeden koluyla boğazıma sarıldı, daha da ve daha da eğildi. Boğulduğumu görmek zorunda kalmamak için gözlerini kapadı.

Çantamı toplar toplamaz yeniden boşaltmaya, bütün eşyalarımı çekmecelere geri doldurmaya başladım. Buradan bir çantayla çıkmaya kalkarsam, buna izin vermezdi. Elim boş gitmeli, yalnızca çantamı ve telefonumu almalıydım. Sonra fikrimi yeniden değiştirdim ve her şeyi yeniden çantama koymaya başladım. Nereye gittiğimi bilmesem de burada kalamayacağımı biliyordum. Gözlerimi kapadığımda ellerini boğazımda hissedebiliyordum.

Neye karar verdiğimi biliyordum –artık kaçmak yoktu, artık saklanmak yoktu– ama bu gece burada kalamazdım. Merdivenlerden gelen yavaş, ağır ayak seslerini duydum. Üst basamağa varması çok uzun sürdü. Genelde zıplardı ama bugün merdiven çıkan bir adamdı. Yalnızca onun tutsak mı, yoksa infazcı mı olduğunu bilmiyordum.

"Megan?" Kapıyı açmaya çalışmadı. "Megan, canını yaktım, özür dilerim. Canını yaktığım için çok özür dilerim." Sesindeki gözyaşlarını duyabiliyordum. Bu beni sinirlendiriyor, buradan kaçıp gitmek ve yüzünü tırmalamak istememe neden oluyordu. *Az önce yaptıklarından sonra sakın ağlamaya kalkma.* Ona çok öfkeliydim, bağırmak, kapının önünden, benden uzaklaşmasını haykırmak istiyordum ama dilimi ısırdım çünkü aptal değildim. Sinirlenmesi için bir nedeni vardı. ben de mantıklı, sakin bir şekilde düşünmeliydim. Artık iki kişilik düşünüyordum. Bu yüzleşme bana güç vermişti, beni daha kararlı kılmıştı. Kapının dışından affedilmek için yalvardığını duyabiliyordum ama şu anda bunu düşünemezdim. Yapacak başka işlerim vardı.

Gardrobun en arkasında, özenle etiketlenmiş ayakkabı kutularının olduğu üç rafın dibinde, üzerinde "kırmızı dolgu topuk çizme" yazan koyu gri bir kutu daha vardı. O kutunun içinde eski bir cep telefonu ve her ihtimale karşı yıllar önce aldığım kontörlü hat duruyordu. Bir süredir hiç kullanmamıştım ama artık zamanı gelmişti. Dürüst olacaktım. Eteklerimdeki taşları dökecektim. Artık yalan yoktu, artık saklanmak yoktu. Babanın sorumluluklarıyla yüzleşme zamanı gelmişti.

Yatağa oturdum ve telefonu açtım, hâlâ biraz şarjı olması için dua ettim. Işığı yandığında kanımda akan adrenalini hissedebiliyordum. Başımı döndürüyor, biraz midemi bulandırıyordu ve sanki kafam iyiymiş gibi hissettiriyordu. Eğlenmeye, her şeyi ortaya dökmekten, onunla –herkesle– ne olduğumuz ve nereye gittiğimiz konusunda yüzleşmekten zevk almaya başlamıştım. Günün sonunda herkes nerede durduğunu öğrenecekti.

Numarasını aradım. Tahmin ettiğim üzere telesekretere düştü. Kapatıp mesaj yolladım: *Seninle konuşmam gerek. ACİL. beni geri ara.* Sonra oturup bekledim.

Arama kaydına baktım. Bu telefonu en son nisanda kullanmıştım. Nisan başlarında ve martın sonlarında birçok çağrı vardı ve çoğuna da cevap verilmemişti. Onu aramış, aramış, aramıştım ve beni reddetmişti, evine geleceğime, karısıyla konuşacağıma dair savurduğum tehditlere bile cevap vermemişti. Artık beni dinleyeceğini düşünüyordum. Artık kendimi dinletecektim.

Buna ilk başladığımızda her şey bir oyundu. Oyalanıyorduk. Onu zaman zaman görüyordum. Galeriye uğruyor, gülümseyip flört ediyordu ve zararsızdı. Galeriye uğrayan, gülümseyip flört eden birçok erkek vardı. ama sonra galeri kapandı ve bütün gün huzursuzluk içinde evde oturup sıkılmaya başladım. Başka bir şeye, farklı bir şeye ihtiyacım vardı. Sonra bir gün, Scott yokken onunla sokakta karşılaştım. Sohbet etmeye başladık ve onu kahve içmek için eve çağırdım. Bana bakışlarından aklından neler geçtiğini tam olarak görebiliyordum ve öyle de oldu. Ve sonra yeniden oldu. Bu ilişkinin herhangi bir yere varmasına uğraşmadım, bunu istemiyordum. Yalnızca arzulanıyor olmanın verdiği hissin tadını çıkarmak istiyordum; kontrol hissi hoşuma gitmişti. Bu kadar basit ve aptalcaydı. Karısından ayrılmasını istemiyordum; tek istediğim ondan ayrılmayı istemesiydi. Beni o kadar çok arzulamasıydı.

Ne zaman daha fazlasının olabileceğine, daha fazlası olmamız gerektiğine, birbirimiz için doğru kişi olduğuna inanmaya başlamıştım, hatırlamıyordum. Ama inandığımdan beri onun benden uzaklaştığını hissetmiştim. Mesaj atmayı, çağrılarıma cevap vermeyi bırakmıştı ve daha önce hiç böyle reddedilmemiştim, hiçbir zaman. Bundan nefret etmiştim. Sonra bu başka bir şeye dönüştü: Takıntıya. Bunu artık görebiliyordum. En sonunda bu ilişkiden büyük bir zarar almadan küçük morluklarla sıyrılabileceğimi düşünmüştüm. Ama artık o kadar kolay olmayacaktı.

Scott hâlâ kapının önündeydi. Onu duyamıyordum ama hissedebiliyordum. Banyoya girip yeniden onun numarasını aradım. Yeniden telesekreter çıkınca kapadım ve yeniden ve yeniden aradım. Fısıldayarak mesaj bıraktım. "Telefonu açmazsan oraya geliyorum. Bu kez ciddiyim. Seninle konuşmam gerek. Beni yok sayamazsın."

Telefonu lavabonun kenarına koyup bir süre banyoda oturdum. Çalmasını istiyordum. Ekran gri ve boş kalmakta ısrarcıydı. Saçlarımı tarayıp dişlerimi fırçaladım, biraz makyaj yaptım. Rengim normale dönüyordu. Gözlerim hâlâ kırmızıydı, boğazım hâlâ acıyordu ama iyi görünüyordum. Saymaya başladım. Telefon elliye gelene kadar çalmazsa, oraya gidip zili çalacaktım. Telefon çalmadı.

Telefonu kot pantolonumun cebine sokup hızla yatak odasına dönerek kapıyı açtım. Scott sahanlıkta oturmuştu, kollarını dizlerine sarmıştı ve başı önündeydi. Bana bakmayınca yanından geçtim ve aşağıya koşmaya başladım. Nefesim kesilmişti. Beni arkadan yakalayıp itmesinden korkuyordum. Ayağa kalktığını duydum. "Megan! Nereye gidiyorsun? Ona mı gidiyorsun?" diye bağırdı.

Sonuncu basamakta ona doğru döndüm. "*O* diye bir şey yok, tamam mı? Bitti."

"Lütfen bekle, Megan. Lütfen gitme."

Onun yalvardığını, sesindeki mızmızlığı, kendine acıyan hâlini duymak istemiyordum. Hâlâ sanki biri boğazımdan asit dökmüş gibi hissederken olmazdı.

"Beni takip etme," diye çıkıştım. "Eğer edersen, asla geri dönmem. Anlıyor musun? Arkama baktığımda seni görürsem, bu, yüzümü son görüşün olur."

Kapıyı arkamdan çarptığımda bana seslendiğini duyabiliyordum.

Beni takip etmediğinden emin olmak için bir süre kaldırımda bekledikten sonra önce hızlı, sonra daha yavaş adımlarla yürüdüm. Blenheim Caddesi'ne vardığımda hızımı iyice düşürdüm. Yirmi üç numaraya vardığımda cesaretimi kaybettim. Henüz bu sahne için hazır değildim. Kendimi toparlamam için bir dakikaya ihtiyacım vardı. Birkaç dakikaya. Yürümeye devam edip evi, altgeçidi, istasyonu geçtim. Parka varana kadar devam ettikten sonra bir kez daha onu aradım.

Ona parkta olduğumu, kendisini beklediğimi ve gelmezse evine gideceğimi söyledim. Bu onun son şansıydı.

Güzel bir akşamdı, yediyi biraz geçmişti ama hâlâ sıcak ve aydınlıktı. Bir grup çocuk salıncakta ve kaydırakta oyun oynuyorlar, anne ve babaları da bir kenarda durmuş, hararetli bir şekilde sohbet ediyorlardı. Güzel, normal görünüyorlardı. Onları izlerken Soctt ile kızımızı buraya oyun oynaması için getirmeyeceğimize dair berbat bir hisse kapıldım. Bizi böyle mutlu ve rahat göremiyordum. Şu anda imkânsızdı. Yaptıklarımdan sonra olmazdı.

O sabah, her şeyi açıklamanın en iyi yol –en iyi değil,

tek yol– olacağına inanıyordum. Artık yalan yoktu, artık saklanmak yoktu. Sonra canımı acıtınca her şeyden daha da emin oldum. Ama şimdi burada tek başıma oturmuş, bu yaptığımın hiç de doğru olmadığını düşünüyordum çünkü Scott yalnızca öfkelenmemiş, aynı zamanda üzülmüştü. Güçlü değil, pervasız davranmıştım ve ne kadar zarar verdiğim apaçık ortadaydı.

Belki de ihtiyacım olan cesaretin gerçeği söylemekle değil, çekip gitmekle ilgisi vardı. Bu yalnızca huzursuzluk değildi, fazlası da vardı. Bebeğimin ve benim iyiliğimiz için artık gitme vakti, ikisinden ve her şeyden uzaklaşma vakti gelmişti. Belki de kaçıp saklanmak gerçekten tek ihtiyacım olandı.

Ayağa kalktım ve parkın etrafında bir kez döndüm. Bir tarafım telefonun çalmasını isterken, bir tarafım çalmasından korkuyordu ama en sonunda çalmadığına sevinmiştim. Bunun bir işaret olduğunu düşündüm. Geldiğim yoldan eve doğru dönmeye koyuldum.

İstasyonu tam geçmişken onu gördüm. Hızla yürüyerek altgeçitten çıkıyordu, omuzlarını kamburlaştırmış, yumruklarını sıkmıştı ve kendime engel olamayıp seslendim.

Dönüp bana baktı. "Megan! Bu da nesi..." Yüzündeki ifade mutlak bir öfkeden ibaretti ama ona doğru gelmemi işaret etti.

"Haydi," dedi, yaklaştığımda. "Burada konuşamayız. Arabam şurada."

"Ben sadece-"

"Burada konuşamayız!" diye çıkıştı. "Haydi." Kolumu çekiştirdi. Sonra daha nazik davrandı, "Sessiz bir yere gideceğiz, tamam mı? Konuşabileceğimiz bir yere."

Arabaya bindiğimde başımı çevirip geldiği yere baktım. Altgeçit karanlıktı ama sanki orada, gölgelerin arasında birinin bizi izlediğini hissettim.

RACHEL

18 Ağustos 2013 Pazar

Öğleden Sonra

ANNA ONU görür görmez ayağa kalkıp eve kaçtı. Kalbim yerinden fırlayacak gibi çarpıyordu, temkinli bir şekilde onu takip edip sürgülü kapının tam önünde durdum. İçeride sarılıyorlardı, Tom'un kolları onu sarmalamıştı, çocukları ise ortalarındaydı. Anna'nın başı eğikti ve omuzları titriyordu. Tom dudaklarını Anna'nın başına götürmüştü ama gözleri benim üzerimdeydi.

"Burada neler oluyor?" diye sordu, dudaklarında hafif bir tebessümle. "Eve geldiğimde ikinizi bahçede dedikodu yaparken bulmayı beklemiyordum."

Sesi sakindi ama beni kandıramazdı. Artık beni kandıramazdı. Konuşmak için ağzımı açtığım anda doğru sözcükleri bulamadığımı fark ettim. Nereden başlayacağımı bilmiyordum.

"Rachel? Bana neler olduğunu söyleyecek misin?" Anna'yı bırakıp bana doğru yürüdü. Ben geri geri gidince gülmeye başladı.

"Senin neyin var? Sarhoş musun?" diye sordu ama gözlerinden ayık olduğumu bildiğini görebiliyordum ve eminim hayatında ilk kez sarhoş olmamı tercih ederdi. Elimi pantolonumun arka cebine götürdüm. Telefonum oradaydı, sert, kompakt ve rahatlatıcıydı. Ama onları çoktan aramış olmam gerektiğini düşünüyordum. Bana inanıp inanmamaları umurumda değildi, onlara Anna ve çocuğuyla olduğumu söyleseydim polis hemen gelirdi.

Tom artık benden yalnızca bir iki metre uzaktaydı. O kapının içinde, ben dışındaydım.

"Seni gördüm," dedim en sonunda. Bunları sesli söylediğimde kısacık ama belirgin bir mutluluk hissettim. "Hiçbir şey hatırlamadığımı düşünüyorsun ama hatırlıyorum. Sen bana vurduktan ve orada, altgeçitte bıraktıktan sonra..."

Gülmeye başladı ama artık anlıyordum ve onu daha önce nasıl bu kadar kolay çözememiştim, bilmiyordum. Gözlerinde telaş vardı. Anna'ya baktı ama Anna ona bakmıyordu.

"Sen neden bahsediyorsun?"

"Altgeçitte. Megan Hipwell'in kaybolduğu gece."

"Ah, bu saçmalık," dedi, elini beni savuşturururcasına sallayarak. "Ben sana vurmadım. Sen düştün." Anna'nın eline uzanıp onu kendine doğru çekti. "Sevgilim, sen bu yüzden mü mutsuzsun? Onu dinleme, saçmalayıp duruyor. Ben ona vurmadım. Ben ona hayatım boyunca hiç el kaldırmadım. Öyle bir şey yok." Kolunu Anna'nın omuzlarına doladı ve kendine doğru biraz daha çekti. "Haydi. Sana onun nasıl biri olduğunu söyledim. İçtiğinde ne olduğunu bilmiyor, çoğunu kendi kafasından-"

"Onunla arabaya bindin. Gittiğini gördüm." Hâlâ gülümsüyordu ama artık hiç inandırıcı değildi ve hayal mi görüyordum bilmiyorum ama bana rengi biraz solmuş gibi görünmeye başlamıştı. Anna'yı yeniden serbest bıraktı. Anna masaya oturdu, sırtı kocasına dönüktü ve kızı kucağında mızıldanıyordu.

Tom elini ağzına götürdü ve mutfak tezgâhına yaslanıp

kollarını göğsünde birleştirdi. "Beni kimle arabaya binerken gördün?"

"Megan ile."

"Ah, doğru!" Yeniden gülmeye başladı. Gürültülü, zorlama bir kükremeydi bu. "Bunu en son konuştuğumuzda benim arabaya Anna ile bindiğimi gördüğünü söylemiştin. Şimdi de Megan mı oldu? Haftaya kim olacak? Prenses Diana'mı?"

Anna bana baktı. Yüzündeki şüpheyi ve umudu görebiliyordum. "Emin değil misin?" diye sordu.

Tom, Anna'nın yanında diz çöktü. "Tabii ki emin değil. Kendi uyduruyor. Bunu hep yapar. Tatlım, lütfen. Biraz yukarı çıksana sen. Ben bunu Rachel ile konuşacağım. Ve bu kez-" bana baktı, "söz veriyorum, bizi bir daha rahatsız etmeyecek."

Anna'nın tereddüt ettiğini Tom'a bakışlarından, yüzünde gerçekleri aramasından anlayabiliyordum. Tom da gözlerini dikkatle ona dikmişti. "Anna!" diye seslendim, bana geri dönmesine çalışıyordum. "*Biliyorsun.* Yalan söylediğini *biliyorsun.* Onunla yattığını biliyorsun."

Bir an kimse hiçbir şey söylemedi. Anna bir Tom'a, bir bana baktı. Bir şey söylemek için ağzını açsa da sesi çıkmadı.

"Anna! O ne demek istiyor böyle? Ben… benimle Megan Hipwell arasında hiçbir şey yoktu."

"Telefonu buldum, Tom," dedi. Sesi o kadar kısık çıkıyordu ki, duymak neredeyse imkânsızdı. "O yüzden, lütfen. Yalan söyleme. Bana yalan söyleme."

Çocuk sızlanıp mızıldanmaya başladı. Tom oldukça nazik bir şekilde onu Anna'nın kollarından aldı. Kızını sallayarak pencereye doğru yürürken bir yandan da mırıldanıyordu. Ne söylediğini duyamadım. Anna'nın başı eğikti, çenesinden akan gözyaşları mutfak masasına damlıyordu.

"Nerede?" dedi Tom, bize dönerken. Kahkahası kaybolmuştu. "Telefon, Anna. Ona mı verdin?" Başını bana doğru çevirdi. "Sende mi?"

"Telefona dair hiçbir şey bilmiyorum," dedim, Anna'nın bundan daha önce bahsetmiş olmadığına içerlenerek.

Tom beni umursamadı. "Anna? Ona mı verdin?"

Anna başını iki yana salladı.

"Nerede?"

"Attım," dedi. "Çitten dışarıya. Tren yoluna."

"Aferin. Aferin," dedi telaşla. Olan biteni anlamaya, buradan nereye varacağını kestirmeye çalışıyordu. Bana baktıktan sonra başını çevirdi. Bir an bozguna uğramış göründü.

Anna'ya döndü. "Sürekli çok yorgundun," dedi. "Benimle ilgilenmiyordun. Her şey bebekten ibaretti. Doğru değil mi? Her şey senden ibaretti değil mi? Senden ibaret!" Böylece yeniden kendine geldi, neşelendi, kızına mimikler yaptı, karnını gıdıklayıp güldürdü. "Ve Megan da çok... işte, müsaitti.

"İlk başta onun evindeydi," dedi. "Ama Scott'ın öğrenmesinden çok korkuyordu. Biz de The Swan'da buluşmaya başladık. Bu... Yani, nasıl bir şey olduğunu hatırlıyorsundur değil mi Anna? İlk başlarda Cranham Sokağı'ndaki eve giderdik. Biliyorsun." Başını çevirip bana bakarak göz kırptı. "Anna ile eski mutlu günlerde orada buluşurduk."

Kızını bir kolundan diğerine alıp omzunda dinleneceği şekilde yerleştirdi. "Zalim davrandığımı düşünüyorsun ama öyle değil. Gerçeği söylüyorum. İstediğin şey buydu değil mi Anna? Yalan söylemememi istedin."

Anna ona bakmadı. Elleri masanın kenarına tutunmuş, bütün vücudu kaskatı kesilmişti.

Tom yüksek sesle iç çekti. "Dürüst olmak gerekirse rahatladım." Bana bakıyor, doğrudan benimle konuşuyordu.

"Senin gibi insanlarla baş etmenin ne kadar yorucu olduğunu bilemezsin. Ve denedim, lanet olsun. Sana yardım etmeyi çok denedim. İkinize de yardım etmeyi. İkiniz de... Yani, ikinizi de sevdim, gerçekten ama ikiniz de inanılmaz güçsüz olabiliyorsunuz."

"Canın cehenneme, Tom," dedi Anna, masadan kalkarken. "Beni *onunla* bir tutma."

Ona baktığımda Anna ile Tom'un birbirine ne kadar da uygun olduklarını anladım. Anna ona benden daha çok yakışıyordu çünkü onun canını sıkan buydu: Kocasının yalancı ve katil olması değil de benimle kıyaslanmak.

Tom, Anna'nın yanına gidip tatlı dille, "Özür dilerim, sevgilim. Haksızlık ettim," dedi. Anna onu itti ve Tom bana baktı. "Elimden geleni yaptım, biliyorsun. Sana iyi bir koca oldum, Rach. İçkinle ve depresyonunla çok mücadele verdim. Yenilgiyi kabul edene kadar her şeyinle çok uğraştım."

"Bana yalan söyledin," dedim. Şaşkınlık içinde dönüp bana baktı. "Bana her şeyin benim hatam olduğunu söylemiştin. Beni değersiz olduğuma inandırdın. Acı çekişimi izledin, sen-"

Omuzlarını silkti. "Ne kadar sıkıcı bir hâle geldiğine dair en ufak bir fikrin var mı, Rachel? Ne kadar çirkin olduğuna, sabahları yataktan çıkamayacak kadar mutsuz, duş alamayacak ya da lanet saçlarını yıkayamayacak kadar yorgun olduğuna dair? Tanrım. Tutkumu kaybetmeme şaşırmaman gerekir değil mi? Kendimi eğlendirmenin yollarını aramama şaşırmaman gerekir. Kendinden başka suçlayacak kimsen yok."

Karısına doğru döndüğünde yüzündeki kibir, yerini endişeye bıraktı. "Anna, seninle her şey farklıydı, yemin ederim. Megan ile olan, sadece... sadece eğlencelikti. Öyle olmasını amaçlamıştım. Hayatımın en doğru davrandığım zamanı olmadığını kabul ediyorum ama biraz özgürlüğe ihtiyacım vardı. Hepsi bu. Kalıcı bir şey olmayacaktı. Asla aramıza, ailemize sızmayacaktı. Bunu anlamalısın."

"Sen..." Anna bir şey söylemeye çalışıyordu ama sözcükleri bulamıyordu.

Tom elini omzuna koyup sıktı. "Efendim, sevgilim?"

"Onu Evie'ye bakması için aldın," diye çıkıştı. "Burada çalışırken onu beceriyor muydun? Bizim çocuğumuza bakarken?"

Elini çekti, yüzünde pişmanlığın, derin utancın resmi vardı. "Korkunçtu. Ben... ben düşünmüştüm ki... Dürüst olmak gerekirse ne düşündüğümü bilmiyorum. Hatta düşündüğümden bile emin değilim. Yanlıştı. Kesinlikle çok yanlıştı." Ve maskesi yeniden değişti. Artık ona yalvaran, kocaman gözlü bir masumdu: "Bilmiyordum, Anna. Onun kim olduğunu bilmediğime inanmalısın. Öldürdüğü bebeği bilmiyordum. Bilseydim asla Evie'ye bakmasına izin vermezdim. Bana inanmalısın."

Anna hiç uyarmadan ayağa kalktı, sandalyesini geriye itti ve sandalye çatırtı içinde yere düşüp kızını uyandırdı. "Onu bana ver," dedi Anna, kollarını uzatırken. Tom biraz geri çekildi. "Tom, onu şimdi bana ver. *Onu bana ver.*"

Ama vermedi. Çocuğu sallayıp bir şeyler mırıldanarak uyutmaya çalıştı. Anna bağırmaya başladı. Önce *onu bana ver, onu bana ver* diye tekrar edip dururken sonra öfke ve acı çığlıkları duyuldu. Çocuk da bağırıyordu. Tom, Anna'yı görmezden gelerek çocuğu sakinleştirmeye çalışırken Anna ile ilgilenebileceğimi düşündüm. Onu dışarıya doğru çekiştirip kısık ve acele bir sesle konuştum.

"Sakinleşmen gerek, Anna. Beni anlıyor musun? Sakinleşmen gerek. Onunla konuşup dikkatini dağıt, ben de o sırada polisi arayacağım. Tamam mı?"

Başını iki yana salladı, her yeri titriyordu. Kollarımı tuttu, tırnaklarını etime geçirdi. "Bunu nasıl yapabilir?"

"Anna! Beni dinle. Onu kısa bir süreliğine meşgul etmelisin."

En sonunda bana baktı, gerçekten bana baktı ve başını evet anlamında salladı. "Tamam."

"Sadece... Bilmiyorum. Onu bu kapıdan uzak tut, biraz meşgul et."

İçeri girdi. Derin bir nefes aldıktan sonra dönüp sürgülü kapıdan birkaç adım uzaklaştım. Fazla değil, çimlerin üzerindeydim. Dönüp arkama baktım. Hâlâ mutfaktalardı. Biraz daha uzaklaştım. Rüzgâr çıkıyordu: Sıcaklık kırılmak üzereydi. Kılıç kırlangıçları gökyüzüne akın etmişti ve rüzgârın yaklaşan kokusunu alabiliyordum. Bu kokuyu seviyordum...

Elimi arka cebime atıp telefonumu çıkardım. Ellerim titriyordu, şifreyi üçüncü girişimde doğru yazabildim. Bir an beni tanıyan birini, Dedektif Riley'yi aramayı düşündüm. Arama kaydıma baktım ama numarasını bulamadığım için vazgeçip 999'u aradım. İkinci dokuzu tuşlarken belime tekme attığını hissettim ve çimlere serildim. Rüzgâr beni alt etmişti. Telefon elimden uçtu. Doğrulup nefes almama fırsat kalmadan Tom telefonu ele geçirmişti bile.

"Haydi bakalım, Rachel," dedi, kolumu tutup hiç çaba sarfetmeden beni ayağa kaldırırken. "Aptalca bir şey yapmayalım."

Beni eve sokmasına sesimi çıkarmadım çünkü şu anda kavga etmenin bir anlamı olmadığını biliyordum. Ondan kurtulamazdım. Beni kapının eşiğinden içeri itip sürgülü kapıyı arkamızdan kapatarak kilitledi. Anahtarı mutfak masasının üzerine fırlattı. Anna orada duruyordu. Hafifçe gülümsedi. O sırada Tom'a polisi arayacağımı söyleyip söylemediğini merak ettim.

Anna, kızına öğle yemeği hazırlamaya girişmişti. Bize de çay yapmak için su ısıtıcısını çalıştırdı. Gerçekliğin bu büsbütün tuhaf suretinde, sanki ikisine de nazikçe veda edip evden çıkarak sokağın emniyetine kendimi atabilirmişim gibi görünüyordu. Çok cezbediciydi, o yöne doğru birkaç adım attım ama Tom yolumu kesti. Elini omzuma attıktan sonra parmaklarını boynuma koyarak hafifçe sıktı.

"Ben seninle ne yapacağım, Rach?"

MEGAN

13 Temmuz 2013 Cumartesi

Akşam

ELİNDE KAN olduğunu ancak arabaya bindikten sonra fark ettim.

"Elini kesmişsin," dedim.

Cevap vermedi; direksiyondaki elinin eklemleri beyazdı.

"Tom, seninle konuşmam gerek," dedim. Uzlaşmacı olmaya, bu konuda olgun davranmaya çalışıyordum ama galiba bunun için biraz geçti. "Seni rahatsız ettiğim için özür dilerim ama Tanrı aşkına! Beni başından savdın. Sen-"

"Sorun değil," dedi, sesi uysaldı. "Ben... Ben başka bir şeye sinirlendim. Seninle ilgisi yok." Başını çevirip gülümsemeye çalıştıysa da başaramadı. "Eski sevgili sorunları," dedi. "Nasıl olduğunu bilirsin."

"Eline ne oldu?" diye sordum.

"Eski sevgili sorunları," dedi yeniden. Sesinde bir nahoşluk vardı. Corly Ormanı'na giden yolun gerisinde sessizce ilerledik.

Otoparkın en sonuna gittik. Buraya daha önce gelmiştik. Genelde akşamları etrafta in cin top oynardı. Bazen ellerinde biralarıyla birkaç ergen olurdu ama hepsi bu kadardı. Bu akşam yalnızdık.

Tom motoru kapadı ve bana döndü. "Pekâlâ. Konuşmak istediğin konu ne?" Öfkesi hâlâ geçmemişti ama artık yalnızca tütüyor, kaynamıyordu. Yine de az önce olanlardan sonra öfkeli bir adamla kapalı bir alanda olmaktan hoşlanmadığım için biraz yürümeyi teklif ettim. Gözlerini devirip ağır ağır iç çektiyse de kabul etti.

Hava hâlâ sıcaktı; ağaçların altında tatarcıklar kümelenmişti ve güneş ışığı yaprakların arasından sızıp yolu tuhaf bir yeraltı ışığına bürüyordu. Başlarımızın üzerindeki saksağanlar öfke içinde cıvıldıyordu.

Sessizlik içinde bir süre yürüdük. Ben biraz önde, Tom birkaç adım arkadaydı. Ne söyleyeceğimi, nasıl söyleyeceğimi düşünmeye çalışıyordum. Her şeyin daha da kötüye gitmesini istemiyordum. Kendime sürekli doğru olanı yaptığımı hatırlattım.

Durup arkama döndüm. Çok yakınımda duruyordu.

Ellerini kalçalarıma koydu. "Burada mı?" diye sordu. "İstediğin bu mu?" Sıkılmış görünüyordu.

"Hayır," dedim, ondan uzaklaşarak. "O değil."

Yol burada biraz eğim kazanıyordu. Yavaşladım ve adımlarıma yetişti.

"Ne peki?"

Derin nefes aldım. Boğazım hâlâ acıyordu. "Hamileyim."

Hiç tepki vermedi. Gözleri bomboş bakıyordu. Sanki eve dönerken Sainsbury's'e uğrayacağımı ya da dişçiden randevu aldığımı söylemiştim.

"Tebrik ederim," dedi en sonunda.

Derin bir nefes daha aldım. "Tom, sana bunu söylüyorum çünkü... yani, çünkü çocuğun senden olma ihtimali var."

Kısa bir süre bana baktıktan sonra güldü. "Öyle mi? Ne

şanslıyım. O hâlde üçümüz kaçacak mıyız, ne yapacağız? Sen, ben ve bebek. Nereye gideceğiz? İspanya'ya mı?"

"Bilmen gerekir diye düşündüm çünkü-"

"Kürtaj ol," dedi. "Yani eğer kocandansa ne istersen onu yap. Ama bendense, ondan kurtul. Gerçekten, bu konuda aptalca davranmayalım. Ben başka çocuk istemem." Parmaklarını yüzümden aşağıya doğru kaydırdı. "Ve özür dilerim ama senin anneliğe pek uygun olduğunu da düşünmüyorum, Megs, haksız mıyım?"

"Duruma istediğin kadar dâhil olabilirsin-"

"Az önce söylediğimi duydun mu?" diye çıkıştı, sırtını bana dönüp arabaya doğru ilerlerken. "Senden berbat bir anne olur, Megan. Ondan kurtul."

Önce hızla yürüyerek, sonra koşarak arkasından gittim. Yeterince yaklaştığımda onu sertçe ittim. Bağırıyor, çığlık atıyor, lanet olası kibirli yüzünü tırmalamaya çalışıyordum. O ise gülüyor, beni kolaylıkla kendinden uzaklaştırıyordu. Aklıma gelen en iğrenç sözleri söylemeye başladım. Erkekliğine, sıkıcı karısına, çirkin çocuğuna hakaretler savurdum.

Neden o kadar sinirli olduğumu bile bilmiyordum. Ondan beklediklerim yüzünden miydi? Öfkelenebilirdi belki, endişelenebilirdi, üzülebilirdi. Ama bu olmazdı. Bu ret bile değildi, *umursamazlıktı*. Tek istediği benim ve çocuğumun onun başından gitmemizdi. Ona anlattım, bağırdım, *Bir yere gittiğim yok. Bunu sana ödeteceğim. Boktan hayatının geri kalanında bunu senin burnundan getireceğim.*

Artık gülmüyordu.

Bana doğru yaklaştı. Elinde bir şey vardı.

Düştüm. Kaymış olmalıydım. Başımı bir şeye çarpmıştım. Kusacak gibi hissediyordum. Her şey kırmızıydı. Kalkamıyordum.

Bir acıya, iki neşeye, üç kıza. Üçte takılı kalmıştım, ilerleyemiyordum. Kafam gürültüyle dolmuştu, ağzım kan revan içindeydi. Üç kıza. Saksağanları duyabiliyordum. Gülüyorlar, benimle dalga geçiyorlardı. Sesleri kabaydı. Bir haberciydi bu. Kötü habercilerdi. Artık onları görebiliyordum, güneşin altında simsiyahlardı. Kuşlar değil, başka bir şeydi sanki. Biri geliyordu. Biri benimle konuşuyordu. *Bak. Bak, senin yüzünden ne yaptım.*

RACHEL

18 Ağustos 2013 Pazar
Öğleden Sonra

OTURMA ODASINDA üçgen şeklinde oturuyorduk: Sevgi dolu baba ve sorumluluk sahibi koca Tom koltukta, kızı kucağında, karısı ise yanındaydı. Karşısında oturan eski karısı çay içiyordu. Bu çok medeniydi. Evlendikten hemen sonra Heal's'tan aldığımız deri koltukta oturuyordum. Bu, evli bir çift olarak satın aldığımız ilk mobilyaydı: Yumuşak, kahveye çalan deri bir koltuktu, pahalı ve konforluydu. Eve getirildiğinde nasıl heyecanlandığımı hatırlıyordum. Kıvrılıp yattığımı, kendimi güvende ve mutlu hissettiğimi, *evlilik dedikleri bu olsa gerek, güvenli, sıcak ve rahat* diye düşündüğümü hatırlıyordum.

Tom kaşlarını kaldırmış, beni izliyordu. Ne yapması gerektiğini, işleri nasıl yola koyabileceğini düşünüyordu. Anna konusunda endişeli olmadığını görebiliyordum. Sorun bendim.

"O biraz senin gibiydi," dedi birden. Koltukta arkasına yaslandı, kızını kucağında daha rahat ettirdi. "Yani, bazen öyleydi, bazen değildi. O da şeydi... dağınıktı. Bu da benim zaafım." Bana bakarak sırıttı. "Ben de hemen kurtarıcısı oldum."

"Sen kimsenin kurtarıcısı falan değilsin," dedim usulca.

"Ah, Rach, böyle davranma. Unuttun mu? Baban öldüğü için çok mutsuzdun ve birinin eve gelip seni sevmesini bekliyordun. Ben sana bütün bunları verdim. Kendini güvende hissettirdim. Sonra sen her şeyi mahvetmeye karar verdin ama bunun için beni suçlayamazsın."

"Seni birçok konuda suçlayabilirim, Tom."

"Hayır, hayır." Parmağını bana doğru salladı. "Geçmişi yeniden yazmaya başlamayalım. Ben sana iyi davrandım. Bazen... yani, bazen beni çok zorladın. Ama ben sana iyi davrandım. Seninle ilgilendim," dedi ve her şey o anda belli oldu: Bana yalan söylediği gibi kendine de yalan söylüyordu. Buna *inanıyordu*. Bana karşı iyi olduğuna inanıyordu.

Çocuk aniden gürültülü bir şekilde mızmızlanmaya başladı. Anna hemen ayağa kalktı.

"Altını değiştirmem gerek," dedi.

"Şimdi olmaz."

"Altı ıslak, Tom. Bezinin değişmesi gerek. Bu kadar zalim olma."

Tom, keskin gözlerle Anna'ya baksa da sonunda çocuğu ona verdi. Anna ile göz göze gelmeye çalıştım ama bana baktığı yoktu. O yukarı çıkarken kalbim ağzıma gelmişti ama hemen sakinleştim çünkü Tom ayağa kalktı ve onu kolundan yakaladı. "Burada hallet," dedi. "Burada yapabilirsin."

Anna mutfağa gidip çocuğun bezini masada değiştirdi. Bok kokusu bütün odayı sardı, midemi bulandırdı.

"Bize nedenini söyleyecek misin?" diye sordum. Anna durup bize baktı. Oda, çocuğun çıkardığı kabarcıklar dışında hâlâ sessiz ve sakindi.

Tom başını iki yana salladı, sanki o da inanmıyordu. "Senin gibiydi, Rach. Akışına bırakmıyordu. Nerede durması gerektiğini bilemedi. Beni... *dinlemezdi*. Nasıl benimle sürekli kavga ettiğini, son sözü söylemek istediğini hatırlasana. Megan da öyleydi. Dinlemezdi."

Koltuğunda kıpırdanıp öne eğildi, dirseklerini dizlerine koydu, sanki masal anlatıyor gibiydi. "Biz ilişkiye başladığımızda sadece eğlencelikti, sadece seks vardı. Beni, istediği tek şeyin bu olduğuna inandırdı. Ama sonra fikri değişti. Nedenini bilmiyorum. O kız tutarsızlaştı. Scott ile kötü bir gün geçirince ya da biraz sıkılınca hemen birlikte buralardan gitmekten, her şeye baştan başlamaktan, Anna'yı ve Evie'yi terk etmemi istediğinden söz etmeye başladı. Sanki bunu yaparmışım gibi! Ve beni görmek istediğinde onunla görüşmezsem öfkeden deliye dönüyor, burayı arıyor, bana tehditler savuruyor, eve gelip bizden Anna'ya bahsedeceğini söylüyordu.

"Sonra bitti. Çok rahatlamıştım. En sonunda artık onunla ilgilenmediğimi idrak ettiğini sandım. Ama sonra, o cumartesi beni aradı ve benimle konuşması gerektiğini, söyleyecek önemli bir şeyi olduğunu anlattı. Onu umursamayınca yeniden tehdit etmeye başladı. Eve gelecekti falan. İlk başta çok korkmamıştım çünkü Anna dışarı çıkacaktı. Hatırlıyor musun, sevgilim? Kızlarla akşam yemeğine gidecektin ve ben de Evie'ye bakacaktım. Bunun o kadar da kötü bir fikir olmayabileceğini düşündüm. Buraya gelecekti ve ben de her şeyi çözümleyecektim. Ona anlatacaktım. Ama sonra sen geldin, Rachel ve her şeyi mahvettin."

Arkasına yaslandı, bacaklarının arası çok açıktı. Kocaman adam, kocaman bir alan kaplıyordu. "Senin hatandı. Bütün hepsi aslında *senin* hatandı, Rachel. Anna arkadaşlarıyla yemek yiyemedi. Beş dakika sonra mutsuz ve kızgın bir şekilde eve geldi çünkü *sen* buralardaydın, her zamanki gibi sarhoştun, istasyonun dışında birkaç herifle yalpalayıp duruyordun. Buraya gelmenden korkmuştu. Evie için korkmuştu.

"O yüzden Megan ile işleri yoluna koymak yerine, dışarı çıkıp seninle uğraşmam gerekti." Dudağı kıvrıldı. "Tanrım, berbat bir hâldeydin. Bok gibi görünüyordun, şarap kokuyordun... beni öpmeye çalıştığını hatırlıyor musun?" Öğürür gibi yaptıktan sonra gülmeye başladı. Anna da güldü. Bu ona komik mi gelmişti, yoksa onu yatıştırmaya mı çalışıyordu, anlamadım.

"Seni artık yakınlarımda, yakınlarımızda istemediğimizi anlamanı istiyordum. Sokağın ortasında rezalet çıkarmaman için seni altgeçide giden yoldan aldım. Ve sana uzak durmanı söyledim. Ağlayıp sızladın, çenenin kapanması için sana vurdum. Sonra sen biraz daha ağlayıp sızladın." Sıktığı dişlerinin arasından konuşuyordu; çenesindeki kasın gerildiğini hissedebiliyordum. "O kadar sinirlenmiştim ki, senin *ve* Megan'ın gitmenizi, bizi rahat bırakmanızı istedim. Benim bir ailem var. Güzel bir hayatım var." Çocuğu mama sandalyesine oturtmaya çalışan Anna'ya baktı. Yüzü tamamen ifadesizdi. "Sana rağmen, Megan'a rağmen, her şeye rağmen kendime güzel bir hayat kurmuştum.

"Seni gördükten sonra Megan geldi. Blenheim Caddesi'ne doğru ilerliyordu. Eve gitmesine izin veremezdim. Anna ile konuşmasına izin veremezdim, öyle değil mi? Ona bir yere gidip konuşabileceğimizi söyledim ve ciddiydim. Bundan fazlasını yapmayacaktım. Arabaya atlayıp Corly Ormanı'na gittik. Ev bulamadığımız zamanlar, ara sıra geldiğimiz bir yerdi burası. Arabada yapıyorduk."

Koltuktaki yerimden Anna'nın rahatsız olduğunu hissedebiliyordum.

"Bana inanmalısın, Anna, işlerin böyle gitmesini ben de istemedim." Tom ona baktı, kamburlaştı, avuçlarına baktı. "Bebekten bahsetmeye başladı. Benden miydi, ondan mı, bilmiyordu. Her şeyin açığa çıkmasını istiyordu ve çocuk bendense, sorun yoktu... Ben, bebeğiyle ilgilenmediğimi, benimle hiçbir ilgisi olmadığını söyledim." Başını iki yana salladı. "Çok mutsuz oldu ama Megan mutsuz olduğunda... Rachel gibi davranmıyor. Ağlayıp sızlamıyor. Bana bağırdı, küfür etti, hakaretler savurdu. Doğrudan Anna'ya gitmiş olsaydı reddedilmeyeceğini, çocuğunun yok sayılmayacağını söyledi... Tanrım, lanet çenesi kapanmak bilmiyordu. Ben de... Bilmiyorum, susması gerekiyordu. Ben de elime bir taş aldım..." –sağ eline baktı, sanki şu anda görebiliyormuş gibiydi– ve o sırada..." Gözlerini kapayıp derin bir iç çekti. "Bir kez vurdum ama o..." Yanaklarını şişirdi, yavaşça nefes verdi. "Bunu istememiştim. Sadece durmasını istiyordum. Çok kan kaybediyordu. Ağlıyor, korkunç sesler çıkarıyordu. Sürünerek kaçmaya çalıştı. Elimden gelen hiçbir şey yoktu. Bu işi bitirmem gerekiyordu."

Güneş batmıştı, oda karanlıktı. Tom'un kulak tırmalayan sığ nefes alış verişleri dışında çıt çıkmıyordu. Sokak sessizliğe bürünmüştü. En son ne zaman tren sesi duyduğumu hatırlamıyordum.

"Onu arabanın bagajına koydum," dedi. "Yoldan çıkıp ormanın biraz derinlerine daldım. Etrafta kimse yoktu. Çukur kazmalıydım..." Hâlâ sığ olan nefesi hızlanmıştı. "Çıplak ellerle kazmam gerekti. Korkuyordum." Bana baktı, gözbebekleri kocamandı. "Birinin gelmesinden korkuyordum. Ve tırnaklarımla toprağı kazmak çok acı vericiydi. Uzun sürdü. Durup Anna'ya telefon etmem, ona seni aradığımı söylemem gerekti."

Boğazını temizledi. "Yer aslında epey yumuşaktı ama yine de istediğim kadar derine inemedim. Birinin gelmesinden çok korkuyordum. Olaylar yatışınca geri dönme şansım olabileceğini düşündüm. Onu buradan çıkarıp... daha iyi bir yere gömebileceğimi düşündüm. Ama sonra yağmur başladı ve öyle bir şansım hiç olmadı."

Kaşlarını çatarak bana baktı. "Polisin Scott'ın peşine düşeceğinden neredeyse emindim. Bana Scott'ın onun orada burada dolaşması konusunda çok paranoyak olduğunu, e-postalarını okuduğunu, onu kontrol edip durduğunu söylemişti. Ben de... yani, telefonunu evine koymayı planlıyordum. Bilmiyorum. Dostane bir komşu ziyareti yapıp bira falan içmek amacıyla evine girebilirdim. Planım yoktu. Eni konu düşünmemiştim. Önceden tasarlanmış bir şey değildi. Yalnızca korkunç bir kazaydı."

Ama sonra tavrı yeniden değişti. Sanki bulutlar gökyüzüne sürükleniyor, hava bir kararıp bir aydınlanıyordu. Ayağa kalktı ve yavaşça mutfağa doğru yürüdü. Anna masada oturmuş Evie'nin karnını doyuruyordu. Tom, Anna'yı başından öpüp kızını kucağına aldı.

"Tom..." Anna itiraz etmeye başladı.

"Sorun yok." Karısına gülümsedi. "Sadece sarılmak istedim. Hakkım yok mu, sevgilim?" Kollarında kızıyla buzdolabına gidip bira aldı. Bana baktı. "İster misin?"

Başımı iki yana salladım.

"Hayır, galiba içmesem daha iyi."

Onu zar zor duyuyordum. Beni yakalamasına fırsat kalmadan ön kapıya yetişebilir miyim diye hesap ediyordum. Kapının mandalı vardı ama yapabileceğimi düşündüm. Eğer kilitlediyse, o zaman başım belada demekti. Öne atılıp koştum. Koridora vardım, elim tam kapının koluna giderken kafatasımın arkasına çarpan şişeyi hissettim. Büyük bir acı patlamasıyla gözlerim karardı, dizlerimin üzerine çöktüm. Elini saçlarıma dolayıp çekerek beni oturma odasına götürdü. Üzerimde dikilip beni bacaklarının arasında tuttu. Kızı hâlâ kollarındaydı ama Anna yanındaydı ve kızını çekiştiriyordu.

"Onu bana ver Tom, lütfen. Canını acıtacaksın. Lütfen, onu bana ver."

Ağlayan Evie'yi Anna'ya verdi.

Tom'un konuştuğunu duyuyordum ama ya çok uzaktaydı, ya da onu sanki suyun içinden duyuyordum. Sözcükleri ayırt edebiliyordum ama nedense beni ve başıma gelenleri ilgilendirmiyor gibiydi. Her şey çok uzakta oluyordu sanki.

"Yukarı çık," dedi. "Yatak odasına git ve kapıyı kapa. Kimseyi arama, tamam mı? Ciddiyim, Anna. Kimseyi aramak istemezsin. Evie buradayken olmaz. İşlerin kötüye gitmesini istemeyiz." Anna bana bakmadı. Çocuğu göğsüne bastırdı, üzerimden geçip hızla uzaklaştı.

Tom eğildi, ellerini pantolonumun beline soktu ve beni mutfağa doğru çekiştirdi. Bacaklarımı savuruyor, bir şeylere tutunmaya çalışıyordum ama elimden bir şey gelmiyordu. İyi göremiyordum. Gözyaşları gözlerimi yakıyordu, her şey bulanıktı. Yere çarptıkça başımdaki acı işkenceye dönüyordu. Üzerime bir bulantı dalgasının çöktüğünü hissettim. Şakaklarımda sıcak ve beyaz bir ağrı hissediyordum. Sonrası yoktu.

ANNA

18 Ağustos 2013 Pazar

Akşam

MUTFAK zeminindeydi. Kan kaybediyordu ama ciddi olduğunu sanmıyordum. Tom'un işi henüz bitmemişti. Neyi beklediğinden pek emin değildim. Galiba onun için kolay değildi. Onu bir zamanlar sevmişti.

Yukarıda Evie'yi yatırıyordum. İstediğim bu muydu, diye düşündüm. Rachel en sonunda sonsuza dek gidecekti ve bir daha da dönmeyecekti. Hep bunun hayalini kurmuştum. Yani, açıkçası tam olarak bunun değil. Ama gitmesini istemiştim. Rachel'sız bir hayat düşlemiştim ve şimdi buna sahip olabilirdim. Yalnızca ben, Tom ve Evie olacaktı. Olması gerektiği gibi.

Bir anlığına bu fantezinin tadını çıkarsam da uyuyan kızıma baktığımda hepsinin bu olduğunu düşündüm. Sadece fantezi. Parmağımı öpüp mükemmel dudaklarına dokundum. Asla güvende olamayacaktık. Ben asla güvende olamayacaktım çünkü biliyordum ve Tom bir daha bana güvenemeyecekti. Ve başka bir Megan'ın çıkagelmeyeceğini kim söyleyebilirdi? Ya da –daha kötüsü– başka bir Anna'nın, başka bir benin?

Aşağıya indiğimde Tom mutfak masasında oturmuş bira içiyordu. Rachel'ı ilk başta göremedim ama sonra ayaklarını fark ettim. Önce öldüğünü düşündüm ama Tom iyi olduğunu söyledi.

"Küçük bir darbe aldı, o kadar," dedi. Buna kaza diyemiyordu.

Bekledik. Ben de kendime bir bira açtım. Birlikte içtik. Megan konusunda, bu ilişki konusunda gerçekten çok üzgün olduğunu söyledi. Beni öptü, telafi edeceğini, iyi olacağımızı, her şeyin yoluna gireceğini söyledi.

"Hep istediğin gibi buradan taşınacağız. İstediğin yere gideceğiz. Herhangi bir yere." Onu affedip affedemeyeceğimi sordu. Zamanla affedebileceğimi söyledim ve bana inandı. İnandığını düşündüm.

Söyledikleri gibi fırtına başlamıştı. Gökgürültüsü Rachel'ı uyandırıp kendine getirdi. Ses çıkarıp yerde kıpırdanmaya başladı.

"Gitmen gerek," dedi Tom, bana. "Yukarı çık."

Dudaklarından öpüp oradan ayrıldım ama yukarı çıkmak yerine koridordaki telefonu aldım, en alttaki basamakta oturup elimde ahizeyle durup doğru zamanı bekledim.

Rachel ile yumuşak ve kısık bir ses tonuyla konuştuğunu duydum. Sonra onun sesi geldi. Galiba ağlıyordu.

RACHEL

18 Ağustos 2013 Pazar

Akşam

KULAĞIMA bir tıslama sesi geliyordu. Bir anda hava aydınlanınca bardaktan boşanırcasına yağmur yağdığını gördüm. Dışarısı karanlıktı ve fırtına vardı. Şimşek. Havanın ne zaman karardığını hatırlamıyordum. Başımdaki acı beni kendime getirdi, kalbim boğazımda atıyor gibiydi. Yerdeydim. Mutfakta. Hiç zorlanmadan başımı kaldırmayı başardım ve dirseğimden destek alarak hafifçe kalktım. Mutfak masasında oturmuş, fırtınayı seyrediyordu ve ellerinin arasında bir şişe bira vardı.

"Ne yapacağım, Rach?" diye sordu, başımı kaldırdığımı gördüğünde. "Burada... neredeyse yarım saattir oturuyorum ve kendime sadece bu soruyu soruyorum. Seninle ne yapacağım? Bana nasıl bir seçenek sunuyorsun?" Biradan büyük bir yudum alıp düşünceli gözlerle baktı. Oturur pozisyona geçtim, sırtım mutfak dolaplarına dönüktü. Kafam allak bullak, ağzım salya içindeydi. Kusacak gibi hissediyordum. Dudağımı ısırıp tırnaklarımı avuçlarıma geçirdim. Sersemliğimi üzerimden atmam gerekiyordu, zayıf olma lüksüm yoktu. Kimseye güvenemezdim. Bunu biliyordum. Anna polisi aramayacaktı. Kızının güvenliğini benim için tehlikeye sokmayacaktı.

"Kabul etmelisin," dedi Tom. "Bu belayı başına sen açtın. Bir düşünsene: Bizi rahat bırakmış olsaydın, bu duruma asla düşmeyecektin. Ben de bu durumda *olmayacaktım.* Hiçbirimiz olmayacaktık. O gece orada olmasaydın, Anna istasyonda seni görünce koşarak buraya gelmeseydi, muhtemelen Megan ile sorunlarımı çözecektim. Bu kadar... sinirlenmemiş olacaktım. Gözüm kararmayacaktı. Ona zarar vermemiş olacaktım. Bunların hiçbiri olmayacaktı."

Boğazımdan bir hıçkırığın yükseldiğini hissettim ama yuttum. O böyleydi, o her zaman böyleydi. Bu konuda uzmandı, her şey benim hatammış gibi, değersizmişim gibi hissettiriyordu.

Birasını bitirip boş şişeyi masada yuvarladı. Başını mutsuz bir şekilde iki yana sallayıp ayağa kalktı, bana doğru geldi ve ellerini uzattı. "Haydi," dedi. "Tut. Haydi, Rach, kalk."

Beni çekip ayağa kaldırmasına itiraz etmedim. Sırtım mutfak tezgâhına dönüktü, önümde, karşımda duruyordu, kalçaları kalçalarıma değiyordu. Elini yüzüme uzattı, başparmağıyla elmacık kemiklerimdeki gözyaşlarını sildi. "Seninle ne yapacağım, Rach? Sence ne yapmalıyım?"

"Bir şey yapmana gerek yok," dedim ve gülümsemeye çalıştım. "Seni sevdiğimi biliyorsun. Hâlâ seviyorum. Kimseye söylemeyeceğimi biliyorsun... Bunu sana yapamam."

Gülümsedi –bu kocaman, güzel gülümsemesi eskiden beni eritirdi– ve hıçkırmaya başladım. Buna inanamıyordum, bu noktaya geldiğimize, tattığım en büyük mutluluğun –onunla geçirdiğim hayatın– bir yanılgı olduğuna inanamıyordum.

Bir süre ağlamama karışmadı ama artık sıkılmış olmalıydı çünkü büyüleyici gülümsemesi kayboldu ve dudağında alaycı bir gülümseme belirdi.

"Haydi, Rach, yeter," dedi. "Zırlamayı kes." Gidip mutfak masasındaki kutudan bir avuç dolusu peçete getirdi. "Sümkür," dedi. Söyleneni yaptım.

Yüzünde aşağılayıcı bir ifadeyle beni izledi. "Göle gittiğimiz gün," dedi. "Şansın olduğunu düşünüyordun değil mi?" Gülmeye başladı. "Öyle düşündün değil mi? Bana o masum gözlerinle bakıp yalvarırken... Sana sahip olabilirdim değil mi? Çok kolaysın." Dudağımı sertçe ısırdım. Yeniden bana doğru yaklaştı. "O istenmeyen ve hayatları boyunca kötü muameleye maruz kalan köpekler gibisin. Onları tekmeleyip durursun ama yine de kuyruklarını kıstırıp sana geri dönerler. Yalvarırlar. Bu kez farklı olacağını, bu kez doğru olanı yapacaklarını ve senin onları seveceğini umarlar. Sen aynen böylesin değil mi Rach? Bir köpeksin." Elini belime doladı, dudaklarını dudaklarıma dayadı. Dilini dudaklarımın arasından sokup kalçalarımı kendine doğru bastırmasına izin verdim. Sertleştiğini hissedebiliyordum.

Her şey ben burada yaşarkenki yerinde miydi, bilmiyordum. Anna'nın dolapları yeniden düzenleyip spagettiyi farklı bir kavanoza koyup koymadığını, tartıları alt soldan alt sağa kaldırıp kaldırmadığını bilmiyordum. Bilmiyordum. Yalnızca elimi arkamdaki çekmecenin içine sokarken, tüm bunları yapmamış olmasını diledim.

"Haklı olabilirsin," dedim öpüşme sona erdiğinde. Başımı yukarı doğru kaldırdım. "Belki de o gece Blenheim Caddesi'ne gelmemiş olsaydım Megan hâlâ hayatta olurdu."

Başıyla onayladı ve sağ elim tanıdık bir nesneyi yakaladı. Gülümsedim ve ona daha da, daha da yaklaşarak sol elimi beline doladım. Kulağına, "Ama onun kafatasını ezenin sen olmana rağmen sorumlunun gerçekten ben olduğunu mu düşünüyorsun?"

Başını geriye doğru çektiğinde öne atılıp bütün ağırlığımı ona vererek dengesini kaybetmesini sağladım. Böylelikle tökezleyerek mutfak masasına doğru geriledi. Ayağımı kaldırıp olanca gücümle ayağını ezdim. Acı içinde ileri atıldığında başının arkasındaki saçları yakaladım ve onu kendime doğru çektim. Bu sırada da dizimle yüzüne vurdum. Bağırdığında kıkırdağından gelen çatırtıyı duydum. Onu yere ittim, mutfak masasındaki anahtarları aldım ve ayağa kalkmasına fırsat olmadan çift kanatlı kapıdan dışarı fırladım.

Çitlere vardığımda çamurun içinde kaydım ve ayağım boşluğa geldi. Üzerime çıktı, beni geri çekiştirdi, saçıma asıldı, yüzümü tırmaladı, kanlı ağzıyla küfürler savurdu, *seni aptal, aptal sürtük, neden bizi rahat bırakmıyorsun? Neden beni rahat bırakmıyorsun?*. Ondan yeniden uzaklaştım ama gidecek hiçbir yer yoktu. Eve dönemezdim ve çitten de atlayamazdım. Bağırdım ama kimse beni yağmurun, gökgürültüsünün ve yaklaşan treninin arasından duymadı. Bahçenin sonuna, raylara doğru koştum. Çıkmaz sokak. Bir yıl ya da daha önce kollarımda çocuğuyla durduğum yerde durdum. Sırtımı çite döndüm ve bana doğru yürümesini izledim. Ağzını koluna sildi ve yere kan tükürdü. Arkamdaki raylardan gelen titreşimleri hissedebiliyordum. Tren neredeyse önümüzdeydi ve sesi çığlığı andırıyordu. Tom'un dudakları hareket ediyor, bana bir şey söylüyordu ama duyamıyordum. Bana yaklaşmasını izledim, onu izledim ve üzerime atılana kadar kıpırdamadım. Sonra sallandım. Ensesine tirbuşonu saplayıp çevirdim.

Ses çıkarmadan düşerken gözleri kocaman olmuştu. Bakışlarını üzerimden ayırmadan ellerini boğazına götürdü. Ağlıyor gibi görünüyordu. İçim kaldıramayana kadar onu izledikten sonra sırtımı döndüm. Tren geçerken ışıl ışıl pencerelerdeki yüzleri, kitapların ve telefonların arasındaki başları görebiliyordum. Yolcular evlerine varırken sıcak ve güvendeydiler.

10 Eylül 2013 Salı

Sabah

Hissedebiliyordunuz: Tren kırmızı ışıkta durunca elektrik lambaları cızırdıyor, atmosfer değişiyordu. Bakan bir tek ben değildim. Hiçbir zaman da tek olduğumu sanmamıştım. Bence herkes bakıyordu –önlerinden geçtikleri evleri seyrediyorlardı– ve yalnızca hepimizin gördüğü farklıydı. Herkes farklı görüyordu. Artık herkes aynı şeyi görüyordu. Bazen insanların konuşmalarını duyuyordunuz.

"İşte, o. Hayır, hayır, şu, soldaki, orada. Çitlerinin önünde gül olan. Orada olmuş."

On beş ve yirmi üç numara artık boştu. Gerçi boş evler gibi görünmüyorlardı. Jaluziler ve kapılar açıktı ama başkalarına gösterildikleri için böyle olduğunu biliyordum. İkisi de emlakçıya verilmişti ama ciddi bir alıcı bulmalarına daha zaman vardı. Emlakçıları daha çok o odalarda gezen hortlaklar olarak hayal ediyordum. Onlar, Tom'un düşüp kanıyla toprağı ıslattığı yeri yakından görmek için yanıp tutuşan meraklılardı.

Onların evin içinde –bir zamanlar umudumun olduğu, benim olan evde– dolandıklarını düşünmek canımı acıtıyordu. Sonrasında olanları düşünmemeye çalıştım. O geceyi düşünmemeye çalıştım. Çalıştım ve başaramadım.

Anna ve ben yan yana, Tom'un kanına bulanmış bir şekilde oturmuştuk. Ambulans bekleyen eşleriydik. Onları Anna aramıştı. Polisi aramıştı, her şeyi yapmıştı. Her şeyle ilgilenmişti. Sağlık görevlileri geldiğinde Tom için artık çok geçti. Hemen arkalarından üniformalı polisler, Dedektif Gaskill ve Dedektif Riley geldi. Bizi gördüklerinde ağızları tam anlamıyla açık kalmıştı. Sorular sordular ama ne dediklerini anlayamıyordum. Hareket edemiyor, nefes alamıyordum. Anna sakin ve kendinden emin bir şekilde konuştu. "Nefsi müdafaaydı," dedi. "Her şeyi gördüm. Pencereden. Rachel'ın peşinden tirbuşonla gitti. Onu öldürebilirdi. Rachel'ın seçeneği yoktu. Denedim..." Onu gücünü kaybetmiş ağlarken ilk kez görüyordum. "Kanı durdurmaya çalıştım ama olmadı. Yapamadım."

Üniformalı polislerden biri bütün bunlar olup biterken mucivezi bir şekilde deliksiz uyuyan Evie'yi getirdi. Anna'yı ve beni ayrı odalara oturtup hatırlamadığım başka sorular sordular. Cevap vermeye, konsantre olmaya çalıştım. Cümle kurmaya çabalıyordum. Bana saldırdığını, şişeyle vurduğunu anlattım. Üzerime tirbuşonla gelmişti. Onu elinden almayı başardığımı ve kendimi korumak için kullandığımı söyledim. Beni incelediler: Başımdaki, ellerimdeki, tırnaklarımdaki yaralara baktılar.

"Pek müdafaa yarası gibi değiller," dedi Riley, şüphe içinde. Beni yüzüme hiç bakmadan kapıda dikilen üniformalı memurla –çok uzun süre önce Cathy'nin Ashbury'deki evine gelen akneli boyundu bu– bırakıp gittiler. Riley daha sonra geri döndü. "Bayan Watson anlattıklarınızı teyit etti, Rachel," dedi. "Şimdi gidebilirsiniz." O da yüzüme bakamıyordu. Üniformlı bir polis beni hastaneye götürdü ve başımdaki yarayı diktiler.

Gazetelerde Tom ile ilgili çok haber çıktı. Hiçbir zaman askere gitmediğini öğrendim. Gitmeye çalışmış ama iki kez reddedilmişti. Babasıyla ilgili anlattığı hikâye de yalandı. Her şeyi kendi uydurmuştu. Annesinin ve babasının birikimlerini alıp hepsini kaybetmişti. Onu affetmişlerdi ama evlerini ipotek altına aldırıp parasına el koyma teklifi babası tarafından reddedilince onlarla bütün bağlarını koparmıştı. Her zaman, her şey hakkında yalan söylemişti. Gerek olmadığında, hiçbir anlamı olmadığında bile yalan söylemişti.

Scott'ın Megan hakkında konuşurken, *Onun kim olduğunu bile bilmiyorum,* dediğini çok net hatırlıyordum. Ben de işte aynen öyle hissediyordum. Tom'un bütün hayatı yalanlar üzerine kurulmuştu. Kendisini olduğundan daha iyi, daha güçlü, daha ilginç göstermek için yalanlar söyleyip gerçeklerin de yarısını anlatmıştı. Ben de inanmıştım, hepsine kanmıştım. Anna da öyle. Onu sevmiştik. Daha zayıf, kusurlu, süslenmemiş versiyonunu da sever miydik, merak etmiştim. Galiba ben severdim. Hatalarını ve başarısızlıklarını affederdim. Kendiminkileri yeterince affetmiştim.

Akşam

Norfolk kıyısındaki küçük bir kasaba otelindeydim. Yarın daha da kuzeye gidecektim. Edinburgh olabilirdi, belki daha da uzağı. Henüz kararımı vermemiştim. Yalnızca arama çok mesafe koymak istiyordum. Biraz param vardı. Annem başıma gelen her şeyi öğrenince epey cömert davranmıştı. Endişelenmeme gerek yoktu. Bir süreliğine.

Öğleden sonra araba kiralayıp Holkham'a gittim. Köyün

hemen dışındaki kilisede Megan'ın külleri, kızı Libby'nin kemiklerinin yanına gömülüydü. Bunu gazetede okumuştum. Megan'ın çocuğunun ölümündeki rolü yüzünden definle ilgili biraz tartışma çıkmıştı. Ama en sonunda bütün izinler alınmıştı ve her şey yoluna girmişti. Her ne yaptıysa, yeterince cezalandırılmıştı.

Oraya vardığımda yağmur başladı ve etrafta in cin top oynuyordu. Arabayı park ettim ve mezarlığa doğru yürüdüm. Mezarını en uzaktaki köşede buldum, bir dizi köknarın altına neredeyse gizlenmişti. Gidip bakmadığınız sürece orada olduğunu asla bilemezdiniz. Mezar taşında adı, doğum ve ölüm tarihi yazıyordu, sevgili karım, kızım ya da annem gibi ibareler yoktu. Kızının mezar taşında ise yalnızca *'Libby'* yazıyordu. En azından artık mezarı belliydi; tren raylarının yanında tek başına yatmıyordu.

Yağmur hızlandı. Kilisenin avlusuna baktığımda şapelin girişinde duran adamı gördüm. Bir an onun Scott olduğunu sandım. Kalbim ağzıma gelmişti, gözlerimdeki yağmuru silip yeniden baktığımda onun rahip olduğunu gördüm. Elini kaldırarak beni selamladı.

Korkuya kapılarak arabaya koştum. Scott ile son görüşmemin ne kadar sert geçtiğini, sonunda nasıl davrandığını düşündüm. Vahşi ve paranoyaktı, deliliğin eşiğindeydi. Artık huzuru bulamayacaktı. Nasıl bulabilirdi ki? Bunu ve eski hâlini –eski hâllerini, onları nasıl hayal ettiğimi– düşündüm ve kendimi de hissettim. Onların kayıplarını eksik hissediyordum.

Scott'a, söylediğim bütün yalanlardan dolayı özür dilemek için bir e-posta yolladım. Tom konusunda da özür dilemek istiyordum çünkü bilmem gerekirdi. Tüm o yıllar boyunca ayık olsaydım, bilebilir miydim? Belki ben de huzur bulamayacaktım.

Mesajıma cevap vermedi. Vermesini de beklemiyordum. Arabaya döndüm, otele gidip giriş yaptım ve otelin rahat ve loş barındaki deri koltuğa elimde bir kadeh şarapla oturma fikrini düşünmemek için limana doğru yürüyüşe çıktım.

İlk kadehimin yarısına geldiğimde kendimi nasıl iyi hissedeceğimi tahmin edebiliyordum. En son içki içtiğimden beri kaç gün olduğunu saydım: Bugünü de sayarsam yirmi bir gün. Tamı tamına üç hafta: Yıllardır ayık kalabildiğim en uzun süreydi bu.

Bana son içkimi verenin Cathy olması epey tuhaftı. Polis beni betim benzim solmuş bir şekilde eve getirdiğinde ve ona neler olduğunu anlattığımda bana odasından bir şişe Jack Daniel's getirip ikimizin kadehine de epey miktarda koymuştu. Sanki bir şekilde kendi hatasıymış gibi sürekli ağlayarak özür diliyordu. Viskiyi içtikten sonra hemen kusmuştum; o zamandan beri de tek damla içmemiştim. Bu içme isteğimi engellemiyordu.

Limana vardığımda sola dönüp sahile çıkan ve istersem Holkham'a kadar yürüyebileceğim kıyıda dolaştım. Hava neredeyse kararmıştı ve suyun kenarı soğuktu ama devam ettim. Yorgun düşene kadar, düşünemeyecek kadar yorgun düşene kadar yürümek istiyordum. Belki o zaman uyuyabilirdim.

Sahilde kimse yoktu ve dişlerimin soğuktan titremesine engel olmak için çenemi sıkmak zorunda kaldım. Çakıl taşlarının üzerinden hızla yürüyüp kabinleri geçtim. Güneşin altında çok hoş görünmelerine rağmen bu saklanma yerleri o an bana uğursuz gelmişti. Rüzgâr çıktığında canlanıyorlardı, ahşap tahtaları çatırdıyor, deniz sesinin arasından fısıltılar duyuluyordu: Biri ya da bir şey yaklaşıyordu.

Geri dönüp koşmaya başladım.

Orada hiçbir şey olmadığını biliyordum, korkulacak hiçbir şey yoktu ama midemden göğsüme, oradan da boğazıma doğru yükselen korkumu engellemeye yetmiyordu. Bütün gücümle koştum. Limana, sokak lambasının ışığına varana dek durmadım.

Odama girdiğimde yatağıma, ellerimi titremeleri geçene kadar kalçamın altına koyarak oturdum. Minibarı açıp bir şişe su ve macadamia cevizi aldım. Her ne kadar uyumama, kayıtsızlığa dalmama yardım edeceklerini bilsem de şaraba ve küçük cin şişelerine dokunmadım. Her ne kadar ölmesini seyretmek için dönüp ona baktığımda yüzündeki ifadeyi bir süreliğine unutmamı sağlayacak olsalar da.

Tren geçmişti. Arkamda bir ses duydum ve Anna'nın evden çıktığını gördüm. Hızlı adımlarla bize doğru yürüdü ve Tom'un yanına vardığında diz çöküp ellerini boğazına sardı.

Tom'un yüzünde şok ve acı vardı. Anna'ya, *Bir işe yaramaz, ona şu anda yardım edemezsin,* demek istedim ama sonra kanı durdurmaya çalışmadığını fark ettim. Emin olmaya çalışıyordu. Tirbuşonu daha da, daha da çeviriyor, boğazını yırtıyordu. Bu sırada da onunla yumuşak bir sesle konuşuyordu. Ne söylediğini duyamamıştım.

Onu en son polis merkezinde, ifade vermemiz için götürüldüğümüzde gördüm. O bir odaya, ben başka bir odaya alınmıştım. Merkezden ayrılmadan önce koluma dokundu. "Kendine iyi bak, Rachel," dedi. Üslubu, bunu beni uyarmak için söylediğini düşündürmüştü. Anlattığımız hikâyelerle – ensesine tirbuşonu sokmaktan başka bir seçeneğim olmadığına, Anna'nın onu kurtarmak için elinden geleni yaptığına dair– birbirimize düğümlenmiş, sonsuza dek bağlanmıştık.

Yatağa girip ışıkları söndürdüm. Uyuyamayacaktım ama

yine de denemeliydim. Galiba en sonunda kâbuslar bitecek, kafamda her şeyi sürekli evirip çevirmekten vazgeçecektim ama şu anda önümde uzun bir gece olduğunu biliyordum. Ve yarın trene yetişmek için erken uyanmalıydım.

TEŞEKKÜRLER

Bu kitabı yazarken bana birçok kişinin, özellikle de Lizzy Kremer'ın çok yardımı dokundu. O harika ve zeki bir insan. Harriet Moore'a, Alice Howe'a, Emma Jamison'a, Chiara Natalucci'ye ve David Higham'daki herkese, Tine Neilsen'a ve Stella Giatrakou'ya kocaman teşekkürler.

Atlantik'in her iki tarafındaki muhteşem editörlerime de çok müteşekkirim: Sarah Adams, Sarah McGrath ve Nita Provonost. Alison Barrow'a, Katy Loftus'a, Bill Scott-Kerr'e, Helen Edwards'a, Kate Samano'ya ve sayamayacağım kadar çok isim barındıran Transworld'deki fantastik ekibe de çok teşekkürler.

Kate Neil, Jamie Wilding, anne, baba, Rich: Desteğiniz ve verdiğiniz cesaret için teşekkür ederim.

Son olarak da bana bu küçük ilham ışığını yakan Londra yolcularına teşekkür ederim.